Kontaktadresse nach EU-Produktsicherheitsverordnung:
produktsicherheit@droemer-knaur.de



KNAUR

*Über die Autorin:*
Es waren schon immer Geschichten, die in fernen Welten spielen und die Leser auf spannende Reisen mitnehmen, die Carina Schnell am meisten fesseln konnten. Daraus hat sich auch ihre Liebe zu fremden Ländern, Sprachen und Kulturen entwickelt. Sie schrieb schon in jungen Jahren, verbrachte aber nach dem Abitur erst einmal viel Zeit im Ausland mit dem Studium mehrerer Fremdsprachen. Danach absolvierte sie einen Bachelor in Übersetzungswissenschaft an der Universität Heidelberg und einen Master im Fachübersetzen an der Universität Genf. Während sie neben dem Studium als Lehrerin für Deutsch als Fremdsprache tätig war, entdeckte sie die Liebe zu ihrer Muttersprache neu und begann wieder zu schreiben. Aktuell lebt und arbeitet die gebürtige Deutsche als Literaturübersetzerin und Autorin in der Schweiz.

Carina Schnell

# Alba – Zwischen den Welten

Roman

KNAUR

**Bitte besuchen Sie uns im Internet:**
**www.facebook.de/droemerknaur**


Redaktion: Sandra Lode
Covergestaltung: ZERO Werbeagentur, München
Coverabbildung: © FinePic®, München
Printed in Germany
ISBN 978-3-426-21715-3

3 5 4 2

*Für Chris*

*Weil Schottland erst der Anfang war.*

# Kapitel 1

Willst du mich heiraten?«

Ben sah mich mit seinen blauen Augen erwartungsvoll an. Er kniete vor mir auf dem exquisiten Teppich des *The Palace*, eine samtbezogene Schatulle in der einen Hand, die er mit der anderen langsam öffnete. Zum Vorschein kam ein Ring, gekrönt von einem gigantischen Diamanten.

Ich verschluckte mich an meinem Dom Pérignon.

Bens strahlendes Lächeln verwandelte sich in eine besorgte Grimasse, als ich äußerst undamenhaft zu husten begann. Die Blicke der anderen Gäste, die Ben mit seinem Kniefall auf uns gezogen hatte, erdrückten mich.

Ich hustete, konnte nicht atmen. Meine Augen huschten zwischen Ben, den reich verzierten Kronleuchtern an der Decke und dem Hummer auf meinem Teller hin und her. Ich bemühte mich, das immer lauter werdende Getuschel unserer Tischnachbarn auszublenden, während ich verzweifelt nach Luft schnappte. Mein panisch umherirrender Blick fiel auf den Diamantring, den Ben mir noch immer entgegenhielt.

Meine Brust zog sich schmerzhaft zusammen, der Champagner brannte in meinem Hals. Da schlug mir jemand von hinten heftig auf den Rücken.

Keuchend öffnete ich die Augen.

»Madam?«

Ich sah mich irritiert um. Etwas drückte sanft gegen meinen Rücken.

»Madam, würden Sie bitte Ihre Rückenlehne senkrecht stellen? Wir beginnen gleich mit dem Landeanflug auf Edinburgh.«

Ich fuhr zu der Flugbegleiterin herum, die mich freundlich anlächelte. »Natürlich, Entschuldigung.«

Hastig kam ich ihrer Anweisung nach, und sie ging weiter. Ein Blick aus dem kleinen Fenster zu meiner Linken zeigte mir, dass das Flugzeug bereits so viel an Höhe verloren hatte, dass ich unter uns grün und braun gesprenkelte Hügel erkennen konnte. Ich hatte beinahe den ganzen Flug verschlafen. Beim Gedanken daran, was für ein Chaos ich in New York zurückgelassen hatte, verkrampfte sich mein Magen. Kein Wunder, dass ich sogar davon träumte.

Ich konnte Bens Gesichtsausdruck nicht vergessen, den Schock auf seinen Zügen, als ich ihm gesagt hatte, dass ich Zeit bräuchte. Wie er sich hastig erhoben, den Ring wieder in seinem Smoking verstaut und den anderen Restaurantgästen einen nervösen Blick zugeworfen hatte. Wie immer war er der perfekte Gentleman gewesen. Aber der Schmerz über die Zurückweisung hatte sich trotzdem auf seinem Gesicht abgezeichnet.

Deshalb war ich auch Hals über Kopf nach Europa geflüchtet: weil ich Zeit brauchte. *Nein*, verbesserte ich mich in Gedanken, *um Recherche für meinen nächsten Artikel zu betreiben*. Wenn ich es mir nur lange genug einredete, würde ich es vielleicht irgendwann glauben. Und Ben auch.

Als ich mich nach der holprigen Landung bückte, um durch die Kabinentür des Flugzeugs ins Freie zu treten, sog ich scharf die eisige Luft ein.

Es war Mitte März, aber hier in Schottland war noch nicht viel vom Frühling zu sehen. Auf den Gipfeln der fernen Berge konnte ich Schnee erkennen. Einige der von der dicken Wolkenschicht gefilterten Sonnenstrahlen fielen auf mein Gesicht, und ich hielt einen Moment inne, um die Wärme zu genießen, die Sonnenflecken hinter meinen geschlossenen Lidern tanzen zu sehen.

Als gebürtiger Kanadierin machte mir die Kälte nichts aus. Trotzdem war ich im Herzen eine Sonnenanbeterin und würde jeden einzelnen Sonnenstrahl genießen, den ich nach dem langen New Yorker Winter hier in Europa einfangen konnte.

Da schob sich eine Wolke vor die schwache Morgensonne, und die Magie des Moments war gebrochen. Ich warf noch einen letzten Blick auf die schneebedeckten Gipfel in der Ferne, bevor ich die wackelige Eisentreppe hinunterstieg.

Nachdem ich meinen Koffer vom Gepäckband gehievt hatte, machte ich mich auf die Suche nach einer Telefonzelle. Ich hatte Mom versprochen, sie sofort nach der Landung anzurufen. Wie immer, seit ich nach New York gezogen war, machte sie sich Sorgen um mich, die sich nun, da ich zum ersten Mal den Kontinent verlassen hatte, verdreifacht haben mussten. Ich konnte es ihr nicht übel nehmen. Sie selbst hatte Nova Scotia in ihrem Leben erst ein einziges Mal verlassen, und das auch nur, um ihr kleines Mädchen im Big Apple zu besuchen.

Nachdem sie mein winziges Einzimmerapartment in Brooklyn und meine dürftige Gehaltsabrechnung gesehen hatte, hätte sie mich am liebsten wieder mit nach Hause genommen. Aber ich hatte mich nicht beirren lassen. Ich lebte den Traum, auf den ich mein ganzes Leben lang hingearbeitet hatte.

*Und jetzt hast du es versaut*, meldete sich mein Gewissen, und einmal mehr sah ich Bens enttäuschtes Gesicht vor mir, hörte das empörte Getuschel der Restaurantgäste und spürte mein Herz schmerzhaft gegen meine Rippen schlagen. Ich schluckte und sah auf meine Armbanduhr, ein teures Geschenk von Ben. Ich hatte sie schon im Flugzeug auf die europäische Zeit umgestellt.

Ich benutzte meine Finger, um zurückzurechnen. In New York war es jetzt halb ein Uhr morgens, dann musste es zu Hause in Kanada schon halb zwei sein. Trotzdem wusste ich, dass Mom noch wach war und auf meinen Anruf wartete.

Als mein Blick suchend durch die beinahe leere Flughafenhalle schweifte, fiel mir auf, wie neu und auf Hochglanz poliert alles wirkte, ganz im Gegensatz zum JFK-Flughafen in New York. Edinburgh Airport war erst vor zwei Jahren fertig renoviert und durch die Queen eingeweiht worden.

Durch die Glasfront entdeckte ich draußen eine Reihe roter Telefonzellen, wie man sie aus britischen Filmen kannte.

*Was für ein Klischee*, dachte ich amüsiert. *Aber die Touristen fahren sicher voll drauf ab.*

Als ich durch die Flügeltüren trat, traf mich die frühmorgendliche Kälte, die durch das Vordach noch nicht von der Morgensonne verdrängt worden war. Ich fröstelte und zog meinen rotgrün karierten Schal enger um den Hals. Zuerst versuchte ich, mich mitsamt meinem Koffer in die Kabine zu zwängen, gab aber schnell auf und ließ ihn davor stehen.

So früh waren erst wenige Leute unterwegs. Niemand würde versuchen, dieses Monstrum zu stehlen.

Ein paar Taxifahrer standen an ihre Autos gelehnt, rauchten oder unterhielten sich gedämpft. Nur eine Handvoll Reisende tapste verschlafen hinter mir aus den Doppeltüren. Sie mussten im selben Flieger gesessen haben.

Ich kramte länger als sonst in meinem Portemonnaie – einem weiteren Geschenk von Ben –, bis ich das richtige Kleingeld gefunden hatte. Ich betrachtete die fremde Währung einen Augenblick, bevor ich sie einwarf. Auf allen Münzen prangte der Kopf Queen Elisabeths der Zweiten. Sie klapperten laut, als ich sie eine nach der anderen in den Schlitz steckte.

Ich drehte die Wählscheibe mit kalten, steifen Fingern, dann tutete es auch schon am anderen Ende. Ganze zwei Mal.

»Darling! Ich dachte schon, dir wäre etwas passiert.«

»Hi, Mom.« Ich verdrehte die Augen.

»Bist du gut angekommen? Wie war der Flug? Ist dein Koffer unversehrt angekommen? Hast du auch genug getrunken?«

Die Besorgnis in ihrer Stimme ließ mich dann doch schmunzeln. Obwohl ich einen siebenstündigen Flug hinter mir hatte, müde war und fror, tat es gut, die Stimme meiner Mutter zu hören. Sie würde sich wahrscheinlich auch dann noch Sorgen um mich machen, wenn ich dreißig und längst verheiratet war.

*Verheiratet.* Ich schluckte.

»Es ist alles gut, Mom. Ich bin bloß müde. Werde wohl ein paar Tage lang einen Jetlag haben.«

»Hast du Ben schon angerufen und ihm gesagt, dass du gut angekommen bist? Er macht sich sicher auch Sorgen.«

»Es ist ein Uhr morgens in New York. Ben schläft bestimmt. Nicht jeder ist so verrückt wie du und bleibt so lange wach, nur um meine Stimme zu hören.«

»Wie kannst du so was sagen! Natürlich will dein Verlobter deine Stimme hören. Und vor allem will er hören, wie du ein ganz einfaches, klitzekleines Wort aussprichst: ja.«

»Er ist nicht mein Verlobter, Mom. Ich habe ihm noch keine Ant…«

»*Noch* nicht. Auch wenn ich das immer noch nicht begreifen kann. Ihr seid so großartig zusammen. Was für ein Fang! Und dann dieser Ring … wie hast du da auch nur eine Sekunde lang zögern können? Und er ist ja nicht irgendwer. Weißt du eigentlich, wie viele junge Frauen dafür töten würden, an deiner Stelle zu sein?«

*Und jetzt geht es erst richtig los.* Ich hielt den Hörer weiter von meinem Ohr weg, während ihre Stimme sich zu einem Crescendo steigerte.

»Einer der gefragtesten Junggesellen des ganzen Staates New York hält um deine Hand an, und du brauchst Zeit? Das ist kein Mann, den man zum Narren halten kann, Darling. Ben wird nicht ewig auf dich warten. Als Erbe einer der reichsten Familien der Upper West Side müssen die Frauen bei ihm Schlange stehen. Und was seine Eltern erst denken müssen. Diese Zurückweisung! Du solltest das so schnell wie möglich in Ordnung bringen. Am besten jetzt gleich.«

»Mom!« Meine Stimme war eisig geworden, und sie hielt in ihrer Tirade inne. »Wir haben das schon besprochen. Es ist *mein* Leben, *meine* Entscheidung. Ich habe nicht Nein gesagt, nur dass ich ein wenig Zeit brauche. Und außerdem kann ich mir diese Story nicht entgehen lassen. Ich brauche die Festanstellung beim *New Yorker.*«

»Aber wenn du Ben heiratest, müsstet du nie wieder einen einzigen Tag in deinem Leben arbeiten.«

Ich schnaubte. *Was für ein Albtraum.* Doch sie ließ sich nicht beirren.

»Dieser Traum von einer Karriere als Journalistin hat dich schon zu viel gekostet, ich …«

»Mom, ich habe gleich kein Guthaben mehr. Gibt es vielleicht noch etwas Nettes, das du mir sagen möchtest, bevor wir uns zehn Tage lang nicht hören?«

»Zehn Tage?«

Ich musste mir verkneifen, anhand des Schocks in ihrer Stimme nicht laut aufzulachen. »Du weißt, dass ich erst mal raus in die Natur will. Ich werde in den nächsten Tagen keine Möglichkeit haben, dich anzurufen.«

»Ich kann einfach nicht glauben, dass sie in einem respektablen Bed and Breakfast kein Telefon haben. Das ist doch undenkbar. Wir leben in den Siebzigern, nicht in der Steinzeit.«

»Ich bin in Schottland, nicht in New York. Ich werde tief in den Highlands sein. Die Leute dort leben teilweise weitab vom Schuss und sind noch ziemlich altmodisch.«

»Okay, okay. Wenigstens hast du mich vorgewarnt. Aber Sorgen werde ich mir trotzdem machen. Versprichst du mir, mich sofort anzurufen, wenn du wieder in der Zivilisation bist?«

»Natürlich. Ich muss jetzt los. Mein Fahrer müsste jeden Moment hier sein.«

»Es gefällt mir immer noch nicht, dass du mit einem wildfremden Mann unterwegs bist.«

»Mom! Das ist der einfachste und günstigste Weg, schnell in die Highlands zu kommen und dabei noch etwas von einem Einheimischen zu lernen. Außerdem ist er ja kein Fremder, sondern ein Bekannter von Bens Großvater.«

Endlich gab sie Ruhe, sodass wir uns verabschieden konnten. Als ich den Hörer auf die Gabel legte, entwich mir ein tiefer Seufzer. Ich würde in den nächsten Tagen einen Weg finden müssen, mich von meinem schlechten Gewissen abzulenken und den Kopf freizubekommen, sonst würde ich noch wahnsinnig werden.

Ich wusste nur zu gut, dass ich lediglich eine einzige weitere Chance mit Ben bekommen würde. Meine Mutter hatte recht, er war kein Mann, den man zum Narren halten konnte. Benjamin Alexander James Preston besaß diesen angeborenen Stolz reicher Leute, den man besser nicht zu oft verletzte. Auch seine Eltern, zwei hohe Tiere im Verlagswesen, würden dieses Spiel nicht lange mitspielen. Einmal mehr überkam mich Panik. Es fühlte sich an, als fiele eine Tür vor mir ins Schloss. Die Wände der kleinen Telefonzelle begannen, auf mich zuzurücken, kamen näher und näher. Es gab keinen Ausweg.

Als sich mein Atem beschleunigte, schüttelte ich heftig den Kopf. Nein. Ich würde diesen Urlaub nutzen, um herauszufinden, was ich wirklich im Leben wollte, und hoffentlich die beste Story meiner bisherigen Karriere zu schreiben. Doch um das zu erreichen, musste ich es erst einmal schaffen abzuschalten. Seit vier Jahren hatte ich keinen Urlaub mehr gemacht, und es wurde langsam Zeit. Die Highlands erwarteten mich.

Ich schloss die Augen, atmete tief durch und zuckte zusammen, als zwei laute Schläge ertönten.

Beinahe wäre mir ein Schrei entwichen. Vor der Tür der roten Telefonzelle stand ein dunkler Schemen, den ich kaum durch die von innen beschlagene Scheibe erkennen konnte. Mit einer bedrohlichen Geste hob er eine Hand, um erneut gegen das Glas zu schlagen.

# Kapitel 2

Ich wich zurück und stieß gegen das Telefon, das sich schmerzhaft in meinen Rücken bohrte.

Da klopfte es noch zweimal gegen die Tür.

»Miss Keith?«, fragte eine tiefe Stimme mit kehligem schottischem Akzent. »Sind Sie Miss Keith aus New York?«

Ich hätte beinahe laut über meine Schreckhaftigkeit gelacht und stieß die Tür auf.

Der schwarze Schatten wich zurück, als ich ins Freie stolperte. Dort stand ein Hüne von einem Mann. Er hatte rötliches, von grauen Strähnen durchzogenes Haar und einen dichten grauen Bart, durch den er sich mit der Hand fuhr.

»Ich wollte Sie nicht erschrecken, Miss.«

Der Mann steckte doch tatsächlich in einem rot-blau karierten Kilt, der traditionellen Tracht der Schotten. Ich hätte ihn als knielangen Rock bezeichnet, wenn ich nicht gewusst hätte, dass der Schotte das als Beleidigung aufgefasst hätte.

»Graham MacTavish. Ich bin hier, um Sie abzuholen.«

Ich riss meinen Blick von seinen rötlich behaarten Beinen los, die, bis auf ein Paar Kniestrümpfe, nackt waren, und erwiderte sein freundliches Lächeln.

»Ich muss mich für meine Schreckhaftigkeit entschuldigen«, erklärte ich peinlich berührt. »Ich habe Sie nicht kommen sehen.«

Ich streckte ihm meine Hand entgegen, und er schüttelte sie mit seiner riesigen, warmen Pranke.

»Catriona Keith. Freut mich, Sie kennenzulernen, Mister MacTavish.«

»Bitte nennen Sie mich Graham.«

»Nur wenn Sie mich Cate nennen.«

Er nickte belustigt. »Willkommen in Schottland, Cate.«

Kein Mann vieler Worte. Ich mochte ihn auf Anhieb.

Er nahm mir meinen Koffer ab und führte mich zu einem schwarzen Geländewagen, dessen Felgen mit Schlamm bespritzt waren. Wortlos lud er mein Gepäck in den Kofferraum und öffnete dann die Tür für mich.

Ich war schon beinahe um das Auto herumgegangen, um auf der rechten Seite einzusteigen, da ich ganz vergessen hatte, dass man im Vereinigten Königreich auf der linken Straßenseite fuhr. Es war ein merkwürdiges Gefühl, als Beifahrerin links einzusteigen.

Interessiert musterte ich das Innere des Jeeps, während ich mich anschnallte. Natürlich befand sich auch die Gangschaltung auf der anderen Seite, und ich fragte mich, wie es wohl war, mit links zu schalten. Die Schotten konnten ja nicht alle Linkshänder sein.

Im Stillen dankte ich Ben dafür, Graham MacTavish als meinen Fahrer organisiert zu haben, damit ich nicht selbst fahren musste.

Als Graham auf der anderen Seite einstieg, blieb sein Blick kurz an meinem Haar hängen, bevor er schnell wieder wegsah. Er war nicht der Erste, der es anstarrte. Mein Haar war seit frühester Kindheit so hellblond, dass es fast weiß wirkte, und je nach Lichteinfall beinahe silbern schimmerte. Ich hatte noch nie jemanden mit einer ähnlichen Haarfarbe getroffen. In der Grundschule hatten Steve Barry und seine Freunde mich deshalb aufgezogen. Lächelnd erinnerte ich mich an die Worte meiner Großmutter, die mich stets getröstet hatte. »Du hast Diamanthaar«, hatte sie immer gesagt, während ich vor dem Spiegel an ihrem kleinen Schminktisch saß, den sie mir vererbt hatte, und sie mein Haar bürstete. »Lass dich nicht unterkriegen. Die Schulzeit geht vorbei, und da draußen wartet eine ganze Welt auf dich.«

Ich schenkte Graham ein Lächeln, das ihm hoffentlich sagte, dass mir sein Blick nichts ausgemacht hatte. Er erwiderte es, auch wenn das unter seinem dichten Bart schwer zu erkennen war, ließ den Motor an und fuhr los.

Wir fuhren eine ganze Weile in völligem Schweigen. Anfänglich zuckte ich noch zusammen, wenn uns Autos auf der *falschen* Straßenseite entgegenkamen. Doch ich bemühte mich, mir nichts anmerken zu lassen. Meine Finger krallten sich aber so fest in meinen Sitz, dass die Knöchel weiß hervortraten.

Da der Flughafen etwas außerhalb der Stadt lag, sah ich leider nicht viel von Edinburgh. Ich sagte mir aber, dass ich mehr als genug Zeit in der schottischen Hauptstadt verbringen würde, wenn ich erst einmal von meinem Ausflug in die Highlands zurück war. Mein Zimmer in einer kleinen Pension im Stadtzentrum war schon gebucht.

Ich konnte es kaum erwarten, die Stadt zu erkunden, mit den Menschen zu sprechen, die allgemeine Stimmung einzufangen, die die unsichere politische Lage ohne Zweifel aufgewühlt hatte. Ich wollte interviewen, recherchieren, schreiben. Aber zuerst musste ich meinen Kopf freibekommen. Die schottische Unabhängigkeit musste warten.

Trotzdem betrachtete ich die hinter der Fensterscheibe vorbeifliegende Landschaft und die Menschen wie ein Adler. Ich suchte nach Plakaten, Graffiti, irgendwelchen öffentlichen Reaktionen auf den Entscheid des Referendums, das Schottland vor nur zwei Wochen sein eigenes Regionalparlament gekostet hatte. Die Schotten hatten zwar mit einer knappen Mehrheit für die Einführung eines eigenen Parlaments, und damit für mehr Unabhängigkeit vom Vereinigten Königreich, gestimmt, allerdings war die Wahlbeteiligung so gering gewesen, dass es nicht ausgereicht hatte. Seitdem war das politische Klima in Schottland noch aufgeheizter als zuvor. Viele Befürworter demonstrierten auf den Straßen, und es herrschte Angst, dass die extremistischen Separatisten bald neue Terroranschläge verüben würden, wie sie es schon vor einigen Jahren getan hatten.

Was für eine aufregende Zeit, in Schottland zu sein und diese Atmosphäre einfangen zu können.

Ich warf Graham einen Seitenblick zu, traute mich aber noch nicht, ihn mit Fragen zu seiner politischen Einstellung zu bombardieren. Vielleicht sollten wir uns erst einmal näher kennenlernen. Andererseits verabscheute ich Small Talk.

»Keith, eh?«, brummte Graham, als hätte er meine Gedanken gelesen. »Haben Sie Familie in Schottland?« Er hatte den Blick weiterhin auf die Straße gerichtet, wirkte aber ehrlich interessiert.

»Ja, mein Name hat mich wohl verraten. Meine Vorfahren sind von Schottland nach Kanada ausgewandert. Meine Urgroßmutter hat sogar noch Gälisch gesprochen. Ich weiß aber leider nicht, ob ich noch Familie hier habe.«

Mit einem leisen Lächeln erinnerte ich mich an den leichten schottischen Akzent meiner Uroma und an die Lieder, die sie manchmal auf Gälisch vor sich hingesungen hatte.

»*Ceiteach*«, murmelte Graham. Es war ein rauer, kehliger Laut, und ich wusste nicht, ob ich richtig verstanden hatte.

»Wie bitte?«

»Das bedeutet Keith auf Gälisch. Der wahre Name Ihres Clans.«

»Ich weiß nicht, ob man die Keiths als *meinen* Clan bezeichnen kann.« Ich lachte nervös.

Die Idee von verschiedenen Clans, die sich gegenseitig bekriegten, wie man es aus Filmen kannte, hatte ich noch nie gemocht.

»Gibt es heutzutage überhaupt noch Clans in Schottland? Ist das nicht eine total veraltete Vorstellung?«

Innerlich schalt ich mich für meine Direktheit. Ich hielt mich seit nicht einmal zwei Stunden in Schottland auf und hatte bereits einen Einheimischen beleidigt. Neuer Rekord.

Graham schien unter seinem Vollbart zu schmunzeln. »Natürlich gibt es die Clans noch. Clan Keith lebt heute noch hauptsächlich im Norden und Nordosten Schottlands. Der aktuelle Clanchief ist James Keith, Earl of Kintore. Der Adelstitel wird seit dem 18.

Jahrhundert weitervererbt. Sogar ein paar Schlösser sind noch in Familienbesitz.«

Ich staunte nicht schlecht über sein Wissen. Meine journalistische Neugier war geweckt. »Und was ist mit Ihrem Clan, den MacTavishs?«

»Ein sehr alter Clan mit viel Tradition und einer ungebrochenen Nachkommenslinie.« Er klang stolz.

Während er den Blick weiterhin auf die Fahrbahn gerichtet hielt, deutete er mit dem Finger auf ein Abzeichen, das an dem Kiltüberwurf auf seiner Brust befestigt war. Darauf war ein rundes Wappen zu erkennen, in dessen Mitte der Kopf eines Ebers prangte. Darüber standen in einem Halbkreis die lateinischen Worte *NON OBLITUS.*

Ich versuchte, mich an meine verhassten Lateinstunden zu erinnern. Wenn ich mich nicht irrte, hieß es so viel wie *nicht vergessen* oder vielleicht *wir vergessen nicht.* Es musste sich dabei um das Motto des Clans handeln. Um das Wappen herum war ein Riemen gelegt, der am unteren Ende in einer Schnalle endete.

»Viele Schotten haben alte Nachnamen wie Keith, MacTavish, MacDonald oder Fraser. Das macht sie aber nicht automatisch zu Clan-Mitgliedern«, erklärte Graham. »Ich trage das Abzeichen meines Clans, weil ich ein direkter Nachfahre der Familie unseres Chiefs bin. Riemen und Schnalle symbolisieren meine Abstammung.«

Er strich mit der Hand über den rot-blau karierten Stoff seines Kilts. »Das ist das Muster meines Clans, unser *Tartan.* Die meisten Clans haben eigene Tartans, aber heutzutage werden viele dieser original schottischen Muster als modische Accessoires getragen.«

Sein Kopf ruckte in Richtung meines rot-grün karierten Schals, den ich abgenommen und auf meinen Schoß gelegt hatte.

Ich musste zähneknirschend zugeben, dass ich den Schal gekauft hatte, weil er mich an die schottischen Tartans erinnerte, die meine Urgroßmutter als Wandtapeten und teilweise als Teppiche in ihrem Haus in Kanada gehabt hatte. Ich war immer stolz auf mein schottisches Erbe gewesen, hatte mich aber nie wirklich damit auseinandergesetzt, konnte weder Gälisch sprechen, noch wusste ich viel über Schottland und seine Kultur. Nun schämte ich mich fast für den Schal, den ich auf einem Flohmarkt in SoHo erstanden hatte.

»Und woher kennen Sie Bens Familie?«, versuchte ich, das Thema zu wechseln.

Graham lachte, ein tiefer, melodiöser Laut. »Benjamins Großvater ist schon in seiner Jugend oft nach Schottland zum Golfen gekommen. Ein Sport, dem ich ebenfalls gerne nachgehe. Er freundete sich mit meinem Vater an, dem einige Golfplätze in den Highlands gehören. Ich kenne Benjamin schon, seit er ganz klein war. Seine Familie hat oft Urlaub in Schottland gemacht.«

Meine Augen weiteten sich. Graham schien ebenfalls einer superreichen Familie zu entstammen, was man ihm überhaupt nicht anmerkte. Er hatte meinen Koffer geschleppt und sich bereit erklärt, mich zehn Tage lang durch halb Schottland zu fahren. Und das alles nur als Gefallen für Bens Verlobte? Ich konnte kaum glauben, dass reiche schottische Erben so anders waren als amerikanische. Graham wurde mir immer sympathischer. Doch in Gedanken schalt ich mich: *Freundin, nicht Verlobte. Und das hast du ganz allein zu verantworten.*

Als die Straßen nach einer guten Stunde schmaler und kurviger wurden, wies Graham mich an, besonders aufmerksam aus dem Fenster zu schauen. »Wir sind bald da«, erklärte er schmunzelnd.

Bald darauf konnte ich zwischen den Bäumen hindurch Wasser aufblitzen sehen. Als sich die Stämme plötzlich lichteten und ich einen atemberaubenden Ausblick auf einen See hatte, dessen

Oberfläche glatt und unbewegt wie ein Spiegel war, keuchte ich überrascht auf. Noch nie hatte ich etwas Vergleichbares gesehen.

Die braungrün gesprenkelten Berge und langsam erblühenden Bäume, die den See umgaben, spiegelten sich in seiner Oberfläche, als wäre sie aus Glas. Die Sonne hatte sich seit ihrer sanften Begrüßung am Morgen nicht mehr blicken lassen. Der Himmel war wolkenverhangen und grau, doch ich hatte das Gefühl, dass das nur noch mehr zur mystischen Atmosphäre dieses Ortes beitrug. Die Härchen an meinen Armen stellten sich unter meinem dünnen Pullover auf, und ich konnte nicht anders, als wie gebannt auf die riesige, unbewegte Fläche zu starren, die ein spiegelverkehrtes Abbild unserer Welt war. Ab und an stießen Vögel herab und erzeugten kleine Wellen, die größer und größer wurden, bevor sie sich wieder verflüchtigten. Sonst blieb alles still und unbewegt.

»Willkommen am Loch Lomond«, sagte Graham.

»Loch heißt See auf Gälisch, richtig?«

Er nickte.

Wir fuhren beinahe eine halbe Stunde am See entlang, und ich konnte die Augen nicht von dem Naturschauspiel lassen. Immer wieder war die Landschaft gesprenkelt mit gelben Ginsterbüschen, die helle Farbtupfer in das Braun und Grün zauberten und aus dem Spiegelbild auf der Seeoberfläche herausstachen. Der Frühling war hier bereits auf dem Vormarsch.

Der Loch Lomond war so riesig, dass kein Ende in Sicht war. Ich konnte zwar das Ufer auf der gegenüberliegenden Seite erkennen, doch der schmale See schlängelte sich unentwegt zwischen den Highlands hindurch, als handelte es sich eher um einen besonders breiten Fluss. Nur die unbewegte Oberfläche ließ etwas anderes vermuten.

Als wir anhielten, hätte ich Graham am liebsten gebeten, weiterzufahren, nur damit ich den See noch länger betrachten konnte. Doch dann fiel mein Blick auf das Haus, vor dem wir geparkt hatten, und ich schluckte jeglichen Protest herunter. Es war kein Haus, es war ein Schloss.

# Kapitel 3

Graham hatte den Motor noch nicht ausgeschaltet, da hatte ich schon die Beifahrertür aufgerissen und war aus dem Auto gestürzt.

Das riesige, aus graubraunem Stein gebaute Herrenhaus ragte steil vor mir in den wolkenverhangenen Himmel. Rechts wurde es von einem Türmchen flankiert, zum Eingang führte ein überdachter Vorbau, dessen Dach mit allerlei Verzierungen und kleinen Türmchen geschmückt war. Darüber prangte ein Wappen, das ich sofort wiedererkannte.

»MacTavish«, murmelte ich, während ich den in Stein gemeißelten Kopf des Ebers betrachtete.

Graham war ebenfalls ausgestiegen. Sein belustigter Blick folgte mir, als ich den Kopf zurück ins Auto steckte, um meinen Fotoapparat zu suchen. Das Leder meines alten, ausgeblichenen Rucksacks fühlte sich weich auf meiner Haut an, als ich erst die Schnalle öffnete und dann die Kordel darunter aufzog. Der Rucksack war von oben bis unten gesprenkelt mit Aufklebern meiner Lieblingsbands, darunter The Rolling Stones, The Sweet und Queen, und politischen Statements wie *Atomkraft, nein danke* und dem Peace-Zeichen.

Ich kramte zwischen einer halb leeren Kekspackung und in letzter Minute hastig hineingeworfener Unterwäsche herum, bis meine Finger auf die Linse trafen.

Ich zückte meine heiß geliebte Nikon F 2 – ein weiteres Geschenk von Ben – und schoss ein paar Fotos vom Anwesen.

In der Zwischenzeit holte Graham mein Gepäck aus dem Kofferraum. Als ich mich zu ihm umwandte, entdeckte ich zum ersten Mal den Ausblick hinter ihm. Ich war so von dem Schloss gefesselt gewesen, dass ich gar nicht bemerkt hatte, dass wir uns auf einer kleinen Anhöhe mit spektakulärer Aussicht auf den Loch Lomond befanden. 

Weit und breit konnte ich an seinen Ufern keine Menschenseele ausmachen, weder Häuser noch Bootsanleger. Dieser Teil des Sees lag abgeschieden, weit weg von den Touristenscharen, die uns auf unserem Weg hierher entgegengekommen waren.

»Gehört das Haus Ihrer Familie?«, fragte ich Graham. »Wohnen Sie hier?«

»Ja zum Ersten, nein zum Zweiten«, gab er zurück. »Das Anwesen ist im Besitz der MacTavishs, aber es fungiert heute als Pension für Touristen, die es etwas abgeschiedener mögen.«

Er deutete auf etwas, das sich hinter mir befand, und ich drehte mich um. Etwas abseits stand ein Schild mit der Aufschrift *Parkplätze nur für Gäste der Pension.*

Ich zog eine Grimasse. Innerlich hatte ich mir schon ausgemalt, wie wir am Abend gemütlich mit dem Chieftain der MacTavishs in einer alten, vom Boden bis zur Decke mit Büchern vollgestopften Bibliothek saßen und uns unterhielten. Im Kamin würde ein Feuer prasseln, und wir hätten alle ein Glas Whiskey in der Hand, dessen Inhalt im Feuerschein wie Bernstein funkelte.

Graham hob entschuldigend die Schultern. »Ich habe ein paar Tage in Glasgow zu tun, bevor ich wieder herkomme und Sie abhole. Ben hat mich informiert, dass Sie vorhaben, ein paar Tage am Loch Lomond zu verbringen, bevor wir weiter in den Norden durch die Highlands fahren.«

Ich nickte. Genau das war der Plan gewesen.

»Dies ist eine hervorragende Pension, die seit vielen Jahren von guten Freunden meines Onkels geführt wird«, fuhr Graham fort. »Emily und ihr Ehemann Stewart werden Ihnen wertvolle Tipps geben, was es in der Umgebung alles zu entdecken gibt. Sie können auch gerne das Auto der beiden ausleihen, wenn Sie weiter den See hinauffahren wollen. Unten am Anleger gibt es außerdem mehrere Boote. Stewart nimmt Sie sicher gerne mal auf eine Tour über den Loch mit.«

Er deutete Richtung See, wo sich hinter den Bäumen am Ufer wohl ein Steg und einige Boote befinden mussten.

Ich schenkte ihm ein Lächeln. Was machte es schon, dass ich nicht in einem richtigen Schloss, sondern in einem Hotel übernachtete. Schließlich war ich nicht für den Luxus hergekommen, den ich in New York an Bens Seite jeden Tag genießen konnte, sondern um Abenteuer zu erleben und neue Erfahrungen zu sammeln. *Und um die größte Story meines bisherigen Lebens zu schreiben*, ermahnte ich mich.

Graham wies auffordernd mit einer Hand Richtung Eingang. »Bitte, nach Ihnen.«

Ich ließ mich nicht zweimal bitten.

Als wir durch die schwere Eichenholztür traten, fiel mir zuerst der weiche Teppich auf, der unsere Schritte dämpfte und genauso gemustert war wie Grahams Kilt. Das Zentrum der großen, von einer breiten Treppe flankierten Eingangshalle bildete die Rezeptionstheke, auf die mein Begleiter zusteuerte. Er drückte auf eine goldene Klingel, die auf dem blank polierten Holz der Theke stand. Der helle Ton war kaum verklungen, da rauschte auch schon eine beleibte Frau mit haselnussbraunem Haar aus einer Tür hinter der Rezeption heran.

»*A ghràidh*«, rief sie und zog Graham in eine überschwängliche Umarmung. Ich hätte meinen Begleiter so eingeschätzt, dass ihm diese öffentliche Zuneigungsbekundung vielleicht unangenehm sein könnte, doch er erwiderte die Umarmung herzlich, und die beiden tauschten ein paar Worte auf Gälisch aus.

Mit geröteten Wangen und einem breiten Lächeln wandte er sich zu mir um, nachdem er sich aus ihrer Umarmung gelöst hatte. »Cate, das ist Emily. Ihre Gastgeberin für die nächsten paar Tage.«

Ich streckte eine Hand aus, aber Emily zog mich ebenfalls in eine herzliche Umarmung. »*Do bheatha dhan dùthaich*, herzlich willkommen«, rief sie. »Ich freue mich, Bens Verlobte kennenzulernen.«



Das Lächeln gefror mir auf den Lippen. »Sie kennen Ben?«, fragte ich leicht säuerlich.

»Ja, ich kenne den kleinen Rabauken schon seit vielen Jahren«, erklärte sie, doch ich hörte schon gar nicht mehr zu. Hatte Ben etwa allen Leuten erzählt, dass wir verlobt waren, noch bevor ich überhaupt Ja gesagt hatte?

Wir hatten meine Reise nach Schottland vor Wochen geplant. Er musste die Anrufe getätigt haben, noch bevor er überhaupt um meine Hand angehalten hatte.

Meine Wangen brannten, und ich zwang mich, nicht auf Emilys Anspielung zu unserer Verlobung einzugehen. Stattdessen lächelte ich und versuchte, trotz der wütend pochenden Ader an meiner Schläfe, dem Gespräch zu folgen.

»Ben hat das beste Zimmer im Haus für Sie reserviert«, erklärte meine Gastgeberin gerade. Sie war hinter die Theke getreten und blätterte in einem dicken Buch. »Ich bräuchte bitte Ihren Reisepass und eine Unterschrift hier und hier. Stewart wird gleich hier sein, um Ihr Gepäck nach oben zu tragen.«

Sie zeigte auf die Treppe, die sich in einem breiten Schwung in die oberen Etagen wand.

»Frühstück gibt es jeden Tag ab acht Uhr. Leider servieren wir Mittag- und Abendessen nur an Wochenenden. Nicht weit von hier ist aber ein kleines Dorf, wo es zwei hervorragende Restaurants gibt. Es ist wirklich nur einen kurzen, angenehmen Spaziergang durch ein Waldstück entfernt und liegt direkt am See. Sie finden dort auch ein paar kleine Geschäfte, ein Postamt und natürlich einen Pub. Wenn Sie telefonieren müssen, können Sie das sehr gerne hier an der Rezeption tun, auf den Zimmern gibt es keine Telefone.«

Meine Gedanken schweiften schon wieder ab, während Emily weiter fröhlich vor sich hinplapperte. Ich konnte es nicht fassen. Wem hatte Ben wohl noch von unserer nicht offiziellen Verlobung erzählt? Seinen Eltern natürlich. Aber wussten es etwa auch schon unsere Freunde, seine Kollegen beim *New York Wall Street Journal*, der Zeitung seines Vaters? Lag womöglich schon ein Artikel vor, der am Folgetag hätte erscheinen sollen – wenn ich Ja gesagt hätte?

Es rumorte unangenehm in meinem Magen, und ich hätte mich am liebsten übergeben. Ich zwang mich, weiterhin zu lächeln und zu nicken, als Emilys Mann Stewart zu uns stieß und mir ebenfalls vorgestellt wurde. Meine Mundwinkel krampften schon vor Anstrengung, als Graham sich schließlich verabschiedete.

»Ich bin am Donnerstag zurück«, verkündete er. »Sie sind hier in guten Händen, Cate.«

Dann wurde ich auf mein Zimmer geführt und endlich allein gelassen. Nachdem die Tür hinter mir ins Schloss gefallen war, warf ich mich aufs Bett, vergrub den Kopf in den Kissen und hätte am liebsten geschrien.

Als ich mich wieder beruhigt hatte, erkundete ich mein Zimmer und das angrenzende Bad, um mich abzulenken. Alles war exquisit eingerichtet, von den Stoffen der schweren Vorhänge vor den Fenstern über die verschnörkelten Nachttischlampen und den riesigen, mit Schnitzereien verzierten Kleiderschrank bis hin zum vergoldeten Wasserhahn und der vornehmen Badewanne. Jedes Möbelstück schien antik, es waren Sammler- oder Erbstücke von hohem Wert, die zwar alle wild zusammengewürfelt waren, aber doch ein wunderbar gemütliches Gesamtbild ergaben. Überall prangte das Wappen der MacTavishs, und auch hier war der Boden mit rotblau kariertem Teppich ausgelegt.

Um den Kopf freizubekommen, verbrachte ich den Rest des Tages im Freien.

Zuerst wollten meine Gedanken nicht recht zur Ruhe kommen. Sie drehten sich im Kreis und landeten immer wieder bei Ben und der bevorstehenden Hochzeit.

Als ich durch das kleine Wäldchen geschlendert war, das das Anwesen vom Loch trennte, und schließlich am Seeufer stand, atmete ich einmal tief ein. Ich stellte mir vor, wie beim Ausatmen all die umherwirbelnden Gedanken meinen Kopf verließen, wie ein weißer Nebel, der meinem Mund entwich und meinen Kopf klar und frei zurückließ.

Stille umfing mich und wurde nur von gelegentlichem Vogelgezwitscher und dem Schwappen der kleinen Wellen ans Ufer unterbrochen. Ich starrte eine ganze Weile unbewegt auf die spiegelglatte Fläche hinaus.

Dann begann ich, am Ufer entlangzuspazieren und zu fotografieren. Ich hörte lange nicht damit auf, musste sogar zweimal den Film wechseln. Die üppige, tiefgrüne Natur um mich herum faszinierte mich. Alles hier schien ein mögliches Fotomotiv zu sein – die moosbewachsenen Steine, die uralten, knorrigen Bäume, die sanft geschwungenen Berge am gegenüberliegenden Ufer, der Himmel mit seinen sich auftürmenden Wolkengebilden und immer wieder der See.

Loch Lomond zog mich magisch an. Jedes Mal, wenn ich mich herumdrehte, sah der See anders aus, immer wieder gab es etwas Neues auf der unbewegten Oberfläche zu entdecken. Oft tauchte ich meine Hand ins Wasser, ließ sie trotz der Kälte im weichen Uferschlamm liegen, um den See zu spüren, bis meine Haut ganz rot war.

Als ich hungrig wurde, aß ich einen leicht zerquetschten Schokoriegel, den ich in meiner Jackentasche fand. Ich wollte den See noch nicht verlassen. Am Abend hatte ich noch genug Zeit, in einem der Restaurants im benachbarten Dorf einzukehren.

Als es schließlich dunkel wurde, ohne dass ich durch die dicke

 Wolkendecke hindurch einen Blick auf den Sonnenuntergang erhascht hatte, machte ich mich auf den Weg, den ausgetretenen Waldpfad hinter dem Haus entlang, den Emily mir beschrieben hatte.

Es war nicht schwer, sich im Halbdunkel zurechtzufinden, denn in regelmäßigen Abständen waren kleine elektrische Laternen in den Waldboden gesteckt worden, die warmes Licht verbreiteten. Außerdem war der Pfad mit Schildern ausgewiesen. Es gab viele Abzweigungen, die, den Schildern nach zu urteilen, zu verschiedenen Wanderwegen führten. In der Richtung, in die die Schilder wiesen, stieg der Boden steil an. Vielleicht würde ich morgen einen der umliegenden Berge besteigen. Ich hatte mir in New York extra Wanderschuhe gekauft.

Das kleine Dorf am anderen Ende des Pfades wurde von einer uralten Kirche dominiert, ansonsten gab es nur wenige Häuser. Alle Gebäude waren aus demselben graubraunen Stein errichtet worden wie die Pension. Aus den Fenstern der Wohnhäuser strömte warmes Licht einladend auf den Bürgersteig.

*Wie alt hier alles ist*, dachte ich. Antike Dinge hatten schon immer eine besondere Faszination auf mich ausgeübt. Weder in Kanada noch in New York gab es wirklich alte Gebäude, nicht in dem Sinne, wie sie hier in Europa alt waren. Die Häuser, die die einzige Straße im Ort säumten, waren so klein und gedrungen, dass ich mich hätte ducken müssen, um einzutreten.

Die Restaurants waren nicht schwer zu finden. Ich blieb vor dem ersten Lokal stehen, zu dem ich kam. Die Kälte war in meine Glieder gekrochen, und mein Magen knurrte. Ich würde noch genug Zeit haben, das zweite Restaurant zu finden, wenn Graham tatsächlich erst in vier Tagen zurückkam.

Ich öffnete die Tür und duckte mich durch den niedrigen Eingang hindurch. Wärme und Stimmengewirr empfingen mich.

»Willkommen, *lassie*«, begrüßte mich ein Schotte mit besonders starkem Akzent. »Tisch für eine Person?«

Ich nickte, und er führte mich an einen Tisch in der Ecke. Der riesige Raum musste neben der Küche auch der einzige Raum des Hauses sein. Die unbehandelten Steinwände und die Decke gingen gewölbeartig ineinander über und schufen eine rustikale, aber gemütliche Atmosphäre.

Das Restaurant war voll besetzt. Ich hatte Glück, einen der beiden letzten freien Tische ergattert zu haben. Den bunten Multifunktionsregenjacken über den Stühlen und den offenen Reiseführern auf den Tischen nach zu urteilen, tummelten sich hier hauptsächlich Touristen. Ich konnte aber auch einige Einheimische an ihrem schottischen Akzent erkennen, der dem des Kellners ähnelte.

Ich fragte mich gerade noch, ob die anderen Touristen wohl alle in meinem Hotel übernachteten oder ob es noch andere Herbergen in dieser abgelegenen Gegend gab, da kam der Kellner auch schon mit der Speisekarte zu mir.

»Entschuldige, *lassie*, aber bei uns gibt's nur zwei Gerichte. Das hier ist die Whiskykarte.«

Er zwinkerte mir zu. »Bist du bereit für die Erfahrung deines Lebens? Schon mal Haggis probiert?«

Ich hatte von dem schottischen Nationalgericht gehört, das meines Wissens hauptsächlich aus Schafsinnereien bestand. Schmunzelnd stellte ich mir Bens verzogene jüngere Schwester Evangeline vor, wie sie die Nase rümpfte und mit diesem nasalen Ton *Igitt!* rief. Sie würde nie etwas probieren, was auch nur annähernd auf die Beschreibung von Haggis zutraf. Mit einem breiten Grinsen bestellte ich eine große Portion und ein Glas Whisky.

»Ein guter Jahrgang«, versicherte der Kellner mir.

Mir fiel auf, dass er keinen Kilt trug. Auf den Straßen hatte ich ebenfalls keine Kilt tragenden Männer gesehen, auch nicht hier im

Restaurant. Ich nahm mir vor, Graham zu fragen, warum er die traditionelle Tracht trug, wenn ich ihn das nächste Mal sah. Es hatte genug Small Talk zwischen uns gegeben. Ich durfte mein Ziel nicht aus den Augen verlieren. Morgen würde ich Emily und Stewart Fragen zum Referendum stellen und vielleicht am Abend auch die anderen Restaurantgäste löchern. Aber für heute wollte ich es gut sein lassen. Ich war zu erschöpft, und der Jetlag machte sich bemerkbar.

Haggis schmeckte köstlich. Die Konsistenz erinnerte mich an Couscous, das ich während einer Reise mit Ben in Marokko probiert hatte. Serviert wurde es mit Kartoffelpüree, Brokkoli und einer leckeren Soße. Der Kellner erklärte mir, dass es Haggis auch in Form einer Art Wurst gab, wobei man es aus der Pelle heraus aß, sogar zum Frühstück.

Am liebsten hätte ich am Ende noch den Teller abgeleckt, nur mit dem Whisky hatte ich so meine Probleme. Obwohl das Glas von Anfang an nur halb voll gewesen war, fragte ich mich nach der Hälfte, ob die Schotten es mir wohl übel nehmen würden, wenn ich die bernsteinfarbene Flüssigkeit mit Cola mischte. Ich entschied mich dagegen und brauchte noch eine weitere halbe Stunde, um das Glas zu leeren.

*Nie wieder*, schwor ich mir, als ich aus dem Restaurant in die Dunkelheit hinauswankte. Der pure Whisky war mir sofort zu Kopf gestiegen.

Die kalte Nachtluft traf mich wie ein Hammerschlag, und ich zog meine Jacke enger um die Schultern. Leichter Nieselregen hatte eingesetzt, und ich wollte nur noch ins Bett. Der Weg zurück durch den Wald erschien mir endlos, und als ich schließlich in mein weiches Hotelbett fiel, schlief ich sofort ein.

# Kapitel 4

Am nächsten Morgen erwachte ich früh, da mir die Sonne ins Gesicht schien. Mein angetrunkenes Ich hatte letzte Nacht vergessen, die Vorhänge zuzuziehen.

Ich blieb eine Weile liegen, genoss die Wärme auf meinem Gesicht und betrachtete die Staubkörner, die im hereinfallenden Lichtstrahl tanzten.

Nach dem anfänglichen Moment der Behaglichkeit begann ich mich jedoch schrecklich einsam zu fühlen. Seit drei Jahren war ich nicht mehr allein in einem Bett aufgewacht, außer wenn ich meine Mutter zu Hause in Nova Scotia besucht hatte. Das große Bett kam mir furchtbar leer vor. Meine Gedanken wanderten einmal mehr zu Ben. Aber nicht zu dem letzten Mal, als ich ihn vor meiner Reise gesehen hatte, wie er auf Knien um meine Hand angehalten hatte. Nein, ich dachte an Ben mit windzerzaustem Haar und sonnengeküsster Haut auf dem Segelboot seiner Eltern. Ben mit einem Turban auf dem Kopf, als wir in der Wüste Marokkos auf dem Rücken eines Kamels gesessen hatten. Ben im Bett in seinem New Yorker Apartment, wenn ich in seinen Armen lag, er mir übers Haar streichelte und mir Unanständigkeiten ins Ohr flüsterte.

Ich schluckte schwer und kämpfte gegen die Tränen an. Hatte ich alles versaut?

Am liebsten wäre ich aus dem Hotel gestürzt und in Edinburgh in den nächsten Flieger nach New York gesprungen. Wenn Ben mich dann am Flughafen in Empfang nahm, würde ich ihm in die Arme fallen und »Ja, ja, tausendmal ja« rufen, wie in einem kitschigen Hollywoodfilm. Doch ich blieb, wo ich war.

Angst formte sich kalt und hart zu einem Stein in meinem Magen. Ich sah nun andere Bilder vor meinem inneren Auge: Ben, wie er abends in der Disco eine Fremde anlächelte, wie sie zusammen tanzten – und dann gemeinsam nach Hause gingen.

Ich schüttelte den Kopf. Das würde er mir nicht antun. Er könnte mich nie so verletzen. Andererseits – hatte ich ihn nicht ebenso sehr verletzt, als ich ihn abgewiesen hatte?

Aber ich hatte seinen Antrag ja nicht abgelehnt, nur gesagt, dass ich Zeit brauchte. Wenn er mich wirklich liebte, würde er auf mich warten. Ob es mir gefiel oder nicht, ich saß fast einen Monat in Schottland fest. Wenn ich schon nicht hier war, um meiner bevorstehenden Verlobung zu entgehen, dann wenigstens, um einen verdammt guten Artikel über die gescheiterte Unabhängigkeit Schottlands und den politischen Aufruhr im Land zu schreiben.

Ich zwang mich, aufzustehen und eine eiskalte Dusche zu nehmen, wie immer, wenn ich einen langen, anstrengenden Tag vor mir hatte. *Du musst dich entspannen*, sagte ich mir, während das Wasser auf mich herabprasselte. *Du bist im Urlaub. Erhol dich, hab Spaß.*

Doch als ich den Speisesaal im Erdgeschoss betrat, dessen hohe Fenster einen fabelhaften Ausblick auf den See boten, wäre ich am liebsten wieder umgedreht.

Dort saßen nur Paare beim Frühstück. Es waren hauptsächlich Pärchen über fünfzig, die sich am Büfett bedienten, ich konnte aber auch einige in meinem Alter ausmachen, die sich verliebt über ihre Teller hinweg anschmachteten. Wer hätte gedacht, dass das kalte und feuchte Schottland ein beliebtes Reiseziel für frisch Verliebte und lang Verheiratete gleichermaßen war?

Vor mich hin grummelnd nahm ich mir einen Teller und belud ihn mit extra viel Speck. Ich war schließlich im Urlaub.

Ich machte einen weiten Bogen um das typisch schottische Frühstück, das, neben Speck und Rührei, auch aus Bohnen, gebratenen Pilzen und Tomaten, kleinen Grillwürstchen und sogar Haggis bestand. Gewöhnlich war ich froh, wenn ich morgens eine Tasse Kaffee herunterbekam. Lange würde ich es in diesem Raum voll liebeskranker Pärchen sowieso nicht aushalten.

Gerade spießte ich das letzte Stück Speck mit meiner Gabel auf, als wäre es ein besonders ekelerregendes Insekt, da trat Stewart an meinen Tisch. »Guten Morgen, Miss Keith.«

»Bitte, nennen Sie mich Cate. Und wir können uns auch sehr gerne duzen.«

»Dabei ist Catriona so ein schöner Name«, sagte er schmunzelnd, wobei sich tiefe Lachfalten um seine blauen Augen zeigten. »Ein sehr alter gälischer Name.«

Ich blinzelte überrascht. Zeit meines Lebens hatte ich Probleme mit meinem Namen gehabt. In Kanada, und später auch in New York, hatten sowohl meine Lehrer als auch meine Kollegen und sogar Freunde ihn ständig falsch ausgesprochen. Immer wieder musste ich erklären, warum man das *o* nicht aussprach. »Nein, es heißt nicht Catri-o-na, sondern Catrina.« Noch nie hatte ich ein Kompliment für meinen verfluchten Namen bekommen.

Ich deutete auf den Stuhl mir gegenüber. »Möchtest du dich zu mir setzen, Stewart?«

Er nahm Platz und schenkte mir ein breites Lächeln. »Du hast Glück. Heute soll die Sonne den ganzen Tag über scheinen. Das passiert hier äußerst selten um diese Jahreszeit. Wenn du möchtest und noch nichts anderes vorhast, würde ich dich gerne auf eine Bootstour über den Loch mitnehmen.«

Meine Laune hellte sich schlagartig auf. »Das wäre wunderbar.«

»Gut, dann treffen wir uns in einer halben Stunde unten am Pier. Zieh dich trotz des sonnigen Wetters bitte warm an. Auf dem Boot ist es immer frisch.«

Er erhob sich und nickte mir noch einmal zu. Am liebsten wäre ich ihm um den Hals gefallen. Er hatte meinen Tag gerettet.

Heute war die Wasseroberfläche alles andere als unbewegt. Ein frischer Wind wehte, als ich an den Steg trat, der weit auf den See hinausführte. Vier unterschiedlich große Boote schaukelten daneben hin und her. Kleine Wellen schwappten ans Ufer, der gesamte See war in Bewegung. Die wenigen Wolken jagten über den Himmel, und durch den sich stetig ändernden Lichteinfall wirkte es, als veränderte das Wasser ständig seine Farbe. Das leuchtende Grün wurde zu einem Tiefblau, dann Blaugrau und schließlich fast Schwarz, als sich eine dicke Wolke vor die Sonne schob.

Stewart winkte mir von einem der Boote aus zu, und ich beeilte mich, über den Steg zu ihm zu laufen. Das weiße Boot erinnerte mich an einen Fischkutter, auch wenn es beinahe die Größe einer kleinen Fähre hatte. Es hätten noch viele weitere Passagiere Platz gehabt, aber es war weit und breit niemand zu sehen. Nur in der Ferne konnte ich ein paar bunte Regenjacken als verschwommene Flecken in der Landschaft ausmachen – Touristen, die gerade einen der nah gelegenen Berge erklommen.

Stewart winkte mir zur Begrüßung zu und folgte meinem Blick. »Um diese Jahreszeit gibt es hier noch nicht viele Touristen«, erklärte er.

»Was für ein Glück ihr habt, an so einem wunderschönen Ort zu leben«, sagte ich zu ihm, während ich das leicht schaukelnde Boot betrat.

»Glück?« Er hob eine Augenbraue. »Denkst du nicht, dass jeder seines eigenen Glückes Schmied ist?«, fragte er, bevor er im Inneren einer verglasten Kabine an Deck verschwand, um den Motor anzulassen. Ich sah ihm verdutzt nach.

Natürlich glaubte ich daran, schließlich war ich nur durch harte Arbeit und Fleiß an dem Punkt in meinem Leben angekommen, auf den ich seit Jahren hingearbeitet hatte. Ich war eine erfolgreiche Journalistin in New York, mit Abschlüssen von renommierten Universitäten und einem Praktikum beim *New Yorker*. Ich konnte doch nicht einfach in ein Schloss an einem schottischen Loch ziehen, um glücklich zu sein. So hatte ich das nicht gemeint.

*Aber warum eigentlich nicht*?, fragte eine Stimme in meinem

Kopf. *Du allein bist deines Glückes Schmied. Wenn du in der Natur glücklicher wärst als im Großstadtdschungel, würdest du es dann nicht tun? Würdest du nicht alles daransetzen, glücklich zu sein?*

Ich schüttelte den Kopf. Meine Familie, meine Freunde, mein Job … Ben. Mein ganzes Leben war in New York oder zumindest auf demselben Kontinent. Ich hatte oft von Leuten gehört, die alles aufgegeben hatten und ausgewandert waren. Das hatte ich schließlich auch getan.

*Von Kanada in die USA zählt nicht*, zischte die gehässige Stimme in meinem Kopf.

Es stimmte, dass ich immer vorgehabt hatte, die Welt zu bereisen, dass mir meine Karriere dann aber wichtiger geworden war. Außerdem hatte ich gleich nach dem Studium Ben getroffen – mein goldenes Ticket in die High Society New Yorks und vor allem in die Verlagswelt. Gemeinsam hatten wir schon einige aufregende Reisen gemacht.

*Reisen, die von den Eltern des reichen Verlobten spendiert werden und die man in Fünf-Sterne-Hotels verbringt, zählen auch nicht.*

Ich verdrehte die Augen und seufzte. Ich musste einen Weg finden, abzuschalten und all diese Gedanken auszusperren.

Der Wind zerrte mittlerweile an meinem Haar, das unter meiner grünen Mütze hervorlugte. Als das Boot Fahrt aufnahm, zog ich die Mütze noch weiter über die Ohren und gesellte mich zu Stewart in die kleine Fahrerkabine. Seine schwieligen Hände lagen auf dem Steuerrad. »Hab doch gesagt, dass es frisch wird.«

»Die Kälte macht mir nichts aus. Ich komme aus Kanada. Aber der Wind hier ist schon ziemlich schneidend.«

Er warf mir einen erstaunten Blick zu. »Wo in Kanada?«

»Nova Scotia, aus einer Kleinstadt in der Nähe von Halifax.«

»Ach, Neuschottland«, sagte er nachdenklich. »Viele Schotten sind im 18. Jahrhundert nach der letzten Rebellion gegen die Engländer in die Region ausgewandert.«

Ich nickte. Ich kannte die Geschichte um Bonnie Prince Charlie und die letzte große Schlacht der Schotten gegen die Engländer im Jahr 1746 aus dem Geschichtsunterricht. Danach war die gälische Kultur beinahe ausgelöscht worden. Viele Schotten waren in die *Neue Welt* geflohen oder als Kriegsgefangene dorthin verschifft worden.

»Meine Vorfahren kommen aus Schottland«, erklärte ich.

Stewarts Kopf fuhr zu mir herum, und er musterte mich zum ersten Mal von Kopf bis Fuß. Sein Blick blieb, wie auch schon Grahams zuvor, an meinen Haaren hängen.

»Ich frage mich, wann sie wohl genau ausgewandert sind und warum«, fuhr ich fort. »Ob sie politisch verfolgt wurden oder einfach ein besseres Leben wollten.«

»Das lässt sich sicher herausfinden«, antwortete er.

Ich erwiderte seinen direkten Blick. Stewart hatte, vermutlich, ohne es zu beabsichtigen, ein politisches Thema angesprochen, und ich witterte meine Chance. Er tat mir jetzt schon leid. Er war mit einer unerbittlichen Journalistin stundenlang auf einem Boot gefangen. Er hatte ja keine Ahnung, was da auf ihn zukam.

Ich wollte ihn gerade fragen, wie er vor zwei Wochen beim Referendum abgestimmt hatte, da schoss seine Hand vor und zeigte auf etwas in der Ferne.

Vor uns lag nichts als der weite, offene See, rechts und links flankiert von bewaldeten Hügeln. In der Ferne konnte ich vage erkennen, wie sich der See um eine Biegung schlängelte. Die Sonne war wieder hervorgekommen und glitzerte auf dem Wasser, sodass ich die Augen zusammenkneifen musste, um etwas in der Richtung zu erkennen, in die Stewart zeigte.

»Ein Steinadler!«, rief er freudig erregt.

Ich sah gerade noch, wie ein riesiger Greifvogel vom Wasser aufstieg. In seinen Krallen zappelte etwas.

Ich heuchelte Interesse, riss die Augen auf und gab ein paar erstaunte Laute von mir. In Wahrheit interessierte ich mich aber nur für eins: Stewarts politische Einstellung. Adler hatte ich schon Hunderte in meinem Leben gesehen.

»Was für ein besonderer Moment«, sagte Stewart. »Schade, dass wir nicht schnell genug waren, um ein Foto zu machen.«

Ich sah auf die Kamera herab, die unberührt um meinen Hals hing. Ich hatte noch nicht einmal daran gedacht, ein Foto zu schießen, als er mir den Adler gezeigt hatte.

»Ja, wirklich schade«, murmelte ich. »Aber was ich dich eigentlich fragen wollte …«

»Es gibt nicht nur Adler, Eichhörnchen und Rehe hier, weißt du?«, unterbrach er mich mit einem belustigten Seitenblick. Er musste mein Desinteresse gespürt haben. Für eine Journalistin war ich manchmal wirklich eine miserable Schauspielerin. Ich brauchte eine Strategie, musste mich ihm auf andere Weise annähern. Er interessierte sich eindeutig für Flora und Fauna. Ich würde ihn erst ein wenig erzählen lassen und dann eine passende Überleitung finden.

»So, was gibt's denn sonst noch?«, fragte ich und gab mir diesmal Mühe, interessierter zu klingen.

»Besonders nachts solltest du dich nicht allein am See herumtreiben.« Seine Stimme hatte einen verschwörerischen, tieferen Klang angenommen. »Da lauert so einiges unter der Wasseroberfläche.«

»Willst du mir etwa weismachen, ihr hättet hier auch so ein Monster wie im Loch Ness?« Ich verdrehte die Augen. »Ist das nicht nur eine Touristenfalle?«

»Loch Ness kannst du dir sparen, ein einziger Zirkus«, lachte Stewart. »Die wahren Monster gibt es hier im Loch Lomond. Schon mal von Kelpies gehört?«

Ich schüttelte den Kopf und seufzte innerlich. Stewart schien ganz in seinem Element zu sein. Ich wollte nichts über Mythen und

Legenden hören. Ich war schon immer im Hier und Jetzt verankert gewesen, stand mit beiden Beinen fest auf dem Boden und hatte keine Zeit für Spukgeschichten. Doch er fuhr schon fort.

»Es sind Wassergeister, die Seen und Flüsse heimsuchen und Wanderer in die eisigen Tiefen hinabziehen. Sie erscheinen meist in Gestalt eines wunderschönen, weißen oder schwarzen Pferdes, nur zu erkennen an der tropfenden Mähne. Sobald du dich ihnen näherst, um sie zu streicheln oder zu reiten, ziehen sie dich unter Wasser.«

»Eine clevere Geschichte, um kleinen Kindern Angst einzujagen und sie vom Wasser fernzuhalten« bemerkte ich, doch Stewart ließ sich nicht beirren.

»Manche glauben, dass Kelpies auch eine menschliche Form annehmen können. Sie erscheinen als wunderschöne Männer und Frauen, deren Anziehungskraft du dich nicht entziehen kannst. Bist du ihnen einmal verfallen, kannst du ihrem feuchten Grab auf dem Grund des Sees nicht mehr entkommen.«

Wieder schob sich eine Wolke vor die Sonne, und das Wasser nahm einmal mehr eine tiefschwarze Farbe an. Ich starrte auf die Wellen und fröstelte unwillkürlich. Wie tief war der See wohl an dieser Stelle? Wer wusste schon, was sich wirklich unter der Oberfläche herumtrieb?

Ich dachte dabei zwar eher an riesige, blinde Fische, konnte aber verstehen, warum manche Leute auch heute noch an Spukerzählungen über Kelpies und dergleichen glaubten. Dieser Ort hatte einfach etwas Magisches.

Stewarts Stimme riss mich aus meinen düsteren Gedanken. »Natürlich sind weder das Monster von Loch Ness noch die Kelpies auch nur annähernd so grausam und blutrünstig wie das Feenfolk, die *sìthichean*. Sie treiben ihre schauerlichen Spielchen schon seit Anbeginn der Zeit mit uns Menschen.«

Ich sah ihn verständnislos an. Wenn ich an Feen dachte, kam

mir sofort Tinkerbell aus Walt Disneys *Peter Pan* in den Sinn. 
Kleine süße Kreaturen mit spitzen Ohren und Flügeln.

»Es soll ihnen besonders viel Spaß machen, Menschen an der Nase herumzuführen«, fuhr Stewart fort. »Sie locken sie in ihre Welt und lassen sie nicht mehr gehen, bringen Reisende vom Weg ab und entführen sogar kleine Kinder. Du hast sicher von Wechselbälgern gehört.«

Ich schüttelte stirnrunzelnd den Kopf und fragte mich innerlich, wie dieser harmlose Ausflug sich so schnell in einen Horrortrip verwandelt hatte.

»Man glaubt, dass Feen Babys stehlen und an ihrer statt ein Feenkind zurücklassen. Die Eltern ziehen dann unbewusst eine Fee heran und sehen ihr eigenes Kind nie wieder, das unter den Feen aufwächst.«

Stewart lachte, als würde er sich an etwas erinnern. »Als Kind habe ich immer gedacht, dass es sicher schön wäre, im Feenreich zu leben, wo immer Sommer herrscht. Ich bin auf Bäume geklettert und durch Hügel gewandert, um nach Eingängen zu suchen. Bis meine Eltern mir erzählt haben, dass einige Feen sich von Menschenfleisch ernähren und die gestohlenen Kinder als Sklaven unter den Feen leben und harte Arbeit verrichten müssen. Aus war der Traum.«

Er seufzte. »Wer kann schon mit Sicherheit sagen, was wahr ist und was nicht. Um auf Nummer sicher zu gehen, sollte man die Feen aber auf keinen Fall verärgern.«

Ich zog fragend die Augenbrauen hoch und verschränkte die Arme vor der Brust. »Ach ja?«

»Zum Beispiel, indem man ihre Behausungen in Hügeln und Bäumen zerstört«, erklärte er. »Daran hält man sich noch heute. In den Highlands wurde vor einigen Jahren eine Straße um einen Weißdornbaum herum gebaut, statt ihn zu fällen, da man glaubte, dass eine solche Tat den Tod durch Feenhand bedeuten könnte. Ein sehr beliebter Feenbaum, der Weißdorn.«

Er zwinkerte mir zu, und ich konnte nicht anders, als zu schnauben. Diese absurde Geschichte würde ich recherchieren!

»Und dann ist da noch die Legende der *Bean-Nighe*«, sagte Stewart mit leiser, verschwörerischer Stimme. »Sie erscheint als altes Fischweib an Bächen und Teichen, wo sie die Kleider derjenigen wäscht, die bald sterben müssen.«

Er lachte über mein unwillkürliches Schaudern.

»Der Pub-Besitzer im Dorf schwört, dass er eine gesehen hat, einen Tag bevor seine Mutter gestorben ist.«

Nun konnte ich nicht anders, als laut zu lachen, und Stewart fiel in mein Lachen ein.

»Keine Sorge, es gibt auch nette Feen. Brownies erledigen zum Beispiel nachts die Hausarbeit für dich.«

»Na, wenigstens etwas«, gluckste ich.

Zumindest hatte ich heute eins gelernt: Die Schotten besaßen eine äußerst ausgeprägte Fantasie und einen viele Hundert Jahre zurückreichenden Aberglauben.

Nach und nach wurde es voller auf dem See, und andere Boote gesellten sich zu uns. Einige Kapitäne grüßten Stewart mit lautem Gehupe und freudigem Winken.

Emily hatte uns ein Picknick zum Mittagessen eingepackt. Wir hielten das Boot mitten auf dem See an und aßen unser Brot und den *Black Pudding*, eine Art Fleischwurst aus gebackenem Schweineblut. Von unserem Platz aus hatten wir einen atemberaubenden Ausblick auf die Berge. Auf vielen der entfernteren Gipfel lag noch Schnee.

»Die hohe Bergspitze, die du dort hinten siehst, gehört Ben Nevis. Das ist der höchste Berg Großbritanniens«, erklärte Stewart stolz.

Als wir weiterfuhren und er mich hin und wieder auf die eine oder andere Sehenswürdigkeit am Ufer aufmerksam machte, kam ich endlich dazu, ihn nach dem Referendum und seiner politischen Einstellung zu fragen. Ich schrieb fünf Seiten meines Notizbüchleins voll.

Wir kehrten erst zum Pier zurück, als die Sonne schon tief stand und ihr rotgoldenes Licht weit gefächert über den See warf. Erst als ich einen Fuß auf den Steg setzte, fiel mir auf, dass ich den gesamten Nachmittag über nicht an Ben oder die Zukunft gedacht hatte.

# Kapitel 5

Als ich an diesem Abend, geduscht und in meine Lieblingsbluse gekleidet, aus dem Eingangsportal der Pension trat, fühlte ich mich wie ein anderer Mensch – frisch und ausgeruht. Meine Haut roch immer noch nach einem im Freien verbrachten Tag, nach Sonne und Wind. Am klaren Himmel zeigten sich die ersten wenigen Sterne, und der Wald, den ich sodann betrat, erwachte um mich herum zum Leben.

Ich hielt beim Gehen die Augen offen und betrachtete jedes Detail, lauschte auf jedes Geräusch. Das Klopfen eines Spechts, ein Rascheln in den hohen Farnen am Rand des Pfads, ein leise glucksender Bach, den ich vom Weg aus nicht zwischen den Bäumen ausmachen konnte. So friedlich, so still war es hier, dass ich den Moment am liebsten eingefangen hätte. Ich folgte dem Pfad langsamer als sonst, schlenderte entspannt dahin.

Als ich aus dem Wald und ins helle Licht der Straßenlaternen trat, musste ich zunächst blinzeln. Dann fiel mein Blick auf den Pub an der Straßenecke, dessen Tür offen stand. Der Wind wehte mir die Gitarrenklänge von schottischem Folkrock und den Geruch von gebratenem Fleisch entgegen. Ja, ein Burger wäre heute Abend genau das Richtige, nachdem ich seit meiner Ankunft eine Vorzeigetouristin gewesen war und schon eine ganze Reihe schottischer Spezialitäten probiert hatte. Ich steuerte auf den Pub zu.

Die meisten Tische waren besetzt, deshalb setzte ich mich an die Bar und bestellte ein Guinness und einen Cheeseburger.

Der tätowierte Barkeeper betrachtete mich von Kopf bis Fuß, während sein Blick – wie immer – etwas zu lange an meinem weißblonden Haar hängen blieb, das mir zu einem Zopf geflochten über die linke Schulter fiel.

Ich ließ mir davon nicht die Laune verderben und biss herzhaft in meinen Burger. Während ich aß, betrachtete ich beeindruckt die vielen verschiedenen Whiskey-Sorten. Hinter der Theke wurden sie liebevoll auf Regalen zur Schau gestellt. *Wie ein Schrein*, dachte ich belustigt. 

Auch heute Abend würde ich mich nicht trauen, einen Whiskey-Cola-Mix zu bestellen. Der Barkeeper würde mich wohl in hohem Bogen rauswerfen.

Nach dem Essen zückte ich mein Notizbüchlein und ging das Interview mit Stewart noch einmal durch. Gut, dass ich die Gelegenheit am Nachmittag beim Schopf gepackt hatte. Es war authentischer, Aussagen von Schotten aus verschiedenen Regionen, Altersgruppen und Gesellschaftsschichten zu sammeln und auszuwerten, um ein möglichst breit gefächertes Bild der aktuellen Lage zeichnen zu können.

Ich tappte mit dem Fuß auf dem Boden im Rhythmus des Rocksongs, der gerade lief, und war so zufrieden mit mir, dass ich noch ein Guinness bestellte und gierig trank. Es war heiß hier drin, bemerkte ich.

Da schob sich jemand auf den Barhocker direkt neben mir.

Große, geschmeidige Hände legten einen Hundertpfundschein auf den Tresen, und eine tiefe Männerstimme, weich wie Samt, bestellte ein Glas Macallan-Whiskey, Jahrgang siebenundvierzig.

Aus dem Augenwinkel sah ich, wie sich die Augen des Barkeepers weiteten und er sich beeilte, der Bestellung des Neuankömmlings nachzukommen. Er nahm eine besonders teuer aussehende Flasche mit weißem Etikett und verschnörkelter Aufschrift aus dem Regal. Die bernsteinfarbene Flüssigkeit glitzerte und funkelte im gedämpften Licht der Deckenstrahler über uns, als er das halb gefüllte Glas vor dem Mann auf die Theke stellte.

Ich hatte meinen Blick nicht gehoben, starrte weiter auf die offene Seite meines Notizbuches, obwohl ich aufgehört hatte zu lesen und interessiert lauschte.

»Guten Abend«, sagte da die angenehm tiefe Stimme. Ich reagierte zuerst nicht, spürte aber, wie sich der Barhocker neben mir in meine Richtung drehte. Ein in einer schwarzen Jeans steckendes Knie kam in mein Blickfeld. Hatte er etwa mit mir gesprochen? Natürlich, es saß niemand anderes an der Bar.

Ich sah langsam auf, und unsere Blicke trafen sich.

Noch nie hatte ich so dunkle Augen gesehen. Schwarz wie eine sternlose Nacht. Sein eindringlicher Blick brannte sich wie schwarz glühendes Feuer in meinen, und ich musste mich bemühen, mich nicht abzuwenden.

»Guten Abend«, brachte ich schließlich atemlos hervor.

Er hob sein Glas und prostete mir zu. Ich griff nach meinem halb leeren Guinness und erwiderte die Geste.

Während ich einen Schluck nahm, erlaubte ich mir, mein Gegenüber näher zu betrachten. Er trug eine perfekt sitzende schwarze Anzugjacke, darunter ein schwarzes Hemd und schwarze Jeans. Sogar die polierten Schuhe waren schwarz. Ein Geschäftsmann? Doch sein etwas zerzaustes, ebenfalls schwarzes Haar, das sich oben leicht wellte, ließ ihn so gar nicht wie einen Businesstypen aussehen, zumindest nicht wie einen amerikanischen.

»Du hast ja gleich nichts mehr zu trinken«, bemerkte er, als wir beide unsere Gläser wieder abgesetzt hatten. »Lass mich dir etwas bestellen.«

Bevor ich etwas erwidern konnte, hatte er schon den Barmann herangewunken. »Ein Glas Whiskey-Cola, bitte.«

Ich zuckte zusammen. Auch der Tätowierte hielt in der Bewegung inne und starrte ihn an. Er war kurz davor, den Mund zu öffnen, doch ein einziger Blick des Fremden ließ ihn auf dem Absatz kehrtmachen und eine Cola-Flasche zur Hand nehmen. Der brennende Blick musste auch ihn überrumpelt haben.

»Wie … woher wusstest du, dass ich …?«

Anhand meines Gestammels wurde ich langsam ärgerlich. Wenn er jetzt einen Spruch über meinen nordamerikanischen Akzent brachte und erklärte, dass er einfach davon ausgegangen war, dass ich keinen puren Whiskey vertrug, würde ich aufstehen und gehen. Ich verabscheute Kerle wie ihn, die Frauen einfach etwas bestellten, ohne zu fragen, die dachten, sie würden einem damit einen Gefallen tun. Ich konnte selbst für meine Drinks bezahlen! 

Er beugte sich so weit zu mir vor, sodass ich seinen Atem auf meinen Lippen spüren konnte. »Intuition«, hauchte er mit einem Grinsen.

Ich verdrehte die Augen. »Echt jetzt? Und du kannst wohl auch auf den ersten Blick erraten, was jede andere Frau in dieser Bar gerne trinkt, hab ich recht?«

Belustigung blitzte in seinen Augen auf. Ich hatte das Gefühl, dass er am liebsten laut gelacht hätte. Dann wurde sein Blick weicher.

»Entschuldige«, sagte er, doch ein leises Lächeln umspielte noch immer seine Mundwinkel. »Ich wollte dir nicht das Gefühl geben, über deinen Kopf hinweg Entscheidungen für dich zu treffen.«

Ich blinzelte überrascht.

»Was ist denn dann dein Lieblingsgetränk?« Er lehnte sich ein wenig zurück und sah mich erwartungsvoll an. Ich errötete. Natürlich hatte er mich erwischt. Ich liebte Whiskey-Cola, trank den Mix immer beim Ausgehen, in jedem Club, jeder Bar in New York. Aber diese Genugtuung würde ich ihm nicht geben.

Just in diesem Moment stellte mir der Barmann natürlich das gefüllte Glas vor die Nase. Ich warf dem Getränk einen bösen Blick zu und sah dann wieder ihn an. Diesmal schenkte der Fremde mir ein breites Lächeln, so breit, dass seine Augen funkelten und er seine Zähne zeigte.

Unwillkürlich fuhr ein Blitz durch meinen Unterleib, sodass ich beinahe zusammengezuckt wäre. Mein Gegenüber war wirklich unglaublich attraktiv, ich glaubte sogar, noch nie einen anziehenderen Mann getroffen zu haben.

Was war nur los mit mir? Ich hatte New York – und Ben – erst vor zwei Tagen verlassen, und schon hatte ein völlig Fremder so eine Wirkung auf mich. Noch dazu so ein Idiot.

Ich drückte den Rücken durch, straffte die Schultern und nahm das Mixgetränk in die Hand. »Danke dafür«, sagte ich zu ihm.

Ich nahm einen Schluck, warf ihm einen letzten Blick zu, der ihm hoffentlich signalisierte, dass dieses Gespräch beendet war, und wandte mich wieder meinen Notizen zu.

»Arbeit?«

Er hatte sich schon wieder so weit zu mir herübergebeugt und schaute mir über die Schulter. Überrascht bemerkte ich, dass er leicht nach regenfeuchtem Moos und von der Sonne gewärmten Steinen roch.

Ich schlug das Büchlein zu. »Ja, genau. Und so kann ich mich ziemlich schlecht konzentrieren.«

»Ach, wegen mir?«, gluckste er. »Lass dich von mir nicht stören. Ich werde ganz brav hier sitzen und meinen Whiskey trinken.«

Er war mir so nahe, dass sein warmer Atem mich am Nacken kitzelte. Eine Gänsehaut zog sich über meinen Rücken. Am liebsten hätte ich die Augen geschlossen und mich gegen ihn gelehnt. Er hatte breite Schultern, sicher würde es sich gut anfühlen, wenn er jetzt seine Arme um mich legte … Stopp! Was war nur mit mir los? Ich musste Ben mehr vermissen, als ich mir eingestanden hatte.

Ich versuchte, meinen Atem zu beruhigen. Er schien mein Unbehagen zu spüren und zog sich zurück. Ich warf ihm einen giftigen Blick zu, und er hob kapitulierend die Hände.

»Entschuldige«, sagte er wieder, seine Stimme ein tiefes Schnurren. »Ich bin zu neugierig – einer meiner vielen Fehler.«

»Allerdings«, gab ich zurück. Gleichzeitig zuckte ich innerlich zusammen. Normalerweise war ich es immer, die ihre Nase in alles steckte und den Leuten damit auf die Nerven ging. Ich wusste, wie verletzend solche Zurückweisungen sein konnten, wenn man nur eine einfache Frage gestellt hatte, ohne sich etwas dabei zu denken. Vielleicht war er wirklich nur ein einsamer Tourist, der ein bisschen Gesellschaft suchte.

»Wohnst du in der Pension?«, fragte ich ihn in versöhnlicherem Tonfall, bevor ich mich zurückhalten konnte.

Er sah mich über sein Whiskey-Glas hinweg an, während er es in aller Seelenruhe an die Lippen hob, um zu trinken.

*So volle, wunderschön geschwungene Lippen …*

Erst als er es wieder abgesetzt hatte, antwortete er.

»Nein, ich bin nur auf der Durchreise. Auf der Suche nach einem alten Freund.«

»Dann kommst du aus der Gegend?«

»Könnte man so sagen.«

Was war denn das für eine Antwort?

Aber er hatte tatsächlich nur einen sehr schwachen gälischen Akzent, den ich nicht einordnen konnte, so gar nicht wie Graham, Emily oder Stewart und auch nicht wie der Barkeeper.

»Und was führt dich nach Schottland?«, fragte er, während er sein Glas in der Hand drehte und die Flüssigkeit darin umherwirbelte.

»Die Arbeit. Ich bin Journalistin, arbeite für den *New Yorker*.« Sofort ärgerte ich mich, ihm so viel über mich preisgegeben zu haben.

Er zog eine Augenbraue hoch und betrachtete mich interessiert. »Beeindruckend«, murmelte er, und der melodiöse Klang seiner Stimme sandte einen erneuten Blitz durch meinen Unterleib. »Erzähl mir mehr.«

Nun war es an mir, überrascht zu sein. Ich ertappte mich dabei, wie ich mich nun zu ihm vorbeugte, um ihm nahe zu sein, ihn zu riechen, seinen Atem auf mir zu spüren.

Während ich ihm von meiner Arbeit in New York erzählte, trank ich meinen Whiskey-Cola viel zu schnell. Meine Wangen wurden immer heißer, bald schob ich mir die Ärmel meiner Bluse über die Ellbogen. Er verfolgte jede meiner Bewegungen mit den Augen wie eine Raubkatze, ein Panther. Ich konnte meine Augen nicht von seinem perfekt geformten Gesicht lassen.

»Und deshalb bin ich hier in Schottland«, hörte ich mich selbst sagen, »ich bin noch nicht bereit zu heiraten.«

Ich erschrak über die Worte, die soeben meinen Mund verlassen hatten. Wie hatte ich einem völlig Fremden so etwas Intimes anvertrauen können?

Bevor ich reagieren konnte, hatte er schon eine Hand auf meine gelegt. Warm, so warm, die Berührung so intim. Seine Finger zogen langsame Kreise über meine Haut, liebkosten mich, während er mir tief in die Augen sah.

Täuschte ich mich, oder kam mir sein Gesicht immer näher? Ich konnte mich nicht rühren, starrte auf seine halb geöffneten Lippen.

»Natürlich bist du noch nicht bereit zu heiraten«, murmelte er. »Da draußen wartet eine ganze Welt auf dich.«

Als er die Worte aussprach, mit denen meine Großmutter mich immer getröstet hatte, wenn ich weinend nach Hause gekommen war, nachdem ich in der Schule mal wieder wegen meiner Haare gehänselt worden war, zerriss etwas zwischen uns. Es war, als wäre ich durch einen unsichtbaren Faden an ihn gebunden gewesen, der nun gelöst worden war.

Ich riss meinen Kopf zurück und entzog ihm meine Hand. Seine Lippen waren nur Millimeter von meinen entfernt gewesen.

»Ich … ich muss jetzt gehen«, murmelte ich zerstreut, schnappte mein Notizbuch und knallte ein paar Münzen auf die Theke. Es war wahrscheinlich viel zu viel, doch das war mir egal. Ich wollte nur noch weg von hier – von ihm.

Sein Blick lag schwer auf mir, während ich unbeholfen in meine Jacke schlüpfte. Er schwieg, sah mir nur zu, als ich das Büchlein fallen ließ, mich bückte, um es aufzuheben, und dann mit einem gemurmelten »Danke für den Drink« an ihm vorbei nach draußen stürmte. 

Ich stürzte durch die Tür, und als mich die klare, kalte Nachtluft mitten ins erhitzte Gesicht traf, erwachte ich wie aus einer Trance. Ich begann, am ganzen Körper zu zittern.

Sein Geruch haftete noch immer an mir. Beinahe wäre ich umgedreht und wieder hineingelaufen, um ihn zu küssen, um seine vollendeten Lippen endlich auf meinen zu spüren. Ich fuhr mir mit den Händen übers Gesicht und taumelte ein paar Schritte die Straße entlang. Weg, nur weg von hier.

Was war da drinnen passiert? Ich war überhaupt nicht ich selbst gewesen. Wie lange hatte ich mit ihm gesprochen?

Mein Blick fuhr zum Himmel. Der Mond prangte hoch über den Baumwipfeln, und für einen kurzen Moment war ich abgelenkt von den Abertausenden von Sternen, die auf mich herabsahen. Schon lange hatte ich nicht mehr so viele Sterne gesehen. In New York bekam man sie so selten zu Gesicht.

Ich hielt mich an dem Bild fest wie eine Ertrinkende an einem Stück Treibholz, zwang mich, langsam ein- und auszuatmen.

Lange stand ich einfach nur dort und starrte in den Nachthimmel hinauf, bis sich mein zu schnell schlagendes Herz wieder beruhigt hatte.

Dann setzte ich mich langsam in Bewegung. Ich warf einen zögernden Blick zurück und erwartete beinahe, den Fremden im Eingang stehen zu sehen. Doch da war niemand.

Mir fiel auf, dass ich ihn gar nicht nach seinem Namen gefragt hatte. Als ich daran dachte, dass ich ihn fast geküsst hätte, stieg mir wieder die Hitze in die Wangen. Ich schwankte zwar ein wenig beim Gehen, aber ich war sicher nicht zu betrunken, um nicht mehr zu wissen, was ich tat. Was war passiert?

Unwillkürlich erinnerte ich mich an Stewarts Erzählungen vom

Nachmittag. Seine Worte hallten mir in den Ohren wider: *Manche glauben, dass Kelpies auch eine menschliche Form annehmen können. Sie erscheinen als wunderschöne Männer und Frauen, deren Anziehungskraft du dich nicht entziehen kannst. Bist du ihnen einmal verfallen, kannst du ihrem feuchten Grab auf dem Grund des Sees nicht mehr entkommen.*

Ich schauderte. Heute Nachmittag hatte ich ihm kein Wort geglaubt, doch was soeben passiert war, war nicht mit gesundem Menschenverstand zu erklären. Ich hatte Ben nie betrogen. Ich war mir zwar nicht sicher, ob ich ihn genug liebte, um ihn zu heiraten, aber ich würde ihn niemals so verletzen.

Plötzlich war die Nacht zu dunkel, die Brise, die vom See herüberwehte, zu kalt, und ich zog meine Jacke enger um mich. Ich wollte nur noch zurück zur Pension und diesen Abend vergessen. Vielleicht könnte ich Graham am nächsten Tag irgendwie erreichen und ihn bitten, mich schon früher hier abzuholen.

Schnellen Schrittes ging ich auf den Waldpfad zu. Die Dunkelheit umfing mich, und das Geräusch meiner Schritte, die eben noch laut auf dem Asphalt gehallt hatten, wurde von der weichen Erde verschluckt.

Ich musste ein paar Schritte gehen, bis ich die erste der kleinen Laternen erreichte, die im Boden steckten und mir den Weg wiesen. Als ich an ihr vorüberging, flackerte sie kurz. Ich drehte mich überrascht um, ging aber weiter.

Das Licht flackerte erneut.

Als ich die nächste Laterne erreichte, erlosch sie und mit ihr auf einen Schlag auch alle anderen.

Ich stand in völliger Dunkelheit. Mein Herz begann zu rasen. »Okay, jetzt nur nicht in Panik verfallen«, sagte ich laut zu mir selbst. »Es ist nur ein Stromausfall, nichts weiter.«

Ich zwang mich, im Stockdunkeln weiterzugehen, setzte vorsichtig einen Fuß vor den anderen.

Der Pfad schlängelte sich mit vielen Abzweigungen durch den Wald. Es wäre leicht, in dieser Dunkelheit vom Weg abzukommen. Tastend streckte ich meine Arme vor mir aus, um nicht gegen einen Baum zu laufen. Ich musste eine Laterne finden. Dann würde ich mich von Laterne zu Laterne tasten können. Gerade wollte ich mich bücken, da hörte ich etwas.

Schritte.

Nicht auf dem Pfad hinter mir, sondern im Unterholz links von mir. Sie näherten sich mit rasender Geschwindigkeit.

Ich vergaß alle Vorsicht und rannte los.

# Kapitel 6

Ich rannte um mein Leben.

Längst war ich vom Pfad abgekommen, spürte, wie sich der weiche Untergrund verändert hatte. Vertrocknete Blätter und Äste zerbrachen unter meinen Füßen. Meine Jacke blieb ständig an irgendetwas hängen, ich konnte aber in der Dunkelheit nichts erkennen.

Ich lief blind, traute mich nicht, mein Tempo zu verringern. Denn hinter mir krachte etwas durchs Unterholz, das kalte, nackte Panik in mir hervorrief.

Zuerst hatte ich geglaubt, dass es menschliche Schritte waren, doch das Etwas jagte so schnell durchs Unterholz, näherte sich mir so unaufhaltsam, dass es unmöglich ein Mensch sein konnte. Waren es zwei Füße oder vier Pfoten, die mich da jagten? Ich wusste es nicht, es war mir auch egal. Nur eins wusste ich mit Sicherheit: Wer oder was auch immer mich so unerbittlich verfolgte, hatte nichts Angenehmes mit mir vor, wenn er oder es mich erst einmal geschnappt hatte.

Ich rannte keuchend, meine Lungen und Muskeln brannten, mein Zopf hatte sich längst gelöst, und das Haar klebte mir in Strähnen im verschwitzten Gesicht.

*Weiter, weiter, nur nicht langsamer werden.*

Täuschte ich mich, oder stieg das Gelände langsam an? Als ich einen Blick zurück wagte, sah ich nichts als brodelnde Dunkelheit. Aber ich hörte es, hörte Zweige knacken und … war das schnelles Atmen in meinem Rücken? War mein Verfolger mir schon so nahe gekommen, dass ich ihn atmen hören konnte?

Ich verdoppelte meine Anstrengungen, auch wenn meine Lungen protestierten. Der metallische Geschmack von Blut füllte längst meinen Mund. Lange würde ich dieses Tempo nicht mehr durchhalten. Nackter Überlebenswille übernahm die Kontrolle und zwang mich vorwärts. 

Auf einmal schlug mir etwas ins Gesicht, und ich schrie auf. Ein scharfer Schmerz zuckte über meine Wange.

Ein Ast! Nur ein Ast, der mich gestreift hatte. Wie hatte ich nur schreien und meine Position verraten können? Doch etwas sagte mir, dass mein Verfolger sowieso ganz genau wusste, wo ich mich befand.

Auf einmal hörte ich ihn zu meiner Rechten, das Geräusch der drohenden Schritte jetzt ganz nah. Ich warf mich keuchend nach links und begann, Haken zu schlagen wie ein Hase, der vor einem Fuchs flüchtet.

Da platschte mein rechter Fuß in etwas Feuchtes. Ich konnte nicht schnell genug reagieren, mein linker Fuß blieb an einer Wurzel hängen, und ich fiel der Länge nach zu Boden.

Im Fallen streckte ich die Arme reflexartig vor mir aus, doch der harte Aufprall blieb aus. Ich schlug auf eine Wasseroberfläche auf und durchbrach sie im selben Moment. Ein Teich?

Schlammiges Wasser strömte mir in Mund und Nase. Ich wartete darauf, den Grund zu erreichen, damit ich mich abstützen und wieder aufrappeln konnte, doch ich sank unaufhörlich.

Nein, ich fiel.

Erschrocken riss ich die Augen auf. Nichts als wabernde Schwärze umgab mich. Wo war das Wasser geblieben? Ich atmete tief ein. Kein Wasser drang in meine Lungen. Ich wedelte mit Armen und Beinen, schien aber nicht voranzukommen. Mein Bauch kribbelte, als wäre ich im Schwimmbad vom Fünf-Meter-Brett gesprungen, und ich hatte das Gefühl zu fallen, was seltsam war, da ich nicht sehen konnte, wohin ich fiel.

Ich stürzte ohne Halt in ein dunkles Nichts, ein schwarzes Loch ohne Boden. Panisch drehte ich meinen Kopf hin und her. War mir mein Verfolger gefolgt?

Da strömte Licht von allen Seiten auf mich ein. Ich sah Blasen aufsteigen, als wäre ich noch unter Wasser. Allmählich färbte sich alles um mich herum golden. Meine Arm- und Beinbewegungen wurden langsamer, als paddelte ich durch etwas Zähflüssiges.

*Wie in einem Champagnerglas,* dachte ich, während ich die um mich herum aufsteigenden Blasen betrachtete. Das goldene Licht wurde heller, ich bemühte mich, darauf zuzuschwimmen, kam aber nur langsam voran. Da kippte die Welt plötzlich, und ich fiel wieder, diesmal mit rasender Geschwindigkeit.

Ich fiel und fiel und prallte dann auf. Mein Körper brach durch eine Wasseroberfläche. Ich trat und schlug um mich, Wasser spritzte nach allen Seiten.

Keuchend schnappte ich nach Luft und brauchte eine Weile, bis ich spürte, dass ich auf dem Bauch lag. Meine Beine und mein Oberkörper lagen im flachen Wasser, meine Kleider sogen sich damit voll. Meine Arme ruhten ausgestreckt auf weichem, feuchtem Moos. Ich vergrub meine Finger darin und hievte meinen Körper schwerfällig aus dem Wasser.

Erst einmal blieb ich keuchend auf dem Bauch liegen. In meinem eingeschränkten Blickfeld sah ich nichts als schlammigen Waldboden, grüne Farne, Moos und ein paar gelbe Sumpfdotterblumen. Die Sonne schien hier und dort durch das sich im Wind bewegende Blätterdach und warf helle tanzende Flecken auf den Waldboden. Halt – die Sonne?

Ich setzte mich abrupt auf. Vor wenigen Augenblicken war es noch tiefe Nacht gewesen. Und ich war verfolgt worden. Sofort sprang ich auf die Beine, die unter meinem Gewicht beinahe wieder nachgegeben hätten, und sah mich panisch nach allen Seiten um.

Der Wald schien friedlich und verlassen, ein paar Vögel zwitscherten, sonst war nur der Wind in den Blättern zu hören. Mein

Blick fiel auf den Tümpel, aus dem ich soeben gekrochen war. Ich runzelte die Stirn und versuchte, mich zu erinnern. 

Ich war verfolgt worden, war um mein Leben gerannt und dann ... gefallen. Ja, ich war kopfüber ins Wasser gefallen. Das musste dieser Tümpel gewesen sein.

Ich hockte mich an seinen Rand und fuhr mit einer Hand durchs Wasser. Es war schlammig und kühl. Wenn ich die Augen schloss, spürte ich es noch auf meiner Haut, wie es mir in Mund und Nase gedrungen war. Es hatte nach Tod und Verwesung geschmeckt. Ich riss die Augen auf, beugte mich vor und würgte. Alles drehte sich, und ich brauchte einen Moment, um das Gefühl des Fallens wieder abzuschütteln.

Als sich mein Gleichgewichtssinn langsam wieder beruhigte, fiel mein Blick auf mein verzerrtes Spiegelbild auf der unbewegten Oberfläche des Tümpels. Die Bäume, die hinter und über mir in die Höhe ragten, spiegelten sich im schlammigen Wasser.

*Unbewegt wie die Oberfläche des Sees*, dachte ich. Doch der Loch Lomond war mir aufgrund seiner spiegelnden Wasseroberfläche wunderschön und mystisch vorgekommen. Dies war nur ein trüber Tümpel im Wald.

Ich betrachtete mein verschwommenes Spiegelbild. Meine dunkelblauen Augen starrten groß und ängstlich zurück. Meine Haare waren durchnässt und klebten mir im Gesicht. Ich wirkte blass und erschrocken, als hätte ich einen Geist gesehen. Und das hatte ich ja auch, erinnerte ich mich. Ich war gerannt, war vor irgendetwas geflohen und dann ins Wasser gefallen. Es gab nur eine Erklärung: Ich musste mir den Kopf angeschlagen haben und bewusstlos geworden sein und war erst am Morgen wieder aufgewacht. Aber das hieß auch, dass mein mysteriöser Verfolger mich einfach liegen gelassen hatte.

Ich wandte mich grübelnd von meinem Spiegelbild ab, setzte mich ins weiche Moos und untersuchte meinen Körper auf Verletzungen. Ich horchte in mich hinein, versuchte, mich an irgendetwas zu erinnern. Doch da war nichts, nur die Erinnerung zu fallen, durch endlose Schwärze.

Ich konnte keine Verletzungen entdecken, fühlte mich ganz normal, wenn auch etwas desorientiert. Selbst mein Geldbeutel befand sich noch in meiner Jackentasche, es fehlte nichts daraus.

Wenn ich vergewaltigt worden wäre, dann müsste ich doch sicher etwas spüren, Schmerzen, Wundheit. Doch ich hatte weder blaue Flecken noch sonst etwas. Nur ein Kratzer brannte auf meiner rechten Wange, wo mich der Ast gestreift hatte, und ich war von Kopf bis Fuß durchnässt.

Kein Wunder, wenn ich die ganze Nacht in diesem Tümpel gelegen hatte. Ich konnte froh sein, dass ich nicht ertrunken war, auch wenn das Wasser nur wenige Zentimeter tief war.

Ich gab mir ein wenig mehr Zeit, um mich auszuruhen und wieder im Hier und Jetzt anzukommen. Meine Beine waren immer noch zittrig, und es fühlte sich merkwürdig an, dass ein Teil meiner Erinnerung fehlte. Doch nach einer Weile sagte ich mir, dass ich meinen Weg zurück zur Pension finden musste. Ich wusste nicht, wie tief ich in den Wald vorgedrungen war, und würde sicher eine Weile brauchen, um wieder herauszufinden. Bestimmt hatten Emily und Stewart mich beim Frühstück vermisst. Ich konnte nicht mit Sicherheit sagen, wie spät es war, doch die Sonne stand bereits am Himmel.

Am besten wäre es, nach einem der vielen Wanderpfade zu suchen, die sich kreuz und quer durch das kleine Waldstück zogen. Sie mussten alle irgendwann wieder auf den Hauptweg führen.

Ich ging mit zittrigen Beinen los.

# Kapitel 7

Ich war während meiner panischen Flucht tatsächlich ein Stück bergauf gerannt, wie ich bald feststellte. Jetzt ging ich bergab, während ich mir einen Weg zwischen den Bäumen hindurch suchte. Es sah nicht so aus, als wäre in diesem Teil des Waldes je eine Menschenseele gewesen. Die Natur war unberührt, saftig grün und wunderschön, doch ich hatte in meiner Verfassung kein Auge dafür. Ich wollte nur noch einen Weg zurück finden, eine heiße Dusche und ein herzhaftes Frühstück.

Doch auch als ich endlich wieder ebenen Boden unter den Füßen hatte und es nicht mehr bergab ging, konnte ich weit und breit keinen Pfad, keinen Wegweiser, keinen Hinweis auf Zivilisation entdecken. Ich suchte und suchte, kam an uralten Bäumen, kleinen Lichtungen und sogar einem kleinen Bach vorbei, von dessen klarem Wasser ich gierig trank, doch ich hatte das Gefühl, im Kreis zu laufen.

Nach gefühlten Stunden – meine Kleidung war inzwischen fast vollständig getrocknet – beschloss ich, dass es wohl das Schlauste wäre, wieder den Hang hinaufzusteigen, um hoffentlich einen Ausblick auf die umliegende Umgebung zu bekommen. Sicher wäre das große Herrenhaus der Pension weithin sichtbar, oder ich würde wenigstens das Dorf erkennen können und wissen, in welche Richtung ich zu gehen hatte.

Meine Oberschenkel protestierten, als ich mich an den Aufstieg machte. Ich wurde immer unruhiger.

Ich verabscheute Camping, hatte als Kind nicht bei den Pfadfindern mitgemacht und keinen Schimmer, wie man in der Wildnis überlebte. Doch ich sagte mir immer wieder, dass dies nur ein kleines Waldstück war. Es konnte nicht so schwer sein, einen Weg herauszufinden.

Als ich weit nach oben vorgedrungen war, lichteten sich die

Bäume vor mir. Ich hätte am liebsten einen Freudenschrei ausgestoßen, als ich sah, dass am anderen Ende der Lichtung eine Klippe steil abfiel und man von dort aus einen Ausblick über die Baumwipfel hinweg auf den Loch Lomond hatte, der in der bereits tief stehenden Sonne funkelte.

Ich rannte über die freie Fläche, und schon stand ich am Rand der Klippe, so nah am Abgrund, wie ich es wagte, schirmte meine Augen vor der Sonne ab und ließ den Blick schweifen. Vor mir erstreckte sich der Wald meilenweit den Berg hinab, den ich erklommen hatte, bis zum Seeufer. Ich runzelte die Stirn. So groß hatte ich das Waldstück gar nicht in Erinnerung.

Unsicher versuchte ich, mich zu orientieren. Die Biegung des Seeufers kam mir bekannt vor. Dort rechts hinter den Bäumen musste sich der Pier befinden, von dem aus wir mit dem Boot abgefahren waren. Das hieß, dass nicht weit davon das Gelände der Pension und das Herrenhaus selbst lagen.

Ich bewegte mich ein wenig nach links und konnte tatsächlich neben dem Wald eine große freie Fläche mit saftig grünem Gras ausmachen. Ich erkannte sogar die gelben Ginsterbüsche wieder, die das Anwesen umgaben. Doch da war kein Gebäude. Nichts als eine riesige weite Fläche.

Ich kniff die Augen zusammen und schüttelte den Kopf, starrte angestrengt auf den Fleck, auf dem die Pension hätte stehen müssen.

Da war auch keine Straße, fiel mir auf. Am Seeufer müsste sich die Landstraße entlangschlängeln, auf der Graham und ich hierhergefahren waren. Sie war viel befahren, von Touristen wie Einheimischen gleichermaßen. Sicher würde man die Autos auch von hier oben aus erkennen. Doch da war nichts. Das Seeufer war nur mit Bäumen und Gräsern bewachsen.

Ich stieß einen erschrockenen Laut aus, als ich realisierte, dass etwas ganz und gar nicht stimmte. Mit zitternden Knien rannte ich auf die andere Seite der Klippe, stellte mich auf die Zehenspitzen und spähte in die Richtung, in der sich das Dorf befinden musste.

Mein Herz sank, als ich erkannte, dass sich der Wald ebenfalls meilenweit in diese Richtung erstreckte. Dort war kein Dorf, keine Zivilisation, nur Bäume, Aberhunderte Bäume. Panisch fuhr ich mir mit der Hand übers Gesicht, mein Herz klopfte immer schneller, meine Beine fühlten sich an, als würden sie jeden Moment nachgeben. Irgendetwas war gewaltig schiefgelaufen.

Ich versuchte, meine Atmung zu kontrollieren. Eine Panikattacke war das Letzte, was ich jetzt gebrauchen konnte. Ich beugte mich vor, stemmte die Hände auf die Knie und schloss die Augen. *Einatmen, ausatmen, einatmen, ausatmen. Es wird alles gut. Du hast dich lediglich geirrt und befindest dich auf der falschen Seite des Berges. Das Dorf ist dort unten, genau wie die Pension. Du musst nur weitersuchen.*

Da hörte ich plötzlich ein bedrohliches Knurren hinter mir.

Ich wirbelte herum.

Aus einer Höhle in den Felsen nahe dem Klippenrand, an dem ich immer noch stand, leuchteten mir zwei gelb glühende Augen entgegen. Ich wich langsam zurück, als sich ein Schemen aus der Dunkelheit der Höhle ins Freie schob.

*Ein Wolf*, dachte ich, und der kalte Schweiß brach mir aus. *Aber was für ein großes Exemplar!*

Das Wesen sah aus wie ein Wolf, hatte struppiges, grauschwarzes Fell, vier Pfoten und eine Schnauze, doch da hörten die Gemeinsamkeiten auch schon auf. Die riesigen, gelb glühenden Augen mit den geschlitzten Pupillen erinnerten mich an die Augen eines Reptils. Aus dem Maul des Wesens tropfte grünlicher Speichel, der zischte, als er auf dem Höhlenboden auftraf. Als das Wesen sein Maul öffnete, um seine messerscharfen Reißzähne zu zeigen, zuckte eine lange gespaltene Zunge hervor, wie die einer Schlange. Nur viel länger – und tödlicher.

Ich gefror mitten in der Bewegung, als hinter dem Monster ein weiteres Paar glühender Augen in der Dunkelheit auftauchte, dann noch eins und noch eins. Das Zischen des herabtropfenden, offenbar ätzenden Speichels wurde lauter, und nun hörte ich noch ein weiteres Knurren.

Ich starrte wie gebannt auf den Leitwolf, der sich mir weiter näherte, und suchte in meiner Erinnerung panisch nach irgendeiner Information, die mir weiterhelfen würde. Waren Wölfe schreckhaft? Konnte man sie mit lauten Schreien verjagen? Konnten sie meine Angst riechen?

Doch warum machte ich mir etwas vor? Dies waren keine gewöhnlichen Wölfe!

Fast hätte ich zu spät reagiert, als die Zunge des Leitwolfs in meine Richtung schoss. Mit einem verblüfften Aufschrei warf ich mich nach rechts, weg von der Klippe. Die viel zu lange Zunge klatschte auf den Felsen, auf dem ich vor nur einer Sekunde gestanden hatte. Es zischte beängstigend laut, und ein säureartiger Gestank drang mir in die Nase.

Ich hatte gerade noch Zeit, mich wieder aufzurappeln, da schoss die Zunge erneut auf mich zu. Ich sprang zurück. Im nächsten Augenblick hatte ich mich bereits herumgeworfen und rannte um mein Leben.

Dem triumphierenden Heulen in meinem Rücken nach zu urteilen, hatte das Rudel meine Verfolgung aufgenommen.

*Nicht schon wieder*, lachte eine fast schon irre klingende Stimme in meinem Hinterkopf.

Ich sprintete zwischen den Baumstämmen hindurch und sah nicht zurück. Ich wusste allerdings, dass es nur eine Frage der Zeit war, bis sie mich erreicht hatten. Ich war am Ende meiner Kräfte, hatte bereits eine Verfolgungsjagd und einen langen Tag auf den Beinen hinter mir. Warum mein Körper noch nicht zusammengebrochen war, war mir ein Rätsel.

Aus dem Augenwinkel konnte ich rechts und links von mir dunkle Schemen durchs Unterholz jagen sehen. Sie versuchten, mich einzukreisen, spielten mit mir, da sie eindeutig viel schneller waren als ich.

Ich rechnete damit, dass sich jeden Moment eine ätzende Zunge um meine Wade wickeln und mich zu Fall bringen würde, sah das Unausweichliche kommen. Wenigstens würde ich dann nicht mehr fliehen müssen.

Da jaulte ein Wolf hinter mir auf, und etwas schlug mit einem lauten Krachen auf dem Boden auf. Ich hielt nicht an, sah mich nicht um. Den Blick starr nach vorne gerichtet, rannte ich, so schnell ich konnte.

Doch als zwei weitere Wölfe, die eben noch neben mir durchs Unterholz geprescht waren, ebenfalls jaulend zurückfielen, musste ich einfach einen Blick riskieren. Ich taumelte auf eine kleine Lichtung und schaute über die Schulter zurück. Was ich sah, ließ mich mitten in der Bewegung innehalten.

Mehrere Wölfe lagen tot am Boden, von ihren Körpern stiegen grünliche Dampfwolken auf, die sicher ebenso ätzend waren wie ihr Speichel.

Pfeile surrten zwischen den Bäumen durch die Luft und mähten einen nach dem anderen nieder. Als einige Wölfe laut heulend die Lichtung erreichten, erkannte ich, wer die Jäger zu Gejagten machte.

Eine Frau sprang zwischen den Bäumen hervor, einen Pfeil auf einen riesigen Bogen gespannt, den sie im nächsten Moment abfeuerte. Ein weiterer Wolf ging zu Boden.

Die Frau wirbelte herum und legte gleichzeitig, in einer einzigen fließenden Bewegung, einen weiteren Pfeil auf, der nur einen Wimpernschlag später sein Ziel fand.

Sie bewegte sich so schnell, dass ich Mühe hatte, ihren Bewegungen zu folgen. Hinter ihr flog ein langer, bronzefarbener Zopf durch die Luft wie ein Feuerschweif.

Als ein Wolf sie von hinten ansprang, während sie noch dabei war, einen weiteren Pfeil abzufeuern, schrie ich erschrocken auf. Doch mit einem einzigen Ruck ihres Kopfes flog der geflochtene Zopf in einem Bogen herum und traf den angreifenden Wolf mitten auf die Schnauze.

Grünliches Blut spritzte so weit, dass es mich traf. Erschrocken betastete ich meine Wange, beruhigte mich aber wieder, als ich erkannte, dass das Blut, im Gegensatz zum Speichel der Bestien, nicht ätzend war. Doch ich war sowieso viel zu gebannt von der herumwirbelnden Frau, um mir weiter Sorgen über das klebrige Zeug in meinem Gesicht zu machen. Mit zusammengekniffenen Augen erkannte ich, dass sie eine Art eisernen Stern mit sechs rasiermesserscharfen Zacken am unteren Ende ihres Zopfes eingeflochten hatte. Damit hatte sie die halbe Schnauze des Monsters aufgeschlitzt.

Fasziniert verfolgte ich, wie die Kriegerin ihren Bogen ins Gras warf, als sie keine Pfeile im Köcher über ihrer Schulter mehr hatte. Sie streckte die Arme aus, öffnete beide Handflächen, und im selben Moment erschienen zwei Kurzschwerter in ihren Händen.

Sie wirbelte ein weiteres Mal graziös herum und schlitzte mit der einen Klinge einem heranspringenden Wolf den Bauch auf, während sie den anderen Arm nach hinten drehte und die zweite Klinge einem weiteren Wolf ins Auge stieß. Ihr Zopf wirbelte in hohem Bogen um ihren Kopf herum und zertrümmerte die Flanke eines dritten Wolfes.

Diesmal brachte ich mich mit einem Sprung in Sicherheit, als ein weiterer Schwall Blut in meine Richtung spritzte. Ich wusste nicht, wie, doch die Frau hatte noch keinen einzigen Tropfen abbekommen. Sie bewegte sich so schnell zwischen den angreifenden

Bestien hindurch, dass sie nach jedem Hieb bereits zu weit entfernt war, wenn das Blut spritzte. 

Ein weiteres Heulen ertönte, und schon zog sie ihren Dolch aus der Schnauze eines Wolfes, der mit geöffnetem Maul auf sie zugesprungen war. Erst einen Wimpernschlag später schlug sein Kadaver auf dem Boden auf.

Die Kriegerin landete auf beiden Beinen und verharrte in einer leichten Hockstellung, während sie sich nach allen Seiten umsah. Ihr Zopf wirbelte noch ein weiteres Mal um ihren Kopf herum, bis er ihr harmlos über den Rücken fiel. Ich fragte mich, wie sie es schaffte, dass der gezackte Stern sie nicht selbst verletzte.

Ich hörte die Kriegerin etwas ausstoßen, das nur ein Fluch sein konnte, dann rannte sie in Richtung der Bäume und schleuderte eine ihrer Klingen. Dort bewegte sich ein dunkler Schemen von uns fort. Der fliehende Wolf jaulte kurz auf, als ihn die heranrasende Klinge streifte, rannte jedoch weiter. Sie setzte ihm nicht nach, sondern drehte sich stattdessen zu mir um. Ich erstarrte.

Während sie langsam auf mich zukam, hob sie die leere Hand. Die Klinge, die sie soeben in den Wald geschleudert hatte, flog mit rasender Geschwindigkeit zwischen den Bäumen hindurch heran. Sie fing sie auf, ohne mit der Wimper zu zucken. Nur einen Augenblick später verschwanden beide Kurzschwerter aus ihren Händen. Sie lösten sich einfach auf. Erst dann richtete sie ihre dunkelgrünen Augen auf mich.

Kalte Angst breitete sich in meinem Magen aus. Am liebsten wäre ich vor ihr zurückgewichen, hätte ich nicht gewusst, dass es kein Entkommen gab. Nicht, nachdem ich sie gerade eine ganze Meute wilder Wolfbestien hatte abschlachten sehen.

Sie blieb direkt vor mir stehen, und ich bemerkte fasziniert, dass sie noch nicht einmal schwerer atmete.

Ihre Züge waren scharf geschnitten, mit hohen Wangenknochen und einem spitzen Kinn. Ihr bronzefarbenes Haar war streng in diesen merkwürdigen geflochtenen Zopf zurückgebunden. Am meisten faszinierte mich ihre elfenbeinfarbene Haut, die mit Aberhunderten Sommersprossen übersät war. Ihr Gesicht, ihr Hals, ihre Hände und Unterarme, jede freie Stelle, die ich sehen konnte, war mit Sommersprossen bedeckt. Ich schluckte, als ich ihre enge braune Lederkleidung musterte und keinen einzigen Blutfleck darauf ausmachen konnte. Sie war makellos.

Als mein Blick wieder auf ihren traf, rief sie: »Buh!«

Zu Tode erschrocken, taumelte ich einige Schritte zurück, stolperte und fiel.

Ihre Mundwinkel zuckten. Dann ging sie vor mir in die Hocke und zog die Augenbrauen hoch. »Du bist verletzt«, bemerkte sie emotionslos. Ihre Stimme war weich, beinahe melodiös und passte kaum zu ihrem kriegerischen Äußeren. Sie streckte die Hand aus und strich mit zwei langen, schlanken Fingern über den Kratzer auf meiner Wange. Das Brennen hörte augenblicklich auf. Vom Boden aus starrte ich sie mit großen Augen an und konnte mich nicht rühren.

»Wie …?«, keuchte ich.

»Gern geschehen, *Mensch*«, sagte sie kalt und erhob sich mit einer fließenden Bewegung. Das letzte Wort hatte sie mir beinahe entgegengespuckt.

Sie packte mich am Arm und zog mich auf die Beine. Sie war unheimlich stark.

»Danke«, stammelte ich. »Auch dafür, dass du mich vor diesen Monstern gerettet hast.«

Sie zuckte die Achseln. »*Grannagh* sind nervige kleine Biester. Ich töte sie, wenn ich kann.«

*Klein?*

»Wir sollten nicht zu lange hier verweilen«, erklärte sie. »Sie werden bald mit Verstärkung zurückkehren. Mögen es nicht, wenn ihr Ego verletzt wird.«

Schon hatte sie sich umgedreht und stapfte mit großen Schritten über die Lichtung.

Ich konnte meinen Blick nicht von ihr lassen, war fasziniert von ihren geschmeidigen Bewegungen. Alles, was sie tat, diente einem Zweck, war genau kalkuliert. Sie machte nicht einmal einen einzigen Atemzug zu viel. Und wie sie sprach! Eine merkwürdige Mischung aus moderner Sprache, durchsetzt mit altmodischen Ausdrücken und einem leichten gälischen Akzent. Ich hatte so viele Fragen.

»Hast du mich nicht gehört?«, rief sie, ohne sich zu mir umzudrehen. »Wir müssen so viel Distanz wie möglich zwischen uns und den Ort des Geschehens bringen, bevor sie zurückkommen.«

Ich fuhr zusammen und hinkte hinter ihr her. Meine Beine fühlten sich schwer an, und ich hätte nichts lieber getan, als mich ins Gras fallen zu lassen und hundert Jahre zu schlafen. Doch diese tödliche Kriegerin hatte sich dazu herabgelassen, mir zu helfen, also würde ich sie nicht einfach so gehen lassen. Ich schloss zu ihr auf, und da fiel mein Blick auf ihre Ohren. Sie liefen nach oben hin spitz zu.

»Was bist du?«, entfuhr es mir eine Spur zu schrill, sodass ein paar Vögel von den Baumwipfeln ringsherum aufflatterten.

Sie warf mir einen Seitenblick zu, hielt aber nicht an.

»Wo bin ich hier?«

Es war klar, dass ich mich nicht mehr in der Nähe der Pension aufhielt. War ich überhaupt noch in Schottland? So exotisch Europa für uns Nordamerikaner auch erscheinen mochte, es gab dort sicher keine Wolfsbestien mit säureartiger Spucke und gespaltener Zunge.

Ein Lächeln umspielte ihre Lippen. »Wie bist du hierhergekommen?«, fragte sie, ohne meine Fragen zu beantworten. »Bist du spiegelgereist?«

»Spiegel was?«, fuhr ich sie an. »Ich bin nicht gereist. Ich bin mitten in der Nacht im Wald vor etwas geflohen, dann bin ich in einen Tümpel gefallen, und … jetzt bin ich hier.«

Sie nickte wissend und sah mich endlich an. »*Sùla*«, murmelte sie.

»Was heißt das?«, rief ich entnervt. »Kannst du mir bitte einfach sagen, wo ich hier bin und wie ich zu meinem Hotel zurückkomme? Dann werd ich meinen Weg schon allein finden.«

Ihr Grinsen wurde breiter, süffisanter. »Das bezweifle ich.«

Ich warf ihr einen bitterbösen Blick zu.

»Hast du nicht gerade selbst gesagt, dass du keine Ahnung hast, wo du bist oder wie du hierhergekommen bist? Tja, ich weiß es, und wenn du dich ein bisschen zusammenreißen würdest, wäre ich auch geneigt, dir den Weg zurück zu zeigen. Aber dein gegenwärtiges Geheule wird die *Grannagh* direkt auf unsere Fährte führen.«

Mein Mund, der offen gestanden hatte, um sie mit weiteren Fragen zu bombardieren, schloss sich.

»Außerdem ist dein menschlicher Gestank nicht zu verfehlen.« Sie rümpfte die Nase, schnippte mit zwei Fingern, und ein blauer Funkenregen stob von ihrer Hand in die Luft. Die glühenden Funken legten sich über meinen Körper und formten blitzschnell eine Art blaue Glocke, die mich von Kopf bis Fuß einhüllte. Ein weiteres Gebilde dieser Art legte sich um meine Begleiterin. Ich sah fasziniert durch die pulsierende Membran hindurch, die meinen Blick verzerrte. Als ich eine Hand heben wollte, um sie zu berühren, verschwand sie, so schnell, wie sie gekommen war.

»Das sollte genügen«, erklärte meine Begleiterin.

Wieder öffnete ich den Mund, doch sie warf mir einen vernichtenden Blick zu.

»Alles zu seiner Zeit, *Mensch*«, zischte sie. »Wenn du leben willst, tust du von jetzt an lieber, was ich dir sage.«

Ich schluckte meinen Zorn, meine Angst, Verwirrung und Neugierde herunter und folgte ihr schweigend in den Wald hinein.

Beklommen gestand ich mir ein, dass ich mich ganz sicher nicht mehr in Schottland befand.

# Kapitel 8

Die Kriegerin legte ein halsbrecherisches Tempo durch den Wald vor, bis ich nur noch stolperte und jedes Mal so laut fluchte, dass sie schließlich mit genervtem Blick anhielt.

»Das wird für heute genügen. Die Nacht ist sowieso schon hereingebrochen«, grummelte sie.

»Nacht?«, erwiderte ich und warf einen Blick zum Himmel. Er hatte noch genau dieselbe Farbe wie zuvor, als ich den See von meinem Aussichtspunkt neben der Höhle der *Grannagh* aus betrachtet hatte. Die Sonne stand tief und verbreitete ein goldenes Licht, aber es war noch lange nicht Nacht.

Meine Begleiterin seufzte, als hätte ich etwas schrecklich Dummes gesagt. »Im Land des ewigen Sommers wird es nie ganz dunkel«, erklärte sie widerwillig. »Glaub mir, es ist Nacht.«

Ich sah immer noch stirnrunzelnd nach oben und versuchte, zwischen dem Blätterdach hindurch Genaueres zu erkennen.

»Du wirst schon sehen«, lachte sie höhnisch. »Wenn du die ganze Nacht wach bleiben willst, um den Himmel zu betrachten, nur zu.«

Sie winkte mir, ihr zu folgen. Wenige Schritte weiter ragte ein beinahe glatter Felsen zwischen den Baumstämmen auf. An seinen Seiten wuchs Moos, gesprenkelt mit kleinen lila Blumen.

»Fass auf keinen Fall die Blüten an«, erklärte die Kriegerin, als sie meinen faszinierten Blick bemerkte. »Sie sind hochgiftig.«

Schon begann sie hinaufzuklettern.

»Gibt es hier überhaupt irgendwelche Tiere oder Pflanzen, die mich nicht umbringen wollen?«, grummelte ich verärgert.

Sie streckte mir von oben eine Hand entgegen. »Wo bliebe dann der ganze Spaß?«

Ich warf ihr einen bösen Blick zu, legte zögernd meine Hand in ihre, und sie zog mich zu sich hoch. Einmal mehr schockierte mich ihre unglaubliche Kraft. Sie hatte mich völlig mühelos hinter sich auf den Felsen gezogen.

»Hier oben sind wir heute Nacht sicher. Jeder Angreifer, der sich auf uns zubewegt, ist weithin sichtbar«, erklärte sie.

Ich nickte nur, dann sank ich auf den mit dickem, weichem Moos bewachsenen Untergrund. Mein Körper begann augenblicklich zu zittern. Meine geschundenen Muskeln kamen endlich zur Ruhe und beschwerten sich nun über die Strapazen des Tages. Mein Magen knurrte laut.

Meine Begleiterin reichte mir einen Apfel. Ich fragte mich, wo sie den auf einmal herhatte. »Iss. Du siehst aus, als hättest du ein paar Mahlzeiten ausgelassen«, sagte sie, bevor ich fragen konnte.

Ich biss gierig in den Apfel und nickte ihr zum Dank zu.

Ich konnte nicht glauben, dass es bald vierundzwanzig Stunden her sein musste, dass ich fort war. Sicher würden Stewart und Emily mich am nächsten Tag als vermisst melden.

»Wenn es hier nicht dunkel wird«, wandte ich mich an die Kriegerin, die sich neben mir ausgestreckt hatte, »woran erkennst du dann, wann es Nacht ist? Oder wann der nächste Tag anbricht?«

Sie zuckte nur die Achseln. »Am Stand der Sonne natürlich.«

Ich wusste, dass es in einigen nordischen Ländern im Sommer kaum dunkel wurde. Aber es war unmöglich, dass ich mich in einem anderen europäischen Land befand. Schließlich war Großbritannien nichts anderes als eine große Insel, von der man nicht einfach so herunterkam.

Ich biss erneut in den Apfel. Obwohl die Müdigkeit sich wie eine warme Decke wohlig über meine Glieder legte, setzte ich meine Journalistenmiene auf. Mein Blick bohrte sich in ihren. Ich würde Antworten bekommen, und zwar jetzt sofort.

»Wo bin ich hier?«, fragte ich sie streng. »Und komm mir nicht wieder mit so einem Land-des-ewigen-Sommers-Schwachsinn.«

Sie hatte die Arme gemütlich hinter dem Kopf verschränkt, die

Beine übereinandergelegt und schien sich überhaupt nicht an meiner Inquisition zu stören.

»Alba«, sagte sie schlicht.

»Alba?«

Sie warf mir einen Blick zu, der mir sagte, dass sie eindeutig an meinem Verstand zweifelte.

»Und wo ist dieses Alba, von dem ich noch nie gehört habe? Ich war immer gut in Erdkunde.«

Sie verdrehte die Augen und stützte sich auf ihre Ellbogen. »Reicht es dir nicht, wenn ich dir sage, dass du Alba bereits morgen wieder verlassen wirst? Kein Grund, dich weiter damit zu beschäftigen. Wir suchen dir eine unbewegte Wasseroberfläche und schicken dich wieder zurück.«

Diese Aussage warf so viele Fragen auf, dass mir beinahe schwindelig wurde. »Wie meinst du das, mich durchs Wasser zurückschicken?«

Sie seufzte ergeben und setzte sich auf. »Du bist durch eine Wasseroberfläche hierhergereist, oder nicht? War es ein Teich oder Tümpel? Eine Pfütze?«

Die Härchen auf meinen Armen stellten sich auf, was sicher nicht an der warmen Brise lag. »Der Tümpel«, murmelte ich ungläubig. »Ich bin … hindurchgereist? Ist es das, was du mir weismachen willst?«

Sie nickte ernst.

»Und du nennst es *spiegelreisen?*«

Ihre Miene hellte sich auf. »Du bist doch nicht so schwer von Begriff, wie ich dachte.«

Ich biss mir auf die Unterlippe. Entweder war sie auf Drogen oder total verrückt. Vielleicht war sie eine dieser Hippies, die sich von der Gesellschaft abgewandt und in die Natur zurückgezogen hatten, und kannte sich deshalb so gut im Wald aus. Vielleicht hatte ich halluziniert, mir die Wölfe und ihre übermenschlichen Kampfkünste nur eingebildet. Hatte sie mir etwas verabreicht? 

Ich betrachtete ihren bronzefarbenen Zopf, der so lang war, dass er hinter ihr auf dem Boden auflag. An seiner Spitze glänzte der flache, gezackte Stern. Ich hatte gesehen, wie sie einem der Biester damit die ganze Schnauze aufgerissen hatte. Es hatte so echt ausgesehen. Ich betastete mein Gesicht. Dort spürte ich immer noch einige Spritzer des getrockneten Blutes. Ich schüttelte mich. Was für ein Glück, dass das grüne Blut der Viecher nicht ebenfalls ätzend war.

Sie warf mir eine Feldflasche zu, die sie auf einmal in der Hand hielt – aus dem Nichts erschaffen, genau wie ihre Schwerter und den Apfel.

Ich dankte ihr, kippte etwas Wasser auf meine geöffnete Handfläche und wusch mir Gesicht und Nacken. Dann trank ich ausgiebig, bevor ich mich wieder an sie wandte.

»Wer bist du?«, fragte ich sie zum zweiten Mal. »Warum bist du mir zu Hilfe gekommen? Wie ist es möglich, dass du Dinge erscheinen oder verschwinden lassen kannst?« *Und dass deine Ohren spitz sind*, fügte ich in Gedanken hinzu.

Sie hielt meinem Blick eine Weile stand, ihre grünen Augen funkelten nachdenklich.

»Mein Name ist Nairn«, antwortete sie schließlich.

»Cate«, sagte ich und nickte ihr zu.

Sie hielt kurz inne, bevor sie weitersprach.

»Ich bin hier, weil ich gehört habe, wie die *Grannagh* dich jagten, und ich wirklich keine Lust hatte, die Überreste deiner Leiche vom Boden zu kratzen, nachdem sie mit dir fertig gewesen wären.«

Ich zuckte bei der Vorstellung zusammen.

»Ich will dir nichts Böses«, fuhr sie fort. »Wie versprochen, werde ich dich morgen in deine Welt zurückbringen. Du wirst nie wieder nach Alba zurückkehren und kannst all das hier vergessen.«

*In meine Welt.*

»Also ist das hier – Alba – eine andere Welt?«

»Du stellst zu viele Fragen, *Mensch*«, schnappte sie.

»Ich bin Journalistin«, gab ich ebenso scharf zurück. »Und warum nennst du mich ständig Mensch, als wäre es ein Schimpfwort?«

»Für mich ist es eins.«

»Dann bist du also kein Mensch?«

Sie lachte laut und hart auf. »Oh nein, Banshee sei Dank!«

*Banshee?*

Ich hatte sie genau an den Punkt gebracht, an dem ich sie haben wollte. »Was bist du dann?«

»Eine *sìthiche*, natürlich.«

In dem Moment, als sie es aussprach, auf diese hochnäsige, selbstverständliche Art, schoss ihr Blick zu mir, und ihre Augen weiteten sich.

*Erwischt!*

Ich erinnerte mich an mein Gespräch mit Stewart auf dem Boot. Seine Worte hallten in meinem Kopf wider: *Natürlich sind weder das Loch-Ness-Monster noch die Kelpies auch nur annähernd so grausam und blutrünstig wie das Feenfolk, die sìthichean.*

Sie war eine Fee – eine grausame, blutrünstige Fee!

Am liebsten wäre ich von ihr abgerückt oder noch besser, schreiend davongelaufen. Doch ich musste mich zusammenreißen, wenn die Geschichten über sie stimmten. Konnte ich wirklich glauben, dass sie ein Wesen der gälischen Mythologie war? Mein rationaler journalistischer Verstand ließ das nicht zu. Aber gab es eine andere logische Erklärung für ihre übermenschliche Stärke, das Manifestieren von Gegenständen, die pulsierende Glocke, die sie um mich gelegt hatte, ihre spitzen Ohren und ihre überirdische Schönheit?

Meine Gedanken rasten und suchten nach einer Erklärung für

alles, was ich in den letzten vierundzwanzig Stunden erlebt hatte. War es möglich, dass ich durch einen Tümpel in eine andere Welt gefallen war? 

Alles in mir schrie: *Nein, völlig unmöglich!* Doch die Fakten sprachen dafür. Und im Zweifelsfall hielt man sich immer an die Fakten, so unglaublich sie auch sein mochten. Das lernte jeder Journalismusstudent im ersten Semester.

Doch da war noch ein weiteres ungelöstes Rätsel: Wer hatte mich nachts auf dem Nachhauseweg verfolgt?

Die Fee hatte mich nicht aus den Augen gelassen. Ihr wachsamer Blick lag auf mir, scannte mein Gesicht, auf dem sich Angst und Unsicherheit abzeichnen mussten, auch wenn ich mein Bestes gab, es zu verbergen.

Ich räusperte mich. »Also, um das noch mal zusammenzufassen: Ich bin durch eine unbewegte Wasseroberfläche hierhergereist – spiegelgereist –, wie auch immer das funktionieren soll. Dann wurde ich von wilden Bestien namens *Grannagh* angegriffen, deren Mittagessen ich beinahe geworden wäre, wenn mich nicht eine Fee gerettet hätte, mit der ich mich jetzt gerade unterhalte. So weit richtig?«

Fast erwartete ich, dass sich meine Begleiterin in Luft auflösen würde, nachdem ich alles laut ausgesprochen hatte. Manchmal war das in Filmen so. Wenn man sich erst einmal eingestanden hatte, dass man halluzinierte, verschwanden die Trugbilder. Doch die Fee war immer noch da. Sie war bei dem Wort *Fee* zusammengezuckt.

»Nenn mich nicht noch einmal so«, fauchte sie mit wütend zusammengezogenen Augenbrauen.

Ich hob die Hände. »Ich wusste nicht, dass das ein Schimpfwort ist. Heißt *sìthiche* nicht Fee auf Gälisch?«

Sie wirkte verwirrt. »Ja, aber …«

»Ist ja auch egal«, warf ich ein. »Danke für deine Hilfe.«

Sie beäugte mich misstrauisch, sagte dann aber: »Gern geschehen. Ich habe nicht gelogen, als ich gesagt habe, dass ich dir nichts Böses will.«

Ich schenkte ihr ein schwaches Lächeln. Ich musste mich mit Nairn gutstellen. Wenn Stewarts Geschichten auch nur einen Funken Wahrheit enthielten, würde ich die Nacht mit einem der tödlichsten Wesen der schottischen Mythologie verbringen, das den Menschen eindeutig nicht besonders wohlgesinnt war.

Nairn hatte versprochen, mich zurückzubringen. Konnte ich ihr trauen? Oder würde sie mich zum Frühstück verspeisen?

Ich schluckte. Vielleicht würde sich mir eine Gelegenheit zur Flucht bieten, während Nairn schlief. Wenn ich ihr Glauben schenken durfte, musste ich nur einen Teich, Tümpel oder eine Pfütze finden und mich hineinstürzen, um von hier fortzukommen – so verrückt das auch klang.

Es wäre besser, es auf eigene Faust zu versuchen, als mich von ihr in die Irre führen zu lassen. War es nicht das, was Feen gerne taten? Stewart hatte gesagt, dass sie sich einen Spaß daraus machten, Menschen zu täuschen.

Ihr Blick lag noch immer prüfend auf mir. Ich brauchte Zeit zum Denken, musste einen Plan schmieden.

»Dann also gute Nacht«, murmelte ich hastig. »Wenn wir morgen wieder so viel laufen müssen, werde ich wohl besser zusehen, dass ich etwas Schlaf bekomme.«

Ihre Augen verengten sich zu Schlitzen, doch ich drehte ihr rasch den Rücken zu und legte mich auf die Seite.

Der halb aufgegessene Apfel lag neben mir. Mir war der Appetit vergangen.

Ich schloss die Augen und versuchte, meine Gedanken und mein schnell klopfendes Herz zu beruhigen. Doch sobald mich die Dunkelheit umfing, befand ich mich wieder im nächtlichen Wald und flüchtete vor einem unbekannten Verfolger. Die Todesangst stieß mir ihre kalte Faust in den Magen, und ich sah mich panisch um. Diesmal waren es geifernde Wolfsbestien, die mich durch den Wald jagten. Ich konnte ihr Hecheln hören, das Zischen, wenn ihr ätzender Speichel auf den Waldboden traf. 

Ich riss die Augen auf. Meine Hände zitterten, und ich ballte sie zu Fäusten. Niemals würde ich allein in diesem Wald überleben, der sicher voller Ungeheuer war. Vielleicht war Nairn tatsächlich meine einzige Chance, es lebend hier herauszuschaffen.

Darüber nachgrübelnd, schlief ich schließlich ein.

# Kapitel 9

Ich schlief unruhig. Mein Schlaf wurde von Albträumen heimgesucht, und es half auch nicht, dass es die ganze Nacht über hell war. Immer wieder fuhr ich mit einem unterdrückten Schrei auf den Lippen auf, nur um Nairns Blick auf mir zu spüren. Sie schien nicht zu schlafen, sondern die ganze Zeit über wachsam unsere Umgebung im Auge zu behalten. Selbst wenn ich die Nacht zur Flucht hätte nutzen wollen, wäre es mir niemals gelungen.

Als ich mich schließlich endgültig aufsetzte, ohne zu wissen, ob es schon Morgen war oder nicht, war Nairn verschwunden. Ich schnappte nach Luft und sah mich panisch nach allen Seiten um.

»Keine Angst, Mensch«, klang da ihre Stimme von unten zu mir herauf. »Ich habe dich nicht im Stich gelassen.«

Ich krabbelte auf allen vieren zum Rand des Felsens und spähte hinunter. Er war nur zwei Mannslängen hoch, aber es flatterte unangenehm in meinem leeren Magen.

Nairn grinste von unten zu mir herauf. Mit der einen Hand schwenkte sie ein bereits gehäutetes und ausgenommenes Kaninchen. Mit der anderen zog sie sich mit solcher Leichtigkeit und Grazie am Felsen hoch, dass ich mal wieder nur starren konnte.

»Höhenangst?«, fragte sie belustigt und sah auf mich herab, während ich mich immer noch an den Felsrand klammerte.

Ich nickte mit zusammengebissenen Zähnen und rückte vom Abgrund ab.

Erst als Nairn neben mir in die Hocke ging, entdeckte ich, dass hinter mir bereits ein paar kleine Äste aufgeschichtet lagen. Ich hätte schwören können, dass das Feuerholz noch nicht da gewesen war, als ich aufgewacht war.

Nairn rieb die Finger vor ihrem Mund aneinander, murmelte etwas und pustete dann auf ihre Hände. Ein Funke sprang auf das trockene Holz über, und bald darauf loderten Flammen auf. Meine letzten Zweifel darüber, ob das, was ich am Vortag gesehen hatte, wirklich passiert war, lösten sich augenblicklich in Luft auf. 

Magie war etwas, woran ich nie geglaubt hatte, für das bisher in meinem rationalen Verstand kein Platz gewesen war. Doch nun blieb mir nichts anderes übrig, als es zu akzeptieren oder zu hoffen, dass ich bald aus diesem besonders langen Albtraum aufwachen würde.

»Gut geschlafen?«, wandte Nairn sich an mich. Ein sarkastisches Lächeln lag auf ihrem Gesicht. Sie wusste, dass ich ganz und gar nicht gut geschlafen hatte.

»Und du?«, fragte ich sie statt einer Antwort. »Du hast überhaupt nicht geschlafen?«

Sie schüttelte den Kopf. »Ich muss nicht schlafen.«

»Nie?«

»Ich könnte, wenn ich wollte, aber es ist nicht nötig. Mein Körper funktioniert genauso gut ohne Schlaf wie mit. Obwohl Schlaf besonders heilsam ist, wenn ich verletzt oder erschöpft bin.«

»Das ist wohl ziemlich praktisch in einer Welt, in der es sowieso nie Nacht wird«, bemerkte ich trocken.

Sie lachte leise vor sich hin, und ich wäre beinahe zusammengezuckt. Ich hätte nicht geglaubt, dass sie so einen fröhlichen Laut ausstoßen konnte.

Als mein Blick wieder auf das Feuer fiel, sah ich, wie sich das nun auf einen Stock gespießte Kaninchen wie durch Zauberhand darüber drehte.

»Muss schön sein, wenn man nur mit den Fingern schnipsen muss und alles so kommt, wie man es gerne hätte«, sagte ich säuerlich.

Sie zuckte die Achseln und warf sich ihren langen Zopf über die Schulter. »Ich kenne es nicht anders. Aber ein menschliches Dasein stelle ich mir schrecklich eintönig vor.«

Ihr Grinsen war so breit, dass sie ihre funkelnden Zähne zeigte.

»Und das Kaninchen, warum hast du es nicht einfach so erscheinen lassen?«

Der Gedanke schien sie zu amüsieren. »So funktioniert das nicht. Ich kann nichts Lebendes manifestieren. Zum Beispiel kann ich mich nicht selbst an einen anderen Ort bewegen oder ein anderes Lebewesen hierherwünschen. Außerdem gibt es alles, was ich manifestiere, schon irgendwo. Ich rufe es sozusagen nur herbei. Es gibt Regeln, weißt du?«

»Und gestern während des Kampfes mit den *Grannagh*, als du keine Pfeile mehr hattest, warum hast du deine Schwerter herbeigerufen und nicht einfach neue Pfeile manifestiert?«

Als ich mich interessiert vorbeugte, sah sie schon wieder so ertappt aus wie am Abend zuvor und presste die Lippen fest aufeinander. »Das ist eine Geschichte für ein anderes Mal.«

Ich schnaubte. *Ein anderes Mal.* Wenn ich ihr glauben durfte, dann würde ich diesen Ort noch heute verlassen. Es gab eindeutig viele Dinge, über die sie mit einem Menschen nicht zu reden gewillt war.

»Jetzt wird erst mal gefrühstückt«, verkündete sie.

Ich hatte keine Ahnung, wie sie das Kaninchen so schnell durchgebraten hatte, doch es schmeckte vorzüglich. Sie musste einige mir fremde Kräuter dazugegeben haben.

Ich leckte mir sogar die Finger ab und hätte auch das letzte Fett aus dem Stock gesogen, auf den das Tier gespießt gewesen war, wenn Nairn ihn mir nicht aus der Hand genommen hätte.

»Nicht so gierig«, lachte sie. »Du tust ja gerade so, als hättest du noch nie *coineanach* gegessen.«

Meine Augen wurden groß. »Das war kein Kaninchen?«

Übelkeit stieg in mir auf. War es ein weiteres dieser tödlichen Bestien Albas gewesen? Hatte sie mich etwa vergiftet?

Nairn prustete los. Trotz meines Schocks konnte ich nicht umhin, zu bemerken, dass sie in diesem Moment zum ersten Mal menschlich aussah, wie sie sich den Bauch hielt und ihr Lachtränen aus den Augen liefen. 

Sie erklärte mir nicht, was für eine Art Tier es gewesen war, doch als wir uns an den Abstieg machten, sagte ich mir, dass es nicht gefährlich gewesen sein konnte, da sie selbst etwas davon gegessen hatte.

Als ich mit zittrigen Beinen am Fuß des Felsens ankam, schnupperte Nairn mit erhobener Nase in die Luft.

»*Mac na galla!*«, spuckte sie. Es klang wie ein besonders scheußliches Schimpfwort.

»Was ist los?«, fragte ich besorgt.

»Wir können nicht auf direktem Weg zum nächsten Teich«, erklärte sie. »Die *Grannagh* streifen weitläufig durch dieses Gebiet. Und wegen ihnen sind heute noch ganz andere Wesen da draußen unterwegs.«

Sie bedeutete mir, ihr zu folgen.

»Andere Wesen wie zum Beispiel Kelpies?«, fragte ich sie mit klopfendem Herzen, stolz auf mein Wissen.

Ihr Kopf ruckte zu mir herum. »Kelpies sind gutmütige Wasserpferde, die keiner Fliege etwas zuleide tun. Warum sollten wir sie umgehen?«

Die Hitze stieg mir ins Gesicht. Hatte Stewart nicht gesagt, dass sie Menschen ins Wasser lockten und ertränkten?

Nairn hatte mein Mienenspiel beobachtet. »Die Menschen haben schon immer alles, was sie nicht verstehen konnten, als grausam, furchterregend und böse dargestellt. Glaub nicht alles, was du hörst.«

»Dann stimmt es auch nicht, dass Kelpies eine menschliche Form annehmen können?«

Schaudernd dachte ich an den Abend im Pub zurück, als der Fremde mich so sehr in seinen Bann gezogen hatte, dass ich ihn beinahe angesprungen hätte wie eine läufige Hündin. Der Gedanke, dass er ein Kelpie gewesen sein könnte, war mir an jenem Abend gar nicht so abwegig erschienen.

Nun schämte ich mich für meine Schwäche. Ich hatte mich zu einem Fremden hingezogen gefühlt und es mit einer mystischen Sagengestalt zu erklären versucht, die Menschen manipulieren konnte. Wie armselig! Ich dachte an Ben und fragte mich, ob Emily und Stewart ihn bereits von meinem Verschwinden in Kenntnis gesetzt hatten. Hatten sie sich auf die Suche nach mir begeben? Die Polizei eingeschaltet? Saß Ben vielleicht schon in einem Flieger nach Schottland? Ich musste so schnell wie möglich zurück.

»Nein, Kelpies können keine menschliche Form annehmen.« Nairns Antwort riss mich aus meinen düsteren Gedanken. »Sie leben in den Tiefen der Lochs und kommen nur für jeweils zwei Wochen im Jahr an Land, um sich zu paaren.«

»Und was ist eine Banshee?«, fragte ich sie, um mich von meiner eigenen Misere abzulenken.

Nairn duckte sich im Gehen unter einem tief hängenden Ast hindurch. »*Die* Banshee«, verbesserte sie mich. »Es gibt nur eine, und sie ist die Göttin des Todes.«

Ein kalter Schauer lief mir über den Rücken, und ich schloss rasch zu ihr auf. »Also glaubt ihr Feen« – Nairn warf mir einen wütenden Seitenblick zu – »ihr *sìthichean* an Götter?«

»Nur an eine Göttin«, verbesserte sie mich. »Der Tod ist die einzige Macht auf Erden, die alle Lebewesen in die Knie zwingt. Er erscheint in Gestalt der Banshee, um uns daran zu erinnern, dass alles vergänglich ist.«

Ich beobachtete, wie sich bei diesen Worten ein Schatten über ihr Gesicht legte. Die Unbeschwertheit, mit der sie mich heute Morgen begrüßt hatte, war mit einem Schlag verschwunden. Hatte sie jemanden verloren, der ihr wichtig war? Natürlich traute ich mich nicht, sie danach zu fragen.

Ich wusste ja noch nicht einmal, ob Feen Familien hatten oder einfach so aus Kokons oder Eiern schlüpften oder ob sie überhaupt dazu fähig waren zu lieben.

Nairn schien weit fort zu sein, an einem anderen Ort, mit einer anderen Person. Ihre Augen glänzten, und ihre Kiefermuskeln zuckten gefährlich. Ich verkniff mir meine Fragen, und wir liefen von da an schweigend nebeneinanderher.

Nach gefühlten Stunden kamen wir an einen kleinen Bachlauf, der sich gurgelnd einen Weg durchs Unterholz bahnte. Mein Herz machte einen Sprung, aber Nairn schüttelte nur den Kopf.

»Mach dir keine Hoffnungen, Mensch. Du kannst nicht durch Bäche, Flüsse oder das Meer spiegelreisen. Nur unbewegte Oberflächen dienen als Portale.«

*Portale.* Das Wort hallte in meinem Kopf wider. Ein Portal in eine andere Welt. Wie war das nur möglich? Mein journalistischer Verstand wollte sofort alles untersuchen, sich auf die Details stürzen und sie überprüfen. Vielleicht könnte ich, wenn ich wieder zu Hause war, einen Physiker ausfindig machen und dazu befragen.

Wir tranken und erfrischten uns am Bach, bevor es weiterging. Doch plötzlich erklang ein lautes Heulen, und ich erstarrte. »Sind das …?«

Nairn nickte, legte einen Finger an die Lippen und schnupperte erneut in die Luft.

»Sie sind nicht weit entfernt, haben unsere Spur aber noch nicht aufgenommen. Ich habe gestern unseren Geruch neutralisiert.« Das war also der blaue Schild gewesen.

Als die Erde plötzlich bebte, griff ich instinktiv nach ihrem Arm, um nicht umzufallen. Ihre sommersprossengesprenkelte Haut war fest, darunter spürte ich ihre angespannten Muskeln.

Sie zischte. Ihre Finger schlossen sich wie ein Schraubstock um mein Handgelenk, und sie riss meine Hand von ihrem Arm. Sie warf mir einen warnenden Blick zu.

»Sie haben einen Steintroll«, brummte sie dann. Es klang wie das Knurren eines Löwen. »Komm, wir müssen eine falsche Fährte legen.« Und schon zog sie mich mit sich.

Wir stoben im Zickzack durch den Wald, und ich konnte nur am Stand der Sonne erkennen, dass Stunden vergingen.

Als ich kurz vor einem Zusammenbruch stand, blieb ich keuchend stehen. Ich traute mich nicht, Nairn an der Schulter zu berühren, um ihr zu signalisieren, dass ich keinen Schritt mehr weitergehen konnte. Nicht, nachdem sie zuvor so heftig auf meine Berührung reagiert hatte.

Doch sie hielt ebenfalls an und betrachtete unsere Umgebung. »Wir können die Nacht nicht hier verbringen«, erklärte sie mit gerümpfter Nase. »Da drüben ist ein Elfenhügel, die kleinen Biester werden uns davonjagen. Und glaub mir, das könnte für dich tödlich ausgehen.«

Ich war zu erschöpft, um mich zu fürchten.

»Bitte«, stieß ich hervor. »Ich brauche eine Pause.«

»Jaja, schon gut. Ich habe vergessen, wie wenig belastbar ihr Menschen seid. Nicht weit von hier gibt es eine kleine Höhle, die zu dieser Jahreszeit unbewohnt ist. Bis dahin musst du noch durchhalten.«

Ich biss die Zähne zusammen und folgte ihr.

Als wir in die Kühle der unter einem Felsvorsprung liegenden Höhle traten, brach ich auf dem Boden zusammen.

Wie Nairn mir versicherte, während sie mich mit einigen fremdartig aussehenden Beeren fütterte, war es bereits Nacht.

Es war ein merkwürdiges Gefühl, wie mein Kopf so in Nairns Schoß lag und sie mir eine Beere nach der anderen in den Mund stopfte. In diesem Fall schien ihr die Berührung nichts auszumachen. Das weiche Leder ihrer Beinkleider ächzte ein wenig, als ich meinen Kopf drehte, um zu ihr aufzusehen.

»Danke«, brachte ich zwischen zwei Bissen hervor.

Sie schenkte mir ein schiefes, entschuldigendes Lächeln. »Ich habe vergessen, dass Menschen regelmäßig essen müssen.«

Ich starrte sie an, den Mund voll Beeren. »Musst du nicht?«, schmatzte ich.

Sie schüttelte den Kopf. »Einmal am Tag reicht völlig. Ich könnte eine Woche ohne Nahrung aushalten und wäre noch genauso kräftig.«

Einmal mehr staunte ich über die Ausdauer der Feen, die sich so von der menschlichen unterschied. Doch ich war zu erschöpft, um weitere Fragen zu stellen. Meine Augenlider wurden immer schwerer.

»Warum hast du mir tagsüber nicht gesagt, dass du Hunger hast?«, fragte sie unvermittelt.

*Weil du eine Feenkriegerin bist, die ziemlich schlecht auf Menschen zu sprechen ist, und vor meinen Augen zehn Wolfwesen abgeschlachtet hast, also dachte ich nicht, dass es schlau wäre, dich zu verärgern.*

Doch diese Worte behielt ich für mich.

»Na ja, ich hatte alle Hände voll damit zu tun, mich vor *Grannagh* und Trollen zu fürchten, die uns den ganzen Tag über gnadenlos verfolgt haben. Und anscheinend sind sogar die Elfen hier bösartige Biester.«

»Oh ja, richtige Plagegeister«, gluckste Nairn.

Ich versuchte mich an einem Lächeln, doch meine Mundwinkel wollten mir nicht mehr gehorchen. Die letzte Beere hatte ich, ohne zu kauen, heruntergeschluckt. Meine Augenlider flatterten.

»Schlaf«, befahl Nairn. »Ich passe auf dich auf.«

Im hintersten Winkel meines in den Schlaf davondriftenden Verstands wunderte ich mich über ihre plötzliche Fürsorge. Ich musste wohl ziemlich fertig aussehen, wenn sie sogar beschlossen hatte, mich zu füttern.

Doch ich hatte nicht die Kraft, länger darüber nachzudenken, da ich schon kurz darauf in einen tiefen Schlaf fiel. Ich war den ganzen Tag auf den Beinen gewesen, hatte nur wenig gegessen und brauchte dringend Ruhe.

Die Sorgen, die mich in der Nacht zuvor noch wach gehalten hatten, wichen einem traumlosen Schlaf. Nairn würde mich beschützen, und wenn nicht, wäre ich in meinem Zustand sowieso nicht in der Lage, auch nur einen Finger zu rühren. Ich wäre leichte Beute für all die Wesen, die des Nachts durch Alba streunten. Mir war es gleich.

Ich fuhr aus dem Schlaf, als sich eine Hand über meinen Mund legte. Mein überraschter Aufschrei wurde gänzlich davon verschluckt. Mein Blick zuckte panisch umher, suchte nach Nairn. Die kleine Höhle war leer.

Ich wurde unsanft von meinem Schlafplatz gerissen, während ich versuchte, durch die Nase zu atmen.

Wo steckte Nairn?

Jemand zerrte mich über den Waldboden, doch der unerbittliche Druck auf meinen Mund ließ keine Sekunde lang nach. Ich konnte ihn noch nicht einmal einen Millimeter öffnen, um meinem Entführer in die Hand zu beißen.

Auf einmal pressten sich kühle Lippen an mein Ohr. »Hast du mich vermisst?«, raunte eine Stimme, die so dunkel klang wie die Nacht, so tief wie das Schnurren eines Panthers.

Das Blut gefror mir in den Adern.

Diese Stimme hätte ich überall wiedererkannt.

# Kapitel 10

Sein Geruch stieg mir im selben Moment in die Nase, in dem ich ihn erkannte – frisch wie eine Waldwiese nach einem Regenguss. Ich hatte den starken Drang zu würgen. Es war der Fremde aus dem Pub. Ich trat und schlug um mich, doch er gluckste nur an meinem Ohr. »Das wird dir nichts nützen.«

Ein weiteres Mal versuchte ich zu schreien, brachte aber nur ein klägliches Röcheln hervor.

»Deine kleine Freundin ist fort«, raunte er mir ins Ohr. »Hast du wirklich geglaubt, eine *sìthichean* würde einem Menschen helfen?«

Nairns Verrat schmerzte mich mehr, als ich zugeben wollte. Ich trat noch einmal wütend nach ihm und traf ihn am Schienbein.

»Na, na, begrüßt man so etwa einen alten Freund?«

Ein gefährlicher Unterton hatte sich in seine Stimme geschlichen. Er schlang einen Arm um meine Taille und hob mich hoch, seine andere Hand lag noch immer fest über meinem Mund.

Es wurde immer schwieriger zu atmen. Mein Kopf wurde leichter, als würde er in den Wolken schweben. Ich glaubte, bald ohnmächtig zu werden, kämpfte aber mit allem, was ich hatte, dagegen an. So hilflos ich auch gegenwärtig sein mochte, ich würde mich nicht verschleppen lassen, ohne dass ich mir den Weg zurück einprägte. Mein Blick zuckte hin und her, ich suchte nach einem Anhaltspunkt, einem markanten Stein, einem verkrüppelten Baum oder einer ungewöhnlichen Blume.

Doch der Wald flog nur so an uns vorbei, und ich hing noch dazu kopfüber in seinem Klammergriff. Das Blut stieg mir in den Kopf, meine Sicht begann zu verschwimmen.

Ich spähte hilflos zu meinem Entführer hoch. Ein wölfisches Grinsen umspielte seine Lippen und entstellte seine eleganten Züge, als er auf mich herabsah.

Da traf ihn etwas mit voller Wucht am Kopf. Für einen Sekundenbruchteil lag Überraschung in seinem Blick, dann verdrehten sich seine Augen. Im selben Moment erschlaffte die Hand auf meinem Mund, und der Arm, der mich gefangen gehalten hatte, gab mich frei.

Ich krachte zu Boden.

Gierig sog ich Luft in meine Lungen, bis sie zum Bersten damit gefüllt waren. Im sanftgoldenen Licht der ewigen Dämmerung sah ich seinen reglosen Körper neben mir liegen. Da erst fiel mir ein, dass ich womöglich immer noch – oder wieder – in Gefahr schwebte, und mein Blick zuckte nach oben. Was hatte uns angegriffen?

Über uns stand Nairn, den Schwertgriff noch in der Hand, mit dem sie ihn bewusstlos geschlagen hatte.

»Was haben wir denn hier?«, fragte sie amüsiert. »Ich bin zehn Minuten fort, und schon hast du dich in Schwierigkeiten gebracht.«

An ihrem Gürtel baumelte ein toter Fuchs oder etwas Fuchsähnliches, der zweifellos als unser Frühstück dienen sollte.

»Was für ein Fang!« Sie trat meinem Verfolger gegen die Schläfe. »*Amadain na galla.*« Es klang wie eine besonders gemeine Verwünschung.

Erst dann wandte sie sich wieder mir zu. »Geht es dir gut?«

Ich setzte mich langsam auf und nickte. Mein Kopf drehte sich zwar, doch gleichzeitig schoss Adrenalin durch meine Adern. Ich hatte überlebt!

»Hast dich ziemlich ordentlich gewehrt«, bemerkte Nairn anerkennend.

»Wie bitte? Du hast uns beobachtet? Warum hast du mir nicht früher geholfen?«

»Was wäre denn das für eine Falle gewesen?«, antwortete sie, mit einem Tonfall, der besagte, dass sie es bei mir mit einem besonders langsamen Verstand zu tun hatte.

Ich hob fragend die Augenbrauen.

»Ich habe den Bastard schon seit heute Morgen gerochen. Er hat versucht, seinen Geruch zu verbergen, aber das hat ihm nicht viel gebracht.« Sie lachte leise in sich hinein.

»Dann kennst du ihn?«

Nairn warf einen Blick auf die reglose Gestalt im Gras. »Erst seit ein paar Jahrhunderten.«

Ich zuckte zusammen. *Jahrhunderte?*

»Also hast du die ganze Zeit gewusst, dass wir verfolgt werden, und ihm absichtlich eine Falle gestellt? Warum hast du mir nichts davon erzählt? Ich hätte helfen …«

»Dein Gesichtsausdruck war unbezahlbar, als er dich aus der Höhle gezerrt hat«, fiel sie mir ins Wort.

Ich grummelte wütend vor mich hin, während ich mich langsam aufrichtete, und lehnte die Hand ab, die sie mir entgegenstreckte.

»Ist er auch eine Fee?«, fragte ich sie und benutzte das Wort absichtlich, um sie zu ärgern.

Sie warf mir einen ihrer vernichtenden Blicke zu. »Ja, eine von der ganz üblen Sorte.«

*Eine Fee.* So schlimm die zweite Begegnung mit ihm auch gewesen war, so lieferte mir sein erneutes Auftauchen doch endlich eine Erklärung für den Abend im Pub. Er musste mich mit einer Art Zauber belegt haben.

Als ich nun auf ihn herabsah, fiel mir auf, dass er ebenso spitze Ohren hatte wie Nairn. Sein makelloses Gesicht sah friedlich aus. Doch der Schein trog, wie ich am eigenen Leib erfahren hatte. Ich versetzte ihm einen Tritt in die Seite.

»Was machen wir jetzt mit ihm?«, fragte ich Nairn.

Ihr Gesicht verzog sich zu einem hässlichen, grausamen Grinsen, vor dem ich beinahe zurückgewichen wäre. »Oh, wir werden unseren Spaß mit ihm haben.«

# Kapitel 11

Nairn schleppte ihr Opfer in unsere Höhle. Sie manifestierte rot glühende Eisenhandschellen, mit denen sie ihm die Handgelenke vor dem Körper fesselte, während ich mich in die Schatten im hinteren Bereich der Höhle zurückzog.

Ich wollte nichts mit ihrer Folter zu tun haben und musste zugeben, dass ich Angst vor dem Fremden hatte. Was, wenn er mich wieder so manipulierte wie bei unserer ersten Begegnung? Könnte er mich dazu bringen, mich gegen Nairn zu stellen und ihn zu befreien?

Der Gedanke erheiterte mich dann doch. Ich hatte keine Chance gegen Nairn und hoffte, dass sie ihm ebenso haushoch überlegen war wie mir.

Doch ich sah die harten Muskelstränge unter seinem schwarzen Leinenhemd und erinnerte mich an das gefährliche Funkeln in seinen Augen. Er war sicher genauso tödlich wie Nairn.

Als sie sich vergewissert hatte, dass seine magischen Fesseln festgezogen waren, schlug sie dem Bewusstlosen mit der flachen Hand ins Gesicht.

Er schrak auf. Sein Blick bohrte sich sofort in ihren – wachsam, wütend, tödlich.

Nairn ließ sich keinen Augenblick aus der Ruhe bringen. Sie wirkte sogar gelangweilt, wie sie so an der Höhlenwand lehnte und einen Dolch in ihrer Hand hin und her drehte.

»Also, was hast du hier zu suchen, *baligeard?*«, wandte sie sich an ihn.

Es musste eine böse Beleidigung sein, da er wutschnaubend an seinen Fesseln zerrte. Gleich darauf schrie er jedoch schmerzerfüllt auf. Das rot glühende Eisen hatte seine Haut versengt. Ich zuckte bei dem zischenden Geräusch zusammen.

»Ob du's glaubst oder nicht, ich war auf der Suche nach dir«, keuchte er.

»Das sah für mich aber ganz anders aus«, gab sie mit hochgezogenen Augenbrauen zurück. »Für mich wirkte es, als wolltest du meine kleine Menschenfreundin entführen.«

»Entführen?« Er spuckte in meine Richtung, und ich wich weiter in die Schatten zurück, bis ich gegen die Felswand stieß. Die Höhle war nicht sehr groß.

»Von wegen! Ich wollte sie töten, wie es unsere Pflicht ist. Oder hast du das etwa auch vergessen?«

Mein Herz setzte einen Schlag aus. Es war ihre Pflicht, mich zu töten? Hatte Nairn das etwa von Anfang an vorgehabt? Warum hatte sie mich dann vor den *Grannagh* und vor ihm gerettet?

»Ich habe nichts vergessen«, knurrte Nairn und schlenderte langsam zu ihm hinüber. »Wie könnte ich auch?«

Die letzten Worte stieß sie heftig hervor und riss dabei ihre Lederweste nach oben. Zum Vorschein kam eine lange, hässliche Narbe, die sich über ihren Unterleib zog und sich stark von ihren Sommersprossen abhob.

Er wich nicht vor ihrem Zorn zurück, selbst als sie ihr Gesicht so nah vor seins brachte, dass ihre Nasenspitzen sich beinahe berührten.

»Ich werde nie vergessen, Carrick«, flüsterte sie so leise, dass ich sie beinahe nicht hören konnte.

»Das mit Niall tut mir leid«, stieß der Gefangene – Carrick – zwischen zusammengebissenen Zähnen hervor. »Ich hatte keinen Anteil daran …«

Sie schnitt ihm mit einer herrischen Geste das Wort ab, zog sich wieder von ihm zurück und bedeckte ihre Blöße.

Schweigen breitete sich in der Höhle aus. Ein Schweigen, wie es nur zwischen zwei Personen entstehen kann, die gemeinsam furchtbare Dinge erlebt haben. Ich konnte den Konflikt zwischen den beiden beinahe mit Händen greifen.

Ich hatte das Gespräch atemlos verfolgt. Am liebsten hätte ich mein Büchlein gezückt und mir Notizen gemacht.

»Was willst du mit der *taibhsear?*«, fragte er Nairn nach einer Weile. Sein Blick zuckte zu mir. So voller Hass.

»Das geht dich nichts an«, zischte sie. »Du wirst sie nicht anrühren.«

»Warum hast du sie noch nicht getötet? Hältst du sie dir als eine Art Sklavin?« Er klang verwirrt.

»Ich habe mich in dem Moment von euren Praktiken losgesagt, als ich euch für immer verlassen habe«, antwortete sie kühl.

»Wie kannst du so etwas sagen?«, fuhr er sie an. »Es ist deine Natur, Teil deines Wesens, du kannst nicht einfach aufhören zu jagen.«

Sie stieß ein warnendes Zischen in seine Richtung aus.

»Also wirst du ihr helfen? Sie zurück in die Menschenwelt führen, nur damit sie dort sowieso früher oder später von einem von uns getötet wird?« Er schnaubte verächtlich.

Ich sog scharf die Luft ein. »Was meint er damit?«, wandte ich mich mit zitternder Stimme an Nairn.

»Sei still, *sùla*«, fauchte Carrick.

Ich ignorierte ihn.

»*Sùla*, *taibhsear*, was heißt das alles?«, fragte ich, weiterhin an Nairn gewandt.

Sie schüttelte nur den Kopf und sah mit einem Mal sehr müde aus. »Du bist eine Seherin«, erklärte sie mit einer Stimme, die weit weg klang. »Deshalb konntest du nach Alba reisen, deshalb kannst du auch in der Menschenwelt Feen sehen.«

Ich schnappte nach Luft.

»Eine Seherin?«, wiederholte ich ungläubig. »Was …«

»Bild dir nichts darauf ein. Du bist nichts Besonderes«, schnappte Carrick in meine Richtung. »Nur eine von vielen Sehern und Seherinnen, die es überall auf der Welt gibt. Die meisten *taibhsearan* wissen noch nicht einmal, dass sie uns sehen können, bis sie zum ersten Mal eine von uns zu Gesicht bekommen. Aber dann ist es meistens zu spät.« Ein grausames Grinsen huschte über sein Gesicht.

»Aber der Barkeeper hat dich doch auch gesehen«, warf ich ein. »Die Leute im Pub ...«

»Ich werde gesehen, wenn ich gesehen werden will«, unterbrach er mich mit einem arroganten Tonfall, der andeutete, dass das offensichtlich war.

»Und ihr tötet Seher?«, brachte ich hervor. »Deshalb hast du mich im Pub angesprochen?«

Ein kalter Schauer lief mir den Rücken herunter.

»Warst du es, der mich im Wald verfolgt hat?«, rief ich so aufgewühlt, dass ich sogar einige Schritte in seine Richtung wagte.

Seine dunklen Augen funkelten gefährlich. Das war Antwort genug. Alles verschwamm vor meinen Augen. Nairn war schnell bei mir und stützte mich, bevor meine Knie nachgeben konnten.

»Das ändert nichts«, raunte sie. »Ich werde dir helfen zurückzukehren. Der Bastard wird dich nicht anrühren.«

Ich riss mich von ihr los und taumelte zurück.

»Du!«, rief ich. »Es liegt in deiner Natur, mich zu jagen und zu töten?« Meine Stimme klang schrill. »Warum lebe ich noch? Was hast du mit mir vor?«

Carrick lachte leise. »Das frage ich mich allerdings auch.«

»Glaub mir oder nicht, Mensch«, blaffte Nairn. »Ich habe dir mein Wort gegeben.«

»Das Wort einer Verräterin, wie rührend«, höhnte Carrick. »Wirst du diesen Schwur auch brechen und sie ebenso zurücklassen, wie du es mit deinen Kameraden getan hast?«

Er sah mich mit einem mitleidigen Ausdruck an. »Es ist nur eine Frage der Zeit, weißt du. Ist sicher nichts Persönliches, *sùla*.«

Ich konnte erkennen, dass Nairn sich nur noch mühsam beherrschte. Eine Ader pochte an ihrer Schläfe, und so zog ich mich wieder in die Schatten zurück, statt an ihr vorbeizustürmen und aus der Höhle zu fliehen, als sie sich wieder zu ihm umdrehte.

»Lass sie endlich in Ruhe und sag mir, warum du hier bist. Sicher nicht, weil du den übermäßig starken Wunsch verspürst, von meiner Hand zu sterben. Und glaub mir, ich bin gerade sehr geneigt, diesem Wunsch nachzukommen.«

Carrick lachte wieder. »So theatralisch, Nairn. So kenne ich dich ja gar nicht. Aber jeder trauert wohl auf seine eigene Art.«

Etwas flackerte in ihrem Blick auf, eine wilde, kalte Flamme. Ich presste mich noch weiter an den kalten Stein in meinem Rücken. Sah Carrick die Warnung nicht? Oder forderte er sie absichtlich heraus?

»Ich hätte gedacht, dass du nach zwei Jahren endlich darüber hinweggekommen wärst«, sagte er mit einem hämischen Grinsen.

Das Licht in Nairns Blick erlosch, und sie stürzte sich im selben Moment mit einem wilden Schrei und erhobenem Dolch auf ihn.

Carrick lachte auf, warf sich zur Seite und stellte ihr ein Bein. Seine glühenden Fesseln zischten, als sie sein Fleisch verbrannten, doch er schien es nicht zu bemerken. Schon war er auf den Beinen.

Nairn war über sein ausgestrecktes Bein gefallen und hatte sich hart den Kopf an der Felswand angeschlagen. Sie fuhr knurrend zu ihm herum. Ein Tropfen Blut lief ihr die Schläfe herab.

»Komm schon, wie in alten Zeiten!«, rief Carrick ihr zu.

Sie stürzte vor. Er wich ihrem Angriff aus, wirbelte herum und trat ihr ins Kreuz. Nairn heulte auf, und ich hätte beinahe ebenfalls aufgeschrien.

Mein eigenes Leben hing an einem seidenen Faden. Wenn Carrick Nairn besiegte, wäre ich so gut wie tot.

Meine Hände pressten sich schmerzhaft in die Felswand. Da spürte ich, wie sich ein Stein unter meiner Berührung lockerte.

Nairn war herumgewirbelt und hatte Carrick mit ihrem Dolch eine Wunde am Oberarm zugefügt. Obwohl er blutete, lachte er immer noch. »Vermisst du es nicht?«, rief er ihr zu.

Sie knurrte nur und ging zum nächsten Angriff über. Er wich ihrem Dolchstoß aus und trat ihr die Beine weg. Nairn krachte mit dem Rücken auf den Steinboden. Schon war Carrick über ihr. Er sprang auf ihren Oberkörper und rammte ihr seine gefesselten Hände ins Gesicht. Im letzten Moment riss Nairn ihre Hände hoch und umschloss seine Unterarme. Ein Kräftemessen begann.

Die glühenden Fesseln zischten, während sie Nairns wunderschönem Gesicht immer näher kamen. Sie drückte verbissen gegen Carricks gefesselte Hände, die sich gnadenlos weiter auf sie herabsenkten.

»Du bist mit einem Auge sicher immer noch so hübsch wie mit zweien«, raunte er.

Nun sah ich Angst in Nairns Blick aufflackern, und ohne nachzudenken, riss ich den Stein aus der Felswand.

Carrick, der auf Nairn saß, hatte mir den Rücken zugewandt, während er weiterhin versuchte, die glühenden Fesseln in ihr Gesicht zu pressen.

Er war nur zwei Schritte von mir entfernt.

Ich schluckte und sprang vor.

Mit aller Kraft schlug ich ihm den spitzen Felsbrocken auf den Hinterkopf.

Er brach augenblicklich über Nairn zusammen. Sie konnte sich gerade noch unter seinen zischenden Fesseln hindurchducken, bevor er auf dem Boden aufschlug.

Nairn starrte mich keuchend und mit weit aufgerissenen Augen an, während ich zitternd den blutigen Stein in meiner Hand betrachtete.

Was hatte ich getan? Hatte ich ihn getötet?

Alles begann sich zu drehen.

*Sùla, taibhsear, Seherin.* Wer war ich? *Was* war ich?

# Kapitel 12

Ist er tot?«, flüsterte ich. Meine Stimme klang belegt und gar nicht wie meine eigene. »Hab ich ihn umgebracht?«

»Umgebracht?« Nairn rappelte sich auf und klopfte sich den Dreck von der Lederhose. Sie sah mich irritiert an und wischte sich dann mit einer raschen Bewegung das Blut von der Schläfe.

Ich schnappte nach Luft, als ich erkannte, dass ihre Haut darunter unversehrt war. Kein Kratzer, kein blauer Fleck deutete darauf hin, dass sie sich vor wenigen Minuten erst stark den Kopf angestoßen hatte.

»Du glaubst also, dass du eine *sìthiche* getötet hast?«, fragte sie mich. »Und du hast es getan, um mir das Leben zu retten?«

Ich nickte sprachlos, starrte weiterhin auf ihre unversehrte Schläfe. Dann sah ich zur gegenüberliegenden Felswand, an der noch immer ihr Blut klebte. Sie folgte meinem Blick.

»Er ist nicht tot«, versicherte sie mir. »Wir sind nicht so leicht kleinzukriegen.«

Sie ging in die Hocke, wälzte Carricks leblosen Körper herum und machte sich daran, ihm auch die Knöchel zusammenzubinden. Das Eisen der Fußfesseln glühte und zischte jedoch nicht, wie ich erleichtert feststellte.

Nairn hielt auf einmal mitten in der Bewegung inne und sah mich nachdenklich an. »Ein Mensch, der bereit ist, eine *sìthiche* zu töten, um das Leben einer anderen *sìthiche* zu retten. Du bist wahrscheinlich die Erste, die je auch nur auf die Idee kam, eine von uns zu verteidigen.«

Ich schluckte. Ich hatte instinktiv gehandelt, meine Tat war nicht geplant gewesen, sondern aus dem Moment heraus entstanden. Mir war noch immer schlecht, wenn ich an das dumpfe Krachen zurückdachte, mit dem der Stein auf Carricks Schädel geprallt war. Meine Hand öffnete sich, und der blutige Stein polterte zu Boden.

Nairns Brauen zogen sich besorgt zusammen. »Danke, Cate«, sagte sie mit sanfter Stimme. Es war das erste Mal, dass sie meinen Namen aussprach. »Falls ich mich missverständlich ausgedrückt habe: Ich danke dir dafür, dass du mich gerettet hast. Auch wenn mein Leben zu keinem Zeitpunkt in Gefahr schwebte.«

Endlich erwachte ich aus meiner Starre. »Das sah aber zwischenzeitlich ganz anders aus. Hätte er dir wirklich ein Auge ausgebrannt?« Ich schauderte. Die glühenden Fesseln waren ihrem Gesicht so nahe gekommen.

Nairn zuckte die Achseln und zog Carricks Fußfesseln fester. »Carrick hat eine sehr ausgeprägte Fantasie, wenn er glaubt, dass er das geschafft hätte.«

»Und du hättest es überlebt?«

Sie nickte. »Ich habe schon Schlimmeres überstanden. Unsere Körper heilen um einiges schneller als Menschenkörper.«

Übelkeit stieg in mir auf, als ich mich an die lange Narbe erinnerte, die sie zuvor entblößt hatte. Nicht alle ihre Wunden schienen gänzlich zu verheilen.

Nairn zerrte den immer noch bewusstlosen Carrick in eine Ecke der Höhle, die so weit wie möglich von mir entfernt war. Dann kam sie auf mich zu.

»Du solltest noch ein wenig schlafen«, sagte sie. »Du bist so blass, als hättest du die Banshee höchstpersönlich getroffen. Ich wecke dich zum Frühstück.«

Sie deutete auf das fuchsähnliche Tier, das sie erlegt und vor ihrem Kampf mit Carrick auf dem Höhlenboden zurückgelassen hatte.

Ich glaubte nicht, dass ich in meinem Schockzustand viel Schlaf bekommen würde. Außerdem hatte ich so viele Fragen, über Carrick, über Nairns Beziehung zu ihm, über die Seher und was es bedeutete, dass ich angeblich eine von ihnen war. Zu viele, um sie in meinem Kopf zu ordnen, geschweige denn laut auszusprechen.

Ich ließ mich auf wackeligen Beinen von Nairn zu meiner Schlafstatt führen und legte mich brav hin. Sie breitete eine raue Decke über mich, die sie aus dem Nichts manifestierte. Ich hatte gar nicht bemerkt, dass ich am ganzen Körper zu zittern begonnen hatte.

Vor unserer Höhle hatte leichter Nieselregen eingesetzt, und das Gestein, das uns von drei Seiten umgab, sonderte seine ganz eigene Kälte ab. Doch mein Zittern lag nicht an der Kühle der Höhle. Eine ganz andere Art von Kälte war mir in die Glieder gekrochen. Ich zog die Decke fester um mich.

Sobald meine Körperwärme sich unter dem dicken Stoff gesammelt hatte und mich von Kopf bis Fuß einhüllte, wurden meine Augenlider schwer, und mein Bewusstsein driftete davon.

Ich erwachte zum Prasseln von Regen und zwei Stimmen, die sich im Flüsterton unterhielten.

»… du verstehst nicht, was auf dem Spiel steht.«

Das war Carricks tiefes, melodiöses Brummen.

»Oh, ich weiß viel besser, was auf dem Spiel steht, als jeder Einzelne von euch, glaub mir. Im Gegensatz zu euch habe ich meinen Einsatz nämlich verloren.«

Die Kälte in Nairns Stimme ließ mich beinahe zusammenzucken, doch ich behielt die Kontrolle über meinen Körper und bemühte mich, gleichmäßig weiterzuatmen. Dies war meine Chance, mehr zu erfahren. Ich musste sie in dem Glauben lassen, dass ich noch tief und fest schlief.

»Nairn, ich weiß, dass das nicht einfach für dich gewesen sein kann, aber …«

»Du weißt gar nichts!« Nairn spuckte ihm die Worte entgegen. »Ihr habt sie einfach zurückgelassen, sie noch nicht einmal begraben. Das habe ich ganz allein gemacht.«

»Sie war eine Verräterin, genau wie du. Fionn hätte es nicht zugelassen, das weißt du ganz genau.«

Stille, nur durchbrochen vom Regen vor der Höhle.

Schließlich räusperte Carrick sich. »Ich bin hier, weil wir deine Hilfe brauchen.«

Keine Reaktion von Nairn.

»Goll hat Fionn besiegt.«

»Was?« Nun klang Nairn aufrichtig schockiert. »Wie ist das möglich?«

Ich hörte, wie jemand seine Position veränderte, das Kratzen von Stiefelabsätzen auf Stein und dann das Zischen der glühenden Fesseln auf Fleisch. Carrick stieß einen Fluch aus. »Wann wirst du mir diese Dinger endlich abnehmen?«

»Wenn die Menschenfrau in Sicherheit ist.«

Er schnaubte.

»Also, was ist mit Fionn?«, fragte Nairn ungeduldig.

»Wie du weißt, hat Goll seine Tricks. Mit jedem Tag, der verstreicht, gewinnt er an Stärke. Wir hatten ihn in der Menschenwelt endlich aufgespürt, aber er hat Fionn im Kampf mithilfe eines Bannspruchs zu Stein erstarren lassen. Das war vor einigen Monaten. Wir suchen seitdem in der Menschenwelt nach dem *Dord Fiann.*«

»Wo ist Fionn jetzt?«

Carrick zögerte mit seiner Antwort.

»Ach, du kommst hierher, um meine Hilfe zu erbetteln, vertraust mir aber kein Stück?«

Ich hörte, wie jemand – Nairn – auf die Füße sprang und begann, unruhig auf und ab zu gehen.

»Wie konnte das alles nur passieren?«, rief sie.

»Still, sonst weckst du noch die *sùla* auf«, gab er bitter zurück.

Ein wütendes Knurren ertönte, eindeutig aus Nairns Kehle.

»Schon gut, schon gut«, sagte Carrick beschwichtigend. »Wir

haben ihn nach Alba in unsere Höhle bei den *Glumagan nan Sìthichean* gebracht.« 

»Warum sollte ich euch helfen?«, schnappte Nairn. »Nach allem, was passiert ist. Ich treibe mich nicht zum Spaß in dieser von der Banshee verlassenen Gegend herum. Ich will nicht gefunden werden. Schon mal darüber nachgedacht?«

Ein belustigtes Glucksen. »Dafür warst du aber ziemlich leicht zu finden.«

Ich hielt erschrocken den Atem an. Wollte er sie schon wieder provozieren?

»Und du warst viel zu leicht einzufangen«, gab Nairn bissig zurück.

Stille. Dann brachen beide in lautes Gelächter aus.

Diesmal zuckte ich zusammen. Lachen war das Letzte, was ich erwartet hätte. Zähneknirschend gestand ich mir ein, dass ich nun wohl oder übel so tun musste, als wäre ich gerade aufgewacht. Ich reckte und streckte mich ausgiebig.

»Von wegen Land des ewigen Sommers«, grummelte ich und setzte mich auf. »Es regnet immer noch in Strömen.«

»Dir auch einen guten Morgen«, begrüßte mich Nairn eine Spur zu überschwänglich. Hoffentlich ahnte sie nicht, dass ich gelauscht hatte.

Ich spürte Carricks Augen auf mir und traute mich, zu ihm rüberzusehen. Sein Blick war stechend, doch er verriet nichts. War er wütend auf mich, weil ich ihn angegriffen hatte? Schämte er sich gar dafür, von einem Menschen überwältigt worden zu sein? Plante er in diesem Moment meinen langsamen, schmerzhaften Tod?

Ich schenkte ihm ein überlegenes Grinsen. Sollte er doch versuchen, mich einzuschüchtern. Ich würde ihm nie wieder zeigen, dass ich Angst vor ihm hatte.

»Wie geht's dem Kopf?«, fragte ich ihn fröhlich.

Er hielt meinem Blick noch eine Weile stand, so lange, dass ich mich fühlte, als würde ich jeden Moment in die Schwärze seiner Augen hineingesogen werden.

»Frag mich noch mal, wenn ich nicht gefesselt bin«, brummte er dann gefährlich leise.

Nairn stieß ein kurzes Lachen aus. »Bitte zerfleischt euch nicht schon vor dem Frühstück.«

Mit einem Fingerschnipsen und ein paar gemurmelten Worten entzündete sie einen kleinen Haufen Feuerholz, der schon bereitgestanden hatte und über dem sich Teile des Fuchswesens auf einen Stock gespießt drehten. Mein leerer Magen rumorte schmerzhaft, als kurz darauf der Geruch des brutzelnden Fleischs zu mir herüberwehte.

Carrick wandte den Blick ab und starrte in den Regen hinaus. »Denk über meine Worte nach«, war alles, was er noch zu Nairn sagte, bevor er in Schweigen verfiel.

Ich versuchte, seine düstere Stimmung zu ignorieren, und machte mich über eine saftige Lende her, die Nairn mir kurz darauf reichte.

Meine Gedanken rasten, und ich bemühte mich, sie zu ordnen. Welche Frage sollte ich Nairn zuerst stellen? Würde sie mir überhaupt antworten? Es konnte nicht in ihrem Interesse liegen, dass eine Seherin über die Feen Bescheid wusste. Machte sie wirklich Jagd auf Leute wie mich? Das hatte Carrick zumindest angedeutet. Ich musste zugeben, dass ich mich noch nie wirklich von ihr bedroht gefühlt hatte. Sie hatte mir seit unserer ersten Begegnung Respekt eingeflößt, aber, im Gegensatz zu Carrick, keine Todesangst.

»Also«, begann ich zwischen zwei Bissen, »was hat es mit den Sehern auf sich?«

Nairn zog die Stirn in Falten, ließ sich dann aber ergeben seufzend neben mir am Feuer nieder. »Warum willst du das überhaupt wissen? Wenn der Regen aufgehört hat, werden wir dir schnell eine

Pfütze suchen, und du wirst zurück in der Menschenwelt sein, ehe du dichs versiehst. Wäre es nicht einfacher, das alles zu vergessen?« 

Ich funkelte sie mit vollem Mund an.

»Na schön«, sie hob beide Hände. »Du wirst nicht lockerlassen, oder?«

Ich schüttelte energisch den Kopf und wischte mir Fett vom Kinn. »Ich muss wissen, wonach ich Ausschau halten muss, wenn ich zurück bin. Wie es sich angehört hat, könnte ich jeden Moment von einem von euch im Schlaf erdrosselt werden. Mein Leben wird sowieso nie wieder dasselbe sein.«

Nairn verkniff sich ein Schmunzeln. »Du hast gut aufgepasst.«

Während ich erneut in das saftige Fleisch biss, forderte ich sie mit einer Handbewegung auf weiterzusprechen. Mir entging nicht, dass sie Carrick einen vorsichtigen Blick zuwarf, bevor sie zu erzählen begann. Er starrte immer noch unbewegt in den Regen hinaus.

»Uns *sìthichean* gibt es seit Anbeginn der Zeit«, erklärte sie. »Die Menschen bevölkerten die Erde erst viel später. Sie verehrten uns zunächst als Götter, nannten uns *Túatha Dé Danann,* Volk der Götter. In anderen Ländern hatten wir andere Namen, wurden aber gleichermaßen verehrt. Bis die Menschen, ihr einfältigen Wesen, irgendwann Angst vor unserer Andersartigkeit bekamen. Die Verehrung schlug in Hass und Furcht um, und sie begannen, unsere heiligen Stätten niederzubrennen und uns zu verfolgen. Leider vermehrt sich dein Volk wie die Kaninchen, und so wart ihr schon bald bei Weitem in der Überzahl. Trotz unserer physischen Überlegenheit blieb uns bald nichts anderes übrig, als uns an den einzigen Ort zurückzuziehen, den die Menschen nicht erreichen konnten.«

»Alba«, flüsterte ich, und sie nickte. Ich hatte aufgehört zu essen, war zu gefesselt von ihren Worten.

»Alba ist das Pendant zur Menschenwelt, eine Spiegelwelt, wenn du so willst. Unberührt von den Menschen, die ihre eigene Welt über die Jahrhunderte hinweg immer weiter verpesteten und zerstörten. Doch viele von uns wollten sich nicht wegsperren lassen und fanden, dass wir ein Recht darauf hatten, auch in ihrer Welt zu wandeln. Mit mächtigen Zaubern fanden diese *sìthichean* Wege, sich vor den Menschen zu verbergen, ungesehen unter ihnen zu leben, während die Übrigen von uns lieber in Alba weilten. Uns war lange nicht bewusst, dass manche Menschen unsere Zauber durchschauen konnten. Einige sind mit der Gabe gesegnet, durch den Schleier zu sehen, der die beiden Welten trennt. Sie vermögen es, Feen in ihrer Welt zu entdecken, auch wenn sie sich noch so gut zu verbergen wissen. Und sie besitzen die Fähigkeit, nach Alba zu reisen, so wie du es getan hast.«

Sie nickte in meine Richtung. Ich schrak zusammen und erinnerte mich an das halb aufgegessene Stück Fleisch in meiner Hand. Den Blick weiter auf sie gerichtet, knabberte ich daran.

»Als die Menschen erkannten, dass unter ihnen jene wandelten, die diese Gaben besaßen, nutzten sie sie zu ihrem Vorteil. Sie begannen, die *sìthichean* systematisch auszurotten. Wenn du einen Blick auf die erbärmliche Geschichte der Menschheit wirfst, erkennst du schnell, dass das in ihrer Natur liegt. Sie löschen alles aus, was anders ist, was sie nicht verstehen können.«

Ich konnte nicht anders, als zögernd zu nicken. Erinnerungen an Bilder vom Zweiten Weltkrieg, von hungernden Kindern in Entwicklungsländern und einem leuchtenden Atompilz jagten mir einen Schauer über den Rücken.

»Angeführt von den Sehern, wurden *sìthichean* über Jahrhunderte hinweg abgeschlachtet«, fuhr Nairn fort. »Wir wehrten uns natürlich. Es folgte ein langer, blutiger Krieg, bis das Wissen um die *sìthichean* den Menschen nach und nach verloren ging. Denn das ist eine weitere eurer typischen Eigenschaften: Ihr achtet eure Vergangenheit und eure Vorfahren nicht, lernt nicht aus euren

Fehlern, lasst Wissen und Tradition verloren gehen. Mit der Industrialisierung, mit Maschinen und Massenvernichtungswaffen kamen ganz andere Sorgen, die euch von da an beschäftigten. Nur wenige hüteten das Wissen um die *sìthichean*, um die Gabe der Seher, und sie wurden von der Gesellschaft schnell als verrückt erklärt. Denn was ihr nicht sehen könnt, das gibt es auch nicht, was ihr nicht versteht, kann nicht existieren.«

Sie schüttelte den Kopf.

»Da die Sehergabe vererbt wird, leben auch heute noch einige von ihnen, weltweit vielleicht nicht mehr als ein paar Hundert. Genau wie du wissen sie nicht, dass sie uns sehen können. Das Wissen, nach Alba zu reisen, was von Anfang an nur wenigen Menschen möglich war, ist gänzlich verloren gegangen. Bis du vor ein paar Tagen aufgetaucht bist.«

Sie zeigte mit einem anklagenden Finger auf mich, und ich verschluckte mich an meinem nächsten Bissen.

»Ich bin der erste Mensch, der seit langer Zeit einen Fuß nach Alba gesetzt hat?«

»Meines Wissens, ja«, antwortete Nairn nüchtern.

Ich hustete und schluckte den Bissen herunter. »Also heißt *taibhsear* Seherin? Und wofür steht dann *sùla?*«

Nairn warf Carrick einen weiteren unergründlichen Blick zu. »*Sùla* ist ein Wort, das wir oft benutzen, wenn wir von Sehern sprechen. Es heißt übersetzt Auge.«

Ich war überrascht, dass es kein Schimpfwort war, da Carrick es mir jedes Mal mit so viel Hass entgegenspuckte.

»Und wie kommt es, dass ich bisher noch nie zuvor eine Fee gesehen habe?«, fragte ich.

»Ganz einfach: weil dir noch nie eine über den Weg gelaufen ist. Du hast dich wahrscheinlich bisher an Orten aufgehalten, die wir meiden.«

Ich runzelte nachdenklich die Stirn. New York war sicher kein Ort für naturverbundene Wesen wie Nairn.

»Außerdem«, fuhr sie schon fort, »ist es *sìthichean* seit vielen Jahrzehnten nicht erlaubt, die Menschenwelt zu betreten. Nur an den heiligsten Feiertagen, wie Samhain und Beltane, wenn der Schleier zwischen den Welten dünn ist, dürfen wir für jeweils einen Tag hindurchschlüpfen.«

»Aber ich habe doch Carrick im Pub getroffen«, erwiderte ich, während ich mich schaudernd an unsere erste Begegnung erinnerte. »War das an einem Feiertag?«

Nairn schüttelte den Kopf. »Es gibt einige Ausnahmen«, sagte sie ausweichend und erhob sich, um das Feuer auszutreten.

Das Gespräch war beendet.

Ich spürte, dass da mehr war, was sie mir nicht anvertrauen wollte, bohrte aber nicht weiter nach. Zuerst musste ich das Gehörte verarbeiten. Einmal mehr hätte ich am liebsten mein Notizbüchlein gezückt. Es steckte seit dem verhängnisvollen Abend im Pub in meiner Jackentasche und hatte sogar den Sturz in eine andere Welt überstanden, auch wenn seine Seiten von meinem Abstecher in den Teich wellig geworden waren.

»Wie kannst du garantieren, dass der da mich nicht umbringt, sobald ich wieder zurück in meiner Welt bin?«, fragte ich stattdessen mit einem Nicken in Carricks Richtung.

Er schnaubte verächtlich, sah aber noch nicht einmal auf.

»Sieht es für dich so aus, als wäre er gegenwärtig in der Lage, irgendwohin zu gehen, geschweige denn, in eine andere Welt zu reisen?«, schnappte Nairn.

Ihr beißender Tonfall erschreckte mich. »Nein«, antwortete ich kleinlaut.

»Also musst du dir auch keine Sorgen darüber machen«, sagte sie etwas versöhnlicher. »Ich werde schon dafür sorgen, dass er dir nicht folgt.«

»Gut, denn ich muss wirklich so schnell wie möglich zurück. Ich bin jetzt schon seit drei Tagen hier.«

Ich zählte die Tage an den Fingern ab, konnte mir aber nicht sicher sein, wie lange ich tatsächlich schon fort war. Es war verwirrend, dass es nie wirklich Nacht wurde.

»Ich werde bestimmt gesucht«, fügte ich nachdrücklicher hinzu. »Man hat mich mit Sicherheit schon als vermisst gemeldet.«

Nairn war dabei, die Überreste unserer Mahlzeit in ein Tuch zu wickeln, hielt aber inne. »Da mach dir mal gar keine Sorgen. Die Zeit in Alba verstreicht anders als in der Menschenwelt.«

Ich sah sie verständnislos an.

»Wenn in Alba eine Woche vergeht, ist bei euch nur in etwa ein Tag vergangen, je nach Jahreszeit.«

Meine Augen wurden groß. »Dann ... dann müsst ihr ja viel älter sein, als ...«, stammelte ich.

»Ganz genau. Sehr viel älter«, war alles, was Nairn dazu zu sagen hatte.

Ich schluckte. Das zarte Fleisch lag mir auf einmal schwer im Magen, und ich kämpfte dagegen an, dass es nicht wieder hochkam. Ich war noch nie besonders gut in Mathe gewesen, aber selbst ich konnte mir vorstellen, dass Nairn und Carrick nicht einmal annähernd in meinem Alter waren. Dabei sahen beide keinen Tag älter als dreißig aus.

»Wir brechen auf, wenn der Regen nachlässt«, erklärte Nairn. »Wie gesagt, werden wir dann an jeder Ecke Pfützen finden, durch die du zurückreisen kannst.«

Bei dem Gedanken daran, wieder durch diese merkwürdigen Blubberblasen zu fallen, wurde mir ganz flau im Magen. Ich wollte unbedingt zurück, wollte allen versichern, dass es mir gut ging. Aber ging es mir denn wirklich gut?

Seit meiner Reise nach Alba hatte sich so einiges verändert. Ich spürte schon jetzt, dass ich nie wieder dieselbe Cate sein würde wie die, die an jenem Abend im Pub einem Fremden begegnet war.

Was wäre, wenn ich es nicht schaffte zurückzukehren? Würde ich mich in dieser Zwischenwelt, diesem Schleier zwischen den Welten, wie Nairn ihn genannt hatte, verlieren können? Vielleicht könnte sie mich ja zurückbegleiten. War sie eine der von ihr erwähnten Ausnahmen? Doch wer würde währenddessen Carrick im Auge behalten? Schließlich war ein kaltblütiger Killer hinter mir her.

Auf einmal fühlte ich mich schrecklich einsam.

Ich warf Carrick einen Blick zu. Er starrte immer noch regungslos in den Regen hinaus. Seine Hände und Füße waren gefesselt, doch das würde ihn sicher nicht aufhalten.

Fröstelnd griff ich nach der Decke, die noch auf meiner Schlafstatt lag, und legte sie mir um die Schultern.

Dann starrte auch ich gedankenverloren in den Regen hinaus.

# Kapitel 13

Der Regen ließ viel zu schnell nach. Ich war nicht bereit zu gehen, als Nairn verkündete, wir würden bald aufbrechen.

Es fühlte sich an, als hätte ich stundenlang die feuchte, tropfende Welt vor der Höhle betrachtet, während meine Gedanken sich im Kreis drehten. Doch ein paar Stunden waren nicht genug gewesen, meine Ängste zu zerstreuen und mir einen halbwegs passablen Plan zurechtzulegen, wie ich von jetzt an mein Leben führen sollte, während ich fortwährend nach Attentätern Ausschau halten müsste. In Schottland würde ich nicht bleiben können. Ich wollte Carrick aber auch auf keinen Fall auf meine Fährte zurück nach New York führen. Was, wenn Ben oder meine Mutter ebenfalls die Sehergabe besaßen? Ich würde sie in Lebensgefahr bringen. Nairn hatte gesagt, dass die Gabe erblich war. Noch nie zuvor hatte ich Wissen als einen Fluch statt ein Geschenk angesehen.

Nairn riss mich aus meinen düsteren Gedanken. »Nun komm schon, vorhin hattest du es noch so eilig zurückzukehren.«

Ich rappelte mich auf, und sie warf mir eine Feldflasche zu, aus der ich dankend trank. Dabei bemerkte ich, wie mich Carricks Blick streifte und er sich über die aufgesprungenen Lippen leckte.

Mir war auch nicht entgangen, wie er die Überreste des Fleischs angestarrt hatte, als Nairn sie zuvor eingepackt hatte. Wie ein hungriger Wolf. Nairn hatte zwar gesagt, dass Feen tagelang ohne Nahrung auskommen konnten, doch wer wusste schon, wann Carrick das letzte Mal etwas zu sich genommen hatte.

Als sich unsere Blicke trafen, wandte er sich zwar schnell ab, doch das hielt mich nicht davon ab, zu ihm zu gehen.

Er ignorierte mich geflissentlich, selbst dann noch, als ich direkt vor ihm stand. Ich hielt ihm die Flasche vors Gesicht. »Du siehst aus, als könntest du einen Schluck vertragen.«

Er sah nicht zu mir auf, starrte weiter an mir vorbei. »Ich bin nicht durstig.«

»Wie du meinst.«

Ich drehte die offene Flasche um, sodass ein Strahl klaren, kühlen Wassers herausschoss und auf den Boden vor ihm spritzte. Seine Augen zuckten zu den Tropfen, die seine ledernen Beinkleider benetzten. Er leckte sich erneut über die Lippen.

»Warte«, stieß er hervor, bevor er sich beherrschen konnte. Ich schenkte ihm ein überlegenes Grinsen und drehte die Flasche wieder nach oben. Langsam ging ich vor ihm in die Hocke. Er nahm eine wachsame Haltung ein, ließ mich nicht aus den Augen.

Als unsere Köpfe auf einer Höhe waren, hielt ich ihm die Flasche mit einer fragend hochgezogenen Augenbraue hin. Er konnte nicht selbst daraus trinken, da seine Handgelenke noch immer gefesselt waren und bei jeder Bewegung seine Haut verbrannten. Seine Augen verengten sich zu Schlitzen.

Wortlos hob ich die Flasche an seine Lippen. Er trank gierig, verschluckte sich beinahe. Wasser lief ihm übers Kinn. Erst als die Flasche leer war, setzte ich sie ab.

Er musterte mich eindringlich, sagte aber kein Wort.

Mir war bewusst, dass er mich wahrscheinlich in einem Sekundenbruchteil töten konnte. Ein einziger gezielter Schlag gegen meine Luftröhre oder ein Stoß mit den zischenden Fesseln in mein Gesicht.

Mein Herz raste, doch ich hielt seinem Blick stand. Ich musste ihn davon überzeugen, dass ich keine Angst vor ihm hatte. Irgendwie musste ich mich gut mit ihm stellen oder ihm zumindest zeigen, dass nicht alle Menschen schlecht waren, wenn auch nur die geringste Chance bestand, dass er mich und meine Familie dann nicht jagen und abschlachten würde.

»Gern geschehen«, sagte ich mit schneidender Stimme, erhob

mich und fuhr auf dem Absatz herum. Ich spürte seinen Blick in meinem Rücken. 

»Du hast also Mitleid mit unserem Gefangenen?«, fragte Nairn belustigt, als ich ihr die leere Flasche zuwarf. Sie hatte alles beobachtet.

»*Dein* Gefangener«, gab ich zurück. »Die Zunge hing ihm schon fast bis zu den Knien, sein Hecheln war unerträglich.«

Sie lachte laut auf und schlug mir sogar kameradschaftlich auf die Schulter. Beinahe wäre ich vor ihrer Berührung zurückgeschreckt, doch ich bemerkte erstaunt, dass es sich gut anfühlte. Nach den Strapazen der letzten Tage war es ein angenehmes Gefühl, Freundlichkeit zu erfahren. Auch wenn die Geste von einer menschenverachtenden Killermaschine im Körper einer wunderschönen Fee kam.

Nairn löste Carricks Fußfesseln. »Keine Tricks«, ermahnte sie ihn, während sie ihn auf die Beine zog. »Ich behalte dich im Auge.«

Carrick schwankte kurz, hatte sich aber schnell wieder gefasst.

Sie schubste ihn aus der Höhle und ließ ihn vor uns hergehen. Ich hatte mir ebenfalls vorgenommen, ihn nicht aus den Augen zu lassen, doch die üppige grüne Welt, in die wir traten, lenkte mich ab.

Die Blätter der Bäume, Farne und Gräser um uns herum schienen beinahe zu vibrieren. Sie strahlten saftig grün und bogen sich unter ihrer feuchten Last. Wassertropfen, in denen sich die wenigen, durch das Blätterdach fallenden Sonnenstrahlen brachen, glitzerten auf jeder freien Fläche. Während des Regengusses war es still gewesen, doch nun hatten die Vögel ein noch fröhlicheres Lied angestimmt, ganz so, als würden sie die Sonne erneut willkommen heißen. Der Wald war zu neuem Leben erwacht.

Leider wurde ich nach nur wenigen Schritten von Carricks Stimme aus meiner Betrachtung dieses kleinen Wunders gerissen.

»Nairn«, sagte er eindringlich, ohne sich zu uns umzudrehen.

»Du musst mich freilassen. Mach jetzt keinen Fehler, den du später bereuen wirst.«

»Hat mich die Angst vor Fehlern jemals davon abgehalten, zu tun, was ich für richtig halte?«, gab sie bissig zurück.

»Touché«, murmelte ich belustigt, und Nairn schenkte mir ein breites Grinsen. Carrick ignorierte mich.

»Ich habe dieses Spielchen jetzt lange genug mitgespielt«, fuhr er fort. »Im Gegensatz zu dir erfülle ich meine Pflicht. Wenn du uns schon nicht helfen willst, dann lass mich jetzt wenigstens gehen.«

Nairn lachte nur. »Erst wenn Cate in Sicherheit ist.«

»Wen kümmert schon die *sùla?*«, rief er aufgebracht. »Wir müssen das *Dord Fiann* finden. Fionn braucht uns. Verdammt, die ganze Welt braucht uns!«

»Ach, auf einmal wollt ihr die ganze Welt retten?«, fragte Nairn boshaft.

Carrick blieb abrupt stehen und fuhr zu uns herum. Ich konnte nicht anders, als vor der Wut auf seinen Zügen zurückzuzucken. »Goll tötet wahllos Menschen. Sein Zorn und seine Zerstörungswut beschränken sich schon lange nicht mehr nur auf Seher. Nur Fionn kann ihm noch Einhalt gebieten. Und er wurde von Goll überwältigt. Wir brauchen so viele Fianna auf unserer Seite wie möglich, wenn wir Fionn zurückholen und ein für alle Mal gegen Goll vorgehen. Wir brauchen dich!«

Ich horchte auf. Standen wirklich Menschenleben auf dem Spiel?

»So wie ich Niall gebraucht habe?«, entfuhr es Nairn. Ein tiefer Schmerz schwang in ihrer Stimme mit. »Denn das hat euch nicht davon abgehalten, sie mir zu nehmen!«

Ich trat einen weiteren Schritt zurück, wollte nicht zwischen die beiden geraten, die sich anfunkelten, als würden sie jeden Moment aufeinander losgehen.

»Du lässt dich von deiner Trauer in die Knie zwingen«, sagte Carrick geringschätzig. »Wenn sie dich so sehen könnte …«

»Wage es ja nicht!«, schrie Nairn. »Du weißt gar nichts über sie.«

»Sie war auch *meine* Kameradin«, sagte er, plötzlich viel sanfter als zuvor. »Auch ich habe um sie getrauert.«

Nairn blieben die nächsten Worte im Hals stecken, als sie den Schmerz auf seinen Zügen sah. Carrick machte einen Schritt auf sie zu, hob beschwichtigend die gefesselten Hände. Das Eisen zischte.

»Du hast jetzt die Möglichkeit, einen gewaltigen Fehler wiedergutzumachen, Nairn«, sagte er ruhig.

Sie schluckte, ihr Blick bohrte sich in seinen. Es war nur *zu* offensichtlich, dass seine Worte sie mehr trafen, als sie zugeben wollte. Am liebsten hätte ich sie gebeten, mir alles zu erklären – wie es zu diesem Zerwürfnis zwischen ihr und Carrick gekommen war, wer Niall war und warum Nairn sich weigerte, Carrick und den anderen zu helfen, wer immer sie sein mochten. Selbst ich hörte die Dringlichkeit in seiner Stimme und erkannte die Wahrheit in seinen Worten. Wer war dieser Goll? Schlachtete er wirklich Menschen ab?

Carrick schien zu begreifen, dass er zu Nairn durchzudringen begann. Er machte einen weiteren Schritt auf sie zu. »Wir wissen, wo das Horn ist«, erklärte er mit leiser, beruhigender Stimme, als würde er zu einem wilden Tier sprechen, das ihn jederzeit anfallen konnte. »*Dunnottar Castle*, wer hätte das gedacht. Diese verschlagene Familie.«

Er lachte leise, und selbst Nairns Lippen zuckten kurz.

»Wir brauchen nur noch jemanden aus dem Keith-Clan, um es zu bergen«, fuhr er fort. »Du warst immer die beste Jägerin. Mit dir auf unserer Seite würde alles so viel schneller gehen.«

*Keith-Clan?* Sämtliche Alarmglocken schrillten gleichzeitig in meinem Kopf.

»Aber ich kann nicht mehr spiegelreisen, seit ich mich von den Fianna losgesagt habe«, murmelte Nairn. »Selbst wenn ich euch helfen wollte …«

»Moment mal, wie bitte?«, rief ich aufgewühlt dazwischen.

Carrick warf mir einen vernichtenden Blick zu. Ich ignorierte ihn.

»Clan Keith?«, fragte ich mit schriller Stimme. »*Der* schottische Keith-Clan?«

Carrick verdrehte entnervt die Augen. »Komm auf den Punkt, *sùla!*«, fuhr er mich an.

»Ich … ich bin eine Keith«, stammelte ich. »Catriona Keith.«

Seine Augen wurden groß, und auch Nairn fuhr mit schreckgeweiteten Augen zu mir herum.

Im selben Moment ertönte ein markerschütterndes Brüllen.

# Kapitel 14

Nun war es an mir, die Augen aufzureißen und mich panisch umzusehen. Etwas Riesiges brach mit ohrenbetäubendem Krachen durchs Unterholz zu unserer Linken und brüllte erneut so laut, dass die Bäume um uns herum zu vibrieren schienen.

Nairn und Carrick, die mich eben noch schockiert angestarrt hatten, wechselten einen besorgten Blick. Das jagte mir größere Angst ein als das sich nähernde Ungeheuer.

»Verdammt!«, fluchte Carrick. »Seit die *sùla* hier ist, kommen wirklich alle Drecksviecher aus ihren Löchern.«

»Was ist es diesmal?«, brachte ich mit zittriger Stimme hervor.

Nairn sah mich einen Augenblick mit zusammengebissenen Zähnen an, bevor sie mich am Arm packte und mit sich zog. »Ein Troll«, rief sie mir über die Schulter hinweg zu. »Wahrscheinlich mehr als einer. Lauf, so schnell du kannst!«

Ich schluckte und folgte ihrer Anweisung. Wir flogen zwischen den Bäumen hindurch, Carrick bildete die Nachhut. Ich hörte, wie er hinter mir atmete, auch wenn die Schritte der beiden Feen kaum ein Geräusch auf dem aufgeweichten Waldboden verursachten. Dafür stampfte ich umso lauter und unbeholfener durchs Unterholz.

Obwohl ich so schnell rannte, wie ich konnte, war mir klar, dass Nairn und Carrick ihr Tempo meinem anpassten. Ohne mich wären sie viel schneller vorangekommen und unseren Verfolgern längst entwischt.

»Wir werden es bis zum nächsten Portal schaffen«, rief Nairn mir aufmunternd über die Schulter zu. »Dann darfst du nicht zögern. Spring sofort hindurch. Wir kümmern uns um die Trolle.«

*Aber ich weiß nicht, wie*, hätte ich am liebsten geantwortet. Doch ich wollte unsere Lage nicht noch weiter verkomplizieren. Ich konnte förmlich Carricks abfällige Bemerkung hören: das kleine, schwache Menschlein, das noch nicht einmal durch eine Pfütze springen konnte. Ich würde es schon irgendwie schaffen.

»Hast du nicht gehört, was die *taibhsear* gesagt hat?«, rief Carrick Nairn von hinten zu. »Sie ist eine Keith!«

Nairn rannte wortlos weiter, drehte sich noch nicht einmal zu ihm um. Ich glaubte zu sehen, wie sich ihre Schultern anspannten, doch konnte ich mir bei dem halsbrecherischen Tempo nicht sicher sein.

Da sprang uns etwas Riesiges in den Weg, und die Welt explodierte. Blätter, Erde, Stöcke und Steine flogen in hohem Bogen auf und prasselten im nächsten Moment schmerzhaft auf uns herab.

Nairn blieb reflexartig stehen, sodass ich in sie hineinlief.

Sie hielt mich mit einer Hand fest, damit ich nicht hinfiel, und manifestierte in der anderen ihren Bogen. Ein Köcher mit frischen Pfeilen erschien auf ihrem Rücken.

Ich spuckte hustend Erde aus und rieb mir die brennenden Augen. Noch bevor ich die Orientierung wiedererlangt hatte, hatte Nairn bereits den ersten Pfeil auf die Sehne gelegt und abgeschossen. Sie sprang vor und schoss im Sprung schon den nächsten ab.

Ich blinzelte und versuchte, in dem immer noch herabregnenden Dreck etwas zu erkennen. Eine riesige Gestalt ragte zwischen den Baumstämmen auf. Ich konnte breite Schultern ausmachen, so hoch oben, dass sie beinahe die Baumwipfel streiften.

Eine gigantische, steinerne Hand bewegte sich mit zuschnappenden Fingern auf Nairn zu, die graziös darum herumtänzelte. Mitten in der Drehung manifestierte sie einen Speer in ihrer freien Hand und stieß ihn dem riesigen Etwas zwischen die Finger. Es heulte auf – ein Geräusch, als schabten zwei gigantische Felsbrocken quietschend aneinander.

Ich presste mir die Hände auf die Ohren und wich einen Schritt zurück. Dabei stieß ich gegen Carrick. Er stand direkt hinter mir, hatte mir aber den Rücken zugewandt und suchte die Bäume hinter uns mit den Augen ab.

»Bleib zurück«, rief er mir über die Schulter hinweg zu. Wollte er mich etwa auf einmal beschützen?

Es sah ganz danach aus, denn er trat im selben Moment vor mich, als mir ein bekannter, säureartiger Gestank in die Nase stieg. Gleich darauf schob sich der erste *Grannagh* in mein Blickfeld.

Das wolfartige Wesen knurrte geifernd, seine lange, gespaltene Zunge zuckte zwischen den gebleckten Zähnen hervor.

»*Taigh na galla leat*«, knurrte Carrick dem Biest drohend zu. Dabei klang er selbst wie ein gefährliches Raubtier.

Mein Blick fiel auf seine gefesselten Handgelenke. Ich hatte ihn damit gegen Nairn kämpfen sehen. Er war gut, außerordentlich gut. Doch beim Anblick des dritten und vierten Wolfs, die zwischen den Bäumen auftauchten, sank mir das Herz.

Der erste sprang vor. Carrick trat ihm so fest in die Schnauze, dass sein Kiefer laut krachte. Das Biest blieb winselnd liegen, und die anderen hielten verunsichert inne.

Ich fuhr zu Nairn herum, die noch immer um den Steintroll herumtänzelte. Sie hatte alle Hände voll zu tun.

Als er sie mit einer seiner Steinpranken traf, wurde sie in hohem Bogen gegen einen Baum geschleudert. Der Aufprall war so heftig, dass der Stamm krachend splitterte. Die Luft entwich Nairn mit einem Zischen, und sie rutschte benommen am Baumstamm herab. Ich schrie auf.

Nairns Blick wurde rasch wieder klar und bohrte sich in meinen. Sie schenkte mir ein schiefes Lächeln.

Wie konnte irgendjemand so einen Aufprall überleben?

Mühsam rappelte Nairn sich auf und stützte sich mit einer Hand am gespaltenen Baumstamm ab. Ihr Gegner brüllte triumphierend.

Mit einem flüchtigen Blick auf die heranschleichenden *Gran-*

*nagh* hatte die Fee die Situation erfasst. Sie nickte mir zu, als wollte sie sagen: *Wir werden es hier herausschaffen.*

Als sie sich langsam wieder dem Troll zuwandte, flimmerte die Luft vor mir, und auf einmal schwebte ein Dolch mit reich verziertem Heft vor meinem Gesicht. Ich zögerte nicht, schnappte ihn mir aus der Luft und fuhr zu den *Grannagh* herum. *Danke, Nairn!*

Rücken an Rücken stand ich nun mit Carrick, während immer mehr geifernde Biester aus dem Schutz der Bäume traten.

Carrick hielt sie nur noch mit Mühe in Schach. Wenn sie sich alle gleichzeitig auf uns stürzten, wären wir verloren. Mit grimmiger Miene packte ich den Dolch fester.

Ein weiterer Wolf sprang vor. Carrick duckte sich unter seinem Angriff hinweg und stieß ihm seine Fesseln in die ungeschützte Bauchgegend. Es zischte und roch augenblicklich nach verbranntem Fleisch.

Als ein Wolf auf mich zusprang, hob ich den Dolch. Carrick wirbelte zu mir herum, stieß mich leicht zur Seite und legte beide gefesselten Hände auf meinen Dolch. Gemeinsam stießen wir ihn dem Vieh in den entblößten Hals.

Ich keuchte auf, als mir warmes, grünes Blut über die Finger sprudelte. Carricks Hände, die immer noch über meinen lagen, zogen den Dolch mit einem Ruck aus dem Kadaver.

Adrenalin durchströmte mich, ließ mein Herz schneller schlagen und mich nach mehr grünem Blut lechzen. Diese Monster würden mich nicht davon abhalten, nach Hause zurückzukehren!

Schon sprang der nächste *Grannagh* heran. Carrick ließ meine Hände los und trat ihm entgegen.

»Wäre es nicht langsam an der Zeit, mich von meinen Fesseln zu befreien?«, rief er mir feixend über die Schulter zu.

Ich starrte auf den blutüberströmten Dolch in meiner Hand. Würde ich Carricks magisch glühende Fesseln damit durchtrennen können? Ich warf einen raschen Blick in Nairns Richtung. Sie attackierte den Troll mit einem weiteren Speer von rechts. Da flimmerte die Luft zur Linken des Trolls, und eine zweite Nairn erschien. Ich blinzelte ungläubig. Zwei identische Nairns – wie war das möglich?

Auch der Troll war von der plötzlichen Erscheinung abgelenkt und brüllte verwirrt. Er holte aus und schlug auf die Erscheinung ein. Die Luft flimmerte, als seine Steinfaust einfach durch die falsche Nairn hindurchfuhr und sie sich in nichts auflöste. Die echte Nairn war in der Zwischenzeit unbemerkt auf die Schulter ihres Gegners gesprungen. Sie hielt nun eine gigantische Axt umklammert und versuchte, ihm mit einem weit ausholenden Schlag den Kopf abzutrennen.

Ich fuhr wieder zu Carrick herum, der gerade einen weiteren *Grannagh* zur Strecke gebracht hatte und mir mit einer fragend hochgezogenen Braue seine Fesseln entgegenstreckte. Ich musste die angreifenden *Grannagh* nicht zählen, um zu wissen, dass sie uns haushoch überlegen waren. Carrick hatte mir in den letzten Minuten mehrfach das Leben gerettet. Sicher würde er mich nicht plötzlich angreifen, sobald er frei war. Oder doch?

Ein weiteres, dröhnendes Brüllen ertönte. Dem darauffolgenden Stampfen nach zu urteilen, war ein zweiter Troll auf dem Weg zu uns.

»Jetzt wäre ein guter Zeitpunkt«, drängte Carrick.

Also überwand ich den Abstand zwischen uns, hob den Dolch und ließ ihn auf die Fesseln niederfahren, die er mir immer noch entgegenstreckte.

Der Dolch sauste auf die schmale Kette zwischen seinen Handgelenken herab und durchtrennte das glühende Eisen, als wäre es Butter.

Carrick entwich ein erleichtertes Stöhnen, als seine Fesseln zu Boden fielen. Ich erhaschte nur einen kurzen Blick auf die verbrannte, Blasen werfende Haut darunter, bevor er die Finger streckte, dass es knackte, und sich dann sofort wieder in den Kampf warf.

Ein Schwert erschien in seiner geöffneten Handfläche. Die Klinge war durchsichtig wie Glas und funkelte in allen Regenbogenfarben, als sich das Sonnenlicht darin brach. Noch nie hatte ich eine solch magische Waffe gesehen. Sogar die *Grannagh* wichen augenblicklich vor ihm zurück.

»Was denn, wollt ihr nicht mehr spielen?«, rief Carrick ihnen fröhlich zu. »Dabei fängt der Spaß doch gerade erst richtig an.«

Ein weiteres Krachen ertönte. Ich fuhr zu Nairn herum. Sie hatte ihren Gegner endlich geköpft, und sein steinerner Kopf rollte über den Waldboden. Seine eisblauen, leblosen Augen starrten ins Leere.

Ich grinste triumphierend und hob meinen Dolch, um mich ebenfalls in den Kampf zu stürzen, als die Erde um uns herum erneut explodierte. Diesmal regnete es Dreck aus zwei verschiedenen Richtungen. Zwei weitere Trolle waren eingetroffen.

»Rückzug!«, hörte ich Nairn brüllen. Ich konnte sie durch die herabregnenden Blätter und Äste nicht mehr ausmachen, doch im nächsten Moment packte Carrick mich um die Hüfte und riss mich mit sich.

Dieser Übergriff erinnerte mich zu sehr daran, wie er mich am Vorabend aus der Höhle entführt und durch den Wald geschleppt hatte, und ich wehrte mich strampelnd. Als ich schon meinen Dolch zücken wollte, um ihn ihm in die Brust zu rammen, ließ er mich abrupt fallen. Ich schlug hart auf dem Boden auf.

»Sachte, sachte«, gluckste er. »Ich wollte dich nur aus der Gefahrenzone bringen.«

»Ich bin zwar nur ein schwächliches Menschlein, aber ich kann selbst laufen, vielen Dank auch«, fuhr ich ihn an, während ich mich aufrappelte.

Nairn sprintete an uns vorbei. »Keine Zeit für Gezänk«, rief sie keuchend. »Wir müssen hier weg.«

Carrick und ich folgten ihr wortlos.

Wieder protestierten meine Muskeln schmerzhaft, doch Adrenalin schoss noch immer durch meine Adern und verlieh mir die Kraft, mit den Feen mitzuhalten.

Wir rasten durch das Unterholz, und plötzlich tat sich hinter ein paar Baumstämmen eine sumpfartige Landschaft auf. Nach dem stundenlangen Regen war der Boden hier völlig aufgeweicht, und es wimmelte von Pfützen – mit unbewegten Oberflächen. Mein Weg zurück.

Beinahe wäre mir ein erleichtertes Schluchzen entwichen. Doch die Wachsamkeit in Nairns und Carricks angespannten Zügen, die Art, wie sie ihre Waffen erhoben hielten, und all ihre Muskeln angespannt waren, sagte mir, dass es noch nicht vorbei war.

Schon konnte ich die ersten wolfartigen Schemen zwischen den Bäumen hinter uns ausmachen. Ich konnte nur hoffen, dass die Steintrolle sich aufgrund ihrer beträchtlichen Größe und Masse langsamer fortbewegten.

»Dein Abstecher nach Alba endet hier, Cate«, erklärte Nairn mit ernster Miene.

Plötzlich überkam mich unerwartete Trauer darüber, dass ich sie nie wiedersehen würde. Ich hatte noch so viele Fragen. Doch viel wichtiger war, dass ich sie in den wenigen Tagen, die ich hier verbracht hatte, lieb gewonnen hatte.

Als die ersten *Grannagh* heransprangen, manifestierte Nairn zwei Kurzschwerter. Carrick hatte sich mit seinem Schwert bereits den *Grannagh* zugewandt. Sie begannen, einen Kreis um uns herum zu ziehen.

»Gute Reise«, sagte Nairn schlicht und nickte mir einmal kurz zu, bevor sie sich den Monstern entgegenstellte.

»Aber …« Mir fehlten die Worte. Das konnte doch nicht alles gewesen sein.

Mehr und mehr *Grannagh* strömten heran, und ich konnte das

 unverkennbare Vibrieren der sich nähernden Trollschritte spüren. Ich durfte jetzt nicht zögern.

Nairn setzte ihr Leben aufs Spiel, um mir die Heimreise zu ermöglichen. Ich würde sie nicht enttäuschen, indem ich sentimental wurde oder meine Angst vor dem Spiegelreisen offenbarte. Ich machte einen Schritt auf die nächstbeste Pfütze zu.

Die *Grannagh* griffen an.

»Nairn?«, rief Carrick fragend über die Schulter, als würde er sie damit an etwas erinnern, das unausgesprochen zwischen ihnen stand. Sie zögerte nur kurz.

»Geh mit ihr!«, rief sie Carrick zu, während ihr Zopf in einem tödlichen Bogen um ihren Kopf wirbelte. Ihre Augen zuckten zu den Pfützen hinter uns.

»Du musst mit Carrick spiegelreisen, Cate«, wandte sie sich an mich. Sie sah mich nicht an, fuhr herum, um einen Schwertstreich auszuführen. »Du musst mit ihm nach *Dunnottar Castle* gehen. Alles, was er sagt, ist wahr.«

Sie duckte sich unter einem Klauenhieb hindurch, ihr Zopf flog wie ein Feuerschweif hinter ihr her.

»Aber Nairn«, rief ich. »Ich kann doch nicht einfach …«

»Wir brauchen dich«, schrie sie gegen das wütende Gebrüll der sich nähernden Trolle an. »Die Menschen brauchen dich!«

Mein Herz klopfte so schmerzhaft gegen meine Rippen, dass ich am liebsten die Hand auf meine Brust gepresst hätte. Der Dolch zitterte in meiner Hand.

Ich beobachtete, wie Carrick seinen Gegner vom Schwanz bis zum Hals aufschlitzte und dann zu mir herumwirbelte. Den Platz des getöteten *Grannagh* nahmen sogleich drei neue ein.

Carrick sprintete auf mich zu, als der erste Troll auf der Lichtung auftauchte.

»Keine Zeit für Erklärungen«, rief er.

»Aber Nairn …«

»Sie kann auf sich selbst aufpassen.«

Er packte mich und riss mich mit sich. Ich schrie auf.

»Geh mit ihm!«, rief Nairn. »Ich versuche, so bald wie möglich zu euch zu stoßen!«

Ich verlor sie aus den Augen, hörte nur noch das Geifern der Wolfswesen und Stampfen der Trolle. Ich sah Baumstämme an mir vorbeizischen, dann standen wir auch schon direkt vor einer der größten Pfützen. Die Baumkronen spiegelten sich im unbewegten Wasser.

»Los geht's«, stieß Carrick keuchend hervor.

Das Schwert verschwand aus seiner Hand, und er zog mich mit beiden Händen an sich. Seine warmen Arme legten sich um meine Taille, und schon sprangen wir. Ich wollte noch protestieren, meinen Dolch heben, doch er hob mich einfach hoch und machte einen kleinen Schritt nach rechts – direkt ins Wasser hinein.

# Kapitel 15

Ich wurde nicht nass. Anstatt durch die Wasseroberfläche zu brechen, fielen wir nur in ein Loch ohne Boden. Zähe Schwärze umfing mich wie beim letzten Mal, doch Carrick hielt mich fest und ließ mich nicht davontreiben. Meine Wange lag an seiner Brust, die sich heftig hob und senkte. Ich wagte nicht, zu ihm aufzusehen.

Schon wurde es heller, und wir fielen nicht mehr, sondern trieben nun durch die goldenen Champagnerblasen nach oben, dem Licht entgegen.

Wenige Sekunden später brachen wir mit den Köpfen durch eine Wasseroberfläche, schossen aber so schnell nach oben, dass Wasser nach allen Seiten spritzte, anstatt uns nass zu machen. Nur ein paar Tropfen benetzten meine Haare.

Carrick landete elegant mit beiden Beinen auf dem Waldboden neben der Pfütze. Dann erst ließ er mich los. Ich fühlte mich noch ganz benommen und taumelte zurück. Langsam dämmerte mir, was in den letzten Minuten passiert war. Die *Grannagh*, die Trolle, Nairn, das Spiegelreisen …

Ich sprang zurück und hob den Dolch, den ich immer noch umklammert hielt. »Du dreckiger Bastard, du hast mich entführt!«, schrie ich und fuchtelte mit dem Dolch in seine Richtung.

Carrick stand reglos da und bedachte mich mit einem Blick, der zwischen Belustigung und Spott schwankte. »So würde ich das nicht gerade nennen«, sagte er und strich sich durch das feuchte schwarze Haar.

»So? Wie würdest du es denn bezeichnen, wenn du jemanden gegen seinen Willen mit dir durch ein magisches Portal zerrst, das einen wer weiß wo wieder rauslässt?«

»Wie wär's mit: Danke, dass du mir das Leben gerettet hast?«, gab er zurück.

Ich wollte ihm sein arrogantes Lächeln mit dem Dolch aus dem Gesicht schneiden, wollte ihn in die Pfütze schubsen und nach Alba zurückschicken.

»Nairn hätte unsere Hilfe gebraucht!«, fuhr ich ihn an. »Sie kämpft jetzt ganz allein gegen diese Monster!«

»Nairn kommt sehr gut allein klar«, sagte er und drehte den Kopf, um unsere Umgebung zu begutachten.

»Sie waren ihr mindestens fünf zu eins überlegen.«

Er lachte. »Nairn ist nicht dumm. Wenn sie kann, kämpft sie. Wenn nicht, macht sie sich aus dem Staub. Letzteres hat sie wirklich gut drauf, glaub mir.«

»Also wirst du nicht nach Alba zurückkehren?«

Ich zitterte vor Zorn, war aber auf der Hut. Er könnte mich jeden Moment angreifen. Sicher hatte er noch immer vor, mich umzubringen. Doch er ignorierte mich geflissentlich, sah nun zur fahlen Sonne hinauf.

»Hast du eigentlich irgendetwas von dem gehört, was wir gesagt haben?«, fragte er mich, als er fertig war.

»Wie bitte?« Seine ruhige Art brachte mich aus der Fassung. Warum griff er mich nicht an?

»Steck endlich den Zahnstocher weg und komm mit«, knurrte er. »Ich erkläre dir alles auf dem Weg.«

Schon drehte er sich um und ging in die entgegengesetzte Richtung davon.

»Wohin gehst du?«, rief ich aufgebracht. »Ich werde dir mit Sicherheit nicht folgen.«

Er fuhr herum und kam so schnell zu mir zurück, dass ich seine Bewegung kaum wahrnahm. Ich schnappte nach Luft, als er direkt vor mir auftauchte und sein Gesicht ganz nah an meines heranbrachte.

»So wie ich das sehe, hast du zwei Möglichkeiten, *sùla*«, knurrte er gefährlich leise. »Du kannst hierbleiben und schmollen und hoffen, dass dich irgendwelche Wanderer finden, wenn du schon halb verhungert bist. Oder du kannst mit mir kommen und dir anhören, was ich zu sagen habe. Letzteres schließt übrigens auch die Rettung deiner gesamten Spezies mit ein.« Er zuckte die Achseln. »Deine Entscheidung.«

Langsam, ganz langsam senkte er dann den Blick auf meinen erhobenen Dolch, dessen Spitze ich gegen seine Brust presste. Sie stach durch sein schwarzes Leinenhemd.

»So wie ich das sehe, hast du auch zwei Möglichkeiten«, antwortete ich kalt. »Du kannst mir entweder jetzt gleich verraten, was du vorhast und was dieses Gefasel von der Rettung der Menschheit soll, oder du ignorierst weiterhin meine Fragen, und ich steche dich jetzt sofort ab.« Ich zuckte ebenso leichtfertig mit den Schultern. »Deine Entscheidung.«

Er sah mich prüfend an, während ein Muskel in seinem Kiefer zuckte. Dann brach er in schallendes Gelächter aus. Er lachte so laut, dass ein paar Fasane aus dem Gebüsch hinter ihm aufflogen.

Zähneknirschend presste ich den Dolch noch etwas fester gegen seine Brust.

»Schon gut, schon gut«, keuchte er und hob beschwichtigend eine Hand. Mit der anderen wischte er sich eine Lachträne aus dem Augenwinkel. »Touché!«, ahmte er mich nach, während seine Augen noch immer belustigt funkelten.

Als er einen Schritt zurücktrat, erkannte ich erschrocken, dass ein Tropfen Blut von der Dolchspitze perlte. Ich schluckte eine Entschuldigung herunter. Er hatte es mehr als verdient.

»Wie du dich vielleicht erinnerst, hat Nairn dir geraten, dass du mit mir kommen sollst«, sagte Carrick selbstgefällig. »Ich meine mich sogar zu erinnern, dass sie gesagt hat, du könntest mir vertrauen.«

»So weit würde ich nicht gehen«, schnappte ich zurück. »Ihre genauen Worte waren: *Du musst mit ihm nach Dunnottar Castle gehen. Alles, was er sagt, ist wahr. Wir brauchen dich. Die Menschen brauchen dich.*«

Meine klägliche Imitation von Nairns Feenstimme brachte ihn erneut zum Schmunzeln.

»Wie wäre es, wenn wir einen Kompromiss eingehen?«, begann er widerwillig. »Ich bringe dich zurück zu deiner Pension, und auf dem Weg dorthin erkläre ich dir, warum Nairn wollte, dass du mit mir kommst. Wenn du Nairns Bitte danach immer noch ignorieren und in dein langweiliges Menschenleben zurückkehren willst, bitte schön. Wenn du dich aber von mir überzeugen lässt, dass du deinen Beitrag zur Rettung der Menschheit und der *sìthichean* leisten kannst, kommst du mit mir.«

Ich sah ihn prüfend an. Meinte er es ernst, oder versuchte er nur, mich zu ködern? Ich erinnerte mich einmal mehr an Stewarts Worte, dass Feen sich einen Spaß daraus machten, Menschen zu täuschen oder gar zu entführen.

Doch ich musste zugeben, dass ich Carrick brauchte, um zurück zu Emilys und Stewarts Pension zu finden. Der Deal, den er mir anbot, schien harmlos zu sein. Natürlich wollte ich unbedingt erfahren, was es in *Dunnottar Castle* gab, warum es so wichtig war, dass ich eine Keith war, und wie ich Nairn – und anscheinend der gesamten Menschheit – helfen konnte.

Ich nickte langsam. »Und du wirst mir alle meine Fragen beantworten?«

»So gut ich kann«, versicherte er mir mit einem leicht ungeduldigen Unterton in der Stimme.

»Und mich nicht umbringen?«

Er warf mir einen entrüsteten Blick zu, seine Hand fuhr in einer gespielt theatralischen Geste zu seinem Herzen. »Wie kannst du so etwas auch nur denken? Ich bin schließlich ein schottischer Gentleman!«

Im selben Moment flimmerte die Luft um ihn herum, und sein

Leinenhemd, die Stiefel und Lederhosen eines Elfenkriegers wurden durch ein dunkelgraues Shirt, eine schwarze Lederjacke, schwarze Jeans und ein Paar Biker-Stiefel ersetzt. Seine Ohren waren plötzlich wieder rund wie die eines Menschen. Auch Nairns Dolch verschwand aus meiner Hand, worauf ich mit einem bösen Blick reagierte. Ich bemühte mich, meinen Schreck zu verbergen. An Magie hatte ich mich noch lange nicht gewöhnt. Selbst hier, in der Menschenwelt, war Carrick so viel stärker und mächtiger als jeder Mensch.

»Ist ja nicht so, als hättest du es noch nie versucht«, grummelte ich.

Er zeigte grinsend mit einer ausladenden Handbewegung die Richtung an. »Nach dir, *lassie.*«

# Kapitel 16

Während ich mich bemühte, mit ihm Schritt zu halten, beschloss ich, das Gespräch selbst in die Hand zu nehmen und nichts mehr dem Zufall zu überlassen.

»Also, was hat Nairn damit gemeint, dass ihr mich braucht? Dass mich die gesamte Menschheit braucht?«, fragte ich Carrick ohne Umschweife.

Ein amüsiertes Lächeln umspielte seine Lippen. »Meiner Meinung nach hat sie damit maßlos übertrieben. Wir brauchen einen Nachfahren des Keith-Clans, und du bist uns sozusagen in den Schoß gefallen, ohne dass wir uns auf eine lange Suche begeben mussten. Genau genommen könnte uns jedes lebende Mitglied der Keith-Familie weiterhelfen.«

»Tja, dann muss ich ja auch nicht mit dir mitgehen«, schoss ich sofort zurück. »Sucht euch doch einfach einen anderen, der eure Drecksarbeit erledigt.«

Er grummelte etwas Unmissverständliches vor sich hin, bog einen Ast zur Seite, um sich darunter hindurchzuducken, und ließ ihn wieder zurückschnellen, sodass er mich beinahe mitten ins Gesicht getroffen hätte. *Idiot!*

Wir liefen eine Weile schweigend nebeneinanderher. Innerlich verfluchte ich meine Neugier. Natürlich wollte ich unbedingt erfahren, was es mit der ganzen Geschichte auf sich hatte, und vor allem, warum Carrick und Nairn ständig über etwas stritten, das ihre gemeinsame Vergangenheit betraf.

»Also, wofür braucht ihr nun einen oder eine Keith?«, entfuhr es mir schließlich. Ich erwartete schon, dass er ein süffisantes Grinsen aufsetzen oder eine sarkastische Bemerkung machen würde, doch sein Gesicht war eine gleichgültige Maske. Ich glaubte allerdings, seine Schultern ein wenig nach unten sacken zu sehen.

»Wie wäre es, wenn ich von vorne anfange?«, fragte er in versöhnlicherem Tonfall.

Mein Herz klopfte schneller, am liebsten hätte ich einmal mehr Stift und Notizbuch gezückt. Doch ich zügelte meinen journalistischen Tatendrang und nickte ihm nur aufmunternd zu.

»Wie du vielleicht mitbekommen hast«, begann Carrick zögernd, »kennen Nairn und ich uns schon lange. Um genau zu sein, seit einigen Jahrhunderten.«

Ich sog scharf die Luft ein, blieb aber still.

»Du weißt auch, dass es unsere Aufgabe ist, *taibhsearan* wie dich umzubringen.«

Ich warf ihm einen bösen Blick zu.

»Ja, auch deine Freundin Nairn ist eine von uns«, fuhr er mit Nachdruck fort. »Wie wir alle wurde sie zu dem einzigen Zweck ausgebildet, euch *sùilean* aufzuspüren und auszuschalten.«

»Wie viele gibt es denn von euch?«, fragte ich besorgt. Der Gedanke, dass da draußen eine ganze Armee von Killern unterwegs war, verursachte mir immer noch Übelkeit.

»Damit kommen wir direkt zu dem schwierigen Punkt und dem Grund, warum Nairn und ich verfeindet sind.«

»Verfeindet?«, fragte ich verwundert. Natürlich hatte ich bemerkt, dass sie sich nicht sonderlich gut verstanden und sich selten einig waren, doch war mir auch die Vertrautheit zwischen ihnen aufgefallen, und mir war nicht entgangen, dass sie sogar zusammen gelacht hatten.

Carrick seufzte und fuhr sich frustriert durchs Haar. »Erinnerst du dich an Nairns Geschichte über den Rückzug aller *sìthichean* nach Alba bis auf einige wenige, denen es erlaubt ist, zwischen den Welten zu reisen?«

Ich nickte. Nairn war meiner Frage ausgewichen, als ich wissen wollte, welche Feen die Ausnahme dieser Regel bildeten.

»Nun ja, zum Schutz ihres Volkes rief die Königin der *sìthichean* vor knapp tausend Jahren die Fianna ins Leben. Eine Kriegertruppe, deren Mitgliedern sie die Macht verlieh, durch Spiegelreisen in die Menschenwelt zu gelangen. Dort sollten sie Jagd auf Seher machen, um sie davon abzuhalten, nach Alba zu reisen oder sich weiter fortzupflanzen und ihre Gabe zu verbreiten.«

*Es gibt eine Feenkönigin?* Ich biss mir auf die Lippe und vermerkte diese Information in meinem Hinterkopf, um später danach zu fragen.

»Die Fianna bestanden zunächst aus zwölf der besten Krieger, die unter dem Befehl des legendären Helden Fionn MacCumhaill standen«, fuhr Carrick fort. Mir entging der stolze Unterton nicht, der sich in seine Stimme schlich, als er von seinen Kameraden sprach.

»Wir waren ein Team, eine feste Einheit, und hatten uns schon bald einen Ruf sowohl unter den *sìthichean* als auch unter den *sùilean* aufgebaut. Es gelang uns zwar nie, die Rasse der Seher gänzlich auszulöschen, da sie sich zu weit verstreut hatten und mit der Zeit immer weniger von ihnen überhaupt von ihren Kräften Gebrauch machten, aber wir waren erfolgreich genug.«

Er hielt in seiner Erzählung inne, und ich spürte schon, dass die Geschichte nun eine Wendung nehmen würde.

»Fionn, unser Anführer, war immer gerecht, gab immer sein Bestes, aber einem von uns war das irgendwann nicht mehr genug. Goll MacMorna« – er spuckte den Namen geradezu angewidert aus – »entwickelte über die Jahrhunderte hinweg ganz eigene Pläne. Sein Hass auf die Menschen wuchs, und bald schon war er davon überzeugt, dass es unsere Bestimmung sei, die gesamte Menschheit zu unterwerfen und nicht nur die Seher umzubringen. Ohne unser Wissen zog Goll nach und nach einige unserer Kameraden auf seine Seite, flüsterte ihnen Lügen ein und versprach ihnen eine glorreiche Zukunft, in der alle *sìthichean* endlich wieder frei in der Menschenwelt wandeln würden. Er überzeugte fünf von uns, sich ihm anzuschließen. Sein Plan war, Fionn zu stürzen und sich selbst zum Anführer des neu gegründeten Clans Morna zu ernennen. Vor etwas mehr als zwei Jahren brach mitten in der Nacht eine Revolte aus. Bruder kämpfte gegen Bruder – es war ein Gemetzel.«

Er schloss die Augen und schüttelte den Kopf, als müsste er die Erinnerungen vertreiben.

Ich erinnerte mich an Nairns und Carricks Gespräch, das ich in Alba heimlich belauscht hatte. Der Name Niall war gefallen, der mich seitdem nicht mehr losgelassen hatte.

*Sie war auch* meine *Kameradin. Auch ich habe um sie getrauert,* hatte Carrick in der Höhle zu Nairn gesagt.

»Dabei ist jemand gestorben, hab ich recht?«, fragte ich ihn vorsichtig.

Carrick öffnete die Augen und sah mich überrascht an.

»Niall«, fuhr ich fort. »War sie eine von euch?«

Carrick starrte mich einen Moment lang sprachlos an, dann nickte er langsam. »In jener Nacht wurden einige von uns schwer verletzt, und wir alle kamen nur knapp mit dem Leben davon. Goll floh mit seinen Anhängern wie das feige Schwein, das er ist. Niall und Nairn flohen mit ihm. Ich erfuhr erst später, dass Niall den Aufstand nicht überlebt hat.«

Seine Stimme war bitter geworden, voll Reue. Ich erschrak über seine Worte. Nairn war eine Abtrünnige gewesen? Sie hatte sich einem Tyrannen angeschlossen, der die Menschheit auslöschen wollte? Dieses Bild schien mir schwer vereinbar mit der freundlichen Fee, die ich in Alba kennengelernt hatte.

»Hast *du* Niall getötet?«, hauchte ich.

Carricks Kopf ruckte wieder zu mir herum. »Nein!«, rief er. »Wenn es nach mir ginge, hätte ich nie auch nur eine Hand gegen meine Brüder und Schwestern erhoben. In dieser Nacht habe ich mein eigenes Leben und das Fionns verteidigt, wie es meine Pflicht war. Ich weiß nicht, wer Niall die tödliche Verletzung zufügte, der sie schließlich erlag. Ich wünschte nur, ich hätte Goll erledigt, bevor er verschwand.«

Er schüttelte wieder den Kopf. »All das Leid, das folgte, hätte verhindert werden können.«

»Warum hat Nairn sich damals Goll angeschlossen?« Ich konnte die Frage nicht zurückhalten.

»Das musst du sie schon selbst fragen«, erwiderte Carrick mit einem bitteren Unterton. »Ich kann mir ihren Verrat bis heute nicht erklären.«

Wir liefen eine Weile schweigend weiter, und ich versuchte, all die neuen Informationen in meinem Kopf zu ordnen und zu einem Gesamtbild zusammenzusetzen.

»Und wie kommt es, dass Nairn nun allein in Alba unterwegs ist?«, fragte ich schließlich. »Du warst auf der Suche nach ihr, hast sie um ihre Hilfe im Kampf gegen Goll gebeten. Steht sie etwa nicht mehr auf seiner Seite?«

»Goll muss alles viele Jahre im Voraus geplant haben. Er und seine Anhänger sind nach der Revolte untergetaucht und spurlos verschwunden. Wir sind seitdem auf der Suche nach ihnen. Erst vor Kurzem haben wir in Erfahrung gebracht, dass Nairn die Rebellen anscheinend sofort nach Nialls Tod verlassen hat. Das war vor zwei Jahren. Seitdem bin ich auf der Suche nach ihr gewesen.«

Ich nickte. Das klang schon eher nach der Nairn, die ich kennengelernt hatte.

»Und was hat das alles mit mir und *Dunnottar Castle* zu tun?«, bohrte ich weiter nach.

»Unsere Sorgen fingen damit eigentlich erst an«, erzählte Carrick weiter. »Goll und sein neuer Clan begannen nämlich bald darauf, sein Vorhaben, die Menschheit auszulöschen, in die Tat umzusetzen.«

»Was?« Ich hielt erschrocken mitten im Gehen inne. Auch Carrick blieb stehen und sah mich mit traurigem Blick an.

»Natürlich sind sie noch viel zu wenige, um wirklich Schaden anzurichten. Aber Goll war schon immer der Gerissenste von uns allen. In den letzten Monaten gab es immer mehr unerklärliche Morde in den Highlands, immer mehr Touristen verschwanden spurlos. Das ist Golls Werk. Und er wird sich damit nicht zufriedengeben. Unsere Späher haben Grund zur Annahme, dass er dabei ist, eine Armee aufzustellen, um sein willkürliches Morden auszuweiten und seinem Vorhaben mehr Struktur zu verleihen.«

*Eine Armee?* Eine Gänsehaut zog sich über meinen Rücken. Ich war kurz davor gewesen, mit Graham durch die Highlands zu reisen. Wären wir womöglich die nächsten Opfer von Clan Morna geworden? Eine Seherin wie mich hätten sie sicher schnell aufgespürt. Wie naiv ich doch gewesen war, wie unwissend. Ich hätte Grahams und mein eigenes Leben in große Gefahr gebracht. Zum ersten Mal fühlte ich mich mit Carrick an meiner Seite plötzlich sicher. Auch wenn es seine Bestimmung war, mich zu töten, wusste ich nun, dass er im Grunde auf meiner Seite stand. Er und die Fianna wollten die Menschheit retten. Ich durfte nur nicht vergessen, dass ich als Seherin eigentlich nicht zu den zu rettenden Menschen zählte. Doch diesen Gedanken musste ich erst einmal von mir schieben. Im Moment stand zu viel auf dem Spiel. Carrick brauchte mich zu sehr, als dass er mir etwas antun würde, zumindest hoffte ich das.

»Also tötet Goll wahllos Menschen, wahrscheinlich sogar bald nicht mehr nur in den schottischen Highlands, und ihr versucht nun, ihm Einhalt zu gebieten, bevor es zu spät ist?«

»Richtig. Wir haben zwar einen Eid geschworen, unsere natürlichen Feinde, die *taibhsearan*, umzubringen, aber keine wehrlosen Menschen.«

Carrick begann weiterzugehen, und ich folgte ihm.

»Wir sind Goll vor Kurzem so nahe gekommen wie noch nie.

Leider sind wir in eine Falle getappt. Er hat uns überwältigt und Fionn mithilfe einer List besiegt.«

»Goll hat Fionn, den großen Helden und Anführer der Fianna, besiegt?«, wiederholte ich. Wieder blieb ich schockiert stehen. Was für eine Macht hatte dieser Goll, wenn er selbst die mächtigsten Krieger an der Nase herumführte?

»Leider ja«, gab Carrick zerknirscht zu und zog mich am Ellbogen weiter. »Er hat Fionn mit einem Bannzauber zu Stein erstarren lassen. Deshalb müssen wir nach *Dunnottar Castle*. Dort befindet sich ein legendäres Artefakt, das wir brauchen, um Fionn aus dem Stein zu befreien. Und da kommst du ins Spiel.« Er sagte Letzteres, als wäre es selbstverständlich.

Ich hob fragend die Augenbrauen. »Was für ein Artefakt?«

»Es handelt sich um ein Horn, genannt *Dord Fiann*, das die Keiths einst von den *sìthichean* stahlen. Sein magischer Klang wird Fionn aus seinem steinernen Schlaf befreien. *Dunnottar Castle* war viele Jahrhunderte lang im Besitz von Clan Keith, einem der ältesten schottischen Clans. Da die Keiths die *sìthichean* schon vor langer Zeit aktiv bekämpft haben, ist die Schlossruine heute noch mit starken Zaubern geschützt, sodass unsereins keinen Fuß hineinsetzen kann. Nur ein Mitglied des Clans, ein Blutsverwandter, kann das Artefakt für uns aus dem Schloss bergen.«

»Und natürlich würde euch kein anderes Mitglied helfen, da alle Keiths Feen verabscheuen«, beendete ich seinen Gedankengang. »Nur eine Fremde wie ich ist dumm genug, sich in eure Machenschaften hineinziehen zu lassen, sich gegen die Traditionen ihres eigenen Clans zu stellen und den *sìthichean* zu helfen, die sie eigentlich umbringen wollen. Habe ich das so gut zusammengefasst?«

»Du hast es sehr treffend formuliert.« Nun grinste er wieder.

Ich schnaubte und wollte ihn gegen den Arm boxen. Er wich meinem Angriff mit einer einzigen fließenden Bewegung aus und sprang leichtfüßig über eine Pfütze hinweg, in die ich beinahe hineinstolperte. Ich ruderte wild mit den Armen und fluchte laut. So bald wollte ich nicht nach Alba zurückkehren.

Als ich meine Balance wiedergefunden hatte, lief ich, wütend vor mich hin grummelnd, um die Pfütze herum und schloss zu ihm auf. Seine Mundwinkel zuckten. Ich beschloss, so zu tun, als wäre nichts geschehen.

»Nairn hat gesagt, dass sie zu uns stoßen will. Aber wie will sie das anstellen, wenn sie als Abtrünnige nicht mehr in die Menschenwelt reisen kann?«, fragte ich.

»Ich fürchte, sie war etwas übereifrig, als sie das versprochen hat. Sobald die Abtrünnigen sich von den Fianna losgesagt hatten, verloren sie die Fähigkeit des Spiegelreisens. Goll und sein Clan sind in jener Nacht in die Menschenwelt geflohen und halten sich seitdem dort auf. Wie alle anderen *sìthichean* können sie nur an hohen Feiertagen zurück nach Alba reisen, wenn die Portale weit offen stehen. So muss es Nairn gelungen sein, nach Alba zurückzukehren. Aktuell kann sie nur innerhalb der Grenzen Albas spiegelreisen. Erst wenn sie sich bewusst entscheidet, wieder zu den Fianna zu stoßen, und Fionn erneut den Treueeid schwört, wird sie wieder in die Menschenwelt spiegelreisen und sich uns anschließen können.«

Mein Herz sank bei seinen Worten. Ich hatte wirklich gehofft, nicht allzu lange mit ihm allein sein zu müssen. Ich wusste immer noch nicht, ob ich ihm wirklich trauen konnte. Die Geschichte, die er mir über die Fianna erzählt hatte, schien wahr zu sein, da sie mit den Informationen übereinstimmte, die ich in Alba aufgeschnappt hatte. Außerdem schien er mich wirklich zu brauchen. Deshalb wäre ich wohl fürs Erste sicher an seiner Seite. Doch sobald ich ihm das Horn überreicht hätte, würde sich das vielleicht ändern. Ich musste auf der Hut bleiben.

»Also, was ist der Plan?«, fragte ich ihn.

»Wir reisen zur Schlossruine, du stiehlst das Horn, und wir erwecken Fionn damit aus seinem steinernen Schlummer.«

»Okay, und wie weit ist es bis *Dunnottar Castle?*«

»Es liegt an der Ostküste. Wenn wir uns bald auf den Weg machen, können wir es noch heute bis dahin schaffen.«

Ich sah ihn verdutzt an. Alles ging plötzlich so schnell.

»Natürlich nur, wenn du dich entscheidest, uns zu helfen«, fügte er rasch hinzu.

Ich sah ihn mit großen Augen an. Er ließ mir wirklich die Wahl. Er würde mich nicht zwingen, mit ihm zu kommen. Es war allein meine Entscheidung.

»Du weißt jetzt, was auf dem Spiel steht«, erklärte er. »Mehr kann ich nicht tun. Wir können nur hoffen, dass du Fionn und den Fianna dieselbe Freundlichkeit entgegenbringst, die dich dazu verleitete, mir einen Stein über den Schädel zu hauen, um Nairn das Leben zu retten.«

Ich musste unwillkürlich lachen. »Hättest du Nairn wirklich ein Auge ausgebrannt?«, fragte ich ihn vorsichtig.

Er zuckte mit den Schultern, und dieses wölfische Grinsen breitete sich auf seinem Gesicht aus, das mir noch immer kalte Schauer über den Rücken jagte.

»Das werden wir wohl nie erfahren.« Er zwinkerte mir frech zu. Danach verfiel er in Schweigen, und ich spürte, dass er mir Zeit geben wollte, das Gehörte zu verarbeiten und eine Entscheidung zu treffen.

Ich musste feststellen, dass es mir nicht schwerfiel, mich zu entscheiden. In Alba war ein neuer Durst nach Abenteuer in mir erwacht. Es war mehr als nur der Drang, dieses wunderschöne Land abseits der bekannten Touristenpfade zu erkunden. Mir wurde die Möglichkeit geboten, Teil von etwas Größerem zu sein, meinen Beitrag zur Rettung meiner Mitmenschen zu leisten – etwas, wonach ich mich schon immer gesehnt hatte, wenn auch auf ganz andere Weise.

Noch töteten Goll und seine Anhänger nur in den Highlands wahllos Menschen, doch ihr Kreuzzug würde sich sicher bald auf andere Länder ausweiten, sobald sie die Mittel dazu hatten.

Nach allem, was ich in Alba erlebt und gesehen hatte, glaubte ich Carrick und Nairn jedes Wort, so absurd es auch klingen mochte. Ich wollte nicht, dass sie sich einen anderen Keith-Nachfahren suchten, ich wollte etwas Denkwürdiges tun, meine Spuren auf dem Antlitz der Erde hinterlassen. Schon immer hatte ich diesen Drang verspürt, etwas Bedeutendes zu leisten, doch hatte ich zeit meines Lebens gedacht, dass es dabei um journalistische Verdienste ging. Dass ich die dunklen Machenschaften korrupter Politiker aufdecken, unter Einsatz meines Lebens aus einem Krisengebiet berichten oder auf andere Art mit meinen Artikeln bedeutende Veränderungen herbeiführen würde. Nie hätte ich mir träumen lassen, einmal an der Seite von Feen durch Schottland zu streifen und zwischen die Fronten zweier Feenclans zu geraten. Es war verrückt, dass die Fianna, deren Instinkt es war, mich umzubringen, nun trotz allem meine Hilfe brauchten – um die Menschheit zu beschützen.

Aus mir würde keine berühmte Heldin werden, niemand würde über meine Taten berichten oder mich mit dem Friedensnobelpreis auszeichnen, niemand würde überhaupt je davon erfahren, was ich hier tat. Doch all diese Lebensziele, die ich seit frühester Kindheit gehabt hatte, rückten angesichts der Gefahr, in der wir alle schwebten, in den Hintergrund. Ich würde etwas Selbstloses tun, etwas, das weder meine Karriere vorantreiben noch jemals an die Öffentlichkeit geraten würde. Und es fühlte sich gut an. Ich war bereit dafür.

Da meldete sich meine Gewissensstimme wieder zu Wort. Sie flüsterte mir ein, dass es ja doch keine selbstlose Tat war. Ich war schließlich unter anderem nach Schottland gekommen, um meinem New Yorker Leben zu entfliehen und auf den Spuren meiner Familie zu wandeln. Dieses Abenteuer würde mich meinen Vorfahren näher bringen, als ich es mir je erträumt hatte, und mir vielleicht etwas über mich selbst verraten, von dem ich bisher noch nichts geahnt hatte. Ich war eine Seherin. Schon jetzt hatte mich dieses Wissen verändert. Schottland hatte mich verändert.

Bald darauf lichtete sich der Wald vor uns, und ich erkannte, dass Carrick mich die ganze Zeit über abseits der von den Menschen benutzten Pfade geführt hatte, nach denen ich ständig Ausschau gehalten hatte. Die Zeit für meine Antwort war gekommen.

Als bereits die Silhouette des Herrenhauses zwischen den Baumstämmen in der Ferne zu erkennen war, wandte ich mich an Carrick. »Dann müssen wir uns nur noch eine Ausrede überlegen, damit ich so schnell wie möglich aus der Pension auschecken kann und wir sofort abreisen können.«

Carrick warf mir einen überraschten Seitenblick zu. Sicher hatte er nicht mit einer so raschen Kapitulation meinerseits gerechnet.

»Glaub mir, es wird nicht einfach werden, Emily und Stewart zu überzeugen«, fuhr ich ungerührt fort. »Meine gesamte Reise ist von Anfang bis Ende durchgeplant. Ich brauche einen triftigen Grund, um jetzt alles über den Haufen zu werfen.«

»Ich habe da schon eine Idee …«, begann Carrick, doch da schlug ich mir erschrocken eine Hand vor den Mund.

»Und wie sollen wir meine lange Abwesenheit erklären? Ich war mehrere Tage fort. Wenn ich auf einmal mit einem wildfremden Mann wieder auftauche, sieht das ja mehr als verdächtig aus.«

»Es ist noch vor sieben Uhr morgens am Tag nach deiner unfreiwilligen Stolperpartie durch den Tümpel«, versicherte er mir. »Nairn hat dir doch erklärt, dass die Zeit in Alba schneller vergeht. Niemand wird bemerkt haben, dass du fort warst.«

»Du meinst, es ist der Tag nach unserer ersten Begegnung, als du mich durch den Wald gejagt hast, um mich umzubringen«, verbesserte ich ihn tadelnd.

»Genau.« Er nickte grinsend. »Na komm, dann sollte das doch ein Kinderspiel werden.«

# Kapitel 17

Als wir in die Eingangshalle der Pension traten, war meine Entscheidung unumstößlich gefallen. Zu viel stand auf dem Spiel, zu viel Neues, Aufregendes wartete da draußen auf mich. Mein Herz klopfte schnell und laut in meiner Brust, ich fühlte mich ganz und gar losgelöst von dem Leben, das ich noch vor ein paar Tagen – genauer gesagt, erst gestern – geführt hatte. Mein Magen kribbelte, als befände ich mich in freiem Fall. Ich hoffte, dass Emily und Stewart mir meine unerwartete Abreise nicht erschweren würden. Mit Sicherheit würden sie mich umzustimmen versuchen, vielleicht sogar Ben kontaktieren wollen.

*Ben …*

Er würde sich Sorgen um mich machen, wütend sein über die Unannehmlichkeiten, die ich ihm damit bereitete. Mir fiel auf, dass ich ihn während der letzten aufregenden Tage in Alba keinen Moment lang vermisst hatte.

Ich atmete tief ein und aus, während ich mit festen Schritten auf die Rezeption zuschritt. Ich war eine erwachsene Frau, konnte meine eigenen Entscheidungen treffen. Wenn ich das Programm meiner Schottlandreise kurzfristig ändern wollte, würde ich das auch tun. Ich hatte schließlich schon gegen eine Horde *Grannagh* gekämpft. Da musste das hier ein Kinderspiel sein.

Emily kam gerade aus der Tür hinter der Rezeptionstheke, als ich auf die Klingel drücken wollte. Ihre Augen wurden groß, als sie mich erkannte. Sicher sah ich aus, als hätte ich eine Woche im Wald verbracht. Blätter mussten noch in meinen Haaren hängen, Gesicht und Kleidung waren bestimmt dreckverschmiert. Hoffentlich klebte kein grünes *Grannagh*-Blut mehr an mir. Ich erinnerte mich einmal mehr daran, dass in der Menschenwelt erst eine Nacht vergangen war, seit ich nach Alba gereist war. Vielleicht hatten sie mich wirklich noch nicht vermisst.

»Miss Keith!«, rief Emily überrascht aus. »Sind Sie etwa gerade erst nach Hause gekommen?«

Ihr Blick wanderte misstrauisch zu Carrick, der am Eingang herumlungerte und ein besonders großes Interesse für die Wandvertäfelung entwickelt zu haben schien.

Der Feenkrieger passte so wenig in diesen Raum wie ein wunderschöner, wilder Panther in einen Zoo.

Er war zu groß, seine Schultern zu breit, seine Gesichtszüge zu scharf geschnitten, seine Bewegungen zu elegant. Er wirkte wie ein rastloses Raubtier, eingesperrt in einen Käfig, wie er auf und ab stolzierte und sich bemühte, sich nicht anmerken zu lassen, dass er jedes unserer Worte belauschte. Nun, da ich wusste, dass er kein Mensch war, kam es mir so offensichtlich vor. Emily musste es doch auch auffallen. Würde er sie täuschen können?

Ein Blick in ihr vor Verzückung gerötetes Gesicht sagte mir, dass sie völlig ahnungslos und seinem Bann bereits erlegen war. Das Raubtier hatte seine Beute angelockt, ohne auch nur einen Finger zu rühren.

Emily riss ihren Blick nur widerwillig von ihm los, als ich ihr kleinlaut antwortete. »Guten Morgen, Emily. Sie haben mich erwischt. Ich war wirklich die ganze Nacht fort.« Ich seufzte. »Die Natur hier ist einfach atemberaubend. Ich war letzte Nacht so versunken in die Betrachtung des Mondes über dem Loch, dass ich die Zeit völlig vergessen habe. Ich muss wohl irgendwann im Freien eingeschlafen sein.«

Sie schien meine Erklärung nicht zu hinterfragen, war zu abgelenkt von Carricks Erscheinung.

»Emily?«

»Ja, Liebes?« Ihre glasigen Augen fanden zu meinen zurück.

»Könnten Sie bitte Graham für mich anrufen und ihm sagen, dass sich meine Reisepläne geändert haben?«

Nun schien sie doch aus ihrer Trance zu erwachen. »Aber warum das denn?«, rief sie empört.

»Nun, ich habe gestern Abend beim Abendessen diesen netten Herrn kennengelernt, der von Beruf Reiseführer ist.« Ich nickte in Carricks Richtung. »Er reist heute mit seiner Gruppe Richtung Nordosten weiter und hat mich überzeugt, mich ihnen anzuschließen. Es scheint, dass es dort einiges gibt, das es sich anzuschauen lohnt.«

Emily runzelte verwirrt die Stirn. »Aber Ben hat doch Ihre komplette Reiseroute für Sie ausgearbeitet. Und wenn Sie gerne etwas mehr von Schottland sehen möchten, kann Graham Sie natürlich überallhin bringen. Dafür müssen Sie sich doch keiner Reisegruppe anschließen.«

»Aber ich habe sowieso ein schlechtes Gewissen, dass ich Graham von seiner Arbeit abhalte«, versuchte ich, mich herauszureden. »Er hat doch sicher Besseres zu tun, als Kindermädchen für mich zu spielen. So ist es ganz bestimmt einfacher für alle Beteiligten.«

»Das können Sie doch nicht ernst meinen, Liebes«, erwiderte Emily, die langsam unruhig wurde. »Es ist doch schon alles geplant und gebucht. Ben hat sich um alles gekümmert und Graham persönlich als Ihren Reiseführer ausgewählt. Es würde ihm sicher nicht gefallen, wenn Sie nun alle Pläne über den Haufen werfen und mit einem wildfremden Mann mitgehen. Wollen Sie Ihren Verlobten nicht lieber erst anrufen und mit ihm darüber sprechen?«

Ben, Ben, Ben. Wie immer ging es mal wieder nur um ihn. Niemand fragte mich je danach, was ich eigentlich wollte. Ich hatte noch nicht einmal ein Mitspracherecht bei der Route gehabt, die er für mich geplant hatte. Gut, dass Emily ihn aufgrund der Zeitverschiebung nicht sofort anrufen konnte. In New York war es jetzt mitten in der Nacht.

Bevor ich ihr eine gereizte Antwort geben konnte, trat Carrick neben mich an die Theke. Ich hatte nicht gehört, wie er sich uns genähert hatte.

»Guten Morgen«, sagte er mit warmer Stimme und starkem schottischen Akzent, den ich vorher noch nie bei ihm gehört hatte. Er machte eine Show daraus, Emilys Hand zu schütteln und ihr ein Kompliment für ihre Pension zu machen.

»Mein Name ist Carrick Murray. Ich möchte mich ganz bestimmt nicht aufdrängen, aber Miss Keith schien gestern Abend so interessiert an meiner Reiseroute, dass ich ihr einfach ein Angebot machen musste. Ich versichere Ihnen, dass sie bei mir in sehr guten Händen ist.«

*In guten Händen?* Ich unterdrückte ein belustigtes Schnauben.

Die Idee mit der Reisegruppe war uns gekommen, da es weniger aufsehenerregend wäre, mich einer Touristengruppe anzuschließen, als einfach mit einem wildfremden Mann abzuhauen, mit dem ich womöglich sogar die letzte Nacht verbracht hatte. Ich hoffte inständig, dass Emily nicht eins und eins zusammenzählte.

Während Carrick begann, Emily in allen Einzelheiten von seinem beeindruckenden Programm und seiner Erfahrung als Reiseleiter zu berichten, nickte er leicht Richtung Treppe. Ich verstand den Wink, entschuldigte mich rasch und hastete die Stufen zu meinem Zimmer hinauf. Während Carrick Emily ablenkte, würde ich meine Sachen packen.

Als ich mein Zimmer betrat, kam es mir wie eine Erinnerung an ein anderes Leben vor. Alles sah noch genauso aus, wie ich es zurückgelassen hatte. Meine Kleidung lag noch verstreut auf Bett und Boden, auf der Kommode drängten sich Reisepass, Fotoapparat, Haargummis, eine Flasche Wasser, meine Armbanduhr und meine Kulturtasche.

Ich seufzte und hätte mich am liebsten einen Augenblick aufs Bett gelegt, um mich ein wenig auszuruhen, doch dafür war keine

Zeit. Ich trug immer noch die Bluse, Jacke und Jeans, die ich an jenem Abend im Pub getragen hatte, und musste dringend meine Kleidung wechseln, packen und duschen. Gerne hätte ich auch mein welliges Notizbüchlein aus der Jackentasche genommen und all meine Erlebnisse in Alba haarklein aufgeschrieben, damit ich auch nichts vergaß. Stattdessen schälte ich mich fluchend aus der vor Dreck starrenden Kleidung und sprang unter die kalte Dusche.

Als ich zwanzig Minuten später frisch geduscht mit meinem gepackten Koffer in die Eingangshalle zurückkehrte, war es, als hätte Carrick Emily einer Gehirnwäsche unterzogen. Sie flötete ihm Komplimente zu und sah ihn an wie ein verliebtes Reh. Ich musste mich zusammenreißen, um nicht die Augen zu verdrehen. Zum Glück hatte Carrick seit unserer Begegnung im Pub nicht mehr diese Wirkung auf mich gehabt.

Trotzdem dankte ich ihm innerlich für sein Einschreiten. Emily hätte mich nicht so einfach gehen lassen.

Die beleibte Schottin umarmte mich herzlich zum Abschied und wünschte uns eine gute Reise. »Keine Sorge, ich rufe Graham und Ben für Sie an«, versicherte sie mir. »Und melden Sie sich mal. Ich bin gespannt, wie Ihnen die Highlands gefallen.«

Ich versicherte ihr, dass ich das tun würde, und dankte ihr für ihre Gastfreundschaft. »Sagen Sie Stewart und Graham einen schönen Gruß von mir.«

Innerlich war ich froh, dass Emilys Ehemann nicht hier war. Er wäre sicherlich nicht auf Carricks Charme hereingefallen, hätte ihn vielleicht sogar als Fee enttarnt.

Carrick ging ganz in seiner Rolle als Gentleman auf, nahm mir meinen Koffer ab und hielt mir sogar die Tür auf.

Als die mächtige Flügeltür hinter uns ins Schloss fiel, stießen wir beide gleichzeitig einen tiefen Seufzer aus. Wir sahen uns verdutzt an und prusteten dann los. Als mir klar wurde, mit wem ich da lachte, wurde ich jedoch sofort wieder ernst. Carrick war schließlich immer noch ein gefährlicher Killer. Ich räusperte mich verlegen.

»Also, ähm, das wäre geschafft. Und wie kommen wir jetzt nach *Dunnottar Castle?*«

»Darüber brauchst du dir nicht den Kopf zu zerbrechen«, antwortete er augenzwinkernd. »Ich habe ein Auto.«

# Kapitel 18

Carrick hatte tatsächlich ein Auto – und was für eins. Er führte mich zurück über den Waldpfad in das angrenzende Dorf. Als er auf den Pub zusteuerte, wollte ich schon protestieren.

»Bleib ruhig, *sùla*«, knurrte er genervt, bevor ich meinen Mund öffnen konnte. »Warum müsst ihr Menschen eigentlich immer gleich überreagieren?«

Obwohl er Letzteres mehr zu sich selbst gemurmelt hatte, konnte ich nicht an mich halten. »Vielleicht weil wir spüren, dass ihr Feen vorhabt, uns zur Strecke zu bringen?«, blaffte ich.

Er verdrehte nur die Augen und beschleunigte seine Schritte. Ich musste fast rennen, um mit ihm Schritt zu halten.

»Woher hast du eigentlich gewusst, was ich sagen wollte, bevor ich überhaupt den Mund aufgemacht habe? Kannst du etwa Gedanken lesen?«, fragte ich anklagend.

Er grinste. »Das wüsstest du wohl gern, was?«

Ich schnaubte. »Ach, vergiss es.«

Wir liefen schweigend weiter und umrundeten den Pub.

Auf einem kleinen Parkplatz dahinter stand etwas Großes, das unter einer schwarzen Plane verborgen war. Carrick zog die Plane herunter, und zum Vorschein kam ein blitzblank polierter, dunkelgrüner Oldtimer mit silberner Stoßstange und silberumrahmten Scheinwerfern. Der elegante Wagen zeugte von einer lange vergangenen Zeit – die Dreißigerjahre, schätzte ich.

»Woher hast du den denn?«, entfuhr es mir.

Carrick begann, die Plane ordentlich zusammenzufalten und auf dem Rücksitz zu verstauen. Daneben stellte er auch meinen Koffer und meinen Rucksack.

»Ein kleines Überbleibsel aus meiner Vergangenheit«, antwortete er verträumt. »Die Dreißiger – was für eine glorreiche Ära, in vielerlei Hinsicht.«

Sein Blick glitt in die Ferne, zu einer Zeit, in der meine Eltern geboren waren. Ich fragte mich, wie alt Carrick wohl genau war. Wenn er von Anfang an bei den Fianna dabei gewesen war, musste er über tausend Jahre alt sein. Ich schauderte.

»Mal abgesehen von eurer Kriegstreiberei«, knurrte er, plötzlich wieder in der Gegenwart. »Ihr Menschen habt diesen Planeten schon einmal fast zerstört. Hoffen wir, dass das nicht wieder passiert.«

*Eure* Kriegstreiberei. Damit meinte er natürlich die Menschen. Ob die Feen sich wohl an den Weltkriegen beteiligt hatten? So, wie er es sagte, klang es nicht danach. Griffen sie je in die Geschicke der Menschen, in Politik, Wirtschaft oder Religion ein? Ich hatte so viele Fragen, wollte mein Notizbuch zücken und sie ihm alle auf einmal stellen. Doch ich durfte nicht vergessen, dass ich nicht zu meinem Vergnügen eingewilligt hatte, mit ihm auf diese Reise zu gehen.

Carrick hielt mir ungeduldig die Beifahrertür auf. Doch ich beachtete ihn nicht, ging stattdessen noch einmal um das Auto herum, um es staunend zu betrachten. Der Wagen hatte eine besonders lange Schnauze und wunderschön geschwungene Felgen. Über der kleinen Kofferraumklappe hing ein Ersatzrad. *Wie in einem alten Schwarz-Weiß-Film*, dachte ich und strich bewundernd über den gut instand gehaltenen moosgrünen Lack.

Carrick räusperte sich genervt.

»Ich komm ja schon.« Ich beeilte mich einzusteigen.

Auch im Inneren war der Oldtimer so elegant, wie kein modernes Auto es je sein würde. Nur die Sicherheitsgurte schienen neu zu sein und waren anscheinend im Nachhinein eingebaut worden. Es gab ein riesiges Lenkrad und einen langen, dünnen Hebel, der wohl als Gangschaltung diente. Das schwarz glänzende Armaturenbrett zierten eine runde Glasscheibe, hinter der die Geschwindigkeit in weißen Zahlen angezeigt wurde, und ein paar große weiße Knöpfe. Wofür die wohl waren? 

»Wie kommt es, dass du Auto fahren kannst?«, fragte ich Carrick, als er in den Fahrersitz neben mir glitt. Diese Frage konnte ich mir einfach nicht verkneifen. Sein abschätziger Blick streifte mich nur flüchtig.

»Warum sollte ich es nicht können? Und jetzt sag nicht: weil du eine *sìthiche* bist.«

Ich schenkte ihm ein süffisantes Grinsen. »Wollte ich auch nicht. Ich wollte sagen: weil du eine *Fee* bist.«

Er warf mir einen säuerlichen Blick zu und ließ den Motor an. »Ich verbringe mehr Zeit in der Menschenwelt, als du denkst.«

»Du meinst, du streifst durch Schottland und tötest unschuldige *taibhsearan* wie mich?«

»Nicht nur Schottland.«

»Also gibt es Seher wie mich wirklich überall auf der Welt? Und du reist mit den Fianna durch die Gegend und bringst sie alle um?«

Er zuckte mit den Schultern. »Ich war schon überall. Frankreich, Japan, Brasilien. Seher gibt es seit Tausenden von Jahren auf der ganzen Welt.«

»Warst du auch schon in New York?«, entfuhr es mir. Bei dem Gedanken, dass er schon einmal in meiner Nähe gewesen sein könnte, ohne dass ich von der Gefahr wusste, in der ich geschwebt hatte, jagte mir ein kalter Schauer über den Rücken.

»Erst einmal«, gab er zu. »In den Staaten halten sich nicht viele Seher auf, die meisten davon im Mittleren Westen. *Taibhsearan* fühlen sich oft stärker zur Natur hingezogen als andere Menschen.«

»Und keiner von ihnen weiß Bescheid?«

»Alle, die schon einmal eine Fee gesehen haben, wissen zumindest, dass sie anders sind als andere Menschen. Meistens werden sie aber von der Gesellschaft für verrückt erklärt, was es uns viel leichter macht, sie aufzuspüren.«

»Pah!« Ich schüttelte wütend den Kopf.

»Die wenigsten Städter haben schon einmal eine Fee gesehen«, fuhr Carrick ungerührt fort. »Wie sollten sie auch, in all dem Lärm und Smog? Genau wie du sind sie völlig blind für alles Übernatürliche.«

»Wie kommt es dann, dass ich dich an jenem Abend im Pub gesehen habe?«, konterte ich.

»Ich wollte, dass du mich siehst. Ich bin als Mensch aufgetreten, sodass du mich nicht als andersartig erkennst. Du warst leichte Beute, hättest dich mir beinahe an den Hals geworfen, ohne dass ich viel dafür tun musste.«

Er grinste breit.

Meine Wangen brannten. *Was für ein mieser, dreckiger …*

»Du hast mich in jener Nacht also wirklich nur aufgespürt, um mich zu töten?«

Er nickte. »Dein Sehergestank war unverkennbar, selbst von Weitem. Was sonst hätte ich von dir wollen können?«

*Gestank?* Ich blinzelte zweimal und schluckte. Seine Aussage traf mich mehr, als ich zugeben wollte. Ja, was sonst hätte er – ein kaltblütiger, wenn auch umwerfend aussehender – Menschenkiller schon von mir wollen können?

»Was gibt euch eigentlich das Recht dazu, uns einfach abzuschlachten? Wir haben euch nie etwas getan. Die meisten von uns Sehern wissen noch nicht mal von eurer Existenz, wie du selbst gesagt hast«, schnappte ich.

»Du weißt nicht, wovon du sprichst.« Seine Stimme war gefährlich leise geworden. »Bis vor tausend Jahren waren es die Seher, die Jagd auf *sìthichean* gemacht haben. Wir befanden uns seit Anbeginn der Zeit im Krieg mit ihnen. Tausende *sìthichean* wurden abgeschlachtet, bevor die Fianna überhaupt gegründet wurden.

Wir existieren in erster Linie, um uns und unsere Art zu verteidigen. Ich dachte, das hättest du verstanden.« 

Die Worte waren wie ätzende Säure aus ihm herausgesprudelt und hatten sich in meine Haut gebrannt.

»Ich wusste nicht …«

»Wie auch? Du bist nur ein Mensch. Vielleicht fünfundzwanzig Jahre alt? Du weißt gar nichts. Und wärst ebenso unwissend gestorben, wenn …«

Er hielt inne und warf mir einen Seitenblick zu.

»Wenn du mich gestern Abend getötet hättest, wie du es vorhattest. Du kannst es ruhig aussprechen.« Ich schrie nun, mit hoher, zittriger Stimme. Ich wollte dieses Gespräch keine Sekunde länger führen.

Was tat ich eigentlich hier, in diesem Auto mit einem Wesen, einem Mörder, der mich jederzeit umbringen konnte? Es lag in seiner Natur, es juckte ihm wahrscheinlich in diesem Augenblick in den Fingern.

Bevor er etwas Schlaues erwidern konnte, schoss meine Hand zu einem der Knöpfe am Armaturenbrett. *Bitte, lass es das Radio sein*, flehte ich in Gedanken.

Zu meiner Überraschung funktionierte es. Leise klassische Musik durchdrang die Stille. Ich stellte das Radio laut und drehte meinen Kopf demonstrativ zum Fenster – Hauptsache, weg von ihm.

Eine Weile bewegte er sich nicht, als ob er noch etwas sagen wollte. Dann legte er wortlos den Rückwärtsgang ein, und wir schossen vom Parkplatz.

# Kapitel 19

Eine Weile fuhren wir am Loch Lomond entlang, dessen dunkle, windgepeitschte Oberfläche heute vor sich hin brodelte wie das Innere eines Hexenkessels. Fasziniert von der Wildheit und rauen Schönheit dieses Ortes, betrachtete ich den See, bis die ersten Regentropfen herabzufallen begannen. Schon bald regnete es so stark, dass ich kaum noch etwas hinter der Fensterscheibe erkennen konnte.

Carrick schien ein guter Fahrer zu sein. Er raste für diese Wetterverhältnisse viel zu schnell dahin, hatte den Wagen aber unter eiserner Kontrolle. Seine Reflexe waren übermenschlich schnell, was mich nicht hätte verwundern dürfen. Ich vermied es, in seine Richtung zu sehen, beobachtete aber sein Spiegelbild in meiner beschlagenen Fensterscheibe.

Wir fuhren lange eingehüllt in eisiges Schweigen. Als es mir schließlich zu langweilig wurde, drehte ich mich um, um meinen Rucksack vom Rücksitz zu nehmen. Mein Notizbuch lag ganz oben, als hätte es nur darauf gewartet, dass ich es endlich wieder zur Hand nahm. Der weiche, abgegriffene Ledereinband fühlte sich so vertraut in meinen Händen an, dass ich beinahe wohlig geseufzt hätte.

Ich blätterte durch die Notizen, die ich seit meiner Ankunft in Schottland gemacht hatte. Es waren erschreckend wenige, angesichts der Bedeutsamkeit, die diese Reise für meine zukünftige Karriere hatte. Bis jetzt hatte ich erst ein einziges Interview geführt – auf dem See mit Stewart. Die Erinnerung schien zu einem anderen Leben zu gehören.

Ich seufzte, blätterte die letzte beschriebene Seite um und starrte auf das weiße Blatt. Die Erinnerungen an meine Zeit in Alba stürzten wie aus dem Nichts auf mich ein. Meine Flucht in der Nacht und der Sturz durchs Wasser, die *Grannagh* und Trolle, giftige

Pflanzen und ätzender grüner Speichel, Pfützen und Tümpel mit unbewegten Oberflächen und immer wieder Nairn – ihre Unerschrockenheit, ihr Kampfgeist, ihr Gerechtigkeitssinn und schließlich auch ihr Lächeln.

Ich zückte meinen Bleistift und begann, wie eine Besessene zu schreiben. Mein Stift flog nur so über die leeren Seiten, und ich notierte alles, was ich seit meiner Spiegelreise in die Welt der Feen erlebt hatte. Mehr und mehr Details fügten sich in meinem Kopf wie Puzzleteile zusammen. Das Schreiben hatte mir schon immer geholfen, meine Gedanken zu ordnen, meinen Kopf zu leeren und ein Problem oder eine knifflige Situation aus einem neuen, frischen Blickwinkel zu betrachten. Also schrieb und schrieb ich und vergaß schon bald die Welt um mich herum.

Ich musste eingeschlafen sein, denn ich fuhr auf, als das sanfte Rütteln und Tuckern des Oldtimers abrupt abbrach. Das Prasseln des Regens auf dem Dach hatte ebenfalls nachgelassen. Ich rieb mir verschlafen die Augen, konnte aber durch die beschlagenen Scheiben nicht viel erkennen. Wir schienen auf einem Parkplatz zu stehen.

Obwohl die Luft im Auto kühl war, war mir wohlig warm, da jemand eine Decke über mich ausgebreitet hatte. Carrick. Ich wagte einen Blick in seine Richtung. Er hatte mich gemustert, während ich aus dem Schlaf zurück in die Welt gefunden hatte, und nun trafen sich unsere Blicke.

»Entschuldige die Kälte«, sagte er achselzuckend. »Die Heizung ist sehr alt. Es ist nur ein Gebläse, das die Hitze des Motors ins Fahrzeuginnere leitet. Das kann manchmal übel riechen. Ich hielt es für besser, sie auszulassen.«

Ich nickte und wollte ihn schon fragen, ob er denn nie fror. Die Frage kam mir aber sofort dumm vor. Weder Carricks noch Nairns Verhalten hatte bisher darauf hingewiesen, dass sie sich vor Kälte,

 Hitze oder Regen schützen mussten. Für die beiden Krieger schien Kleidung lediglich einen praktischen Zweck zu erfüllen, vor allem im Kampf. Carricks Lederjacken-Ensemble war nur eine Täuschung, die er benutzte, um in der Menschenwelt nicht aufzufallen.

Langsam setzte ich mich auf. Mein offenes Notizbuch fiel mir aus dem Schoß. Ich hob es auf und schloss es hastig. Hoffentlich hatte Carrick es nicht gelesen, während ich geschlafen hatte.

»Wo sind wir?«, fragte ich ihn.

»Ich habe kurz angehalten, um zu tanken. Hast du Hunger?«

Ich nickte. Mein Magen grummelte tatsächlich unüberhörbar, und ich musste auch dringend auf die Toilette. Es war wirklich anstrengend, mit Feen unterwegs zu sein. Ich vergaß viel zu oft meine menschlichen Bedürfnisse.

»Wie lange sind wir gefahren?«

»Fast vier Stunden. Wir sind in weniger als zwei Stunden da.«

Sofort war ich hellwach. »Schon so bald?«

In nur wenigen Stunden würde ich in eine alte Schlossruine einbrechen und ein wertvolles Artefakt stehlen, das seit Generationen im Besitz meiner Familie war. Ich schluckte.

Plötzlich war ich mir nicht mehr so sicher, ob das Grummeln in meinem Magen vom Hunger rührte. Carricks Blick schoss zu meinem Bauch, als der natürlich genau in diesem Moment laut knurrte.

»Komm schon, du bist ja halb verhungert, Mensch.«

Er öffnete die Fahrertür. Ich verdrehte die Augen und stieg ebenfalls aus. Würde er jemals damit aufhören, mich zu beleidigen? Andererseits fragte ich mich, ob er Wörter wie *Mensch* oder *sùla* wirklich absichtlich als Schimpfwörter gebrauchte oder ob es ihm aus reiner Gewohnheit gar nicht in den Sinn kam, mich anders zu nennen.

Es regnete nicht mehr. Kühle, feuchte Luft empfing mich, als ich aus dem Auto stieg. Sie legte sich auf mich wie eine Decke, lastete schwer auf meiner Haut. Es tropfte überall von den vielen Bäumen und Sträuchern um uns herum, und noch immer zogen dunkle Regenwolken über uns hinweg.

Ich atmete ein paarmal tief ein und aus und hatte das Gefühl, dass die frische Luft meine Lungen reinigte und meinen Kopf klarer machte. Dann betrachtete ich unsere Umgebung genauer.

Wir befanden uns mitten im Nirgendwo, auf einer Anhöhe, die ringsum von bewaldeten Hügeln umgeben war. Soweit das Auge reichte, sah ich nichts als saftiges, frisches Grün. Von unserem Standpunkt aus konnte ich erkennen, wie Nebelschwaden von den sanft geschwungenen, bewaldeten Hügeln aufstiegen. Hier und da vermischte sich das über den Baumwipfeln dahinziehende, wabernde Weiß mit den tief hängenden Wolken. Eine mystische Welt, der ich in diesen luftigen Höhen so nahe war, dass es schien, als müsste ich nur die Arme ausbreiten, um mit den Wolken davonzufliegen.

Hinter den Wolkentürmen konnte ich höhere Berge ausmachen, deren teilweise noch schneebedeckte Gipfel immer wieder im Nebel verschwanden.

»Wo sind wir hier?«, fragte ich Carrick ein zweites Mal, diesmal klang meine Stimme wie verzaubert.

Er stand an einer Tanksäule, die einsam auf dem Parkplatz aufragte, und war schon dabei, das Auto aufzutanken.

»In den Ausläufern der Cairngorms«, sagte er über die Schulter zu mir. »Wir haben einen kleinen Umweg gemacht. Ich konnte nicht widerstehen.«

Ich zog fragend eine Augenbraue hoch.

»Hier gibt's das beste Essen.« Er deutete mit dem Kopf in Richtung des Gebäudes hinter mir.

*Essen? Seit wann scherten Feen sich um Essen?*

Neugierig drehte ich mich um. Das Gebäude war nicht viel mehr als eine Hütte, aus deren Schornstein es rauchte. Doch meine Augen wurden groß, als ich das grellpink leuchtende Neonschild über dem Eingang sah, das sich stark von der uralten, grauen Steinwand abhob und so gar nicht hierherzupassen schien.

»MacDonald's Diner?«

Carrick lachte. »Das wahre MacDonald's!«, verkündete er amüsiert.

»Ein amerikanisches Diner? Mitten in den Highlands?«, fragte ich skeptisch. *Das kann ja nicht gut sein*, hätte ich am liebsten hinzugefügt, ließ es aber bleiben. Wir schienen unausgesprochen einen fragilen Waffenstillstand eingegangen zu sein, den ich nicht zerstören wollte.

Neben der Hütte – dem amerikanischen Diner – gab es nur einen großen Parkplatz, die Tanksäule, neben der wir geparkt hatten, und einige hölzerne Tische und Bänke, an denen man im Sommer sicher draußen essen konnte. Die Aussicht musste bei klarem Himmel atemberaubend sein.

Carrick kam um sein Auto herum. »Na, komm schon. Hast du etwa Angst, dass ich dich vergiften will?«

Unwillkürlich dachte ich an das Märchen von Hänsel und Gretel und an die Hexe, die die Kinder mit ihrem Pfefferkuchenhaus und all den Süßigkeiten hineinlockte. Der Gedanke, dass ich in den schottischen Highlands von einer Fee mit amerikanischem Fast Food geködert wurde, brachte mich zum Schmunzeln. Ich musste allerdings wirklich sehr dringend aufs Klo, und der Wind trug einen unverkennbaren Duft nach gebratenem Fleisch heran. Mein leerer Magen zog sich schmerzhaft zusammen.

»Deine Entscheidung, wie immer.« Carrick feixte und ging auf die Tür des Diners zu. Das würde wohl so eine Art Running Gag zwischen uns werden. Er hatte mir tatsächlich seit dem nächtlichen Entführungsversuch in Alba immer penibel die Wahl gelassen und mich nie mehr zu irgendetwas gezwungen. Dass ich nun allein mit ihm mitten in den schottischen Highlands auf einer geheimen

Mission war, hatte ich mir selbst eingebrockt, und er würde nie aufhören, es mir unter die Nase zu reiben. *Bastard!*

Ich seufzte und ging ihm nach.

Im Inneren war es einladend warm, und der Geruch nach gebratenem Fett war noch stärker. Wir waren die einzigen Gäste.

Nachdem ich von der Toilette wiedergekommen war, schob ich mich gegenüber von Carrick in eine gepolsterte Sitzecke im typisch amerikanischen Stil und ließ den Blick schweifen. Beinahe hätte ich laut gelacht. Das Innere des Diners schien tatsächlich einem amerikanischen Film der Fünfzigerjahre entsprungen zu sein. Die verschiedenen Sitzecken mit je vier Plätzen waren mit dicken, roten Polstern voneinander abgetrennt. Es gab eine Theke mit Barhockern, und an den Wänden prangte neongelbe Leuchtreklame. In einer Ecke stand sogar eine Jukebox. Dies war ganz und gar kein typisch schottisches Restaurant.

Ich fragte mich, warum Carrick mich hierhergebracht hatte. Dachte er, dass ich amerikanisches Essen vorzog, weil ich in New York lebte? Da hatte er sich aber grundlegend getäuscht. Aber warum sollte er sich die Mühe machen, sich zu überlegen, was mir gefiel? Er hatte mich seine Ablehnung von Anfang an spüren lassen.

Ein Mann mit schweren Stiefeln und einem Holzfällerhemd kam um die Theke herum und riss mich aus meinen Gedanken.

»Carrick!«, rief er mit tiefer, dröhnender Stimme und einem breiten Südstaatenakzent. »Lange nicht gesehen, mein Lieber. Wie ist es dir so ergangen?«

Meine Augen traten beinahe aus den Höhlen, als er Carrick zur Begrüßung auf die Schulter schlug. Ich erwartete schon, dass Carrick seine Hand mit eisernem Griff packen, sie ihm brechen und ihn dann gegen die Jukebox schleudern würde. Doch er schenkte dem Mann stattdessen ein aufrichtiges Lächeln. Eins, das ich noch nie zuvor auf seinen Lippen gesehen hatte. Die Erkenntnis, dass ich bis jetzt nur ein falsches, aufgesetztes Lächeln von ihm zu sehen bekommen hatte, und das auch nur im Pub, als er mich hatte verführen und töten wollen, versetzte mir einen Stich.

»Schön, dich zu sehen, Johnny«, antwortete Carrick. »Ach, du weißt schon. Ich bin immer unterwegs. Das Geschäft ist nicht mehr, was es mal war.«

*Geschäft?*

Johnny nickte wissend. Dann wandte er sich mir zu. »Und wer ist diese reizende junge Dame an deiner Seite?«

Ich konnte nicht anders, als sein breites Lächeln zu erwidern. Der Amerikaner versprühte seinen Südstaatencharme ganz selbstverständlich.

»Catriona Keith«, stellte ich mich vor und schüttelte seine ausgestreckte Hand. Sein Blick streifte meine vom Schlafen im Auto zerzausten Haare nur flüchtig, bevor er wieder meinen fand.

»Meine neue Geschäftspartnerin«, erklärte Carrick.

»Geschäftspartnerin, was?« Johnny grinste ihn vielsagend an.

Carrick zwinkerte ihm verschwörerisch zu. Ich holte aus und trat ihm unter dem Tisch mit aller Kraft gegens Schienbein. Er ließ es sich nicht im Geringsten anmerken. Sein Grinsen wurde höchstens noch eine Spur breiter.

Johnny schien ebenfalls nichts bemerkt zu haben. Er reichte mir eine Speisekarte.

»Das Übliche?«, wandte er sich an Carrick.

Er nickte. »Mit extra Beilage, bitte.«

Johnny lächelte wissend.

Während ich die Speisekarte studierte, die vor ungesunden amerikanischen Spezialitäten nur so strotzte, unterhielten sich die beiden wie alte Freunde.

»Wie geht's Ruth?«, fragte Carrick unseren Gastgeber.

Johnny seufzte. »Ach, du weißt schon. Sie hat gute und schlechte

Tage. Hoffentlich ist sie bis zur Sommersaison wieder halbwegs fit. 
Sonst muss ich neue Kellner einstellen.«

Carrick wirkte ehrlich betroffen. »Ich hoffe, das wird wieder. Wenn ich irgendetwas tun kann …«

»Du tust schon genug.«

Ich hob erstaunt den Kopf. Carrick starrte betreten auf die Tischplatte, und Johnny wischte sich hastig über die Augen.

»Was kann ich denn der Dame bringen?«, fragte er mich eine Spur zu fröhlich.

Ich bestellte ein Wasser, ein Clubsandwich und einen kleinen Salat. Dann ließ Johnny uns allein.

Neugierig musterte ich Carrick. Ich erkannte meinen Begleiter kaum wieder. War er wirklich mit einem Menschen befreundet? Noch dazu mit einem Amerikaner, der sich in Schottland niedergelassen hatte?

»Du wirst mir das alles erklären müssen«, sagte ich, stützte die Ellbogen auf den Tisch und lehnte mich interessiert zu ihm vor.

»Muss ich das?«

»Ja! Warum sind wir hier? Woher kennt ihr euch so gut? Wie kommt es, dass du menschliches Essen …«

»Okay, da unterbreche ich dich direkt mal.« Er schnaubte, als ob die Antworten auf diese Fragen auf der Hand lägen. »Erstens: Wie könnte ich dieses Essen nicht mögen? Es gibt nichts Besseres als Burger, sowohl in der Menschenwelt als auch in Alba.«

Ich starrte ihn ungläubig an. Er meinte es völlig ernst.

»Zweitens«, fuhr er ungerührt fort, »warum sollte ich mich nicht mit einem Menschen anfreunden, der mich mit diesem von der Banshee gesegneten Essen versorgt? Johnnys Burger sind die besten weit und breit, das kann ich dir versichern.«

»Oh entschuldige, ich habe ganz vergessen, dass ihr Feen uns Menschen ja nur für eure Zwecke ausnutzt. Wenn wir Kräfte besitzen, die euch gefährlich werden können, schlachtet ihr uns sofort ab, wenn nicht, verhext ihr uns lediglich, damit wir euch zu Willen sind.«

Doch noch während ich die Worte aussprach, spürte ich, dass es sich hier anders verhielt. Sosehr Carrick mich auch glauben lassen wollte, dass er Johnny nur seiner Burger wegen um seinen Feenfinger gewickelt hatte, nahm ich ihm das nicht ab. Er hatte einen großen Umweg in Kauf genommen, um hier vorbeizukommen, wenn ich die Karte Schottlands richtig in Erinnerung hatte, und sich sogar nach Johnnys kranker Frau erkundigt. Doch diese Gedanken behielt ich für mich. Carrick hatte sich von meiner Stichelei sowieso nicht aus der Ruhe bringen lassen.

»Und drittens«, fuhr er mit übertrieben lauter Stimme fort, um mich zu übertönen, »muss ich mich nicht vor dir rechtfertigen, *sùla*. Du wirst gleich selbst sehen, wie gut das Essen hier ist.« Er hob die Augenbrauen in gespieltem Entsetzen. »Ach nein, du hast ja leider nur ein Sandwich bestellt … und einen Salat.« Er schnaubte verächtlich, als könnte er es nicht glauben. »Einen Salat!«

Ich unterdrückte ein Schmunzeln. Seine Liebe für Burger schien beinahe fanatische Züge anzunehmen. Das machte ihn irgendwie … menschlich. Ein Wort, das ich zuvor nicht mal im Traum mit dem Feenkrieger in Verbindung gebracht hätte.

Als Johnny wenig später unsere Teller vor uns abstellte, konnte ich mir ein erstauntes Aufkeuchen nicht verkneifen.

Vor Carrick standen zwei Teller mit jeweils zwei riesigen Burgern darauf.

»Extra Beilagen kommen gleich«, verkündete Johnny zwinkernd und verschwand wieder hinter der Theke.

Kurz darauf kam er mit zwei weiteren Tellern zurück, auf denen sich Pommes frites, Zwiebelringe, Kartoffelecken und eine Reihe verschiedenster Dips türmten. Das Essen wäre genug für eine Großfamilie gewesen. Wie sollte ein einziger Mann das alles schaffen?

*Fee,* verbesserte ich mich in Gedanken. *Er ist eine Fee. Wer weiß schon, was er verdrücken kann?*

Carrick warf einen mitleidigen Blick auf mein Sandwich und meinen Salat, die auf einem einzigen Teller Platz fanden. Dann rieb er sich die Hände und zog sich voller Vorfreude die Lederjacke aus.

Unter seinem T-Shirt kamen die mächtigen Muskeln eines Feenkriegers zum Vorschein, die ein Mensch nur durch strenge Eiweißdiäten und unablässiges Gewichtheben erlangen könnte. Diese fetttriefenden Gerichte wären Gift für jeden Menschen, aber vielleicht kümmerte das einen durchtrainierten Elfenkrieger nur wenig. Wenn Carrick so selten aß wie Nairn, sogar überhaupt nicht regelmäßig essen musste, durfte er sich wohl hin und wieder ein Festmahl gönnen.

Und schon begann es.

Er hob den ersten Cheeseburger an seine Lippen und biss herzhaft hinein. Ein lustvolles Stöhnen entwich ihm, und er schloss die Augen in genüsslicher Ekstase. Ein weiterer Biss und noch einer. Die Soße lief ihm übers Kinn, doch er schien es gar nicht zu bemerken.

Er war so versunken in sein Essen, dass er sogar für einen Augenblick die Kontrolle über seinen Täuschungszauber verlor. Die oberen Enden seiner Ohren flackerten kurz und wurden dann spitz, wie sie in Alba gewesen waren. Ich blinzelte verwundert, doch als ich wieder hinsah, hatten sie schon wieder ihre runde menschliche Form angenommen.

Ich konnte ihn eine Zeit lang nur anstarren. Dann räusperte ich mich. Sein Blick fuhr über den Tisch zu mir. Er musste meine Anwesenheit völlig vergessen haben.

»Du hast da was«, sagte ich mit mühsam unterdrückter Belustigung. Er sah mich verständnislos an.

»Am Kinn.« Ich deutete auf die Soße.

Er wischte sich lässig mit dem Unterarm übers Kinn, bevor er sich über den zweiten Burger hermachte. Damit erinnerte er mich an einen grobschlächtigen Wikinger, ohne jegliche Tischmanieren. Ich erwartete beinahe, dass er sich die Essensreste über die Schulter werfen und sein Glas auf den Tisch hauen würde, um lautstark mehr Met zu verlangen. Doch nichts von alldem passierte. Er tat sich weiter still an seinem Festmahl gütlich, als ob er die Welt um sich herum völlig vergessen hätte. Noch nie hatte ich etwas Vergleichbares gesehen. Gerne hätte ich ein Foto gemacht, was ihn aber sicher verärgert hätte.

Erst als Carrick beim letzten Burger angelangt war, riss ich mich von dem faszinierenden Anblick los und erinnerte mich an mein eigenes unberührtes Essen.

Ich musste zugeben, dass auch mein Sandwich hervorragend war, und gratulierte Johnny zu seinen Kochkünsten, als er kam, um abzuräumen. Carrick hatte nicht einen einzigen Krümel auf seinen vier Tellern übrig gelassen. Er lehnte sich mit einem zufriedenen Seufzer zurück und legte die Oberarme auf der Rückenlehne seiner Sitzbank ab.

»Wow«, stieß ich hervor. »Einfach nur wow.«

Er sah mich mit einem Ausdruck völliger Verzückung an und winkte ab, als wollte er sagen, dass ich ihm diesen Glücksmoment auf keinen Fall vermiesen würde.

»Ich hatte keine Ahnung, dass Feen so viel essen können.«

»Du weißt allgemein nicht sehr viel über *sìthichean*«, verbesserte er mich.

»Stimmt, und das würde ich gerne ändern.«

Nun war es an ihm, mich aufmerksam zu mustern.

»Ich sehe ein, dass ihr nicht alle kaltblütige Killer seid«, lenkte ich ein. »Obwohl ich heute gelernt habe, dass die gefährlichsten Killer unter euch anscheinend mit Burgern zu ködern sind.«

Er lachte, und diesmal klang es echt.

»Gut aufgepasst.« Er nickte anerkennend. »Aber als Journalistin entgeht dir sicher sowieso nicht viel. Hast du schon immer gewusst, dass du schreiben wolltest?«

Ich sah ihn unsicher an. Wir hatten noch nie über mich oder mein Leben gesprochen, außer im Pub, als sein Interesse nur geheuchelt gewesen war. War dies nur ein Seitenhieb oder ehrliches Interesse?

»Ich … ich schreibe schon, seit ich ganz klein bin. Mein erster Schülerjob war bei der Lokalzeitung meiner Heimatstadt in Kanada. Seitdem wusste ich, dass ich nichts anderes tun wollte.«

Ich wunderte mich über meine Offenheit ihm gegenüber und wartete darauf, dass er sich über mich lustig machen würde.

»Ich sehe, dass du den Dingen gerne auf den Grund gehst«, antwortete er schlicht, ganz ohne Sarkasmus. »Du würdest eine gute Jägerin abgeben.«

Ich verschluckte mich beinahe an meinem Wasser, von dem ich gerade einen Schluck genommen hatte. »Soll das etwa ein Kompliment sein?«

Er stockte und sah mich erstaunt an. »Ähm …«

»Wer hat Lust auf Nachtisch?« Johnny rettete ihn vor einer Antwort. Er war lautlos herangekommen und schreckte uns beide auf.

»Nein danke. Du weißt, ich steh nicht so auf Süßes«, sagte Carrick und hob entschuldigend die Hände.

»Und du hättest sicher auch keinen Platz mehr dafür«, scherzte ich, um den peinlichen Moment zwischen uns zu überbrücken.

»Da kennst du Carrick aber schlecht, Kleines«, lachte Johnny. »Er hat heute vergleichsweise wenig bestellt.«

Ich starrte ihn ungläubig an.

»Kann ich dir denn etwas Gutes tun?«, fragte er zwinkernd. Mir entging nicht, dass er Carrick dabei erneut einen vielsagenden Blick zuwarf, doch der Feenkrieger ging diesmal nicht darauf ein.

»Einen Chocolate Chip Brownie, bitte.«

»Gute Wahl.« Johnny verbeugte sich spielerisch und entfernte sich wieder.

Stille setzte ein.

»Und wolltest du schon immer ein Krieger sein?«, fragte ich Carrick schließlich vorsichtig.

Er zögerte einen Moment. »Es ist keine Wahl«, sagte er dann ernst. »Man wird zum Krieger geboren.«

Ich glaubte zu sehen, wie sich sein Gesicht verdüsterte und mir der neue, umgänglichere Carrick zu entgleiten drohte. Hastig wechselte ich das Thema. »Wie kommt es eigentlich, dass Johnny hier mitten im Nirgendwo ein Diner aufgemacht hat?«

Carrick blinzelte kurz, bevor er antwortete. »Er ist vor langer Zeit auf den Spuren seiner Vorfahren nach Schottland gekommen und hat sich so sehr in Land und Leute verliebt, dass er hiergeblieben ist.«

»Kommt mir irgendwie bekannt vor«, murmelte ich. »Es ist wunderschön hier.«

Er warf mir einen merkwürdigen Blick zu, den ich nicht deuten konnte. »Im Sommer ist hier in den Cairngorms viel los, und Johnny macht ein gutes Geschäft. Selbst im Winter läuft es nicht schlecht für ihn, weil es ein beliebtes Skigebiet nicht weit von hier gibt.«

»Und die Leute wollen wirklich etwas Amerikanisches essen, obwohl sie in Schottland Urlaub machen?«

»Da kennst du amerikanische Touristen aber schlecht. Du glaubst gar nicht, wie sehr die sich nach all dem Haggis freuen, etwas Bekanntes zu essen. Im Sommer halten hier ganze Reisebusse an.«

Ich lachte. So schwer zu glauben war das gar nicht.

Johnny brachte meinen Brownie, und ich bat ihn um die Rechnung.

»Nicht doch. Carrick und seine Gäste bezahlen hier nicht«, erwiderte er ernst.

Ich musterte Carrick misstrauisch. War das irgendein Feentrick? Bestimmt brauchte er nie Geld, weil er alle Menschen ganz einfach mit seinem Feencharme manipulierte. Ich dachte an seinen eleganten Oldtimer, der sicher ein Vermögen wert war. In der Menschenwelt mussten er und die restlichen Fianna ein Leben im Überfluss führen, wenn sie nie für etwas bezahlen mussten und sich die meisten Dinge einfach herbeiwünschen konnten.

Trotzig zückte ich mein Portemonnaie.

»Hast du ihn nicht gehört? Lass gut sein«, knurrte Carrick mit mühsam unterdrücktem Ärger in der Stimme. Ich warf ihm einen bösen Blick zu, und Johnny entfernte sich sofort diskret.

»Ich werde hier nicht rausgehen, bevor wir bezahlt haben. Du hast Unmengen von Essen verschlungen. Das wird ein Loch in Johnnys Kasse reißen. Vor allem jetzt, in der Nebensaison.«

»Du weißt nicht, wovon du sprichst«, knurrte Carrick. »Ich esse seit Jahren hier, ohne zu zahlen.«

Ich schüttelte entschieden den Kopf und öffnete meinen Geldbeutel.

»Pack. Das. Wieder. Ein.« Carrick betonte jedes einzelne Wort wie eine Drohung.

Ich warf einen Blick zu Johnny hinüber, der mit dem Rücken zu uns an der Theke lehnte. Seine Frau war krank, auch wenn ich nicht wusste, was ihr fehlte. Er war ein guter Mann und ein talentierter Koch, den ich für seine Dienste bezahlen wollte. Und ich wusste auch schon, wie ich das anstellen würde, ohne dass Carrick es mitbekam.

»Na schön«, zischte ich zurück und packte mein Geld wieder weg.

Ich entschuldigte mich und ging zur Toilette. Dort zog ich ein paar Pfundscheine aus meinem Geldbeutel und hoffte, dass der Betrag für Carricks Fressorgie und ein Trinkgeld reichen würde.

Ich schloss leise die Toilettentür hinter mir und schlich den schmalen Gang dahinter entlang. An der Wand direkt um die Ecke begann Johnnys Theke, an deren Ende ich das Geld unauffällig platzieren wollte. Ich schob meine Hand um die Ecke und legte das Bündel Scheine darauf ab. Doch ich hielt inne, als ich Carricks und Johnnys gedämpfte Stimmen hörte.

»Das ist für Ruth«, sagte Carrick leise.

Ich spähte um die Ecke und sah gerade noch, wie er Johnny zwei Packungen Medikamente überreichte, die dieser schnell in seiner Hosentasche verschwinden ließ. Ich hatte nicht erkennen können, welche es waren.

»Danke dir, Carrick«, sagte Johnny mit tränenerstickter Stimme. »Was würden wir nur ohne dich tun?«

Er zog ihn in eine Umarmung, die Carrick steif erwiderte. »Nichts zu danken, Johnny. Wie immer.«

Die beiden lösten sich voneinander, und ich räusperte mich, bevor ich betont langsam um die Ecke schlenderte. Beide wirkten verlegen und verabschiedeten sich sogleich voneinander. Auch ich verabschiedete mich von dem Amerikaner und dankte ihm für seine Gastfreundschaft.

Als wir aus der Tür ins Freie traten, war ich tief in Gedanken versunken.

Es war eindeutig, dass Carrick nicht nur hier angehalten hatte, weil er Johnnys Essen so sehr liebte. Er sorgte sich anscheinend wirklich um ihn und seine Frau. Ein neues Puzzleteil erschien vor meinem inneren Auge, doch ich konnte es noch nicht in das Gesamtbild einordnen.

Wer war Carrick wirklich? Heute hatte ich zum ersten Mal eine menschliche Seite an ihm entdeckt. War alles nur Show, oder hasste er die Menschen gar nicht so sehr, wie ich immer gedacht hatte?

Hatte ich ihm unrecht getan? Vielleicht hatten wir beide ein falsches Bild voneinander. Schließlich schienen wir dazu bestimmt zu sein, uns zu hassen – die menschliche Seherin und ihr übernatürlicher Auftragskiller. Ich hatte es allerdings noch nie gemocht, wenn mir jemand vorschreiben wollte, was ich zu fühlen hatte.

»Danke, dass du mich hierhergebracht hast«, sagte ich unvermittelt zu Carrick. Er war gerade dabei, das Auto aufzuschließen, und hielt überrascht inne.

Er sah mich nachdenklich an und nickte dann, bevor er einstieg.

# Kapitel 20

Wir fuhren eine Straße entlang, die sich wie der Schwanz eines schlafenden Drachen um die Berge herumwand. Die meiste Zeit über führte sie an atemberaubenden, steil abfallenden Klippen entlang. Ich hielt nicht selten den Atem an, wenn uns auf der schmalen Fahrbahn ein Auto entgegenkam und wir dem Rand gefährlich nahe kamen. Doch Carrick manövrierte uns sicher durch das Gebirge.

Nachdem ich den Ausblick eine Weile genossen hatte, hielt ich das Schweigen nicht mehr aus. Im Diner hatten wir das erste Mal so etwas wie ein halbwegs zivilisiertes Gespräch geführt, und ich hatte etwas Neues über meinen Begleiter erfahren. Es hatte sich gut angefühlt. Ich wollte nicht, dass es aufhörte, was mich selbst überraschte.

»Also, du stehst auf amerikanisches Fast Food«, begann ich wenig elegant. »Das war wirklich eine Überraschung.«

Ich lächelte ihn an, um ihm zu zeigen, dass ich es nicht als Angriff oder Vorwurf meinte.

»Ja, okay, ich habe eine Schwäche für menschliches Essen, na und?« Er lenkte den Wagen viel zu schnell um eine besonders scharfe Kurve, und ich hielt mich am Sitz fest.

»Und«, bohrte ich vorsichtig weiter, »du hast einen menschlichen Freund.« *Eine weitere große Überraschung.*

Ich wartete gespannt auf seine Reaktion. Er schwieg eine ganze Weile, und ich glaubte schon, dass er nicht antworten würde. »Johnny ist nicht mein Freund«, sagte er dann. »Menschen und *sìthichean* können nicht befreundet sein.«

Mein Kopf ruckte zu ihm herum. Das meinte er doch nicht ernst? »Glaubst du wirklich, dass es unmöglich ist, diesen uralten Konflikt zu beenden oder zumindest die Differenzen beizulegen?«

Er nickte. »Der Hass sitzt zu tief, schon seit Tausenden von Jahren.«

»Ja, auf der Seite der *sìthichean*. Die meisten Menschen wissen doch noch nicht einmal von eurer Existenz. Johnny sieht dich ganz sicher als seinen Freund. Er weiß nicht, dass du eine *sìthiche* bist, oder?«

»Er denkt, ich wäre ein Geschäftsmann, der mit Oldtimern handelt und deshalb ab und zu in der Gegend ist.«

»Und wie lange kennt ihr euch schon?«

»Seit fast zwanzig Jahren.«

»Dann muss ihm doch aufgefallen sein, dass du anders bist. Dass du nicht alterst. Und er hat dich trotzdem gern.«

Carrick schwieg. Es war eindeutig, dass er mir von sich aus nicht mehr verraten würde. Ich musste meine journalistischen Verhörkünste auspacken.

»Es ist ziemlich eindeutig, dass du ihn gernhast«, begann ich vorsichtig. Ich wollte, dass er mir aus eigenem Antrieb von den Medikamenten erzählte, die er Johnny für seine Frau geschenkt hatte.

»Sein Essen«, verbesserte Carrick mich gereizt, »ich habe sein Essen gern.«

Ich hätte beinahe frustriert geschnaubt. »Aber du lebst doch ständig unter den Menschen, oder nicht? Du magst unser Essen, unsere Autos und anscheinend auch unseren Whiskey.« Ich erinnerte mich an den Abend im Pub, als er den teuersten Scotch auf der Karte bestellt hatte. »So schlimm können wir doch gar nicht sein. Wir haben schließlich all das erfunden.«

»Ich beginne gerade zu glauben, dass es eine sehr dumme Idee war, einen gewissen Menschen mit auf diese Reise zu nehmen«, knurrte Carrick ungehalten.

»Und doch hast du es getan«, gab ich betont unbeschwert zurück. »Weil du mich brauchst.«

Doch Carrick hatte keine Lust auf spielerisches Geplänkel. »Ja, das erste und einzige Mal, dass ich je einen Menschen für irgendetwas brauchen werde.«

Ich fühlte mich, als hätte er mir eine Ohrfeige verpasst, und grub meine Finger in den Autositz, um nicht zu explodieren. »Und noch dazu eine *sùla*«, brachte ich mit bebender Stimme hervor, nicht in der Lage, gänzlich zu überspielen, wie gekränkt ich war.

Wir schwiegen eine Weile, doch dann sprudelten meine wütenden Worte nur so aus mir heraus. In meinem Leben war ich oft genug herablassend behandelt worden, meistens wegen meiner ungewöhnlichen Haarfarbe. Andersartigkeit war viel zu vielen Leuten ein Dorn im Auge, was ich noch nie verstanden hatte. Ein weiterer Grund, aus dem ich Journalistin geworden war: Aufklärung. Ich hatte gelernt, mich mit Worten zu wehren und andere davon zu überzeugen, dass Andersartigkeit eine Bereicherung und nichts Beängstigendes war.

»Denk einfach mal darüber nach, dass ich dir und deinesgleichen nie etwas getan habe und es auch nicht vorhabe. Deine Vorurteile gegenüber den Sehern sind völlig veraltet, und wenn du dich nur ein einziges Mal auf einen Menschen einlassen würdest, dann würdest du feststellen, dass wir gar nicht so verschieden sind.«

Carrick öffnete den Mund, doch ich ließ ihn gar nicht erst zu Wort kommen.

»Dein Hass geht auf etwas zurück, das Hunderte von Jahren zurückliegt. Meinst du nicht, dass es an der Zeit ist, deine Meinung zu überdenken? Nein, warte, das war keine Frage. Ich kenne deine Antwort ja schon.«

Er sah mich irritiert von der Seite an, während ich ungerührt fortfuhr.

»Du hast dich selbst in diese Situation gebracht, du sitzt mit einer *sùla* in einem Boot, ob dir das passt oder nicht. Jetzt kannst du mir wenigstens den Respekt entgegenbringen, der mir dafür gebührt, dass ich mich überhaupt dazu bereit erklärt habe, jemandem zu helfen, der meinesgleichen abschlachtet. Hör gefälligst auf, mich von morgens bis abends zu beleidigen. Ja, ich bin ein Mensch. Aber ich bin hier, um dir – einer Fee – zu helfen. Wir haben ein gemeinsames Ziel, also reiß dich zusammen und sei nicht ständig so ein verdammter Arsch! Sonst kann ich es mir auch ganz schnell anders überlegen.«

Carrick blinzelte zweimal, bevor er sich wieder unter Kontrolle hatte. Mit Sicherheit hatte noch kein Mensch je so mit ihm gesprochen. Sicher wollte er mich gerade nur zu gern erdrosseln. Mein Herz klopfte schnell, doch ich ließ mir nichts anmerken. Killer oder nicht, ich hatte genug von seinen Launen.

Carrick räusperte sich. »Du hast recht«, sagte er mit beherrschter Stimme.

»Was?« Mit großen Augen starrte ich ihn an. Ich hätte ihn am liebsten gebeten, das zu wiederholen, wollte mein Glück aber nicht überstrapazieren.

»Ich habe dich ungerecht behandelt«, sprach er stockend weiter. »Es ist … schwer für mich, mit dir zusammen zu sein.«

Ich betrachtete ihn interessiert von der Seite. Auf seinem mühsam beherrschten Gesicht schienen die widersprüchlichsten Gefühle miteinander zu kämpfen.

»Ich kann mein Verhalten nur zum Teil auf meine Ausbildung und Erziehung schieben. Es ist vor allem auf meinen Instinkt zurückzuführen, und der ist angeboren.«

*Der Instinkt, mich zu töten.*

Carrick fuhr sich frustriert durchs Haar. »Ich weiß, wie sich das anhört. Es soll keine Ausrede sein. Ach, verdammt, ich weiß auch nicht. Was ich sagen will, ist, dass du es nicht verdient hast, so von mir behandelt zu werden. Du hast dir in dem Moment meinen

Respekt verdient, als du zugesagt hast, das Horn für uns zu stehlen.«

Für Carricks Verhältnisse kam dies wohl einer Entschuldigung am nächsten. Ich konnte meine Überraschung darüber kaum in Worte fassen.

»Danke«, war alles, was ich hervorbrachte.

Er warf mir einen unergründlichen Blick zu. Die restliche Fahrt über starrte er nur noch eisern auf die Fahrbahn und sagte kein Wort mehr.

# Kapitel 21

Als wir uns endlich der Küste näherten und ich zum ersten Mal einen Blick auf das Meer erhaschte, konnte ich mir ein aufgeregtes Quietschen nicht verkneifen. Carrick verdrehte noch nicht einmal die Augen, seine Mundwinkel zuckten nur leicht.

Wir hielten nicht in dem kleinen Ort namens Stonehaven an, sondern fuhren direkt auf den gut ausgeschilderten Parkplatz von *Dunnottar Castle*. Es wimmelte hier von Touristen, und wir hätten beinahe keinen Platz gefunden, wenn Carrick nicht ein Wunder vollbracht und seinen Oldtimer zwischen einen Audi 50 und einen VW-Campingbus gequetscht hätte.

Ich sprang aus dem Auto, schloss die Augen und atmete tief ein. Die kräftige Brise wehte den wundervoll salzigen Duft der See heran, den ich tief in mich aufsog. Obwohl der Himmel von einer Wolkenschicht bedeckt war, kämpfte sich die Sonne immer wieder hervor und erhellte die umliegenden Getreidefelder hier und dort mit ihren goldenen Strahlen. Wenn ich diese hell erleuchteten Himmelstore betrachtete, aus denen sich das Licht in glitzernden Streifen auf die Erde ergoss, konnte ich mir gut vorstellen, wie die Menschen vor Tausenden von Jahren an Götter geglaubt hatten, die dort oben in ihrem Himmelreich lebten. Wie sonst hätten sie sich solche Wunder erklären sollen? Ich dachte daran, dass sie einst die Feen als Götter verehrt hatten. Auch das schien mir ganz und gar nicht abwegig, als mein Blick zu Carrick wanderte, dessen Gesicht zwar im Schatten der Wolke direkt über uns lag, aber auf seine ganz eigene Weise von innen heraus strahlte. Einmal mehr fiel mir auf, wie offensichtlich es war, dass er kein Mensch war.

Sein Blick schoss zu mir, und ich wandte mich ertappt ab.

»Das Schloss liegt in dieser Richtung«, erklärte er unbeschwert, als hätte ich ihn nicht gerade offen angestarrt. Er zeigte auf einen Kiespfad, der sich hinter dem Parkplatz durch die Felder schlängelte. »Solange alles voller Touristen ist, werden wir aber nichts ausrichten, geschweige denn etwas stehlen können. Ich würde sagen, dass du den Nachmittag nutzt, um dich mit dem Gelände vertraut zu machen. Du kannst die Ruinen erkunden und wirst vielleicht sogar spüren, wo das Horn versteckt ist. In der Nacht kommen wir zurück, und du kannst es im Schutz der Dunkelheit stehlen.«

Ich warf ihm einen skeptischen Blick zu. »Ich soll ein uraltes Horn *spüren* können?«

»Natürlich.« Er nickte, als wäre dies das Normalste auf der Welt. »Du bist eine Keith, also eng mit diesem Ort verbunden.«

»Und woher weiß ich, wenn das Horn in der Nähe ist?«

»Die Zauber, die deine Vorfahren über diesen Ort sprachen, müssten zu deinem Blut singen. Du wirst es als ein Ziehen in der Brust oder der Magengegend wahrnehmen, als wenn dich etwas ruft, dich zu sich zieht.«

Ich runzelte zweifelnd die Stirn. Obwohl ich in Alba viele unerklärliche Dinge erlebt hatte, glaubte ich immer noch nicht recht, dass ich wirklich ein Teil von alldem war. *Sùla* oder nicht, ich war immer noch *nur* ein Mensch, und wir befanden uns nicht mehr in Alba.

»Ich werde hier auf dich warten«, fuhr Carrick fort. »Wegen der Schutzzauber werde ich das Schlossgelände nicht betreten können, ohne dass ich in Flammen aufgehe oder so was.« Er lachte angesichts meines erschrockenen Gesichtsausdrucks. »Clan Keith hat uns *sìthichean* wirklich immer besonders verabscheut. Ich kann ihnen nicht verdenken, dass sie sich vor uns schützen wollten. Ich selbst habe ein paar bedeutende Keith-Erben auf dem Gewissen.«

Seine Augen funkelten boshaft, und ich strafte ihn mit einem vernichtenden Blick. »Du musst mich wirklich nicht bei jeder sich bietenden Gelegenheit an deine blutrünstige Natur erinnern.«

Er zwinkerte mir verschwörerisch zu. »Wo bliebe sonst der ganze Spaß?«

Ich verdrehte die Augen.

»Also, *sùla*«, er betonte das Wort besonders genüsslich, »denkst du, du schaffst es bis zur Schlossruine und zurück, ohne dich in Gefahr zu bringen?«

»Was soll das denn heißen?« Ich beäugte den Pfad misstrauisch, der zum Schloss zu führen schien. »Ist der Weg etwa gefährlich oder so?«

Carrick biss sich auf die Lippe, um nicht zu lachen. »Ich meine ja nur, dass du von der Gefahr angezogen wirst wie die Banshee von einem blutigen Schlachtfeld.« Er begann, an den Fingern abzuzählen. »Die *Grannagh*, die Trolle, ich, Nairn …«

»Nairn hat nie eine Gefahr für mich dargestellt«, unterbrach ich ihn scharf.

Er zuckte die Achseln. »Wenn du meinst.«

Unwillkürlich musste ich an den eisernen Stern an Nairns Zopf denken, wie er blitzend durch die Luft schoss und sich in *Grannagh*-Fleisch bohrte. Doch das Furcht einflößende Bild der Kriegerin wurde schnell von der lächelnden Kameradin abgelöst, die neben mir am Feuer saß und mir ihre Welt erklärte.

Mir kam ein Gedanke. Ich grinste boshaft und schlug mir in gespielter Überraschung gegen die Stirn. »Das ist es also!«

Carrick sah mich misstrauisch an. Ich schlenderte betont langsam zu ihm herüber. Er sah aus, als würde er am liebsten vor mir zurückweichen, ganz der Feenkrieger, der einen Angriff voraussieht. Als ich dicht vor ihm stand, legte ich in einer ergriffenen Geste eine Hand auf mein Herz.

»Du machst dir Sorgen um mich«, hauchte ich. »Aber das wäre doch nicht nötig gewesen, oh tapferer Feenkrieger.«

Ich sah ihm mit schmachtendem Blick tief in die Augen, bis ich nicht länger an mich halten konnte und laut losprustete.

Carrick hob eine Augenbraue, während ich mich vor Lachen krümmte. Er wartete wortlos mit verschränkten Armen, bis ich mich wieder gefangen hatte.

»Bist du endlich fertig?«

Ich wischte mir eine Lachträne aus dem Augenwinkel. Nun war es an mir, ihm schelmisch zuzuzwinkern.

»Wird schon schiefgehen«, versicherte ich ihm, noch immer grinsend. Dann fuhr ich herum und öffnete die Autotür, um meinen Rucksack herauszunehmen. Ich schulterte ihn und wandte mich zum Gehen.

»Bis später dann«, rief ich Carrick über die Schulter zu. Er stieß ein frustriertes Seufzen aus.

»Pass einfach auf dich auf«, rief er mir zähneknirschend hinterher. Ich hoffte, dass er das Lächeln nicht sehen konnte, das sich daraufhin auf meinem Gesicht ausbreitete.

Ich schmunzelte immer noch vor mich hin, als ich schon ein gutes Stück des Weges zurückgelegt hatte. Rechts und links von mir erstreckten sich Getreidefelder, so weit das Auge reichte.

Die kleinen gelben Pflänzchen hatten gerade erst zu wachsen begonnen, und der starke Wind riss unbarmherzig an ihnen. Ich schlug den Kragen meiner Jacke hoch und setzte meine Mütze auf. Der Frühling hatte es hier an der rauen Küste sicher noch schwerer als im Inland.

Als ich den Blick von den Feldern hob, sah ich sie.

Die Schlossruine thronte auf einer felsigen, zerklüfteten Landzunge, die mitten im Meer zu stehen schien. Die See war heute aufgewühlt und schimmerte mal blaugrau, mal grünlich – die perfekte Kulisse für das mystisch anmutende Schloss.

Seine uralten, fleckigen Steinmauern waren teilweise noch so gut intakt, dass sie von Weitem ganze Gebäude erahnen ließen. An anderen Stellen waren sie eingestürzt, sodass hier und da bizarr geformte, gezackte Steingebilde wie Reißzähne im Maul eines Monsters in die Höhe ragten. 

Scharen von Möwen kreisten über den Ruinen und stießen dann und wann schrille Schreie aus. Ich konnte nicht anders, als meine Kamera zu zücken und ein paar Fotos zu schießen.

Erst im Näherkommen erkannte ich, dass es tatsächlich eine Verbindung vom Festland zum Felsen im Meer gab. Ein schmaler Pfad mit vielen Treppenstufen wand sich hinauf. Es gab nur diesen einen Weg, das Schloss zu erreichen. Was für ein strategisch ausgefeilter Ort für den Hauptsitz eines Clans. Stolz wallte in meiner Brust darüber auf, eine Nachfahrin der Keiths zu sein, die hier einst gelebt hatten.

Während ich mich dem Schloss langsam näherte, nahm ich mir Zeit, die malerische Landschaft zu bewundern, die auch hier wieder mit leuchtend gelben Ginsterbüschen gesprenkelt war. Die Touristen, die mir entgegenkamen, grüßten mich freundlich. Ich musste zugeben, dass es sich gut anfühlte, wieder unter Menschen, unter meinesgleichen zu sein.

Der Pfad ging bald in eine steil nach unten führende Treppe über. Am Fuß der Treppe angekommen, führte eine weitere Treppe den steilen Felsen hinauf, auf dem das Schloss thronte. Rechts und links daneben erstreckten sich Strände mit grauschwarzem Sand und interessanten Felsformationen, an denen sich die Wellen brachen. Vielleicht würde ich später noch Zeit haben, sie zu erkunden.

Doch jetzt konnte ich es erst einmal kaum erwarten, einen Fuß in die Ruinen von *Dunnottar Castle* zu setzen und hoffentlich eine Verbindung zu meinen Vorfahren zu spüren. Ich beschleunigte meine Schritte und machte mich an den Aufstieg.

Als ich keuchend oben ankam, musste ich noch durch eine Art steinernen Tunnel gehen, dessen unebene Wände eine solche Kälte ausstrahlten, dass ich fröstelte. Es war der einzige Eingang zu dem gut befestigten Schloss.

Ich blinzelte, als ich wieder ins Freie trat. Die Sonne lugte hinter den Wolken hervor und kitzelte meine Nasenspitze. Ich war überrascht zu sehen, wie groß das gesamte Areal war, das nun von einzelnen Sonnenstrahlen erhellt wurde.

Mehrere Gebäude, die ganz unterschiedlich gut erhalten waren, standen auf einer penibel gepflegten Rasenfläche beisammen. Zunächst konnte ich von meinem Platz am Eingang aus keinen Sinn hinter dem Aufbau der weitläufigen Anlage erkennen. Dann entdeckte ich beschriftete Tafeln, die den Besuchern halfen, ihren Weg durch die verschiedenen Gebäudekomplexe zu finden. Ich beschloss, zunächst den Tafeln zu folgen, um mir einen Überblick zu verschaffen.

Ich hob den Fuß und machte einen Schritt in die Vergangenheit.

# Kapitel 22

»Vom 14. Jahrhundert bis ins 19. Jahrhundert hinein war *Dunnottar Castle* das Heim der Keiths, einer der mächtigsten Familien Schottlands«, las ich leise von der Infotafel.

Ich verschlang die geschichtlichen Fakten und lustigen Anekdoten über die Keiths förmlich, die hier viele Jahrhunderte lang gelebt und sogar Königinnen und Könige empfangen hatten. Was einst eine mittelalterliche Festung gewesen war, war unter ihrer Herrschaft zu einem heimeligen Schloss umgebaut worden.

Ich wandelte durch halb eingestürzte Gebäude ebenso wie Räume, deren hohe Steinwände noch so gut intakt waren, dass ich mir vorstellen konnte, wie eine Schar Kinder lachend durch die Hallen lief oder ein nachdenklich dreinblickender Earl an seinem Schreibtisch am Fenster saß und auf die Nordsee hinaussah. Die Vergangenheit schien um mich herum lebendig zu werden.

Ich vergaß die Zeit und all die Touristen um mich herum und wandelte auf den Spuren meiner Vorfahren. Auf eigenartige Weise spürte ich die Vertrautheit dieses Ortes und eine gewisse Verbundenheit zu den Menschen, die vor so langer Zeit hier gelebt hatten. Doch ich wartete vergeblich auf ein stärkeres Gefühl, ein Ziehen oder Drängen, das mich zum Horn führen würde.

Es würde zu meinem Keith-Blut singen, hatte Carrick gesagt, aber ich spürte nur, wie der Wind an meinen Haaren riss, das Meersalz auf meinen trockenen Lippen brannte und die Sonne mein Gesicht wärmte, wenn sie sich denn zeigte.

Als ich schließlich das gesamte Gelände erkundet und viele Fotos gemacht hatte, wusste ich nicht, wo ich noch suchen sollte. Ich sah mich unschlüssig um und näherte mich dann einer fensterartigen Öffnung in der Steinwand zu meiner Rechten. Dort nahm ich den Rucksack vom Rücken, holte meine Wasserflasche heraus und trank.

Ein Blick zum Himmel zeigte mir, dass es bald Zeit zu gehen war. Die Sonne stand schon tief, und ich hatte gelesen, dass das Schloss für Besucher nur bis halb fünf geöffnet war.

Doch der Gedanke an Carricks tadelnden Gesichtsausdruck, wenn ich erfolglos zurückkommen würde, machte es mir unmöglich, jetzt schon aufzugeben. Wenn ich an die kommende Nacht dachte, wenn ich mich ganz allein im Dunkeln hierherwagen müsste, um das Horn zu stehlen, kribbelte es unangenehm in meinem Magen. Ich wollte wenigstens eine ungefähre Ahnung haben, wo sich das Horn befand, bevor ich hier im Dunkeln herumstolperte.

Ich verstaute meine Flasche seufzend wieder im Rucksack und drehte mich zum Fenster um. Es hatte keinen Rahmen und keine Scheiben, war nur eine schmale, hohe Öffnung im Gestein. Ich legte eine Hand auf den weiß gefleckten, sonnenbeschienenen Stein. Er fühlte sich warm und überraschend glatt an.

Ich beugte mich vor und sah durch das Fenster hinaus auf die unruhige See. Die Sonne schien an einigen Stellen durch die Wolkendecke, und die Wasseroberfläche funkelte wie tausend Diamanten, wo ihre Strahlen auf sie trafen. Wenn ich mich weiter hinauslehnte, sah ich gar nicht weit entfernt eine weitere Landzunge, die sich hinaus ins Meer zog. Die Wellen brachen sich schäumend an den Felsen, und Gischt spritzte hoch auf. Ich bekam eine Gänsehaut angesichts dieser brutalen Naturgewalt.

Das Meer – Wasser allgemein – hatte schon immer eine besondere Faszination auf mich ausgeübt. Der Gedanke brachte mich nun zum Schmunzeln, denn seit meiner Spiegelreise nach Alba wusste ich nun auch endlich, warum. Das Spiegelreisen lag mir im Blut, und deshalb hatten mich Wasseroberflächen mein Leben lang angelockt. Leider war ich bisher taub für ihren Ruf gewesen.

Ich fragte mich, warum man wohl nicht durch bewegte Oberflächen wie die des Meeres oder eines Flusses reisen konnte, und nahm mir vor, Carrick so bald wie möglich weitere Fragen über das Spiegelreisen zu stellen.

Beim Gedanken an Carrick, der sicher ungeduldig auf mich wartete, entwich mir ein Seufzer. Es half ja doch nichts, ich musste zurück, um ihm Bericht zu erstatten.

Ich drehte mich um und machte mich widerwillig auf den Weg in Richtung Ausgang. Dabei kam ich wieder am Tower House vorbei, dem höchsten Gebäude, dessen Steinwände noch bemerkenswert gut intakt waren und steil in die Höhe ragten. Es war im 14. Jahrhundert eine Art befestigter Wohnturm gewesen, in dem die Keiths lebten, wie mir die Infotafeln verraten hatten. Ich hatte es bis jetzt nur von außen betrachtet.

Als ich nun dicht daran vorbeiging, spürte ich ein leichtes Ziehen im Magen. Ich blieb abrupt stehen und starrte in Richtung eines der leeren Fenster, die von hier aus wie schwarze Löcher aussahen. Sie schienen in ein düsteres Nirgendwo zu führen.

Mich fröstelte, und ich zog meine Jacke fester um mich. Langsam machte ich ein paar Schritte auf das Gebäude zu.

Als ich eine Hand ausstreckte, um sie auf die Hauswand zu legen, begann meine Haut, leicht zu kribbeln. Doch bevor ich den Stein berühren konnte, schreckte mich eine Stimme auf. »Entschuldigen Sie, Miss. Ich muss Sie bitten zu gehen. Wir schließen in wenigen Minuten.«

Ich fluchte innerlich, drehte mich aber zu dem bärtigen Mann hinter mir um, nickte und schenkte ihm ein gezwungenes Lächeln. Wenn er mich doch nur eine Sekunde allein lassen würde, könnte ich noch schnell einen Blick in den Turm werfen und wäre zurück, bevor er es bemerkte. Doch der beleibte Mann rührte sich nicht vom Fleck, sah mich nur ungeduldig an und deutete mit dem Kopf in Richtung des Torhauses, vor dem sich die letzten Touristen drängten, um das Schlossgelände durch den Tunnel zu verlassen.

Ich seufzte resigniert und folgte ihm, allerdings nicht, ohne noch einen neugierigen Blick zurück zum Tower House zu werfen.

»Bis heute Nacht«, flüsterte ich dem Turm zu, dessen Sog ich weiterhin in meiner Magengegend spürte, und hätte fast eine Antwort erwartet. Natürlich blieb alles still.

# Kapitel 23

Als ich nach einem langen Weg durch die Felder auf den sich leerenden Parkplatz trat, verfolgte ich, wie der Mann vor mir eine Tageszeitung in einen Papierkorb am Wegrand warf. Ich blieb abrupt stehen.

Ich war so lange mit übernatürlichen Problemen beschäftigt gewesen, dass ich die aktuellen Geschehnisse in Schottland und der Welt sträflich vernachlässigt hatte. Das war für eine Journalistin unverzeihlich. Ein kurzer Blick in die Zeitung könnte nicht schaden. Wir mussten sowieso warten, bis es dunkel wurde, und mit der Lektüre würde ich mir die Zeit vertreiben können. Carrick war nicht gerade eine gesprächige Fee, auch wenn er sich mir an diesem Nachmittag im Auto zum ersten Mal geöffnet hatte.

Ich griff in den Mülleimer und fischte die leicht zerknitterte Zeitung heraus. Ich hatte Glück, denn das Datum war von heute. Sofort wurde mein Blick von der riesigen Schlagzeile angezogen, die ein gutes Drittel der Titelseite einnahm: *Zwölf Touristen verschwinden spurlos in den Highlands – Neueste Entwicklungen.*

Ich schluckte und strich die Titelseite glatt. War es möglich …? Hastig überflog ich den Artikel, und meine Knie wurden weich.

*Inverness. Das Verschwinden einer englischen Touristengruppe vor knapp einer Woche in den östlichen Highlands gab der örtlichen Polizei zunächst Rätsel auf. Man fand keine Hinweise auf das Verbleiben der zwölfköpfigen Gruppe und begann eine großflächige Suche auf der gesamten Black Isle, wo die Touristen zuletzt gesehen wurden. Am Morgen des 17. März konnte die Polizei nun erste Aussagen machen. In der Nähe der hohen Felsen beim Fjord von Cromarty wurden in der Nacht auf Samstag einzelne Leichenteile gefunden. Diese sind teilweise so stark entstellt, dass es einige Zeit dauern wird, sie zu identifizieren. Aufgrund der Anzahl der gefundenen Körperteile geht die Polizei davon aus, dass es Überreste von min-*

*destens zehn verschiedenen Personen sind. Somit liegt die Vermutung nahe, dass es sich um die vermisste Reisegruppe handelt, die aus England stammt und seit einer Woche ohne Führer in den Highlands unterwegs gewesen sein soll. Ihr Verschwinden reiht sich in die Liste der Vermisstenfälle ein, die sich seit einigen Monaten in den Highlands häufen. Die Polizei kann noch nicht mit Sicherheit sagen, ob es eine Verbindung zwischen den verschiedenen Vermisstenfällen und dem aktuellen grausamen Verbrechen gibt.*

Ich brach den Artikel ab, als alles vor meinen Augen verschwamm. Goll! Er hatte wieder zugeschlagen. Es musste sich um ihn und seinen Clan handeln.

Carrick hatte davon gesprochen, dass Clan Morna schon seit einigen Monaten sein Unwesen in den Highlands trieb. Auch ich war bei der Recherche vor meiner Abreise auf ein paar Vermisstenmeldungen in den schottischen Lokalzeitungen gestoßen. Da diese Fälle aber nichts mit den politischen Unruhen, über die ich berichten wollte, zu tun zu haben schienen, hatte ich mich nicht weiter damit beschäftigt. Ich hatte ja keine Ahnung gehabt, dass es sich um das Werk von Feen handelte und dass bald nicht mehr nur Touristen in den Highlands, sondern das ganze Land in Gefahr sein könnte.

Ich ging noch einmal die Fakten im Kopf durch, schockiert davon, wie grausam Goll und seine Männer vorgingen. Entstellte, verstreute Leichenteile, zwölf Personen auf einmal …

In meinen Ohren rauschte es, mein flackernder Blick zuckte zwischen den an mir vorbeieilenden Touristen hin und her. Sie alle waren in Gefahr. *Wir* waren in Gefahr, verbesserte ich mich. Ich war eine von ihnen. Wer würde wohl Golls nächstes Opfer sein?

Carrick sah schon von Weitem, dass etwas nicht stimmte, als ich mit großen Schritten zurück zum Wagen eilte. Er lehnte lässig dagegen und gab sich alle Mühe, wie ein gelangweilter Tourist auszusehen. Vergeblich. Angesichts meiner Miene stieß er sich sofort ab und kam mir mit besorgtem Blick entgegen.

»Was ist los?« Er packte mich am Ellbogen und zog mich um das Auto herum, sodass wir vor den neugierigen Blicken der Menschen geschützt waren.

»Das ist los!« Ich schleuderte ihm die Zeitung entgegen.

Er fing sie auf, bevor die einzelnen Seiten herausfallen konnten, und strafte mich mit einem entnervten Blick.

»Immer dieses Drama«, grummelte er.

Doch dann hielt er ebenfalls inne, als sein Blick auf die Schlagzeile fiel.

»Du hast mir nicht gesagt, wie schlimm es ist«, warf ich ihm vor. »Zwölf Personen auf einmal? Verstümmelte Leichenteile?«

*Auf was hab ich mich da nur eingelassen?*

»Das habe ich«, sagte Carrick mit gefährlich ruhiger, gefasster Stimme. »Du hast mir bloß nicht glauben wollen. Du hast nur das gehört, was du hören wolltest. Dachtest du, das hier wäre nur ein harmloser Ausflug zu einem Schloss in den schottischen Highlands? Ein einmaliges touristisches Erlebnis, bei dem du ein wenig in die Welt der *Feen* eintauchen und deinen Horizont erweitern kannst? Oder siehst du es vielleicht als Recherche für deinen nächsten Artikel? Ich sehe schon die Schlagzeile in einem Reisemagazin vor mir: *Eine mystische Reise nach Alba – Schottland, wie Sie es garantiert noch nie gesehen haben* von Catriona Keith.«

Seine Stimme troff vor Sarkasmus. In seinen dunklen Augen tanzte eine kalte, wütende Flamme. Also hatte er meine Notizen während der Fahrt gelesen. Doch ich hatte keine Zeit, mich darüber zu ärgern oder dafür zu rechtfertigen.

»Ich habe das völlig unterschätzt«, meine Stimme klang zu hoch, zu piepsig, geradezu panisch. »Das ist zu groß für mich, ich kann das nicht. Was soll ich – ein *Mensch* – gegen so eine grausame Truppe von Feenkriegern ausrichten? Ich …«

Mein Herz klopfte immer schneller, schmerzhaft schnell. Schon wieder drehte sich alles.

»Sch, sch. Sieh mich an.« Plötzlich stand Carrick direkt vor mir. Kühle Finger legten sich um meine zitternden Handgelenke. »Ein- und ausatmen«, murmelte er mit ungewohnt sanfter Stimme.

Ich blinzelte die Tränen fort, die sich in meinen Wimpern verfangen hatten, und konzentrierte mich ganz auf sein Gesicht. Seine schwarzen Augen bohrten sich in meine, sein intensiver Blick verankerte mich im Hier und Jetzt.

Zum ersten Mal fiel mir auf, dass seine Augen gar nicht schwarz waren. Sie waren von einem so dunklen Braun, dass sie beinahe schwarz wirkten. Ich konnte den Blick nicht von seinem Gesicht abwenden. Eine Brise fuhr durch sein Haar, sodass ihm eine Locke in die Stirn fiel. Er schien es gar nicht zu bemerken, hielt mich noch immer mit seinem eindringlichen Blick gefangen. Diesmal fühlte es sich ganz anders an als im Pub, als seine Schönheit mich auf unnatürliche Weise gegen meinen Willen angezogen hatte, sosehr ich mich auch dagegen gewehrt hatte. Diesmal hatte ich das Gefühl, ihn zum ersten Mal so zu sehen, wie er wirklich war, ohne Tricks und Feenzauber. Schön, aber nicht überirdisch, intensiv, aber nicht entwaffnend. Einfach Carrick.

»Atmen nicht vergessen«, gluckste er auf einmal.

Ich blinzelte erschrocken und verschluckte mich an meinem nächsten Atemzug. Ich begann zu husten, und er ließ meine Handgelenke los. Ich drehte mich von ihm weg und versuchte röchelnd zu atmen. Er reichte mir wortlos eine Wasserflasche. Wo kam die jetzt schon wieder her?

Meine Wangen brannten, als ich mich wieder so weit beruhigt hatte, dass ich etwas trinken konnte.

»Danke«, murmelte ich, nachdem ich die Flasche wieder abgesetzt hatte. »Das … hat wirklich geholfen.«

Er fuhr sich durchs Haar, schob damit die Locke von seiner Stirn.

Zurück blieb ein Stirnrunzeln. »Hast du wirklich deine Meinung geändert? Willst du, dass ich dich zurückbringe?« 

Ich stockte, kannte die Antwort auf seine Frage selbst nicht. Langsam ließ ich meinen Blick über die Touristenscharen schweifen, die Familien mit Kindern, Pärchen im Rentenalter, ganze Busladungen von mit Fotoapparaten und Reiseführern bewaffneten, lächelnden Menschen. Sie alle waren in Gefahr. Und ich würde sie retten können, indem ich nur einen winzigen Beitrag leistete. Ich musste ein einziges Artefakt aus einer Schlossruine bergen. Wie schwer konnte das schon sein?

Ich dachte an den Turm und das Kribbeln, das ich in seiner Nähe gespürt hatte. Das *Dord Fiann* musste sich dort befinden.

Plötzlich schämte ich mich für meine Panikattacke. Wenn so viele Menschenleben auf dem Spiel standen, wäre diese Aufgabe nur ein kleines Opfer, das zu bringen ich gewillt war. Danach wäre ich raus, würde meiner Wege gehen und wissen, dass ich meinen Beitrag geleistet hatte. Nur noch eine weitere Nacht.

»Nein.« Ich schüttelte den Kopf. »Du kannst weiterhin auf mich zählen.«

Er sah mich mit einem merkwürdigen Funkeln in den Augen an. War das Anerkennung? Stolz? Es war das erste Mal, dass er mich so ansah – ohne Abscheu, Wut oder Belustigung.

»Wir bringen das heute Nacht über die Bühne, und dann bringe ich dich in Sicherheit«, versicherte er mir. »Jetzt erzähl mir aber erst mal, was du im Schloss herausgefunden hast.«

# Kapitel 24

Wir verbrachten den Abend in einem Café in Stonehaven. Ich versuchte, mich von meiner Nervosität abzulenken, indem ich die Zeitung las, die ich aus dem Müll gefischt hatte, und einen Kräutertee nach dem anderen trank. Carrick starrte die meiste Zeit über brütend vor sich hin und verfolgte den langsamen Verlauf der untergehenden Sonne durch die Fensterscheibe. Wir sprachen kaum, gingen nur mehrmals unseren Plan durch.

Als das Café schließlich zumachte und es draußen vollständig dunkel geworden war, führte Carrick mich zurück zum Schloss.

Es war nicht einfach, den Felsen zu erklimmen, ohne die Treppen und den unterirdischen Tunneleingang zu benutzen. Natürlich hatte Clan Keith die Befestigungsanlage so gebaut, dass Eindringlingen keine Wahl blieb, als den mit Schießscharten durchzogenen Tunnel zu durchqueren. Die Festung war praktisch uneinnehmbar. Sie hatten nur nicht mit einem ausgebildeten Feenkrieger gerechnet.

Carrick bahnte uns mühelos einen Weg den steil abfallenden Felsen hinauf. Während er mich über raue Felsformationen und windgepeitschte Gräser führte und mich immer wieder über breite Risse und Kluften im rötlichen Sandstein hinwegheben musste, starrte ich ängstlich in die Schwärze unter uns. Dort war nichts als Dunkelheit, doch das laute Krachen der Wellen gegen den Felsen dröhnte in meinen Ohren lauter als mein eigener donnernder Herzschlag. Mein einziger Trost war, dass Carrick anscheinend im Dunkeln sehen konnte, denn er führte mich so sicher, als befänden wir uns auf einem eigens dafür angelegten Pfad im hellen Sonnenschein.

Zum Glück hatte ich in New York geistesgegenwärtig eine Taschenlampe in meinen Koffer gepackt, die ich nun fest umklammert hielt. Doch Carrick erlaubte mir nicht, sie einzuschalten, bevor ich im Inneren des Tower House sein würde. Natürlich wäre das Licht vom Felsplateau aus weithin sichtbar, und wir konnten es uns nicht erlauben, von der Polizei aufgegriffen zu werden, während da draußen doch ganz andere Gefahren lauerten.

Die ganze Zeit über fragte ich mich, wann Carrick aufgrund der Schutzzauber wohl in Flammen aufgehen würde. Doch er hob mich sogar noch über eine niedrige Mauer, hinter der meine Füße endlich auf ebenen Boden trafen. Dabei zischte er leise. In der Dunkelheit erkannte ich, wie er schmerzverzerrt das Gesicht verzog und seine Arme hastig zurückriss. Die Mauer musste die Grenze bilden, die Feen nicht überschreiten konnten.

»Ich gehe keinen Schritt weiter«, verkündete Carrick. »Du bist von hier an auf dich allein gestellt. Wenn du das Horn hast, komm hierher zurück und pfeif dreimal. Ich komme dann und führe dich nach unten.« Genau, wie wir es verabredet hatten.

Natürlich hörte ich nicht auf ihn und schaltete meine Taschenlampe ein, sobald ich sicher war, dass er sich weit genug entfernt hatte. Ich hatte nicht vor, mir auf der Suche nach dem *Dord Fiann* alle Knochen zu brechen.

So stapfte ich nun allein durch die Ruinen von *Dunnottar Castle*. Es war stockfinster. Der Weg wurde nur unmittelbar vor mir vom schmalen Lichtkegel meiner Taschenlampe erhellt. Ich stolperte über etwas und wäre beinahe gefallen. Innerlich verfluchte ich Carrick für seine Idee, im Dunkeln zum Schloss zurückzukehren.

Ein gespenstisch weißer Nebel war vom Meer aufgestiegen und hatte sich über alles gelegt. Feine Tröpfchen hatten sich in meinem Haar und auf meiner Kleidung gebildet.

Ich strich mir die feuchten Haare aus dem Gesicht und tastete mich weiter vor. Rechts und links ragten Ruinen vor mir aus dem Nebel auf, die ich nur als dunkle Schemen vor dem sternenlosen Himmel ausmachen konnte. Ich glaubte, ungefähr zu wissen, wo ich mich befand. Nicht mehr weit bis zu meinem Ziel, dem Tower House. Mein nachmittäglicher Streifzug über das Gelände zahlte sich nun aus.

Schon wuchs die düstere Silhouette des Turms vor mir in die Höhe. Die in sich zusammengefallenen Wände der oberen Stockwerke ragten bedrohlich in den Nachthimmel auf wie die Finger eines Ertrinkenden, die sich ein letztes Mal flehend aus den Fluten nach oben recken.

Ich hatte gelesen, dass das Gebäude ursprünglich drei Stockwerke gehabt hatte. Ohne Zweifel ein imposanter Bau für das 14. Jahrhundert. Heute konnte man nur noch den Keller und den ersten Stock besichtigen. Darauf würde sich meine Suche beschränken. Ich beschleunigte meine Schritte, stolperte jedoch sofort wieder und fluchte leise.

Noch bevor ich einen Fuß durch den düster klaffenden Eingang des Gebäudes setzte, spürte ich wieder dieses Ziehen im Magen. Ich atmete einmal tief durch, leuchtete mit der Taschenlampe in die Türöffnung und trat dann mit einem schwungvollen Schritt ein. Sofort verwandelte sich das Ziehen in ein Kribbeln.

Ich stockte. Dieses Gefühl war mir seltsam vertraut. Das aufdringliche Kribbeln hatte ich als Kind oft an bestimmten Stellen im Haus meiner Großmutter gespürt. Es war ein starkes, wenn auch angenehmes Bauchgefühl, vergleichbar mit einer Mischung aus Vorfreude und Angst vor dem Unbekannten, wie etwa kurz bevor man sich zum ersten Mal auf den Schoß des Weihnachtsmannes setzte oder zum ersten Mal das neu gelernte Klavierstück auf einer großen Bühne zum Besten gab.

Während ich die Taschenlampe hob und mich langsam im Kreis drehte, um mich umzusehen, versuchte ich, mich daran zu erinnern, wann genau mich dieses Gefühl in der Vergangenheit immer überkommen hatte.

Ich wurde jedoch schnell von meiner Umgebung abgelenkt,

denn mir stockte der Atem angesichts dieser Kulisse, die einem Gruselfilm entsprungen zu sein schien.

Ich befand mich in einer hohen, leeren Halle ohne Dach, deren moosbewachsene Wände steil in die Höhe ragten. Nebelschwaden zogen durch den Strahl meiner Taschenlampe. Wenn ich aufsah, konnte ich erkennen, wo früher der nächste Stock begonnen haben musste. Hoch oben gab es Aushöhlungen im Gestein, die wie Zimmer aussahen, und Fenster, die über meinem Kopf in die Mauern eingelassen waren.

Als ich einen Schritt zurücktrat, platschte es, und mir entwich ein leiser Schrei, der gespenstisch von den Steinwänden widerhallte. Feuchtigkeit drang in meinen Schuh, und ich zog meinen Fuß hastig zurück. Als ich herumfuhr, erkannte ich, dass ich in eine Pfütze getreten war. In einer Vertiefung im unebenen Boden musste sich Regenwasser gesammelt haben. Das Licht meiner Taschenlampe tanzte über das schwarze Wasser, auf dessen Oberfläche sich kleine Wellen ausbreiteten, wo ich hineingetreten war.

Ich straffte die Schultern und atmete tief durch.

»Reiß dich zusammen, Keith«, murmelte ich angespannt. »So schwer kann es doch nicht sein, ein dämliches Horn zu finden.«

Doch ich musste zugeben, dass ich keine Ahnung hatte, wo ich mit meiner Suche beginnen sollte. Die Fläche des Tower House war zwar überschaubar, doch ich fragte mich, auf welche Weise meine Vorfahren das Horn wohl mit Zaubern geschützt hatten. Sicher war das *Dord Fiann* mit bloßem Auge nicht zu sehen, sonst wäre es längst von Touristen oder Archäologen entdeckt worden. Carrick hatte mir erklärt, dass ich es womöglich herbeirufen müsste. Bei dem Gedanken hätte ich am liebsten laut gelacht. Ich würde nicht in einer uralten Ruine stehen und nach einem Horn rufen wie eine Idiotin. Es musste einen anderen Weg geben.

Mit klammen Fingern und einem nassen Fuß machte ich mich daran, die Wände eingehend zu begutachten und abzutasten. Dabei ließ ich mich ganz von dem Kribbeln in meinem Bauch leiten. Sicher würde es stärker werden, wenn ich mich dem Horn näherte.

Als ich den ersten Stock abgearbeitet hatte, blieb nur noch der Keller. Bei dem Gedanken, in die Dunkelheit hinabzusteigen und keinen freien Himmel mehr über meinem Kopf, geschweige denn einen Fluchtweg zu haben, schlug mein Herz schneller. Als ich einen Fuß auf die unebenen Treppenstufen setzte, kam mir eine Grabeskälte von unten entgegen. Alle Härchen an meinem Rücken stellten sich auf, und ich schlug schaudernd meinen Kragen hoch.

Es roch feucht und modrig. Ich vermied es, mich an der Wand festzuhalten, die mit feuchtem Moos und wer weiß, was sonst noch bedeckt war. Während ich vorsichtig einen Fuß vor den anderen setzte und immer weiter hinabstieg, versuchte ich, nicht zu atmen.

Doch auch der Keller war enttäuschend leer, nur ein niedriges Gewölbe. Sogar das Kribbeln war hier unten weniger stark.

Nachdem ich ihn ein paarmal durchquert hatte, wandte ich mich frustriert seufzend um, um mich wieder an den Aufstieg zu machen. Da sah ich im Augenwinkel etwas aufblitzen und erstarrte mitten in der Bewegung. Es war etwas Helles gewesen, wie das Aufblitzen von Stahl im Licht meiner Taschenlampe. Mein Herz trommelte schmerzhaft gegen meine Rippen. Ich hielt die Luft an und drehte mich langsam um.

Da war nichts. Nur Dunkelheit.

Ich ließ den Lichtkegel der Taschenlampe über die Wände und in die Ecken wandern, wobei ich an mich halten musste, nicht schreiend aus dem Keller zu rennen. Es war nichts Ungewöhnliches zu erkennen. Ich atmete erleichtert aus.

Da ertönte ein leises, boshaftes Lachen ganz nah an meinem Ohr.

Ich schrie auf und warf mich zur Seite. Ohne mich umzusehen, raste ich zur Treppe, während mein Körper zitterte, als stünde ich unter Strom. Das Lachen schien mich den ganzen Weg die Treppe hinauf zu verfolgen. Erst als ich wieder im ersten Stock angekommen war, fuhr ich mit erhobener Taschenlampe herum. 

Da war nur das klaffende schwarze Loch, das in den Keller führte. Das Lachen war verklungen.

Langsam wich ich zurück, ließ jedoch den Treppenabsatz nicht aus den Augen. Ich zitterte unkontrollierbar.

Was war das gewesen? Oder vielmehr: *Wer* war das gewesen?

Ich zuckte zusammen, als ich mit dem Rücken gegen die Wand hinter mir stieß, schalt mich aber sogleich für meine Schreckhaftigkeit. Ich war allein hier. Es war unmöglich, dass sich noch jemand mit mir hier befand. Ich hätte eine andere Person kommen hören müssen.

Doch ich hatte das Lachen deutlich gehört, ganz nah an meinem Ohr. Die Erinnerung daran jagte mir auch jetzt noch kalte Schauer über den Rücken. Es war höhnisch gewesen, boshaft und kalt. Alles in mir schrie danach, diesen Ort so schnell wie möglich zu verlassen.

»Wo ist dieses verdammte Horn?«, stieß ich zwischen zusammengebissenen Zähnen hervor. »Zeig dich gefälligst!«

Im selben Moment explodierte ein gleißendes Licht in der Mitte des Raumes. Ich war so geblendet, dass ich meine Taschenlampe fallen ließ und mir beide Hände auf die Augen presste.

»Suchst du vielleicht das hier?«, fragte eine schnarrende Stimme.

# Kapitel 25

Selbst durch meine geschlossenen Lider konnte ich sehen, dass das gleißende Leuchten langsam schwächer wurde. Am liebsten hätte ich mir aber weiterhin die Augen zugehalten. Ich wollte nicht sehen, wer da zu mir sprach, zu wem diese furchterregende Stimme gehörte. Ich wollte aus diesem Albtraum erwachen, in meinem Bett in New York, weit weg von hier.

Doch als ich hörte, wie sich schwere Schritte näherten, übernahm mein Überlebensinstinkt die Führung. Ich riss die Augen auf und ballte die Hände zu Fäusten.

»Komm nicht näher«, rief ich mit kampfbereit erhobenen Fäusten. Ich hatte mal einen Selbstverteidigungskurs für Frauen gemacht. Mein Körper ging nun ganz instinktiv in den Verteidigungsmodus über. Ich würde mich nicht kampflos ergeben.

Da war es wieder, dieses leise, spöttische Lachen. Auf der anderen Seite des Raumes sah ich einen Schatten, der wie eine Raubkatze an der Wand entlangschlich. Ich blinzelte gegen das Licht an, das aus der Mitte des Raums kam. Und da sah ich es. Das Horn.

Mitten in der Luft hing ein kunstvoll gedrehtes, goldenes Jagdhorn. Sein trichterförmiges, weit geöffnetes Ende war am Rand mit einem aufwendigen Blattmuster verziert, in das in regelmäßigen Abständen kleine Smaragde eingelassen waren. Es schwebte in der Luft, scheinbar von nichts gehalten als dem merkwürdigen Leuchten, das es umgab.

Ich blinzelte ein paarmal, um sicherzugehen, dass es auch wirklich da war.

»Du hast es herbeigerufen«, sagte die raue Männerstimme. »Nicht schlecht. Ich dachte, du würdest ewig hier im Dunkeln herumstolpern.« Ich hörte den Spott heraus, die Belustigung über die Todesangst, die meinen Körper lähmte.

Mein Blick fuhr wieder zu dem Schatten, der an der mir gegenüberliegenden Wand entlangschlich.

Da trat er ins Licht.

Es war ein hochgewachsener Mann mit den breitesten Schultern, die ich je gesehen hatte. Sein Kopf war voll wilder tiefschwarzer Locken, und er hatte einen dichten schwarzen Bart. Sein stechender Blick aus eisblauen Augen nagelte mich fest, hielt mich an Ort und Stelle, auch wenn meine Beine losrennen wollten.

»Wie leicht du mir in die Falle getappt bist, *sùla*«, höhnte er.

»Goll«, antwortete ich und war überrascht, wie fest und voll Abscheu meine Stimme klang.

Er nickte anerkennend und schenkte mir ein wölfisches Grinsen, bei dem seine Zähne aufblitzten. »Wie tief meine Waffenbrüder doch gesunken sind. Jetzt lassen sie schon *taibhsearan* die Drecksarbeit für sich erledigen.«

Er zuckte gleichmütig mit den Schultern. »Nun ja, das macht es mir um einiges leichter. Ich sollte mich bei ihnen bedanken.«

Ich war immer noch wie festgefroren, während ich den abtrünnigen Fianna-Krieger anstarrte. Er hielt einen Dolch in der rechten Hand, den er nun beinahe gelangweilt betrachtete. Mir war nicht entgangen, dass er mir langsam, aber stetig näher gekommen war.

Ich warf einen nervösen Blick zu dem Horn, das noch immer unbewegt in der Luft schwebte. Hatte ich es wirklich herbeigerufen? Wartete es nur darauf, dass ich es holen kam? Und viel wichtiger: Würde ich es bis zum Horn schaffen, bevor Goll mich abschlachtete?

Ich musste ihn ablenken. Fieberhaft sah ich mich nach einer möglichen Waffe um. Doch meine vorherige Suche hatte erbracht, dass es in dieser Ruine weit und breit nichts gab, außer vielleicht ein paar losen Steinen und ein bisschen Sand …

*Steine!* Ich unterdrückte ein grimmiges Grinsen. Schließlich hatte ich schon einmal einen Fianna mit einem Stein niedergeschlagen.

»Was willst du hier?«, fragte ich Goll bemüht beiläufig, während ich mich unauffällig nach einem möglichst spitzen Exemplar umsah.

Er sah mich enttäuscht an, als wollte er sagen: *Ich hätte mehr von dir erwartet.* Dann schnalzte er tadelnd mit der Zunge. »Dich davon abhalten, das *Dord Fiann* zu stehlen, natürlich. Es wäre wirklich zu schade, wenn es nach so vielen Jahrhunderten in die Hände der Fianna fiele. Die Keiths haben sich doch so große Mühe gegeben, es die ganze Zeit über zu verstecken.«

Der Lichtschein brach sich in seiner Klinge, und ich erkannte, dass es dieses Aufblitzen gewesen war, das ich im Keller aus dem Augenwinkel gesehen hatte. Er war dort unten mit mir gewesen, hatte womöglich ganz dicht neben mir gestanden, mich beobachtet, in mein Ohr gelacht. Ich hätte am liebsten gewürgt.

Doch dann kam mir ein Gedanke. Goll war *hier!* Er war eine *sìthiche*, und doch war er hier im Inneren des Schlosses. Es gab nur zwei Erklärungen dafür: Entweder war er aus irgendeinem Grund gegen die Schutzzauber immun, oder er war gar nicht wirklich hier. Ich erinnerte mich unwillkürlich an den Kampf mit dem Troll, als Nairn ein zweites Ich erschaffen hatte, um ihren Gegner abzulenken.

»Versteh mich nicht falsch«, sprach Goll weiter, ohne meine innere Veränderung zu bemerken, »es macht mir großen Spaß zuzusehen, wie sich meine Brüder abmühen, mich aufzuhalten. Ich amüsiere mich köstlich.«

Es war eindeutig, dass er sich gerne selbst reden hörte, und so ließ ich ihn, während meine Gedanken rasten. War es möglich, dass Goll gar nicht wirklich hier war?

Ich brauchte dringend einen Stein. Möglichst unauffällig schob ich mich an der feuchten Steinwand in meinem Rücken entlang, während ich mit den Füßen über den Boden schlurfte, um lose Steine ausfindig zu machen.

»... und jetzt, da ich meinem Ziel so nahe bin, wird mich niemand mehr aufhalten können. Meine Armee ist beinahe vollzählig. Clan Morna ist bereit. Das kann man von den Fianna leider nicht behaupten.« Er lachte erneut boshaft.

»Armee?«, fragte ich unschuldig und bemühte mich, ängstlich zu klingen. Ich wollte, dass er weitersprach, mir mehr Informationen verriet, die ich an Carrick weitergeben konnte.

Goll grinste angesichts des Grauens in meiner Stimme. Seine blauen Augen funkelten. »Ganz recht. Du und deine Freunde werdet noch früh genug die Bekanntschaft meiner Soldaten machen.«

Er schnippte etwas Dreck von seiner Dolchspitze und trat einen weiteren Schritt auf mich zu. »Sag, wie geht es Carrick, meinem alten Freund? Sein Geruch haftet an dir wie der Gestank eines nassen Hundes an seinem Frauchen.«

Ich erstarrte. Er kam mir immer näher, war nur noch wenige Schritte entfernt. Hatte er bemerkt, dass ich mich bewegt hatte? Doch er sah mich nur erwartungsvoll mit diesen stechend blauen Augen an.

»Er ist nicht weit weg«, sagte ich, so drohend wie möglich. »Wenn ich laut genug schreie, wird er mich hören und mir zu Hilfe kommen.«

Goll warf den Kopf in den Nacken und lachte schallend. Ich nutzte diese Ablenkung, um mich hastig zu bücken und einen kleinen Kieselstein vom Boden aufzuheben. Es war keine Waffe, reichte aber für meine Zwecke.

Golls stechender Blick richtete sich wieder auf mich, als ich mich erst halb aufgerichtet hatte.

»Was ...« Sein verdutzter Ausruf brach abrupt ab, als ich mit aller Kraft den Kiesel in seine Richtung schleuderte.

Gleichzeitig warf ich mich herum und sprintete in Richtung des

Horns. Während ich rannte, drehte ich mich herum, um Goll nicht aus den Augen zu lassen.

Der Kieselstein raste auf ihn zu und flog direkt durch ihn hindurch. Das Trugbild flackerte kurz, bevor es wieder scharf wurde. Goll brüllte wütend, und ich lächelte grimmig. *Erwischt!*

Im nächsten Augenblick kam ich schlitternd vor dem Horn zum Stehen. Es schwebte eine Handbreit über meinem Kopf.

»Du denkst wohl, du wärst sehr schlau, Mensch«, zischte Goll hinter mir. Er kam näher. Ich war mir nicht sicher, ob sein Trugbild die Macht hatte, mich zu verletzen, oder nicht. Ich würde es nicht darauf ankommen lassen.

Aus dem Stand heraus sprang ich hoch und griff nach dem Horn. *Bitte, bitte komm mit mir*, flehte ich es im Geiste an. Ich war längst über den Punkt hinaus, mir dumm vorzukommen, weil ich mit einem Objekt sprach. Meine Finger schlossen sich um das kühle Metall, und ich schnappte das *Dord Fiann* aus der Luft.

Mir entwich ein Triumphschrei. Doch im selben Moment verschwand auch das Leuchten, und ich schlug im Dunkeln hart auf dem Boden auf. Mein Blick schoss panisch hin und her. Wo war Goll? Ich musste sofort hier raus.

Meine Taschenlampe lag immer noch weit weg auf dem Boden, wo ich sie fallen gelassen hatte, und verbreitete ihr schwaches Licht.

Ich konnte den Ausgang als schwarzes Loch in der Steinwand am anderen Ende des Raums ausmachen. Ich rappelte mich auf und … meine Zeit war abgelaufen.

»Du kommst hier nicht lebend raus, *sùla*«, zischte Goll ganz nah an meinem Ohr. Ich erwartete, dass sich raue Finger um meinen Hals legen oder sich ein Dolch durch meine Rippen bohren würde, doch stattdessen wurde ich von unsichtbaren Klauen in die Luft geschleudert.

Ich schlug hart gegen die gegenüberliegende Wand und blieb

benommen liegen. Mein Hinterkopf pochte schmerzhaft, ich spürte, wie mir etwas Warmes am Nacken herablief. 

*Das Horn*, ermahnte ich mich, während ich gegen den Nebel in meinem Kopf ankämpfte. *Bring das Horn hier raus!*

Ich rappelte mich mit zitternden Knien auf. Wo war Goll? Ich konnte ihn nicht sehen. Da flog etwas aus der Dunkelheit heraus auf mich zu. Ich schrie auf und duckte mich. Zu spät.

Ein sengender Schmerz schoss durch meine Schulter, als die Klinge seines Dolchs sich in mein Fleisch bohrte.

Ich riss meine Hände hoch, um ihn mir aus der Schulter zu ziehen, doch da war nichts. Wie war das möglich? Ich hatte die Waffe auf mich zufliegen sehen. Das Licht der Taschenlampe hatte sich auf der Klinge gespiegelt.

Goll lachte, als würde er das Ganze in vollen Zügen genießen. »Dein Gesichtsausdruck ist unbezahlbar«, gluckste er.

Seine Stimme kam von links, was hieß, dass mein Weg zur Tür frei war. Doch der Schmerz in meiner Schulter und das dumpfe Pochen in meinem Kopf hielten mich an Ort und Stelle.

Ich begann zu kriechen, bemühte mich, kein Geräusch zu verursachen. Da tauchte Golls Trugbild direkt neben mir auf. Er rammte seinen Dolch tief in meine Seite. Ich keuchte laut, als ein weiterer heißer Schmerz durch meine Rippen fuhr. Wieder erwartete ich, die Klinge in mir zu spüren, doch da war nichts, nur Schmerz.

Goll brachte sein Gesicht ganz nah an meines, während ich mich vor Schmerzen auf dem Boden krümmte und meine Hände in den sandigen Untergrund grub.

»Ach, *sùla*, wehr dich doch nicht. Kämpfe nicht dagegen an. Es wird bald vorbei sein.«

Mit einem wütenden Aufschrei schleuderte ich ihm eine Handvoll Sand und Kies entgegen. Das Trugbild flimmerte kurz. Ich sprang auf, wobei ich vor Schmerzen brüllte, und rannte los.

Alles drehte sich, ich spürte meine Beine kaum, die weich wie Watte geworden waren. Die Wunden in meiner Schulter und Seite sandten Wellen des Schmerzes durch meinen ganzen Körper. Ich konnte kaum sehen, wohin ich lief, da schwarze Flecken vor meinen Augen tanzten. Ich raste an der Taschenlampe vorbei und ließ ihr Licht hinter mir zurück.

Als ich aus dem Tower House stolperte, stieß ich ein erleichtertes Keuchen aus. Die Wolken hatten sich verzogen, und es standen vereinzelte Sterne am Himmel. Ihr schwaches Licht reichte aus, um die Umrisse der Ruinengebäude im Nebel ausmachen zu können. Hinter mir hörte ich Golls Schritte näher kommen. Ich hatte keine Zeit, mich zu fragen, wie eine Illusion Geräusche verursachen und Dolche werfen konnte – ich rannte einfach los, in die ungefähre Richtung, in der ich den Treffpunkt mit Carrick vermutete. Das Horn presste ich fest an meine Brust.

»Carrick!«, schrie ich, doch der Hilferuf kam nur als ersticktes Krächzen über meine Lippen.

Ich rannte und rannte, konnte bald kaum noch etwas sehen. Etwas Warmes rann mir übers Gesicht, doch ich konnte meinen rechten Arm nicht heben, um es mir aus den Augen zu wischen. Er schmerzte zu sehr.

»Carrick!«, rief ich wieder. Diesmal klang es noch leiser und verlorener. Ein Schluchzer drang aus meiner Kehle. Der Nebel schien sich um mich herum zu verdichten, dämpfte die Geräusche meiner stolpernden Schritte. Zu meinem Entsetzen wurde ich immer langsamer.

»Carrick, wo bist du?«, ahmte Goll mich höhnisch nach. Seine Stimme kam von rechts, und ich wich nach links aus. »Komm deiner *sùla* zu Hilfe, bevor es zu spät ist!«

Plötzlich stand er vor mir, mit erhobenem Schwert.

*Wo hat er das Schwert auf einmal her?*, war alles, was ich denken konnte, bevor er ausholte und ich die Klinge auf mich herabsausen sah. Ich warf mich zur Seite, doch sie fegte durch die Luft, beschrieb einen perfekten Halbkreis und traf mich mit einer Wucht, die mir die Luft aus den Lungen presste.

Die Klinge drang tief in meine linke Seite ein, schlitzte meinen Bauch auf und trat an der rechten Seite wieder heraus.

Im Fallen sah ich an mir herab, erwartete Unmengen von Blut, erwartete, meine Eingeweide auf den Boden klatschen zu sehen.

Goll hatte mich aufgeschlitzt, mich zweigeteilt! Doch da war nichts, nicht einmal ein Kratzer – nur Schmerz.

Ich schlug so hart auf dem Boden auf, dass ich mich einmal überschlug und zur Seite rollte. Dann war da plötzlich nichts mehr unter mir.

Ich fiel ins Leere.

# Kapitel 26

Meine Beine rutschten einen Steilhang hinab, während ich verzweifelt mit dem freien Arm ruderte, um mich an etwas festzuhalten. Meine Finger kratzten über raues Gestein, zwei Fingernägel brachen ab. Direkt unter mir donnerten die Wellen gegen die Felsen. Ich rutschte unaufhörlich weiter ab.

*Das Horn*, dachte ich. *Halt das Horn fest!*

»Cate?«, hörte ich da Carricks Stimme rufen. Er klang weit weg. »Das ist nicht Goll! Er ist nicht wirklich hier. Er kann dir nichts anhaben. Der Schmerz ist nur in deinem Kopf!«

Wie war es möglich, dass Carrick hier war? Wie hatte er die Schutzzauber überwunden? Schmerz schoss sengend durch meinen Körper, spaltete ihn beinahe in zwei Hälften. Ich schloss die Augen.

*Cate* – Carrick hatte mich zum ersten Mal beim Namen genannt. Das war alles, was ich denken konnte, während ich wimmernd weiter abrutschte. Der Rest seiner Worte wurde von den Wogen der Panik ertränkt, die in meinem Kopf höher und höher schlugen und alles andere unter sich begruben.

»Carrick«, krächzte ich ein letztes Mal, als auch mein Oberkörper vom Klippenrand glitt und ins Nichts fiel.

Eine Hand schloss sich um meinen Unterarm, und mein Fall wurde so abrupt gestoppt, dass es sich anfühlte, als würde mir jemand den Arm ausreißen. Meine verletzte Schulter protestierte, mein ganzer Körper wollte nur noch, dass es endlich aufhörte, dass der Schmerz verging.

»Lass mich fallen«, murmelte ich. »Lass mich los. Ich kann nicht mehr.«

»Das hättest du wohl gern.« Das war Carricks Stimme.

Doch etwas stimmte nicht. Er klang schwach und ausgelaugt, scheinbar kämpfte er gegen den Schutzzauber an. Ich bemühte mich, meine Augen zu öffnen, doch meine Lider wollten mir nicht gehorchen. Carrick zog an meinem Arm, und ich schrie auf. 

»Halt nur noch ein bisschen durch, Cate«, keuchte er. »Komm schon!«

Ich wurde weiter nach oben gezerrt, dann griffen zwei Arme unter meine Schultern und zogen mich auf festen Boden.

Als ich mühsam die Augen öffnete, schwebte Carricks Gesicht über mir. Hinter ihm funkelten Tausende Sterne am Nachthimmel. Meine Lider waren schwer wie Blei, fielen wieder zu, mein ganzer Körper stand in Flammen.

»Bleib bei mir, Cate«, befahl Carrick mit schwacher Stimme. »Schlaf nicht ein.«

Er schob zwei Arme unter meinen Körper und hob mich hoch. Ich schrie vor Schmerz auf.

»Es ist nur in deinem Kopf«, raunte er mir zu. Er war mir so nah, dass sein Atem meine Wange streifte. »Du bist nicht verletzt, der Schmerz ist nicht echt. Kämpfe dagegen an.«

Ich wollte erwidern, dass es sich sehr wohl echt anfühlte, doch mein Kopf fiel stattdessen nur leblos gegen seine Brust. Seine Haut war heiß unter dem Hemd, brennend heiß, und sein Brustkorb hob und senkte sich viel zu schnell.

»Ich bring dich jetzt von diesem verdammten Felsen runter«, keuchte er. »Das heißt, wenn ich es rechtzeitig schaffe.«

Schon sausten wir durch die kühle Nachtluft, und ich verlor das Bewusstsein, driftete davon, bis Carricks Ächzen mich wieder zurückholte. Ich spürte, dass er heftig zitterte. »Cate? Bist du noch bei mir?«

Ich konnte weder meine Augen noch meine Lippen öffnen, brachte nur ein Seufzen hervor.

»Okay, ich werde jetzt springen.«

»Springen?« Das Wort kam mir klar und deutlich über die Lippen. *Er wollte vom Felsen springen?*

»Der Schutzzauber schwächt mich zu sehr, ich habe keine Kraft mehr, uns beide hier runterzubringen. Halt dich an mir fest.«

Ich riss die Augen auf. Er sah auf mich herab, sein Gesicht ganz nah an meinem. Er packte mich fester, und dann sprang er.

Einen Moment lang gehorchte mein Körper nicht mehr dem Gesetz der Schwerkraft. Mit der einen Hand hielt ich das Horn fest umklammert, die Finger der anderen krallten sich panisch in Carricks Shirt. Meine Haare peitschten mir ins Gesicht, und mein Magen fühlte sich an, als würde er nach außen gestülpt.

Dann schlugen wir hart auf. Der Aufprall riss Carrick von den Füßen. Er rollte sich ab, schützte mich mit seinem Körper, blieb dann aber regungslos liegen.

Es war Sand, auf dem wir lagen, wie mein Gehirn träge feststellte. Kalter, feuchter Sand, durchsetzt mit kleinen Steinen. Ich hörte auch das leise Rauschen der Wellen, die sich irgendwo neben uns am Strand brachen. Immer im selben Rhythmus, ein beruhigendes Schlaflied.

»Carrick?«, flüsterte ich. Ich lag halb auf ihm, spürte, wie er unter mir zitterte. Ich kämpfte gegen meine Erschöpfung und den Schmerz an, zwang mich, die Augen zu öffnen und ihn anzusehen, während sich alles um mich drehte.

Sein wunderschönes Gesicht war mit Brandblasen überzogen, ebenso wie die Haut an Hals und Armen. Ich riss sein T-Shirt auf und erkannte mit Schrecken, dass auch seine Brust von nässenden, gefährlich aussehenden Blasen bedeckt war.

»Carrick!«, schrie ich erschrocken, zuckte aber sogleich zusammen, als ein scharfer Schmerz durch meinen ganzen Körper fuhr. Ich schwankte.

Er sah aus halb geschlossenen Augen zu mir auf. »Das wird … schon wieder.« Sein rechter Mundwinkel zog sich leicht nach oben, der Versuch eines Lächelns. »Ich muss mich nur … ein wenig ausruhen.«

Langsam kroch Schwärze in mein Blickfeld.

»Was kann ich tun?«, flüsterte ich panisch. »Sag mir, wie ich dir helfen …« Meine Augen fielen zu, mein Kopf sackte auf seine Brust.

»Sch, sch«, murmelte er mit schwacher Stimme. »Komm her.«

Er setzte sich halb auf und lehnte sich stöhnend gegen eine Felswand, die in seinem Rücken aufragte. Dann legte er meine Beine vorsichtig quer über seine und zog mich an seine Brust. Er schlang beide Arme um meinen Oberkörper und hielt mich fest, schützte mich vor dem eisigen Wind, der vom Meer herüberwehte.

»Es tut mir so leid«, murmelte Carrick kaum hörbar. »Ich habe das alles völlig unterschätzt.«

Er hustete röchelnd. Sein Griff verstärkte sich.

»Aber mach dir keine Sorgen, du bist jetzt in Sicherheit«, war das Letzte, was ich noch hörte, bevor ich mich der Dunkelheit hingab, die mich zu verschlucken drohte.

Ich erwachte zu dem Geschrei von Möwen.

Eine Weile hielt ich die Augen noch geschlossen, lauschte den Wellen und den Möwen, spürte den Wind auf meinem Gesicht. Alles war so friedlich. Ich wollte, dass es für immer so blieb.

Doch dann zuckte eine Erinnerung durch mein Gedächtnis, erhellte die Dunkelheit wie ein Blitz. *Ich wurde aufgeschlitzt, ein Schwert drang durch meine Eingeweide, und ich fiel und fiel.*

Ich riss die Augen auf. Graues Zwielicht umgab mich. Es war nicht mehr Nacht, aber auch noch nicht Tag.

»Das Horn!« Der Aufschrei kam als klägliches Krächzen über meine Lippen.

Das Erste, was ich sah, war Carricks Gesicht, das auf mich herabblickte. Ich lag in seinen Armen, er hielt mich fest an seine nackte Brust gepresst. Ich blinzelte. Es waren keine Brandblasen mehr auf seiner Haut zu sehen. Benommen hob ich eine Hand und legte sie an seine Wange, um mich zu vergewissern, dass er nicht verletzt war.

Die Bewegung ließ mich zusammenzucken. Mein ganzer Körper fühlte sich steif und wund an, und mein Kopf pochte schmerzhaft.

Carricks Wange war kalt, aber glatt und makellos. Keine Spur von Brandverletzungen. Er lächelte schief und legte seine Hand über meine. »Es ist alles gut«, flüsterte er sanft. »Es geht mir gut, und du wirst auch wieder, wenn du dich noch ein wenig ausruhst.«

Ich blinzelte. Dann schoss mein Blick an meinem Körper herab. Ich erwartete Unmengen von Blut, eine klaffende Wunde in meinem Unterleib, zwei weitere in Höhe meiner Rippen und an meiner Schulter. Doch da war nichts. Meine Kleidung war unversehrt, wenn auch feucht und mit Sand verkrustet.

»Er hat dich nicht angerührt«, erklärte Carrick. »Er hat es dir nur vorgegaukelt. Mächtige *sìthichean* können Trugbilder aus beliebigen Entfernungen erschaffen, aber sie sind körperlos, haben keine Substanz. Selbst seine Waffen waren nicht wirklich da. Er hat den Schmerz nur in deinem Kopf erzeugt.«

Meine Hand fuhr an meinen Hinterkopf. Erst da bemerkte ich, dass Carrick mit einer Hand etwas Weiches dagegen presste – sein T-Shirt.

»Na ja, bis auf deinen Kopf«, murmelte er. »Du hast ihn dir ziemlich hart angeschlagen.«

Ich spürte das verkrustete Blut unter Carricks Shirt. Deshalb fühlte ich mich also so benommen, als würde ich am liebsten hundert Jahre schlafen.

»Ruh dich aus«, raunte Carrick. Ich sah wieder zu ihm auf. Sein Gesicht war so nah an meinem, seine dunklen Augen von Sorge verschleiert.

»Das Horn?«, murmelte ich wieder, bevor meine Augen zufallen konnten. Er löste einen Arm, den er fest um meinen Körper geschlungen hatte, und griff neben sich. Im grauen Zwielicht konnte ich etwas Goldenes ausmachen.

Das *Dord Fiann!*

Ich starrte erst ungläubig das wunderschön gearbeitete Jagdhorn an, dann sah ich fragend wieder zu Carrick auf.

»Du hast es geschafft«, sagte er ernst und feierlich. »Du hast es wirklich geschafft, Cate.«

Tränen stiegen in mir auf, Tränen der Erleichterung. Ich schluckte. Es war nicht alles umsonst gewesen.

Carricks Gesichtsausdruck verdüsterte sich. »Und dabei wärst du beinahe gestorben. Du hast dein Leben aufs Spiel gesetzt, du dummer, leichtsinniger Mensch. Cate, ich …«

»Sch«, sagte ich und legte erneut meine Hand an seine Wange. Ich konnte gar nicht aufhören, mich zu vergewissern, dass es ihm gut ging. »Es ist alles gut.«

Ich konnte den Schmerz und das schlechte Gewissen in seiner Stimme nicht ertragen, wollte auch ihn trösten.

Seine Brauen zogen sich wütend zusammen. »Nichts ist gut. Du wärst beinahe draufgegangen!«

Meine Augen brannten stärker. Die Erinnerungen prasselten nun auf mich ein: Goll, wie er mich verhöhnte, wie er seinen Dolch tief in meinen Körper bohrte, wie er mich unerbittlich jagte und mich schließlich aufschlitzte wie ein Tier. Ich begann, am ganzen Körper zu zittern. Die ersten Tränen fielen.

»Hey, nicht doch«, Carrick warf das Horn achtlos beiseite und legte beide Arme wieder fest um mich. »Es ist vorbei, es ist vorbei«, murmelte er und wiegte mich sanft hin und her. »Du hast es geschafft, du musst den Bastard nie wiedersehen, dafür werde ich sorgen.«

Ich ließ den Tränen freien Lauf, weinte aus Erleichterung, dass ich am Leben war, und aus Trauer um den Verlust meiner menschlichen Unschuld, die ich nie wiederbekommen würde. Ich war gebrandmarkt, hatte etwas Traumatisches erlebt und irgendwie *über*lebt, doch in diesem Moment fühlte ich mich nicht wie eine Heldin. Ich fühlte mich elend.

Ich ließ mich von Carrick wiegen, vergrub mein Gesicht an seiner Brust und weinte und weinte, bis ich irgendwann wieder einschlief.

# Kapitel 27

Als ich das nächste Mal erwachte, war es heller. Das Grau war einem sanften Rosa gewichen. Ich blinzelte in Richtung Meer. Am Horizont zeigte sich der erste rosa Streifen, der das Wasser zum Glitzern brachte. Das Meer war ruhig, der Wind hatte sich gelegt. Kleine Wellen brachen sich nicht weit entfernt von unseren Füßen.

Moment mal – *unseren* Füßen?

Schlagartig wurde mir nur allzu bewusst, dass meine Wange an Carricks nackter Brust ruhte und mein Körper halb auf seinem lag. Hitze stieg in meine Wangen, und ich bemühte mich, mich nicht zu bewegen, damit er nicht bemerkte, dass ich wach war. Ich erinnerte mich dunkel an unser Gespräch im grauen Licht der Morgendämmerung. Ich hatte geweint. Mein Gesicht fühlte sich auch jetzt noch ganz geschwollen an. Er hatte mich getröstet und … ich erstarrte. Ich hatte meine Hand an seine Wange gelegt!

Er musste bemerkt haben, wie ich mich in seinen Armen versteifte, denn er beugte sich über mich. »Du bist wach.«

Langsam hob ich den Blick. Die Sorge in seinen dunklen Augen entwaffnete mich. Ich bemühte mich, nicht nach Luft zu schnappen. Er war hier, er war unverletzt … er hatte mich die ganze Nacht festgehalten und in den Schlaf gewiegt.

»Wie fühlst du dich?«

Ich schluckte, fand nicht die richtigen Worte.

Fand er es denn kein bisschen komisch, dass wir uns so nahe waren? Ich räusperte mich und versuchte, mich aufzusetzen.

»Langsam, langsam«, rief er.

Meine Hände fuhren Halt suchend durch die Luft, glitten über seine nackte Brust, und ich biss mir auf die Unterlippe. Warum musste er auch so gut aussehen und so durchtrainiert sein?

Er hielt mich immer noch fest, und ich zwang mich, ihm ins Gesicht zu sehen.

»Es geht mir gut«, sagte ich mit bemüht fester Stimme.

Er musste mein Unbehagen spüren, sah mich noch einen Wimpernschlag lang prüfend an und nickte dann abgehackt.

»Okay, ähm … dann sollten wir uns besser auf den Rückweg machen. Bald wird es hier von Touristen nur so wimmeln.«

Er half mir vorsichtig auf die Beine, die sofort wieder unter meinem Gewicht nachgaben. Ich strauchelte und landete einmal mehr an seiner Brust. Darunter spürte ich sein Herz schnell und kräftig schlagen – zu schnell. War er etwa auch nervös?

Er zog mich wieder hoch, und diesmal blieb ich wankend stehen. Ich strich mir die wirren, sandverkrusteten Haare aus dem Gesicht.

»Wie geht es dir?«, fragte ich ihn. »Du warst verletzt. Deine Haut … sie war völlig verbrannt oder verätzt.«

Er nickte mit gequältem Gesichtsausdruck, als ob die Erinnerung ihm Schmerzen bereitete.

»Ich bin über Nacht geheilt. Du weißt doch, *sìthichean* heilen schneller.« Er deutete auf seine nackte Brust. »Siehst du, alles wieder wie neu.«

Ich biss mir erneut auf die Lippe und sah hastig weg.

»Von dir kann man das aber nicht gerade behaupten«, fuhr er fort. »Wie geht's deinem Kopf?«

Er machte einen Schritt auf mich zu, streckte die Hand aus, als wollte er mich am Kopf berühren.

Ich wich auf wackligen Beinen zurück. »Es geht schon.«

»So leicht lasse ich dich nicht davonkommen«, verkündete er tadelnd. »Wir suchen dir in Stonehaven erst mal einen Arzt. Vielleicht hast du eine Gehirnerschütterung.«

Seine plötzliche Fürsorge verunsicherte mich, ich wusste nicht, wie ich mit der Nähe, die letzte Nacht zwischen uns entstanden war, umgehen sollte. Hatte er lediglich ein schlechtes Gewissen, weil er mich in Gefahr gebracht hatte und ich deshalb beinahe gestorben wäre?

»Nein, keinen Arzt«, sagte ich abwehrend. »Wir sollten das Horn so schnell wie möglich hier wegbringen.«

Ich deutete auf das *Dord Fiann*, das im Sand zu Carricks Füßen lag. Er bückte sich, hob es auf und hielt es mir hin. Ich nahm es ehrfürchtig entgegen. Das war es also, was mich beinahe das Leben gekostet hätte.

Meine Finger kribbelten leicht, als sie das kühle Metall berührten, und ich spürte wieder das mir schon bekannte Ziehen in der Magengegend. Mit den Fingern fuhr ich ehrfürchtig das mehrfach gedrehte Horn und die Blattverzierungen am Rand seiner Öffnung nach. Ich erinnerte mich deutlich an den Sprung, mit dem ich es aus der Luft geschnappt hatte, wie ich gerannt war, während ich es fest an meine Brust gedrückt hatte, und an meinen Sturz in die Tiefe.

Ich sah zu Carrick auf. Er hatte mich nicht aus den Augen gelassen. »Du hast mir das Leben gerettet«, sagte ich mit fester Stimme. »Ich danke dir dafür.«

Er sah mich eine Weile schweigend an und nickte dann. »Das war das Mindeste, was ich tun konnte, nachdem du dein Leben für das Horn aufs Spiel gesetzt hast.«

Unsere Worte klangen zu höflich, zu gestelzt.

Peinliche Stille trat ein. Ich wusste nicht, was ich noch sagen, wie ich ihm je dafür danken konnte, dass er unsägliche Schmerzen auf sich genommen hatte, um durch die Schutzzauber zu brechen und mir zu Hilfe zu eilen.

Das weiche Licht der aufgehenden Sonne erhellte sein Gesicht, und mir fiel auf, dass er überraschend erschöpft aussah. Seine Augen lagen tief in den Höhlen, sein Haar war zerzaust. Mein Blick wanderte zur Sonne, deren Strahlen sich langsam über den Horizont schoben.

*Bald wird es hier nur so von Touristen wimmeln*, hatte Carrick gesagt.

»Komm, wir sollten gehen.« Ich drehte mich abrupt um und humpelte los.

»Bist du sicher, Cate?« Da war er wieder, mein Name. Er klang so fremd, wenn er über seine Lippen kam.

»Goll weiß, wo wir sind«, erklärte ich, ohne anzuhalten. »Er ist sicher nicht sehr erfreut darüber, dass wir das Horn haben. Wer weiß schon, wie bald er zurückkommt – diesmal höchstpersönlich und mit seiner Armee im Schlepptau.«

»Ich glaube nicht, dass er in der Nähe ist.« Carrick tauchte mit wenigen Schritten neben mir auf. »Der Bastard ist zu feige. Er hat sich nur hierherprojiziert, das ist über weite Strecken möglich, da er äußerst mächtig ist.«

»Er klang aber ziemlich entschlossen, mich nicht mit dem Horn gehen zu lassen.«

»Was hat er dir erzählt?«

»Komm, ich berichte dir alles auf dem Weg.«

Ich humpelte den Strand entlang, während Carrick neben mir herging und darauf achtete, einen gewissen Abstand zu wahren. Er musste meine Distanziertheit bemerkt haben und hielt sich höflich zurück. Doch ich spürte, dass es ihm schwerfiel, mich nicht zu stützen. Mehrere Male schoss seine Hand vor, wenn ich zu stolpern drohte, doch er zog sie jedes Mal wieder zurück, wenn ich mich selbst wieder fing.

Ich beachtete ihn nicht weiter, konzentrierte mich auf den Aufstieg und erzählte ihm dabei alles, was in der letzten Nacht geschehen war.

»Dann ist es also wahr, dass er eine Armee hat«, murmelte Carrick wie zu sich selbst.

»Du hast mir doch schon erzählt, dass ihr vermutet, dass Goll neue Anhänger rekrutiert«, erwiderte ich.

Wir hatten die Stufen erreicht, die den Hügel hinauf- und durch die Felder zurück zum Parkplatz führten, und ich wappnete mich innerlich für den Aufstieg.

»Ja, aber es war bis jetzt nur eine Vermutung, eine logische Schlussfolgerung«, erklärte Carrick, der hinter mir die Stufen erklomm. »Was glaubst du wohl, wo er seine Soldaten herbekommt?«

Ich runzelte die Stirn und überlegte einen Moment. Goll hielt sich mit seinem Clan in der Menschenwelt auf. Feen, die keine Fianna waren, konnten nur an hohen Feiertagen zwischen den Welten wandeln, deshalb hatte er sicher wenig bis gar keinen Kontakt zu den Feen in Alba. Außerdem bezweifelte ich, dass es unter ihnen viele gab, die Golls Vorhaben unterstützen würden. Aber wer kämpfte dann in Golls Armee?

»Es sind Menschen«, beantwortete Carrick seine eigene Frage.

»Was?« Ich fuhr erschrocken zu ihm herum und hätte beinahe das Gleichgewicht verloren. Carricks Hand schoss vor, um mich aufzufangen, doch ich konnte mich aus eigener Kraft aufrecht halten.

»Zumindest auf den ersten Blick«, erklärte er. »Schon mal von Wechselbälgern gehört?« Er ging jetzt neben mir, musterte mich eindringlich.

Ich runzelte die Stirn, doch dann erinnerte ich mich an Stewarts Worte, als wir in seinem Boot über den Loch Lomond gefahren waren: *Man glaubt, dass Feen Babys stehlen und an ihrer statt ein Feenkind zurücklassen. Die Eltern ziehen dann unbewusst eine Fee heran und sehen ihr eigenes Kind nie wieder, das unter den Feen aufwächst.*

Ich schauderte und vergrub die eiskalten Hände in meinen sandverkrusteten Jackentaschen. »Es sind Feen, die unerkannt unter den Menschen aufgewachsen sind, habe ich recht? Sie wurden als Babys vertauscht?«

Carrick warf mir einen überraschten Seitenblick zu und nickte. »Es gibt in Alba einige Rassen der *sìthichean*, bei denen es Brauch ist, schwache, kränkliche oder missgestaltete Säuglinge den Menschen zu geben, damit nur die stärksten unter ihnen heranwachsen. Im Gegenzug stehlen sie ein menschliches Baby, das sie als ihr eigenes aufziehen.«

»Das Feenkind wächst also mit menschlichen Eltern und das Menschenkind unter den Feen in Alba auf?«

Carrick nickte nachdenklich. »Die sogenannten Wechselbälger wissen meist nicht, dass sie *sìthichean* sind. In ihren ersten Lebensjahren altern *sìthichean* wie Menschen, doch sobald wir erwachsen sind, altern wir viel langsamer. Wir entwickeln magische Fähigkeiten, haben besser ausgeprägte Sinne. Viele Wechselbälger merken deshalb natürlich im Laufe ihres Lebens unter den Menschen, dass sie anders sind. Die wenigsten von ihnen haben aber das Glück, einer *sìthiche* über den Weg zu laufen, die ihnen Antworten auf ihre Fragen geben könnte. Stattdessen werden sie häufig zu Außenseitern, Freaks, in den schlimmsten Fällen sogar psychisch krank und zu einer Gefahr für die Allgemeinheit.«

Er sah auf den Boden, während er sprach, hatte die Augenbrauen wütend zusammengezogen und die Hände zu Fäusten geballt. »Auch die Menschenkinder, die unter den *sìthichean* aufwachsen, haben es schwer, da sie natürlich keinerlei magische Fähigkeiten besitzen und von anderen Rassen nicht anerkannt werden. Vielen wird die Möglichkeit geboten, Alba für immer zu verlassen und in die Menschenwelt zurückzukehren, sobald sie volljährig sind. Das tun aber nur wenige. Aber auch dort fühlen sie sich nie wirklich zugehörig.«

Ich seufzte frustriert. »Das ist ja schrecklich, kleinen Kindern so etwas anzutun.«

Carrick stimmte mit einem Brummen zu. »Die Königin hat diese Praktiken vor einigen Jahrhunderten verboten, aber es gibt immer noch genug *sìthichean*, die die Tradition im Geheimen weiterführen. Es müssen diese Generationen von Wechselbälgern sein, die Goll für seine Armee rekrutiert.«

»Sie sind leicht zu überreden«, dachte ich laut nach. »Natürlich! Sie haben nie wirklich dazugehört, wussten ihr Leben lang noch nicht einmal, dass sie Feen sind, fühlen sich unter den Menschen einsam und nicht akzeptiert. Kein Wunder, dass sie Golls Armee beitreten. Er zeigt ihnen, was sie wirklich sind, ihr ganzes Potenzial, und nimmt sie in einer Gruppe von Gleichgesinnten auf. Und er ermöglicht es ihnen, Rache an den Menschen dafür zu nehmen, dass sie sie ihr Leben lang ausgeschlossen haben. Obwohl es ja eigentlich die Schuld ihrer Feeneltern ist. Ich könnte mir vorstellen, dass Goll ihnen das aber gerne verschweigt.«

Carrick hatte meinen Gedankengang schweigend verfolgt. Er wirkte ebenso nachdenklich, als er wieder zu sprechen begann. »Goll hatte schon immer ein Talent dafür, Leute von etwas zu überzeugen. Er ist ein großer Redner, ein geborener Anführer. Zu dumm, dass diese Stellung Fionn zufiel.«

»Wie viele Soldaten hat Goll wohl in seiner Armee?« Mein Atem klang keuchend, meine Kräfte schwanden langsam. Ich riss mich mühsam zusammen. Das Ende der Treppen war schon in Sicht.

»Er brauchte bisher nicht viele«, murmelte Carrick, den Blick immer noch auf den Boden gerichtet. »Er schlägt an abgeschiedenen Orten zu, bringt immer nur eine begrenzte Anzahl Menschen um und verschwindet wieder, meist ohne eine Spur zu hinterlassen. Das ist seine Stärke, so ist er uns in den letzten Monaten immer wieder entschlüpft.«

Er schüttelte den Kopf.

»Aber wenn er so viele Wechselbälger rekrutieren würde, dass er sie aufteilen könnte … dann könnte er riesige Gebiete abdecken, indem er kleine Trupps aussendet, die strategisch Menschen ermorden, Angst und Schrecken verbreiten und wer weiß, was sonst noch.«

Sein Gesichtsausdruck wurde immer düsterer, seine Stimme immer lauter.

»Wenn er sich auch in anderen Ländern nach Rekruten umsieht, könnte er irgendwann die menschliche Gesellschaft infiltrieren, ohne dass ihr überhaupt mitbekommt, was vor sich geht. Schottland, Wales, England, Nordirland … Er hat alle Zeit der Welt und könnte auf lange Sicht riesigen Schaden anrichten, wenn wir ihm nicht das Handwerk legen. Und Großbritannien ist sicher nur der Anfang.«

Ich stieß erschrocken die Luft aus. »Glaubst du das wirklich?«

Sein Kopf fuhr zu mir herum, als hätte er vergessen, dass ich neben ihm ging. »Sicher hat es noch nicht solche Ausmaße angenommen, sonst hätten wir längst Wind davon bekommen. Aber das ist sein langfristiges Ziel, davon bin ich überzeugt. Wir haben ihn viel zu lange nicht ernst genug genommen. Wir müssen handeln, und zwar schnell.«

*Wir* – damit meinte er die Fianna. Ich, ein schwaches Menschlein, hatte natürlich keine Rolle mehr in zukünftigen Missionen zu spielen. Nicht, nachdem ich schon bei der ersten beinahe draufgegangen wäre. Der Gedanke machte mich seltsam traurig.

Das albtraumhafte Zukunftsszenario, das Carrick beschrieb, jagte mir mehr Angst ein, als ich zugeben wollte. Wir durften es auf keinen Fall so weit kommen lassen. Ich war hin- und hergerissen zwischen dem Drang, die Fianna weiter in ihrem Kampf gegen Goll zu unterstützen und so schnell wie möglich aus dem Land zu fliehen und alles hinter mir zu lassen. Aber das Schicksal der Schotten – der gesamten Menschheit – war auch zu meiner Verantwortung geworden. Ich war eine Eingeweihte, hatte mein eigenes Leben im Kampf gegen Goll aufs Spiel gesetzt. Könnte ich nun einfach so gehen, wohl wissend, was in Schottland vor sich ging? Und wenn ich blieb, würden die Fianna mich willkommen heißen oder fortschicken? Würde Carrick sich überhaupt dazu bereit erklären, mich mit zu ihnen zu nehmen? Der nächste Schritt war, Fionn mithilfe des Horns aus dem Stein zu befreien. Würden die Fianna mir erlauben, Zeugin davon zu werden, oder war mein Abenteuer hier schon zu Ende? Nachdem ich Goll kennengelernt hatte, musste ich mich einfach vergewissern, dass sie alles in ihrer Macht Stehende tun würden, um ihn und seine finsteren Pläne aufzuhalten. 

Wir gingen schweigend weiter und hingen beide unseren düsteren Gedanken nach.

# Kapitel 28

Als wir auf dem Parkplatz ankamen, wäre ich am liebsten sofort zusammengebrochen. Ich war außer Atem, und mein Schädel schmerzte höllisch. Die Gedanken wirbelten in meinem Kopf umher, zogen und zerrten mich mal in die eine, mal in die andere Richtung. Ich wollte unbedingt wissen, wie es jetzt weiterging, mir fehlte aber gleichzeitig die Energie, Carrick danach zu fragen. Mein Körper schrie nach Ruhe.

Ich ließ mir nichts von meinem inneren Aufruhr anmerken und schaffte es, mich aufrecht zu halten, bis ich in den Autositz sank. Carrick betrachtete mich besorgt und bestand darauf, mich zu einem Arzt zu fahren.

»Keine Widerrede«, verkündete er. Ich war zu schwach, um zu protestieren.

Wir machten einen Allgemeinmediziner in Stonehaven ausfindig, dessen Praxis zu dieser frühen Stunde schon geöffnet hatte. Ich ließ mich bereitwillig von Dr. McGregor untersuchen, einem netten älteren Herrn mit starkem schottischem Akzent, der längst in Rente hätte gehen müssen. Ich erzählte ihm, dass ich beim Wandern gestürzt war und mir den Kopf an einem Felsen angeschlagen hatte, was er mit hochgezogenen Augenbrauen hinnahm.

Während er mich untersuchte, hatte ich ein wenig Ruhe und nutzte die Zeit, um meinen geschundenen Körper zu begutachten. Ungläubig stellte ich fest, dass wirklich nichts zu sehen war, außer ein paar blauen Flecken und Schürfwunden an Knien und Ellbogen. Goll hatte es irgendwie geschafft, den Schmerz nur in meinem Kopf zu erschaffen. Es war nur ein Zauber gewesen, eine Illusion, doch der Schmerz hatte allzu real gewirkt.

Dr. McGregor verkündete, dass ich nur eine leichte Gehirnerschütterung hätte und die Wunde am Hinterkopf nicht genäht werden müsse. Er säuberte und verarztete die Wunde sowie zwei

Finger meiner rechten Hand, deren Nägel abgerissen waren. Danach gab er mir ein wenig Zeit, mich auf einer Pritsche im Behandlungszimmer auszuruhen. Sicher hatte er bemerkt, dass ich am Ende meiner Kräfte war und nirgendwo sonst hingehen konnte.

Ich musste eingenickt sein, denn als der Arzt wieder hereinkam, um nach mir zu sehen, war über eine Stunde vergangen. Ich fühlte mich bereits um einiges besser.

»Da draußen ist ein junger Mann, der sich nach Ihnen erkundigt hat«, erklärte er mir mit einem verschwörerischen Augenzwinkern. *Junger Mann?* Ich hätte beinahe losgeprustet. Carrick musste seinen Feencharme versprüht haben.

»Er hat mich gebeten, Ihnen Ihren Koffer zu übergeben, falls Sie sich frisch machen möchten. Sie können gerne unsere Toilette dafür nutzen.«

Ich nahm den Koffer entgegen und lächelte McGregor dankend zu. Bevor er mich entließ, gab mir der betagte Arzt noch eine Packung Schmerztabletten, von denen ich gleich eine Handvoll einwarf, um das stetige Pochen in meinem Kopf, das selbst mein Nickerchen nicht vertrieben hatte, abzuschwächen.

Dann zog ich mich mit meinem Koffer auf die Toilette zurück, wechselte meine Kleidung und versuchte, mich so gut wie möglich zu waschen.

Als ich in den Spiegel sah, wäre ich beinahe zurückgeschreckt. Ich hatte tiefe Ringe unter den Augen, verkrustetes Blut klebte noch auf meiner Stirn, und ich hatte mich noch nie so blass gesehen. Meine Haut hatte beinahe die Farbe meiner weißblonden Haare angenommen.

Ich schrubbte meinen ganzen Körper, putzte meine Zähne und schaffte es sogar, meine Haare im Waschbecken zu waschen. Danach fühlte ich mich wie neugeboren.

Als ich mein Gesicht, in das ein wenig Farbe zurückgekehrt war, erneut im Spiegel betrachtete, wallte unwillkürlich Stolz in mir auf.

»Du hast es geschafft«, sagte ich zu meinem Spiegelbild. »Du hast überlebt.«

Ich hatte mir bis jetzt nicht die Zeit genommen, zu realisieren, wie unglaublich die letzte Nacht gewesen war, wie knapp ich dem Tod entkommen war. Es schien so unwirklich, und doch war es passiert. Ich war am Leben. Mein Körper war nicht an den Felsen im Meer zerschellt, Goll hatte mich nicht aufgeschlitzt. Ich starrte in meine eigenen großen blauen Augen mit den geweiteten Pupillen und ließ diese Wahrheit langsam bei mir ankommen, in mein Bewusstsein sickern wie Meerwasser und es schließlich ganz und gar durchdringen, wie die Feuchtigkeit des Meeres den Strand durchdrungen hatte.

Ich war nur ein Mensch, aber ich hatte das *Dord Fiann* geborgen. Ich hatte es verdient, stolz auf mich zu sein. Selbst als ich mich an Golls Wechselbalgarmee erinnerte, konnte das die Wellen der guten Laune nicht trüben, die über mich hereinbrachen. Den Gedanken, dass vielleicht die langsam wirkenden Schmerztabletten mit meinem plötzlichen Ausbruch von Optimismus zu tun haben könnten, schob ich beiseite.

Voll neu gewonnenem Elan trat ich aus der Praxis. Meine Schmerzen waren dank der Tabletten gänzlich verschwunden, und ich fühlte mich wie in Watte gepackt. Die Farben, die Geräusche – alles war weicher als zuvor. Ich sah meine Umgebung wie durch einen Filter.

Ich schwankte und wäre beinahe über den Bordstein gestolpert, als ich Carrick gegen sein Auto gelehnt auf mich warten sah. Er war so schön – und er hatte sich endlich ein neues T-Shirt übergezogen. In der Hand hielt er einen Kaffeebecher und eine braune Papiertüte, die vermutlich Essen enthielt.

»Wow, sachte!« Carrick kam angesprungen und griff mir unter

die Arme, damit ich nicht hinfiel. »Heilige Banshee! Was hat der Arzt dir denn gegeben?«

Ich schenkte ihm ein breites Lächeln.

»Es geht mir wieder gut«, lallte ich und hob die Pillenpackung hoch, die ich beinahe sofort wieder fallen ließ. Meine Finger fühlten sich schwerer und dicker als sonst an.

»Bist du dir sicher?« Carrick warf einen skeptischen Blick auf die Medikamente und geleitete mich mit hochgezogenen Augenbrauen zum Auto. »Sollen wir dir nicht lieber ein Hotelzimmer suchen, wo du dich ausruhen kannst? Der Arzt hat gesagt, dass du eingeschlafen bist. Du brauchst dringend Ruhe.«

»Ganz im Gegenteil. Ich habe letzte Nacht sehr gut geschlafen«, verkündete ich, während ich mühsam ins Auto kletterte und mir dabei beinahe wieder den Kopf angestoßen hätte. »Ich hatte das beste Kopfkissen der Welt.«

»Ist das so?« Carricks Mundwinkel zuckten, er gab sich große Mühe, nicht zu lachen.

»Komm schon, wir müssen los«, lallte ich, als ich es endlich geschafft hatte, auch meine Beine ins Auto zu schieben. Carrick stand immer noch vor meiner Autotür und sah belustigt auf mich herab.

»Komm!«, rief ich laut, sodass einige Passanten zu uns herübersahen. »Wir haben keine Zeit zu verlieren. Goll wird uns noch finden. Vielleicht ist er ganz in der Nähe. Das *Dord Fiann* …«

»Okay, das reicht!« Carrick warf hastig die Autotür zu. Er winkte entschuldigend in Richtung der Fußgänger, während er um seinen Oldtimer herumlief und auf der anderen Seite einstieg.

»Du kannst nicht einfach Geheimnisse aus Alba auf offener Straße herumposaunen«, tadelte er mich, doch seine Mundwinkel zuckten schon wieder verräterisch.

Ich nickte ihm mit verschwörerischer Miene zu und legte einen Finger an meine Lippen. »Verstanden. Ich schweige wie ein Grab«, nuschelte ich, wobei mein eigener Finger mir beim Sprechen im Weg war.

Carrick reichte mir den Kaffeebecher und die Tüte. »Iss und trink das, du brauchst dringend was anderes als Chemikalien in deinem Magen.«

Das ließ ich mir nicht zweimal sagen und machte mich sofort über den dick mit Frischkäse bestrichenen Bagel und den Kaffee her.

»Dann wollen wir dich mal hier wegbringen«, verkündete Carrick und ließ schmunzelnd den Motor an.

Während ich aß, betrachtete ich die atemberaubende Landschaft vor dem Fenster. Ich fühlte mich kaum wie ich selbst, und das lag nicht nur an den Schmerztabletten, die mich auf bunte Zuckerwatte betteten. Alles hatte sich in einer Nacht verändert. Alles, was mir einmal wichtig gewesen war – meine Karriere, mein Leben in New York, Ben –, war in den Hintergrund gerückt. Ich sah nur das Hier und Jetzt, erkannte, wie kostbar das Leben war und wie schnell es vorbei sein konnte.

Carrick raste noch schneller als sonst über die kurvigen Landstraßen. Er musste es eilig haben, so viel Distanz wie möglich zwischen uns und den Ort des Geschehens zu bringen und mit dem *Dord Fiann* zu seinen Kameraden zurückzukehren.

Die Geschwindigkeit berauschte mich – auch wenn die Medikamente und der Kaffee sicher einen Anteil daran hatten. *Ich habe überlebt!* Immer und immer wieder tanzten diese Worte durch meinen Kopf. *Ich bin am Leben!*

Ein unbändiges Verlangen nach dem Leben überkam mich, nach Abenteuern und geheimen Missionen. Ich konnte kaum noch stillsitzen. Da ich mich in einem dahinrasenden Auto befand, gab es allerdings nicht viele Möglichkeiten, meine überschüssige Energie loszuwerden. Ich rutschte unruhig auf dem Sitz herum, und Carrick warf mir immer wieder besorgte Blicke zu.

Bevor er mich zum hundertsten Mal fragen konnte, ob es mir auch wirklich gut ging, schoss meine Hand vor. Ich drehte den großen weißen Knopf, um das Radio einzuschalten. Als nur Rauschen ertönte, drehte ich ihn ungeduldig hin und her, um einen Sender zu finden. Da ertönten die vertrauten Klänge von Queens *Bohemian Rhapsody.*

»Jackpot!«, rief ich begeistert.

Ich ging ganz in der Musik auf, ließ mich fallen und sang schon bald voller Inbrunst mit, wie ich es sonst nur allein unter der Dusche tat.

Carricks Augen traten beinahe aus den Höhlen, doch ich ließ mich nicht beirren. Der krönende Abschluss meiner Performance war eine Headbanger-Einlage, die aufgrund meiner Kopfverletzung etwas vorsichtiger ausfiel als sonst.

Als die letzten Töne verklungen waren, wandte ich mich Carrick mit einem breiten Grinsen zu. »Was guckst du denn so? Noch nie zu Queen abgerockt?« Nein, warte, dumme Frage. Ich hab mir schon gedacht, dass du keine Ahnung hast, wie man Spaß hat. Du bist schließlich … ein paar Tausend Jahre alt oder so.«

Ich rechnete damit, dass er etwas Unverständliches grummeln und den Kopf schütteln würde. Doch Carricks Lippen verzogen sich stattdessen zu einem wölfischen Grinsen.

»Das hättest du nicht sagen sollen, *Mensch.*«

Ohne Vorwarnung riss er das Steuer herum, und ich schrie überrascht auf.

# Kapitel 29

Wir kamen mit quietschenden Reifen in einem kleinen Waldstück am Rande der Straße zum Stehen. Carrick sah mich grinsend an, und ich grinste zurück.

»Also, was wird das hier?«, fragte ich neugierig.

»Das wirst du gleich sehen.«

Ein freches Zwinkern, und schon war er ausgestiegen. Er kam so schnell um das Auto herum, dass ich es in der Zwischenzeit kaum geschafft hatte zu blinzeln, und hielt mir die Tür auf. Ich schwebte immer noch auf rosa und hellblauen Zuckerwattewolken und legte meine Hand dankend in seine.

Er zog mich hoch, und ich sprang mit Schwung auf, sodass ich beinahe gegen ihn geprallt wäre. Einmal mehr standen wir eng beisammen, sein Herz nur wenige Zentimeter von meiner Wange entfernt. Ich sah verstohlen zu ihm auf. Sein eindringlicher Blick war weich, so anders als sonst.

»Wie fühlst du dich?«, fragte er mit rauer Stimme.

Ich wusste nicht genau, was er meinte. Meine körperliche Verfassung oder meine tatsächlichen Gefühle, die gerade alle in meinem Körper durcheinanderpurzelten. Mein Herz klopfte heftig. Von Carrick ging eine Hitze aus, die mich ganz benommen machte. Ich fühlte mich … lebendig.

Er musste meine Verwirrung bemerkt haben.

»Ich meine, bist du fit genug für einen kleinen Abstecher nach Alba?«

Ich blinzelte. »Nach Alba?«

Sofort stürzten Erinnerungen auf mich ein – geifernde Wolfswesen, giftige Pflanzen und grünes Blut. Doch sie wurden verdrängt von Erinnerungen an Tautropfen, die im Sonnenlicht glitzerten, saftig grünen Farnen, dem mystischen Zwielicht der albischen Nacht, Nairns Sommersprossen.

Ich hatte nicht damit gerechnet, schon so bald wieder ins magische Reich der Feen zu reisen. Ein Lächeln breitete sich auf meinem Gesicht aus.

»Führ mich nach Alba«, hauchte ich.

Ein wenig abseits des Waldwegs, auf dem wir geparkt hatten, lag ein kleiner See. In seiner unbewegten Wasseroberfläche spiegelten sich der graue Himmel und die Zweige der Bäume, die sich von allen Seiten aufeinander zuschoben, als wollten sie die Lücke schließen, die der See in ihr Blätterdach riss.

Carrick trat an den Rand, drehte sich zu mir um und streckte eine Hand nach mir aus. Seine Geheimnistuerei gefiel mir. Es kribbelte angenehm in meinem Bauch, vor Vorfreude und … noch etwas anderem. Trotzdem konnte ich meine Frage nicht zurückhalten.

»Können wir uns so einen Ausflug leisten? Ich meine, wir sollten doch so schnell wie möglich das *Dord Fiann* zu Fionn bringen, oder nicht?«

»Ein paar Stunden werden keinen Unterschied machen. Die Zeit in Alba vergeht anders, schon vergessen?«

Er schenkte mir ein Lächeln, das ich nur als verschwörerisch bezeichnen konnte.

Ich zögerte keinen Augenblick länger. Meine Hand schmiegte sich in seine, und er zog mich an sich. Gemeinsam machten wir einen Schritt in den See hinein – und wir fielen.

Als wir durch die Champagnerblasen nach oben schossen, drückte Carrick mich fest an sich. Schon kamen wir am anderen Ende heraus, und er machte einen eleganten Schritt zur Seite, damit wir nicht im Seewasser, sondern am Ufer landeten.

Doch auch dann ließ er mich nicht los. Ich sah fragend zu ihm auf, war ihm immer noch so nah, dass ich sein Herz schlagen hören konnte. Er sah mit einem merkwürdigen Ausdruck auf mich herab. Ein fragendes Lächeln, eine Mischung aus Vorfreude und Unsicherheit darüber, ob mir das, was er mir zeigen wollte, auch gefallen würde. Ich erwiderte sein Lächeln. Ich wollte nicht, dass er mich losließ, konnte es gleichzeitig aber kaum erwarten, mich in unserer neuen Umgebung umzusehen.

Er musste es in meinen Augen gelesen haben, denn er räusperte sich, löste seine Arme von meiner Hüfte und trat einen Schritt zurück.

»Willkommen zurück in Alba«, sagte er mit einer weit ausholenden Armbewegung.

Ich drehte mich um. Wir standen an genau demselben See, aber alles andere hatte sich verändert. Die Bäume waren größer, knorriger und viel älter. Von ihren Zweigen hingen lange, grau-silbrige Flechten, die sich in der leichten Brise wiegten. Der Großteil des Sees war mit zartrosa Seerosen bedeckt.

Doch was meine Aufmerksamkeit sofort auf sich gezogen hatte, lag am gegenüberliegenden Seeufer. Eine steile Felswand aus glänzend weißem Gestein ragte dort in die Höhe. Die Bäume am Boden hielten respektvollen Abstand zu dem Felsen, auch wenn sich auf dem Plateau an seiner Spitze exotisch aussehende Sträucher mit langen Lianen ausgebreitet hatten, von denen einige in verschlungenen Schleifen über den Felsrand hingen. Mein Mund öffnete sich vor Staunen. Solche Pflanzen gab es nur in Alba.

Doch das Wundersamste an diesem magischen Ort war das weiße Gestein des Felsens. An der steilen Felswand hatten sich natürliche Becken geformt, in denen saphirblaues Wasser glitzerte. Unzählige dieser Becken ragten in unregelmäßigen Abständen aus der Felswand heraus. Manche waren so breit und tief, dass man darin hätte schwimmen können. Andere waren schmaler und flacher, wie eine Badewanne. Sie alle sahen von Weitem wie umgestülpte Pilzköpfe aus, in denen sich nach einem Regenguss Wasser gesammelt hatte.

Als ich einen Schritt in Richtung der Becken machte, erkannte ich, dass weißer Dampf aus ihnen aufstieg. Das Wasser musste heiß sein! Ich fuhr zu Carrick herum, fand zunächst keine Worte, um meinem Staunen Ausdruck zu verleihen.

»Was ist das für ein Ort?«, fragte ich ihn, ohne die Ehrfurcht in meiner Stimme unterdrücken zu können. Er hatte meine Reaktion beobachtet, wachsam jede meiner Regungen verfolgt.

»Es sind heiße Quellen, von denen es heißt, dass ihr Wasser besondere Heilkräfte besitzt. Sie existieren seit Äonen. Einst muss es sie an dieser Stelle auch in der Menschenwelt gegeben haben, aber das ist lange her. Wir nennen diesen Ort schlicht *taigh-ionnlaid*. Das heißt so viel wie Badehaus.« Er schmunzelte, und ich musste lachen.

»Dann kann man einfach so darin baden?«, fragte ich ungläubig.

Carrick nickte. »Das Wasser ist sehr heiß, aber ein Bad ist Entspannung pur für alle Sinne. Ich dachte mir, dass es dir nach letzter Nacht sicher guttun würde.«

»Und wie kommen wir dort hinauf?«, fragte ich zweifelnd, aber voller Tatendrang. Selbst die niedrigsten Becken hingen weit über unseren Köpfen, das weiße Gestein war so glatt, dass es selbst für Carrick unmöglich sein musste, daran hinaufzuklettern.

»Das ist ein weiteres Geheimnis, das ich dir gern zeigen möchte«, murmelte er mit verschwörerisch gesenkter Stimme, sodass ich mich näher zu ihm beugen musste. »Wir spiegelreisen«, erklärte er mit seinem verschlagenen Wolfslächeln.

Ich sah ihn verwirrt an. »Aber … ich dachte, dass man immer durch dieselbe Oberfläche in beiden Welten reist. Wo du hineinspringst, kommst du auch wieder heraus.«

»Das ist im Grunde auch richtig«, entgegnete er, »aber wenn sich zwei oder mehr Spiegelreisende zusammentun, können sie gemeinsam weitere Strecken zurücklegen und zu anderen Portalen reisen.«

Ich blinzelte fasziniert. Die unzähligen Möglichkeiten, die diese neue Information eröffnete, machten mich ganz schwindelig. »Dann kann man überallhin reisen? Sogar in andere Länder?«, fragte ich aufgeregt.

Carrick lachte. »Es erfordert eine Menge Konzentration und Energie, an entfernte Orte zu spiegelreisen. Zu zweit kommt man nicht besonders weit. Aber wenn sich mehrere Leute zusammentun, ja, dann können sie sogar in andere Länder reisen. Oder auch springen – das heißt, man reist ein Stück, legt eine Pause ein und reist dann weiter. Wie eine Zwischenlandung mit dem Flugzeug.«

Ich schenkte ihm ein Lächeln dafür, dass er sich bemühte, mir ein magisches Phänomen mithilfe menschlicher Begriffe zu erklären. Ich konnte es mir zwar noch nicht so recht vorstellen, doch der Gedanke daran, weitere Strecken zu spiegelreisen, ließ mein Herz vor Aufregung schneller schlagen.

»Wann fangen wir an?«, wollte ich ungeduldig wissen.

Carrick grinste breit. »Wie immer besitzt du nicht einmal einen Funken Selbstbeherrschung, ganz zu schweigen von Geduld.«

Ich erwartete, dass er mich wieder *Mensch* oder *sùla* nennen würde, aber die gehässigen Kommentare zu meiner Herkunft blieben aus. Mit seinem gut gemeinten Spott konnte ich umgehen und es ihm gleichtun.

»Und du bist wie immer viel zu langsam, alter Mann«, schoss ich zurück.

Seine Augen weiteten sich. »Einen alten Mann nennst du mich?«, murmelte er in gespieltem Entsetzen. »Du solltest dich lieber vorsehen, du sprichst hier schließlich mit einem der besten Fianna-Krieger aller Zeiten.«

Er stemmte die Hände in die Hüften und stellte seine muskelbepackten Oberarme zur Schau.

»Das wage ich zu bezweifeln«, lachte ich. »So beeindruckend sind deine Kampfkünste und kleinen Zaubertricks nun auch wieder nicht.«

Der Schalk blitzte in seinen Augen auf, als er begann, bedrohlich an mich heranzuschleichen. Langsam setzte er einen Fuß vor den anderen, ließ mich nicht aus den Augen, wie ein Panther, der seine Beute umkreist. Ich hielt den Atem an, verfolgte seine geschmeidigen Bewegungen mit den Augen. Dicht vor mir blieb er stehen.

»Dann lass mal sehen, wie gut *du* spiegelreisen kannst«, sagte er, und im selben Moment verschwand seine Kleidung wie durch Zauberhand.

*Alles* verschwand.

Sein T-Shirt, seine Jeans, die Biker-Stiefel.

Ich schnappte überrascht nach Luft und sprang einen Schritt zurück. Er trug nur noch enge schwarze Boxershorts, die nicht allzu viel der Fantasie überließen.

Ich schluckte und versuchte krampfhaft, meinen Blick starr auf sein Gesicht gerichtet zu halten.

»Was ist denn los, Cate? Du errötest ja«, gluckste er amüsiert.

*Dir werde ich es schon zeigen*, dachte ich, während ich mich bemühte, die Schamesröte aus meinem Gesicht zu vertreiben.

Ich sah ihm in die Augen, während ich mich langsam auszuziehen begann. Unsere Blicke waren fest ineinander verkeilt, während ich zuerst Schuhe und Socken abstreifte, dann aus meiner Hose schlüpfte und schließlich, ganz langsam, meinen Pullover über den Kopf zog. Sein Blick bohrte sich in meinen, glitt nie tiefer, doch ich konnte deutlich sehen, wie er schluckte.

Innerlich dankte ich mir selbst dafür, heute Morgen auf der Arzttoilette vor lauter Euphorie meine dunkelblaue Spitzenunterwäsche und nicht das ausgeblichene Höschen mit den rosa Blümchen angezogen zu haben.

»Was ist denn los, Carrick?«, fragte ich ihn mit einem süffisanten Grinsen. »Wolltest du mir nicht zeigen, was für ein mächtiger Krieger und fähiger Spiegelreisender du bist?«

Er schluckte erneut, ich sah es ganz genau. Dann setzte er rasch ein überlegenes Grinsen auf und reichte mir seine Hand.

Ich zögerte. Plötzlich wurde mir ganz heiß, und mein Magen fühlte sich an, als würde er vor lauter Kribbeln jeden Augenblick bersten. Was hatte Carrick vor? Ein Bild seiner Hände auf meiner nackten Haut zuckte durch meine Gedanken, und wieder schoss dieser Blitz durch meinen Unterleib, wie es schon einmal zuvor in seiner Nähe passiert war.

Ich bemühte mich, das Bild zu verdrängen und einen klaren Kopf zu bewahren. Er hatte mich sicher nur hierhergebracht, weil die heißen Quellen meine Wunden heilen würden, aus keinem anderen Grund. In seinen Augen war ich schließlich nur ein Mensch. Letzte Nacht hatte ich mir seinen Respekt verdient. Vielleicht war das hier seine Art, mir für den Einsatz meines Lebens beim Bergen des Horns zu danken. Er schien ein schlechtes Gewissen zu haben, weil er mich in Gefahr gebracht hatte. Vielleicht wollte er es wiedergutmachen. Ich schluckte und verdrängte die wirren Gedanken, die meinen Kopf fluteten.

*Reiß dich zusammen, Keith!*

Ich legte meine Hand in seine. Er zog mich so heftig an sich, dass ich nach Luft schnappte. Meine nackte Haut presste sich gegen seine, und eine Gänsehaut überzog augenblicklich meinen gesamten Körper. Ich spürte jeden angespannten Muskel seiner Brust, seiner Arme und seines Bauches, jeden Herzschlag.

Eine Hand hatte ich reflexartig gehoben, als er mich an sich gezogen hatte. Sie ruhte nun auf seiner Brust. Die Haut darunter schien zu brennen. Ich traute mich nicht, zu ihm aufzusehen, hatte meine Augen auf seine Brust geheftet, die sich langsam hob und senkte. Seine Haut war ebenfalls von einer Gänsehaut überzogen.

*Ich dachte, Feen frieren nicht*, wunderte ich mich, als Carrick mit rauer Stimme zu sprechen begann. Er beugte sich zu mir herab, sein Atem strich über mein Haar.

»Wir müssen uns einfach nur auf denselben Ort konzentrieren, dann kann nichts schiefgehen. Lassen wir es langsam angehen. Siehst du das kleine Becken, dort am äußersten Rand?«

Mein Blick folgte seinem ausgestreckten Finger. Ich nickte, war nicht fähig zu sprechen.

»Gut. Schließ die Augen, denk an nichts anderes als dieses Becken und daran, wie sehr du dir wünschst, dort zu sein. Wie sich der Fels unter deinen nackten Füßen wohl anfühlt, wie das Wasser deine Beine umspült, wie sich seine Wärme in deinem Körper ausbreitet.«

Ich schloss gehorsam die Augen. *Nichts leichter, als mich zu konzentrieren, während ich an deinen halb nackten Körper gepresst bin*, dachte ich und verdrehte innerlich die Augen.

Einen Herzschlag lang fühlte ich mich, als würde ich fallen, obwohl wir uns noch gar nicht bewegt hatten. Es war berauschend, in seiner Gegenwart die Augen zu schließen, vor allem, wenn er mir so nahe war. Ich wusste nicht, was als Nächstes passieren würde, was er als Nächstes tun würde, und ich genoss es.

*Ich vertraue ihm*, stellte ich überrascht fest. *Seit gestern Nacht würde ich ihm mein Leben anvertrauen.* Nur einen Tag vorher wäre das noch undenkbar gewesen.

Sein Atem strich noch einmal über mein Haar, dann festigte er den Griff seiner Arme um meinen Körper und machte einen Schritt in den See hinein.

Hastig bemühte ich mich, das Bild des dampfenden Wasserbeckens im Geist heraufzubeschwören, da fielen wir auch schon. Die Reise erschien mir länger als gewöhnlich, ich hielt meine Augen geschlossen, ließ mich ganz von Carrick leiten, versuchte, das Bild seiner Hände auf meinem nackten Körper auszublenden und an nichts anderes als unser Ziel zu denken.

Dann schossen wir auch schon nach oben. Wärme umgab mich plötzlich von allen Seiten. Ich befand mich im Wasser!

Ich strampelte mit den Beinen und spürte unebenen Boden unter den Füßen, auf dem ich sofort ausrutschte. Panisch riss ich die Augen auf und schlug mit den Armen um mich. Dampf umhüllte mich und nahm mir die Sicht, heißes Wasser spritzte auf, als ich zurückfiel.

»Hey, hey!« Carrick hielt mich am Ellbogen fest, bevor mein Kopf unter Wasser tauchen konnte. »Alles ist gut, wir haben es geschafft«, rief er gegen das laute Platschen an, das ich erzeugte. Seine Berührung holte mich ins Hier und Jetzt zurück. Langsam beruhigte ich mich, und die Umrisse meiner neuen Umgebung schälten sich aus dem Wasserdampf.

Wir hatten es wirklich geschafft. Wir befanden uns in genau dem Becken, das Carrick mir vor nur wenigen Sekunden vom Seeufer aus gezeigt hatte. Ich lag halb im Wasser, trieb dahin, als würde ich schweben, während Carrick mich noch immer am Ellbogen festhielt.

»Na, haben wir uns wieder beruhigt?« Er sah mit einem amüsierten Grinsen auf mich herab. »Du kannst doch schwimmen, oder?«

Ich funkelte ihn an. »Natürlich kann ich schwimmen!«

»Das sah aber gerade nicht so danach aus.«

Ich verdrehte die Augen. »Ich hatte einfach nicht damit gerechnet, dass es gleich beim ersten Mal funktioniert.«

Er hob die Brauen. »Ich habe keine Sekunde lang daran gezweifelt«, sagte er und ließ mich vorsichtig los. »Du bist ein Naturtalent.«

Ich freute mich mehr über sein Lob, als ich zugeben wollte. Langsam setzte ich die Füße auf die glitschigen Felsen unter mir und watete durchs Wasser zum Rand des Beckens. Von hier aus hatte man einen Ausblick auf den See, der nun tief unter uns lag. Mein Magen rebellierte kurz angesichts der Höhe, doch ich hatte mich schnell wieder unter Kontrolle. Wabernde Schwaden stiegen um uns herum auf und dämpften die Geräusche des Waldes. Es war, als wären wir in unserem eigenen warmen Kokon. Als ich mich zu Carrick umdrehte, wirkten auch seine Züge weicher im aufsteigenden Dampf.

»Es ist wunderschön hier«, murmelte ich.

Er nickte verträumt. »Ich war lange nicht hier und hatte gehofft, dass es noch so schön ist, wie ich es in Erinnerung hatte.«

Er lehnte sich zurück, legte den Kopf auf den Beckenrand, streckte die Beine im Wasser aus und schloss die Augen.

Ich nutzte die Zeit, um ihn unauffällig zu betrachten. Mein Blick glitt über seine feste Brust, die starken Arme. Der Rest war vom Wasser verborgen. Als ich sein von feuchtem, gewelltem Haar eingerahmtes Gesicht betrachtete, fiel mir auf, dass seine Ohren nun wieder spitz waren. Er wirkte noch überirdischer als sonst, so entspannt, beinahe zerbrechlich. Hier konnte er endlich wieder er selbst sein.

Ich seufzte. Sofort öffneten sich seine Augen, und sein Blick schoss zu mir. Ertappt wandte ich mich ab. Warum musste ich ihn auch immer anstarren?

»Können wir es noch mal versuchen?«, fragte ich ihn rasch, während ich die bauchigen Ausbuchtungen der anderen steinernen Becken über uns betrachtete.

»Was? Spiegelreisen?«

Ich nickte.

»Na klar.« Er richtete sich langsam auf, das Wasser perlte von seinem Körper, und ich starrte verbissen auf einen Punkt im Wasser direkt vor mir.

»Wohin soll's denn diesmal gehen?«

Ich überlegte nicht lange. »Zu dem größten Becken, ganz weit oben?«

Er lachte. »So viel zu *wir lassen es langsam angehen.*«

Wasser plätscherte, als er sich auf mich zubewegte, und schon lag ich wieder in seinen Armen.

Wir verbrachten gefühlte Stunden damit, von Wasserbecken zu Wasserbecken zu spiegelreisen. Dabei mussten wir nur darauf warten, dass sich das von uns aufgewirbelte Wasser um uns herum wieder beruhigte, bevor wir hindurchreisen konnten. Wir sprangen von oben nach unten, von rechts nach links. Es war berauschend.

Ich nahm mir die Zeit, in den größeren Becken zu schwimmen, während Carrick mich faul vom Rand aus beobachtete. Wir lachten, bespritzten uns gegenseitig mit Wasser, und unsere ausgelassenen Rufe hallten laut von den mysteriösen weißen Felsen wider. In den kleineren Becken lagen wir schweigend und mit geschlossenen Augen nebeneinander, atmeten den Wasserdampf ein und ruhten uns von den Strapazen der letzten Nacht aus. Doch ich konnte nie lange still liegen, bat Carrick immer wieder darum, noch einmal gemeinsam zu spiegelreisen.

Ein angenehmer Nebeneffekt war, dass wir uns dabei ständig nahekamen. Ich fühlte mich sicher und geborgen in seiner Umarmung und fragte mich, ob er sich mir seit letzter Nacht wohl auch so verbunden fühlte. Den Gedanken, dass er ein Killer war, der meinesgleichen jagte, hatte ich in die hinterste Ecke meines Kopfes verbannt. Versuchte er ebenfalls zu vergessen, dass ich eine Seherin und damit seine natürliche Feindin war? Oder war er sich dessen nur allzu bewusst? Er war seit letzter Nacht freundlich zu mir gewesen, hatte sich besorgt um meine Gesundheit gezeigt und mir sogar das Leben gerettet. Aber war da mehr? Spürte er auch dieses Kribbeln, diese Hitze, wenn wir uns berührten? Oder war das nur meine menschliche Reaktion auf seinen Feencharme?

Immer wenn ich in einem der Becken lag und meine Gedanken schweifen ließ, bahnten sich diese Fragen ihren Weg an die Oberfläche meines Bewusstseins. Dann rappelte ich mich jedes Mal auf, schob die Zweifel von mir und bat Carrick darum, noch einmal zu spiegelreisen.

Als schließlich die albische Dämmerung hereinbrach, hatten wir gerade eine weitere Wasserschlacht beendet. Mit geröteten Wangen verkündete Carrick, dass es an der Zeit sei zu gehen.

Wir reisten zurück ans Seeufer. Das Spiegelreisen fiel mir bereits viel leichter, fühlte sich beinahe vertraut an.

Die Bäume warfen bereits lange Schatten auf den See. Dampf stieg von Carricks und meiner vom Wasser erwärmten Haut auf. In der kühlen Luft zitterte ich nun am ganzen Leib, und eine Gänsehaut bedeckte jeden Zentimeter meines Körpers. Als Carrick das sah, manifestierte er ein großes, flauschiges Handtuch aus dem Nichts und legte es mir um die bebenden Schultern.

Meine Kleider lagen noch am Boden verstreut, wo ich sie abgestreift hatte. Als ich mich bückte, um sie aufzuheben, stieg mir die Schamesröte ins Gesicht, denn ich erinnerte mich daran, wie ich sie vor seinen Augen abgelegt hatte.

Ich drehte Carrick den Rücken zu, während ich mich unbeholfen unter dem Handtuch ankleidete. Als ich mich wieder zu ihm umdrehte, wartete er bereits trocken und angezogen auf mich.

Wir schwiegen beide, als wir durch die Seeoberfläche zurück in meine Welt spiegelreisten. Hier sah alles noch genauso aus wie zuvor, wirkte aber viel glanzloser als in Alba. Der weiße Felsen und die heißen Quellen fehlten, es schwammen keine Seerosen auf dem Teich, und die Bäume waren kleiner, gedrungener und trugen keine silberglänzenden Flechten.

Ein Blick zu der zwischen den Baumwipfeln hervorlugenden Sonne sagte mir, dass es hier noch immer Nachmittag sein musste. Während wir Stunden in Alba verbracht hatten, war hier kaum Zeit vergangen.

Alles war wie zuvor, und doch hatte sich etwas verändert. Da war diese Vertrautheit zwischen uns, dieses Kribbeln. Gleichzeitig fühlte ich mich befangen, fast schon scheu, jetzt, da wir angezogen waren und das magische *taigh-ionnlaid* hinter uns gelassen hatten.

Carricks Oldtimer stand noch immer an seinem Platz. Er hielt mir galant die Tür auf, und ich schenkte ihm ein Lächeln. Im Auto war es noch kühler, und ich begann augenblicklich wieder zu zittern. Carrick streckte eine Hand aus und fuhr damit durch mein nasses Haar.

»Du wirst krank werden«, bemerkte er stirnrunzelnd. Im nächsten Augenblick blies ein warmer Windhauch über mein Gesicht und durch meine Haare, die mir daraufhin trocken über die Schultern fielen. Ich sah ihn mit offenem Mund an, doch er zuckte die Achseln. »Nur einer meiner – wie hast du dich vorhin ausgedrückt? – *kleinen Zaubertricks*. Nützlich, nicht wahr?«

»Ich gebe zu, dass du manchmal ganz nützlich sein kannst«, gab ich zähneknirschend zurück.

»Zum Beispiel, wenn ich dich von steilen Klippenrändern rette, an denen du so herumhängst, oder dir eines der vielen Wunder Albas zeige?«

»Ja, zum Beispiel«, antwortete ich lachend. *Oder wenn du mich in deinen Armen hältst und mir das Gefühl gibst, dass ich dort hingehöre und nirgendwo anders*, dachte ich und biss mir auf die Lippe.

Er sah mich noch einen Moment länger an, als hätte er meine Gedanken gehört, bevor er meine Tür zuwarf, um das Auto herumkam und auf dem Fahrersitz Platz nahm.

»Können Menschen das eigentlich lernen?«, fragte ich ihn, um mich abzulenken.

»Magie?« Er warf mir einen nachdenklichen Blick zu. »Ich habe noch nie davon gehört. Früher gab es unter den Menschen Hexen und Alchemisten, die Kräuterwissen und chemische Versuche als Magie bezeichneten, auch wenn es natürlich keine war. Selbst uns *sìthichean* fällt es in eurer Welt schwerer, Magie zu wirken. In Alba ist es so leicht, als würde ich atmen, hier verfüge ich nur über einen Bruchteil meiner Kräfte.«

»Aber ich habe dich deine Kleider wechseln und ein Handtuch manifestieren sehen, und dein Körper hat seine Wunden letzte Nacht übernatürlich schnell geheilt.«

»Ich bin immer noch eine *sìthiche*«, antwortete er schmunzelnd. »Selbst an meinen schlechtesten Tagen wäre ich in der Menschenwelt um einiges schneller, stärker, robuster und magiebegabter als ein gewöhnlicher Mensch.«

»Und arroganter«, schoss ich zurück und verdrehte die Augen.

»Das sowieso«, antwortete er zwinkernd, ließ den Motor an und lenkte den Wagen aus dem Waldstück heraus zurück auf die Straße.

# Kapitel 30

Wir neckten uns die ganze Fahrt über, bis es langsam dunkel wurde. Carrick raste noch schneller als sonst dahin, er hatte es sichtlich eilig, zu seinen Kameraden zurückzukehren.

Einmal mehr fragte ich mich, warum er trotz allem an den Quellen angehalten hatte. Ich war ihm dankbar dafür, fühlte mich erfrischt und ausgeruht. Mein Kopf schmerzte nicht mehr, und ich schwebte auch nicht mehr auf der Schmerzmittelwolke. Ich hatte es mir, eingekuschelt in die Decke, die Carrick am Tag zuvor für mich manifestiert hatte, auf meinem Autositz gemütlich gemacht, die Schuhe abgestreift und die Füße aufs Armaturenbrett gelegt.

Gerade erzählte er mir eine besonders lustige Anekdote darüber, wie er einst im Amazonas mit einem Bog, einem grässlichen Sumpfmonster, gerungen hatte. Er hatte die Arme vom Lenkrad genommen, um den Kampf nachzustellen, und ahmte das blubbernde Gebrüll des Bog so authentisch nach, dass mir Lachtränen die Wangen hinabliefen.

»Sein Körper bestand ganz aus Schlamm!«, rief er. »Wie soll man mit so etwas ringen? Und der Gestank …«

Er wandte sich mir mit gerümpfter Nase zu, die Hände noch immer theatralisch erhoben. »Du kannst dir gar nicht vorstellen, wie gern ich mir beim Kämpfen die Nase zuge…«

»Carrick, pass auf!«

Eine Gestalt tauchte auf der Straße auf. Erst im letzten Moment hatte ich die Umrisse in der Dunkelheit ausmachen können, während Carrick gar nicht hingesehen hatte. Wie in Zeitlupe sah ich uns nun auf den dunklen Schemen zurasen. Das grelle Scheinwerferlicht flutete nur einen Wimpernschlag lang über die Gestalt hinweg – ein langer Mantel und eine tief ins Gesicht gezogene Kapuze blitzten auf –, dann riss Carrick das Steuer herum.

Mein Körper wurde zur Seite geschleudert, der Sicherheitsgurt schnitt schmerzhaft in meine Haut. Einen Augenblick lang schien es keine Schwerkraft mehr zu geben, meine ausgestreckten Beine flogen in die Höhe. Im nächsten Moment schlugen sie wieder hart auf dem Armaturenbrett auf, sodass ich vor Schmerz aufschrie. Auch mein Kopf wurde zurück gegen den Sitz geschleudert, an den mich der Gurt nun unerbittlich fesselte. Die Reifen quietschten, das Auto schlingerte seitwärts über die Straße, dann hoppelte es plötzlich über unebenes Gelände. Wir waren von der Fahrbahn abgekommen, wurden so stark durchgeschüttelt, dass ich mir auf die Zunge biss und sofort Blut schmeckte.

Carrick – gepriesen seien seine übermenschliche Kraft und sein Reaktionsvermögen – hielt das Lenkrad nun fest umklammert und versuchte verbissen, das Auto wieder unter Kontrolle zu bringen. Die Bremsen heulten noch einmal auf, mein Gurt presste mich so fest in den Sitz, dass mir die Luft wegblieb, dann kamen wir mit einem letzten Ruck zum Stehen.

Ich schnappte panisch nach Luft, konnte kaum atmen. Meinen Magen musste ich irgendwo auf der Straße hinter uns zurückgelassen haben, mein Herz hämmerte schmerzhaft in meiner Brust. Kalter Schweiß war mir ausgebrochen, und ich zitterte am ganzen Körper. Es rauschte laut in meinen Ohren. Doch mein erster klarer Gedanke galt der dunklen Gestalt, die so plötzlich auf der Fahrbahn vor uns aufgetaucht war.

Ich riss den Kopf herum, suchte panisch die Dunkelheit vor meinem Fenster ab, erwartete, dass meine Tür sich jeden Moment öffnen und Goll mich mit einem widerlichen Grinsen aus dem Auto zerren würde. Ich zog und zerrte an meinem Anschnallgurt, der mich noch immer viel zu fest in den Sitz presste und in meine Haut schnitt. Wir mussten hier weg, es war eine Falle, wir mussten –

»Cate«, schrie Carrick mich an. Er rüttelte mich an der Schulter, hatte anscheinend schon seit einer ganzen Weile auf mich eingeredet. Ich hatte nichts gehört, in meinen Ohren rauschte es zu laut.

»Cate, bist du verletzt? Geht es dir gut? Es ging alles so schnell, ich habe nicht auf die Straße geschaut. Antworte mir!«

Ich zwang mich, ihn anzusehen, zu nicken. Verstand er denn nicht? Wir mussten so schnell wie möglich von hier verschwinden.

*Fahr weiter*, wollte ich ihm zurufen. *Es ist eine Falle!* Aber nur ein Wimmern kam mir über die Lippen. Mein Brustkorb schmerzte, meine Haut stand in Flammen, wo der Gurt in sie schnitt.

Da zückte Carrick ein Messer. Meine Augen wurden groß, doch ich hatte keine Zeit, Angst zu verspüren. Schon ließ er es auf mich herabsausen. Es durchtrennte meinen Gurt mit einem einzigen Schnitt. Augenblicklich schoss Luft in meine Lungen, mein Brustkorb schien zu ächzen, das Brennen auf meiner Haut verschwand.

»Fort von hier«, japste ich. »Falle … Goll …«

»Sch, sch, es ist alles gut, dir ist nichts passiert«, redete Carrick mit beruhigender Stimme auf mich ein. »Es ist nur …«

Da schlug etwas gegen meine Scheibe, und ich schrie auf. Eine Hand, es war eine Hand! Goll war gekommen, um das Horn zurückzuholen.

»*Amadan!*«, stieß Carrick zwischen zusammengebissenen Zähnen auf Gälisch hervor. Warum zückte er denn keine Waffe? Warum trat er Goll und seinen Männern nicht entgegen?

»Was machst du denn, du Idiot?«, rief Carrick stattdessen. »Du hättest uns beinahe zu Tode erschreckt!«

Er stieß fluchend seine Tür auf und stieg aus.

»Das ist ja eine nette Begrüßung«, hörte ich eine fröhliche Männerstimme sagen. »Ich stand doch mitten auf der Straße. Was hat dir denn bloß so die Sinne vernebelt, dass du mich nicht schon von Weitem gesehen hast?«

Das Gesicht eines Mannes erschien in Carricks Türrahmen. Er

warf nur einen kurzen Blick auf mich, und sein Mund verzog sich zu einem breiten Grinsen. »Oder sollte ich lieber fragen, *wer?*« 

Wie sich herausstellte, handelte es sich bei dem Mann, der unseren Unfall verursacht hatte, um keinen Geringeren als Conán, Freund und Waffenbruder von Carrick und treues Mitglied der Fianna.

Die beiden unterhielten sich eine Weile mit gesenkten Stimmen auf Gälisch, während ich die Zeit nutzte, um mich von meinem Schock zu erholen.

»Das war nur wieder einer deiner dummen Streiche«, brummte Carrick schließlich auf Englisch und wandte sich von ihm ab. »Hättest du dir diesmal auch sparen können. Wir haben ganz andere Sorgen.«

Er beugte sich ins Auto und griff auf den Rücksitz. Als er das *Dord Fiann* hervorzog, stieß Conán einen anerkennenden Pfiff aus. Er klopfte Carrick auf die Schulter und nahm ihm das Horn mit ehrfürchtigem Blick aus der Hand. »Alle Achtung, *mo bhràthair,* du hast wie immer gute Arbeit geleistet.«

»Das war ich nicht allein«, entgegnete Carrick. Er steckte den Kopf wieder ins Auto und bedeutete mir auszusteigen. »Ist fast ausschließlich Catrionas Verdienst.«

Mit zitternden Knien stieg ich aus und ging um das Auto herum.

»Beim Todesschrei der Banshee!«, rief Conán ungläubig. »Die Menschenfrau hat dir wohl gezeigt, wie's geht, was?«

Er lachte laut, verbeugte sich spielerisch vor mir und griff nach meiner Hand.

»Conán«, warnte Carrick noch mit schneidender Stimme, doch da hatte der verschmitzt grinsende Fianna-Krieger mir schon einen schmatzenden Kuss auf den Handrücken gedrückt.

Carrick warf ihm einen Blick zu, der einen Steintroll augenblicklich hätte zu Staub zerfallen lassen, doch Conán zwinkerte mir nur verschwörerisch zu.

»Mach dir nichts aus dem da«, erklärte er mit vertraulich gesenkter Stimme, »der ist immer so mies drauf. Mit mir kann man dagegen wirklich Spaß haben.«

»Das bezweifle ich nicht«, lachte ich. »Freut mich, deine Bekanntschaft zu machen.«

»Die Freude ist ganz meinerseits, *bana-mhèirleach.*«

»Was bedeutet *bana-mhèirleach?*«, fragte ich sofort misstrauisch. Man hatte mir bereits zu viele Namen gegeben, die mich beleidigen sollten. Doch dieser freundliche Mann mit den funkelnden blauen Augen und dem zerzausten strohblonden Haar schien nichts gegen mich zu haben, obwohl ich ein Mensch und eine Seherin war.

»Es heißt so viel wie Meisterdiebin«, antwortete Carrick an Conáns statt.

»Es ist ein Kompliment«, fuhr Conán ihm über den Mund. »Noch nie ist es jemandem gelungen, etwas von den Keiths zu stehlen. Was für ein meisterhaft ausgeführter Diebstahl!«

Meine Wangen brannten, und ich musste mir eingestehen, dass mir der neue Spitzname gefiel, auch wenn ich von meiner eigenen Familie gestohlen hatte.

»So würde ich das nicht gerade sagen …«, begann ich verlegen.

»Meisterhaft ist nicht das Wort, das einem zuerst in den Sinn kommt«, pflichtete Carrick mir bei. Er lächelte mich wissend an. Da war sie wieder, diese Vertrautheit, dieses Band, das das gemeinsam Erlebte zwischen uns geknüpft hatte. »Es war eher eine Hauruck-Aktion, mit einer großen Portion Glück und einem sehr, sehr tiefen Fall.«

»Sprung«, verbesserte ich ihn. »Ich dachte, du wärst gesprungen.«

Er hob einen Arm, um sich kleinlaut am Hinterkopf zu kratzen. »Ich war nicht mehr wirklich in der Verfassung zu springen«, beichtete er mit einem schiefen Lächeln.

»Springen oder fallen, wo ist da der Unterschied?«, mischte Conán sich ein. Sein Lachen war ansteckend. Die fröhliche, offene Art, mit der er mir begegnete, war so ganz anders als Carricks anfängliche Feindseligkeit mir gegenüber, die sich in Reserviertheit, dann in eine zweckmäßige Partnerschaft und schließlich in etwas ganz anderes verwandelt hatte, das ich noch nicht benennen konnte. 

Carricks Blick lag weiterhin auf mir. Prüfend. Fragend. Unsicher?

»Auf jeden Fall entschuldige ich mich in aller Form bei euch beiden für mein plötzliches Auftauchen und den Beinahe-Unfall«, plapperte Conán weiter. »Es ist nur so … die Zeit läuft uns davon, und wir sollten jetzt wirklich nach Alba zurückkehren. Diarmid hat mich geschickt, um euch abzuholen.«

»Uns?«, entfuhr es mir. Die Überraschung in meiner Stimme war kaum zu überhören.

»Carrick und die Meisterdiebin, so lautet mein Auftrag«, bestätigte Conán.

Auch Carrick runzelte nun die Stirn. »Woher wusste Diarmid davon? Woher wusstest du, wo ich mich aufhalten würde, dass ich geplant habe, das Horn mithilfe einer *sùl*…«, er räusperte sich, »mit Cates Hilfe zu stehlen?«

Conán war schon dabei, um das Auto herumzugehen und sich wie selbstverständlich auf dem Beifahrersitz niederzulassen.

»Na, von Nairn natürlich«, sagte er leichthin.

»Nairn?«, riefen Carrick und ich gleichzeitig.

»Sie ist zurück zu den Fianna gestoßen?«, fügte Carrick hinzu.

»Heute Morgen«, bestätigte Conán mit einem Nicken. »Sie war es auch, die darauf bestand, dass die Meisterdiebin mit nach Alba kommt. Uns hätte es vor Schreck beinahe den Schmalz aus den Ohren gehauen, als sie nach all der Zeit plötzlich im Lager aufgetaucht ist. Ein schöner und willkommener Anblick, das könnt ihr mir glauben, auch wenn wir erst mal einiges aus der Welt schaffen mussten.«

Er kratzte sich nachdenklich am stoppeligen Kinn, sah uns dann verständnislos an, da wir immer noch schockiert neben dem Auto standen.

»Na, kommt schon, das Ding fährt sich nicht von selbst. Wir haben morgen früh was Wichtiges vor, und das nächste Portal ist nicht gerade um die Ecke!«

Carrick und ich erwachten aus unserer Schockstarre und wären beinahe zusammengeprallt, als wir uns hastig in Bewegung setzten. Sein Arm schoss vor und hielt mich von sich, bevor ich in ihn hineinrennen konnte.

»Entschuldige«, murmelte ich zerstreut.

»Ist alles in Ordnung, Cate?«, fragte er mit einem raschen Seitenblick zu Conán, der dabei war, seine Fingernägel mit einem Jagdmesser zu säubern, und uns gar nicht mehr beachtete. Ich nickte zerstreut.

»Möchtest du wirklich mit nach Alba kommen, oder sollen wir dich irgendwo rauslassen?«, fuhr Carrick mit gesenkter Stimme fort. »Du hast keinerlei Verpflichtung, mit uns zu kommen, das weißt du doch hoffentlich?«

Seine Worte versetzten mir einen Stich. Wie kam er auf die Idee, dass ich nicht mitkommen wollte? Wollte er mich nicht dabeihaben, mich so schnell wie möglich loswerden? War ich nur eine Last, die die Fianna auf ihrem Weg aufhielt? Nein, ich würde mich nicht so leicht abwürgen lassen. Ich hatte das Horn schließlich eigenhändig geborgen, es war mein Recht zu sehen, wie sie es im Kampf gegen Goll benutzten. Und außerdem wollte ich unbedingt Nairn wiedersehen. Was sie wohl dazu sagen würde, dass ich Carrick tatsächlich geholfen hatte, das Horn zu bergen? Würde sie sich freuen, mich wiederzusehen?

*Und natürlich hat deine Entscheidung, mit nach Alba zu gehen, überhaupt nichts damit zu tun, dass du dann mehr Zeit mit Carrick verbringen kannst*, meldete sich die Stimme in meinem Kopf zu Wort.

»Du hast schon so viel für uns getan«, fuhr Carrick fort. »Du kannst gehen, wann immer es dir beliebt.«

»Ich werde dann gehen, wenn ich mich davon überzeugt habe, dass ihr das Horn, das ich eigenhändig gestohlen habe, auch wirklich zum Wohl der Menschen einsetzt, wie ihr es behauptet«, antwortete ich in scharfem Tonfall.

Carrick hob beide Augenbrauen, sagte jedoch nichts. Er nickte nur und ließ rasch meinen Arm los, als hätte er sich daran verbrannt.

Ich setzte mich auf die Rückbank, neben meinen Koffer, meinen Rucksack und das *Dord Fiann*, da der Beifahrersitz nun von Conán besetzt war. Kurz darauf rasten wir wieder durch die Nacht. Zum Glück hatte der Oldtimer keinen Schaden genommen, als wir von der Straße abgekommen waren.

Gedankenverloren lauschte ich dem Gespräch der beiden Fianna, die sich, wahrscheinlich aus Höflichkeit mir gegenüber, auf Englisch unterhielten. Carrick berichtete in allen Einzelheiten, wie wir das *Dord Fiann* geborgen hatten und was ich von Goll über dessen Pläne erfahren hatte. Die beiden ergingen sich daraufhin in möglichen Angriffsstrategien und Taktiken, wie Goll aufzuspüren und auszulöschen war.

Es ging danach um Fionns steinernen Zustand, der unverändert war, um die neusten Entwicklungen in Alba und Nairns unerwartetes Auftauchen.

Ich beteiligte mich nicht an ihrem Gespräch, aß eine Packung Kekse, die ich in meinem Rucksack gefunden hatte, starrte in die Nacht hinaus und hing meinen düsteren Gedanken nach. Abertausende Sterne funkelten am Himmel, nur getrübt vom hellen Licht der Mondsichel. Ich dachte an New York und dass es dort so gut wie unmöglich war, die Sterne zu sehen. Dieser Gedanke führte unweigerlich zu Ben. Augenblicklich überkam mich brennende Scham.

In den letzten Tagen hatte ich immer seltener an meinen Verlobten gedacht, war so beschäftigt gewesen mit dieser Welt, die nicht meine eigene war. Doch ich wusste sehr wohl, dass der Grund, aus dem ich in letzter Zeit nicht oft an ihn gedacht hatte, nicht allein auf meine Abenteuer in Alba zu schieben war, sondern vor allem mit meinem neuen Reisegefährten zu tun hatte.

Meine Gedanken waren von Carrick beherrscht gewesen, von seiner neuen, sanften Seite, die er mir erst letzte Nacht offenbart hatte. Er schien wirklich um mich besorgt zu sein, hatte sein eigenes Leben riskiert, um meins zu retten, und sich seitdem große Mühe gegeben, mich zu beschützen und zu heilen. Aber warum das alles? Warum war er plötzlich nett zu mir, wenn er mich vorher doch so sehr verabscheut hatte? Hatte er Schuldgefühle, weil ich seinetwegen beinahe gestorben wäre? War er mir einfach nur dankbar und hatte bemerkt, dass er sich in mir getäuscht hatte? Oder war da mehr? Es war dieses *Mehr*, das ich nicht greifen konnte. Es spukte in meinem Kopf herum, kribbelte in meinem Bauch und zupfte an meinem Herzen. Und nun ließ es mich bei dem Gedanken an Ben brennende Scham empfinden. Wie könnte ich ihm jemals erzählen, was ich hier erlebt hatte? Es war unmöglich. Er würde es nicht glauben, mich in eine Klinik einweisen lassen, die Verlobung auflösen. Und wie könnte ich Ben noch in die Augen sehen, wenn ein anderer Mann so ein Chaos in meinem Inneren auslöste?

Doch der andere Mann, dieser wunderschöne Feenkrieger, hatte mir noch keinen Grund zur Annahme gegeben, dass er mich ebenso begehrte wie ich ihn. Ich hatte nichts Falsches getan, hatte keine Grenze überschritten. Und so würde es auch bleiben. Ich würde am Ende meines Urlaubs zu Ben zurückkehren, so wie es von Anfang an geplant gewesen war.

*Und dein Herz?*, fragte meine Gedankenstimme. *Wird dein Herz in Alba bleiben?*

Darauf wusste ich keine Antwort.

Ich zog meine Decke fester um mich und schloss die Augen. Mein Kopf hatte wieder zu pochen begonnen, ob von der Wunde oder von all den Gedanken, die in ihm herumspukten, konnte ich nicht sagen. Vielleicht konnten das noch nicht einmal die Sterne.

# Kapitel 31

Wir hielten an, als die Dunkelheit im Osten langsam von einem sanften Leuchten verdrängt wurde.

Ein Blick aus dem Fenster zeigte mir, dass wir an einem von Bergen umgebenen See geparkt hatten, deren Gipfel teils noch weiß gepudert waren. Auf einer Landzunge auf dem See thronte eine weitere Burg – eine gut instand gehaltene, mächtige Bastion mit kleinen Türmchen und einer Brücke, die über die Landzunge zum Festland führte.

»*Eilean Donan Castle*«, murmelte ich verschlafen. Ich erkannte die ikonische Burg sofort wieder, hatte ein Bild von ihr im Reiseführer gesehen. Außerdem war sie Teil der von Ben für mich ausgearbeiteten Reiseroute gewesen.

»Ganz recht«, flötete Conán, dem keine Müdigkeit anzumerken war, obwohl er sicher die ganze Nacht über nicht geschlafen hatte. »Und das ist *Loch Duich*.« Er deutete auf den See, dessen Wasserpegel auffällig niedrig war.

»Bei Ebbe können wir ihn als ein besonders mächtiges Portal nutzen, bei Flut ist das Wasser nicht ruhig genug. Schnell jetzt, bevor die ersten verrückten Touristen hier auftauchen.«

Ich rieb mir die Augen und taumelte aus dem Auto. »Sind Fionn und die anderen im Schloss? Ich meine, auf der albischen Seite?«

Conán kicherte, als ob ich einen Witz gerissen hätte. »Oh nein, wir reisen von hier zu den *Glumagan nan Sìthichean*. Die sind auf der Isle of Skye.«

Die Isle of Skye? Ich horchte auf. Ich hatte unbedingt auf diese Insel vor der schottischen Westküste gewollt, aber Ben hatte mir erklärt, dass die Zeit dafür nicht ausreichen würde, und sie deshalb nicht in meinen Reiseplan eingebaut. Der Gedanke, dass ich sie nun doch noch zu Gesicht bekommen sollte, weckte mich schlagartig auf.

»Es ist eine weite Spiegelreise«, erklärte Carrick, der sich lautlos neben mich gestellt hatte. »Wir werden uns stark konzentrieren müssen, um nach Alba zu gelangen, und es wird uns viel Kraft kosten.«

»Wie kann ich denn helfen, wenn ich noch nie dort war?«, fragte ich.

»Kannst du nicht«, erwiderte er kurz angebunden. »Wenn du möchtest, kannst du dich auf die Isle of Skye konzentrieren, zum Beispiel auf den Punkt auf der Karte, an dem sie sich befindet. Alles andere wirst du uns überlassen müssen.«

Er hörte sich an, als hätte er am liebsten noch hinzufügen wollen: *Und ich weiß, wie schwer dir das fällt.*

Stattdessen drehte er sich um und öffnete den Kofferraum. Wir hatten also einen Schritt zurück gemacht, waren wieder bei dieser Reserviertheit zwischen uns angekommen. Ich verdrehte innerlich die Augen. Lag es daran, dass wir nicht mehr allein waren? Oder weil ich ihn am Abend zuvor zurechtgewiesen hatte?

»Wir werden nicht dein ganzes Gepäck mitnehmen können«, erklärte Carrick mir mit einem entschuldigenden Achselzucken. »Am besten packst du das Wichtigste in deinen Rucksack. Der Rest bleibt im Auto. Ich stelle es dahinten unter dem Felsvorsprung verborgen ab. Dort ist es sicher.«

Sofort machte ich mich an die Arbeit. Neben frischer Unterwäsche und Wechselkleidung packte ich ein paar Toilettenartikel und Haargummis, meine Taschenlampe, den Fotoapparat und natürlich mein Notizbuch mitsamt Stift in den Rucksack. Es gab so vieles, das ich noch aufschreiben musste. Es sah nicht so aus, als würde ich in nächster Zeit dazu kommen.

Carrick stellte das Auto unter besagtem Felsvorsprung ab und tarnte es mit Zweigen, während Conán mir mehr über das Schloss erzählte. »*Eilean Donan Castle* gehört den MacRaes. Dieser Clan ist einer der wenigen, die uns *sìthichean* nie feindlich gesinnt waren. Man erzählt sich sogar, dass eine junge MacRae einst einen Feenlord heiratete und so ein schwaches Bündnis zwischen den zwei Arten geschlossen wurde. Das hielt aber natürlich nicht lange an.« Er seufzte. »Heute noch profitieren wir davon, dass es hier in der Gegend keine Schutzzauber gibt, die uns aussperren. Wir befinden uns hier sehr nah an der Isle of Skye, wo die *sìthichean* teilweise heute noch verehrt oder zumindest respektiert und nicht gefürchtet werden. Das ist doch zur Abwechslung mal ganz angenehm.«

Verwundert sah ich ihn an. Carrick hatte mir gegenüber immer nur vom Hass zwischen den Arten gesprochen, von Kriegen, Furcht und Zwietracht. Dass es noch einen Ort in Schottland – überhaupt einen Ort auf der Welt – gab, an dem Feen und Menschen friedlich koexistieren konnten, hatte ich nicht zu hoffen gewagt.

»Erzähl ihr keine Märchen, *bràthair*«, ertönte da Carricks Stimme hinter uns. »Das ist lange her.«

»Warum musst du immer so pessimistisch sein?«, fragte Conán ärgerlich. Es war das erste Mal, dass ich ihn nicht lächeln sah. Carrick winkte nur ab.

»Bist du bereit?«, wandte er sich an mich. Sein distanzierter Ton machte mir Sorgen – wieder ganz der unnahbare Feenkrieger.

Ich nickte nur und schulterte meinen schweren Rucksack. Wir traten ans Seeufer, als die ersten Sonnenstrahlen das unbewegte Wasser zum Glitzern brachten.

»Komm her«, sagte Carrick und winkte mich zu sich. Ich erwartete, dass er mich wieder an sich ziehen würde, dass wir uns endlich wieder nahe sein würden, aber er stand nur regungslos vor mir. Conán trat von hinten an mich heran, und die beiden Männer reichten sich die Hände. So bildeten sie einen Kreis um mich herum.

»Leg deine Hände rechts und links auf unsere«, wies Carrick

mich an. Ich streckte die Hände aus und legte sie zu beiden Seiten auf die ineinander verschränkten Finger der beiden.

»Auf drei«, murmelte Carrick und begann zu zählen.

Als die Welt um mich herum endlich wieder Gestalt annahm, drehte sich alles. Weiße Lichtpunkte explodierten vor meinen Augen, und Übelkeit stieg in mir auf.

Ich konnte mich gerade noch zur Seite werfen, bevor ich mich übergab. Wasser spritzte auf, und ich schlug mir das Knie an einer scharfen Felskante an.

»Cate!« Carrick war sofort bei mir. Er hielt mir die Haare aus dem Gesicht, und seine flache Hand fuhr beruhigend Kreise auf meinem Rücken nach.

»Das war zu weit für die *taibhsear*«, sprach Conán das Offensichtliche aus. Ich stellte mir vor, wie Carrick ihm einen bösen Blick zuwarf, war aber zu schwach, um nachzusehen. Seine kühlen Finger strichen über meine Schläfen, und die Übelkeit ebbte langsam ab.

Ich setzte mich auf, versuchte, Halt an dem rauen Stein unter mir zu finden. Schon reichte Carrick mir eine Feldflasche, die er eben noch nicht in der Hand gehalten hatte.

»Danke«, murmelte ich und spülte mir den Mund aus.

Ich wunderte mich darüber, dass ich ihn nicht fortgeschickt hatte, wie ich es bei Ben immer tat, wenn mir schlecht wurde. Ich wollte nie, dass er mich in diesem schwachen, hilflosen und wenig eleganten Zustand sah, doch bei Carrick machte es mir nichts aus. Er hatte mich schließlich schon in viel schlimmerem Zustand gesehen – und mich die ganze Nacht über in den Armen gehalten.

Dann erst bemerkte ich, dass wir noch immer im beinahe kniehohen Wasser standen. Das eiskalte Nass hatte meine Wanderschuhe und Hosenbeine durchnässt, meine Füße waren schon beinahe taub. Mit einer Hand stützte ich mich noch an der Felswand am Rand des Wasserbeckens ab. Der unebene Fels bohrte sich schmerzhaft in meine Hand, und ich zog sie rasch zurück, wobei kleine Steinchen an meiner Haut hängen blieben.

Ich hob den Kopf, sah mich um.

Wir standen in einem beinahe kreisrunden Becken, umgeben von Felswänden, hoch über uns der bemerkenswert blaue Himmel. Der graue Fels, der uns von allen Seiten umgab, war von wundersamen Rillen und Furchen durchzogen und weiter oben, am Rand der Schlucht, mit einigen grünen Büschen und kleinen lila Blumen bewachsen. Doch ich konnte meine Augen nicht von dem Wasser abwenden, in dem wir standen. Das Becken war gefüllt mit dem klarsten und reinsten Wasser, das ich je gesehen hatte. Selbst an den tieferen Stellen konnte ich bis auf den Grund schauen.

Auf der einen Seite war der Grund von vielen kieselartigen Steinen bedeckt, dort, wo wir standen, waren es breite, flache Felsplatten. Direkt neben mir plätscherte ein kleiner Wasserfall über mehrere Stufen im Stein in ein benachbartes Becken, das durch eine flache Felswand abgetrennt war. Ich fragte mich, wie das sprudelnde, aufgewühlte Wasser des Nachbarbeckens in unseres kam, in dem das Wasser klar und ruhig war wie die Oberfläche eines Teichs. Ich konnte keine Öffnung erkennen, keine Quelle, die unser Becken speiste, nur einen Abfluss.

Als ich mich vorbeugte, erkannte ich, dass die beiden Becken unterirdisch verbunden waren. Die Felswand beschrieb knapp unter der Wasseroberfläche einen natürlichen Bogen, durch den man sicher hindurchtauchen könnte, um in das angrenzende Becken zu gelangen. Ich war wie verzaubert von dem Anblick dieses magischen Ortes. Das grünblaue Wasser umspielte meine Knöchel, ich hatte seine Kälte längst vergessen. Ich starrte auf den kleinen Wasserfall, verfolgte den Weg des sprudelnden, spritzenden Wassers über die Steine, wie es sich auf seinem jahrtausendealten Pfad durch das Gestein fraß, nur um sich dann auf der anderen Seite ruhig und beinahe unbewegt in unserem Becken zu sammeln. So wandelbar, so stark und zerstörerisch und gleichzeitig so sanft und Leben spendend. 

»Wo sind wir hier?«, entfuhr es mir.

»Wir sind in Alba, mitten in den *Glumagan nan Sìthichean*«, antwortete Carrick, der noch immer neben mir stand, eine Hand auf meinem Rücken. »Die Menschen nennen diese Becken, die vom Fluss *Allt Coir' a' Mhadaidh* gespeist werden, Fairy Pools, Feenbecken.«

Er und Conán tauschten einen amüsierten Blick. »Sie glauben, dass das *kleine Volk* hier lebt.«

»Ich habe mich schon immer gefragt, warum sie glauben, dass wir *sìthichean* klein sind«, sagte Conán mit einem so entrüsteten Tonfall, dass ich unwillkürlich schmunzeln musste.

»Und wo sind die anderen?«, fragte ich.

So schön dieser Ort auch war, gab es hier doch wenig Platz für eine ganze Kriegertruppe mitsamt ihrem versteinerten Anführer.

»Wir haben noch einen weiten Weg vor uns«, sagte Carrick stirnrunzelnd. »Dies ist nur das nächste und mächtigste Portal, zu dem wir es geschafft haben. Die Fianna befinden sich in unserem Geheimversteck in den *Black Cuillins*. Dorthin kann man nur durch ein einziges Portal gelangen.«

»Die *Black Cuillins* sind das angrenzende Gebirge«, erklärte Conán auf meinen fragenden Blick hin. Er deutete auf das Wasser, in dem wir alle standen. »Der *Allt Coir' a' Mhadaidh* entspringt dort.«

*Ein Gebirge?* Würde ich etwa klettern müssen? Mein Blick wanderte skeptisch an der steilen Felswand hinauf, an der ich lehnte. Ich würde definitiv klettern müssen. In meinem Magen flatterte es unangenehm. Es waren keine Schmetterlinge, eher Fledermäuse.

Carrick reichte mir seine Hand. »Bist du bereit?«

Ich fühlte mich zwar noch etwas wackelig auf den Beinen, nickte aber. Je eher wir es zum Geheimversteck der Fianna in den Bergen schafften, desto eher sah ich Nairn wieder, und desto eher würde ich mich auf den Heimweg machen können. Der Gedanke versetzte mir einen Stich.

Während wir die Felswand erklommen, versuchte ich, mich ganz auf die Kletterei zu konzentrieren und jegliche Gedanken an die Zukunft – und den sich immer weiter entfernenden Boden – von mir zu schieben.

Als Conán, der vor mir kletterte, mir endlich seine Hand reichte, um mich das letzte Stück nach oben zu ziehen, seufzte ich erleichtert auf. Ich hatte Klettern nie gemocht, auch wenn ich Ben in New York schon oft zu einer Kletterhalle begleitet hatte. Er hatte es »ein gutes Work-out« genannt.

»Wohl eher schweißtreibend und sinnlos«, hatte ich ihn geneckt, »eine unechte Felswand hinaufzuklettern und dann noch nicht mal mit einer schönen Aussicht belohnt zu werden.«

Er hatte mit einem lauten Lachen geantwortet, das mir jetzt wieder in den Ohren klang, und mich geküsst. Ständig hatte er mich dazu gedrängt, mit ihm klettern zu kommen, auch wenn meine Höhenangst mich jedes Mal hatte zittern lassen.

Ich schluckte, schüttelte den Kopf, um die Erinnerung zu vertreiben, und sah mich in meiner neuen Umgebung um.

Ein weites grünes Tal tat sich um uns herum auf, durch das sich ein schmaler Fluss zog. Der Fluss wurde mal breiter, mal tiefer, schien an einigen Stellen in der Erde zu verschwinden, nur um viele Meter weiter wieder aufzutauchen. An diesen Stellen fiel das Wasser kaskadenartig steile Felsstufen herab und bildete natürliche Becken, wie das, aus dem wir gerade herausgeklettert waren.

Das weite, flache Land war mit saftig grünem Gras bewachsen, gesprenkelt mit lilafarbenem Heidekraut und gelblichen Gräsern. In einiger Entfernung stieg der Boden an und türmte sich zu mächtigen Bergen auf, die die Ebene in einem Halbkreis einkesselten. 

Die grauen Berge im Hintergrund waren so hoch, dass einige ihrer Spitzen noch weiß gepudert waren. Doch was diesen wunderbaren Ort dominierte, waren nicht etwa die Fairy Pools oder das mächtige Black-Cuillins-Gebirge, es war ein einzelner Berg, der noch vor dem Gebirge in die Höhe ragte. Er schob sich aus dem massiven grauen Felsen der Gebirgskette hervor, als wollte er sagen: *Seht her, ich bin ein Einzelkämpfer.*

Es ging eine einzigartige Kraft und Stärke von diesem kegelförmigen Berg aus, die mich magisch anzog. Während wir uns in Bewegung setzten und genau darauf zuhielten, entdeckte ich im Näherkommen ein weiteres Merkmal, das ihn besonders machte. Eine lange Öffnung zog sich von seinem spitz zulaufenden Gipfel bis beinahe zu seinem Fuß herab. Wie eine offene Wunde klaffte die tiefe Öffnung im grauen Gestein, eine lange Linie, die sich zunächst beinahe schnurgerade hinabzog und dann, etwa auf halber Höhe, leicht nach links abbog.

Carrick musste meine Ehrfurcht bemerkt haben. »Das ist unser Ziel, *Sgurr an Fheadain*«, erklärte er. Er war hinter mir gegangen, schloss nun zu mir auf und deutete auf den Berg, den ich immer noch staunend betrachtete. »Sein Name bedeutet so viel wie *Gespaltener Gipfel.*«

Es war tatsächlich, als hätte jemand den Berg gespalten. Als hätte ein Riese einen gigantischen Dolch genommen und ihn von oben bis unten aufgeschlitzt, um seine Geheimnisse preiszugeben, seine tiefen, dunklen Verstecke mit der Welt zu teilen. Welche Wunder sich wohl in der düsteren Schlucht verbargen?

»Euer Geheimversteck befindet sich dort?«

Carrick nickte. »Wir haben ein Höhlensystem in der Schlucht entdeckt und es uns zunutze gemacht.«

»Ist ein wahres Labyrinth dort unten«, fügte Conán über seine Schulter hinweg hinzu.

Mein Herz begann, schneller zu schlagen. Wir würden in den Berg hineinsteigen und seine Geheimnisse lüften.

»Es ist ein langer Weg bis zum Berg und dann noch mal eine steile Kletterpartie«, erklärte Carrick.

Schon sank mein Herz beim Anblick der zerklüfteten Felswand, und ich hoffte, dass ich dem Anstieg gewachsen sein würde.

»Ich möchte, dass du dich dicht hinter Conán hältst«, fuhr Carrick fort. »Ich bin direkt hinter dir. Dir kann nichts passieren.« Ich nickte und lächelte unsicher.

Mein Lächeln schien ihn zu verwirren. Er runzelte die Stirn, öffnete den Mund. »Cate, ich …«

Fragend sah ich ihn an. Der steile Aufstieg war längst vergessen, alles, was zählte, waren die Worte, die er nicht über die Lippen zu bekommen schien.

Sein rastloser Blick wanderte über mein Gesicht, dann tiefer. Er blieb an meiner durchnässten Hose hängen.

»Du frierst sicher«, murmelte er. Im selben Moment spürte ich einen warmen Hauch, und meine Schuhe, Socken und Hosenbeine waren augenblicklich trocken.

Überrascht trat ich einen Schritt zurück und sah ihn an. Was hatte er sagen wollen?

Doch er machte keine Anstalten mehr zu sprechen. Er schaute geradeaus, den Blick fest auf unser Ziel gerichtet.

»Danke«, sagte ich eine Spur zu scharf, fuhr herum und beschleunigte meine Schritte, sodass ich wieder vor ihm ging.

Den ganzen Weg über spürte ich seinen sengenden Blick auf meinem Rücken.

# Kapitel 32

Der Marsch über den unebenen und teilweise morastigen Grund war zwar anstrengend, aber nicht allzu lang. Wir mussten die moorartigen Stellen weitläufig umgehen, waren aber nach etwa einer Stunde am Fuß des *Sgurr an Fheadain* angekommen – gerade als sich bedrohlich dunkle Wolken über die Gipfel der Berge dahinter zu schieben begannen.

Der Boden war bereits seit einer Weile leicht angestiegen, und hier oben war es deutlich kälter. Nun kam noch ein eisiger Wind dazu, der die Regenwolken unerbittlich in unsere Richtung trieb.

Ich sah den Berghang hinauf, und es verschlug mir einmal mehr die Sprache. Steil ragte der *Sgurr an Fheadain* vor uns auf, sein graues Gestein war zerklüftet und von tiefen Furchen durchzogen.

*Magma*, dachte ich. Die tiefen Furchen konnten von nichts anderem geschaffen worden sein. Beinahe konnte ich vor meinem inneren Auge einen riesigen Vulkan sehen, der vor Äonen ausgebrochen war und diesen Ort, das gesamte Gebirge, geformt hatte. Ich sah das heiße Magma die Hänge hinabfließen, sich tief ins Gestein fressen, bevor es erkaltete. Ehrfürchtig legte ich eine Hand auf das Gestein, erwartete fast, dass es warm war. Doch der Stein war rau, kalt und unnachgiebig, wenn auch an manchen Stellen mit weichem Moos bewachsen.

»Das Unwetter wird uns in weniger als zwei Stunden erreicht haben«, sagte Conán zu Carrick. »Sollen wir den Aufstieg wagen?« Er warf mir einen vielsagenden Blick zu.

»Cate ist zäher, als sie aussieht«, erklärte Carrick bestimmt. »Wir werden nicht hier herumsitzen und Däumchen drehen, wenn wir so nah am Ziel sind. Fionn braucht uns. Wir können es in zwei Stunden schaffen.«

Conán blieb skeptisch, doch ich straffte die Schultern.

Carrick stellte sich neben mich. »Es sieht schlimmer aus, als es ist. Wir sind schon so oft hinauf- und hinuntergeklettert, dass wir dabei eine Art Pfad angelegt haben. Die sichersten Griffe und Tritte sind klar erkennbar. Hast du so was schon einmal gemacht?«

»Etwas Ähnliches.«

Er hob eine Augenbraue, fragte aber nicht weiter nach.

»In New York gibt es nicht so viele Berge«, scherzte ich.

Damit musste ich meine Nervosität verraten haben, denn er machte noch einen Schritt auf mich zu und griff nach meiner Hand. »Dir wird nichts passieren. Wir würden nicht mit dir hinaufklettern, wenn ich nicht wüsste, dass du es schaffen kannst«, sagte er eindringlich.

Ich genoss die Wärme seiner Haut auf meiner, hatte mich so sehr danach gesehnt, dass er mich wieder berührte, und wollte nicht, dass es endete. Zögerlich verschränkte ich meine Finger mit seinen. »Ich weiß.«

Er sah mich an, das tiefe Braun seiner Augen zog mich einmal mehr in seinen Bann. Es war, als ob der gerade aufziehende Sturm schon in ihnen tanzte, ruhelos und alles verzehrend. Ich hoffte, dass er nicht ebenso viel in meinen Augen lesen konnte.

Da räusperte sich Conán neben uns. Er tat so, als wäre er damit beschäftigt, seine kniehohen Schnürstiefel neu zu binden, doch sein Blick lag auf unseren verschränkten Fingern. Sofort entzog Carrick mir seine Hand.

»Und ich weiß, was in dir steckt«, sagte er eine Spur zu laut, zu unbeschwert. »Du hast schließlich schon gegen Goll gekämpft und bist ihm entkommen.«

Conáns Stirn war ebenso gerunzelt wie meine, als Carrick ihm auf die Schulter schlug und sagte: »Na, komm schon, *mo bhràthair*, wir wollen unsere Kameraden doch nicht warten lassen.«

Sein Waffenbruder warf mir noch einen langen, nachdenklichen Blick zu, bevor er sich umdrehte und sich an den Aufstieg machte.

Meine Finger waren Eisklumpen, ich spürte mein Gesicht kaum noch. Seit einer gefühlten Ewigkeit schleppten wir uns den Berg hinauf, und es war kein Ende in Sicht. Der Sturm riss an mir, als wollte er mich vom Berghang werfen, meine Lippen waren bereits trocken und aufgesprungen. Vereinzelt wurden eiskalte Regentropfen herangeweht, die in meine beinahe taube Haut stachen. Sie waren mir willkommen, hielten mich wach. Denn ich war bereits so erschöpft, dass es mich nicht verwundert hätte, wenn ich bald mitten in der Bewegung eingeschlafen wäre – eine Hand auf dem Felsen, ein Fuß über dem Abgrund. Das wäre mein sicherer Tod gewesen.

Es war keine Steilwand wie in der Kletterhalle, denn es gab tatsächlich eine Art Pfad, dem wir zu großen Teilen zu Fuß folgen konnten. Doch immer wieder kamen wir nur kletternd voran, wenn die Felswand jäh steil anstieg.

Die Muskeln in meinen Armen protestierten mittlerweile jedes Mal, wenn ich mich an einem weiteren Felsrand hinaufzog.

*Nicht mehr weit*, sagte ich mir immer wieder, doch ich hatte jegliches Zeitgefühl verloren. Zeit wurde zu etwas Dehnbarem in diesem Niemandsland aus grauem Felsen und grünem Moos. Ich betete zur Banshee, dass wir die Höhle erreichen würden, bevor es zu schütten begann, und wunderte mich im selben Moment, dass ich die Göttin des Todes anrief.

Den Blick hatte ich fest auf Conáns Rücken geheftet, an dem er das *Dord Fiann* neben seinem Kurzschwert befestigt hatte. Ich betrachtete die filigranen Verzierungen des Horns und bemühte mich, nicht an den Abgrund in meinem Rücken zu denken. Nur selten warf ich einen Blick nach unten, auf die weite Ebene, die sich tief unter uns erstreckte und durch die sich der Fluss *Allt Coir' a' Mhadaidh* zog wie ein zerfleddertes Band. Am liebsten wäre ich aus meinem Körper geschlüpft und hätte einen Blick von oben auf uns geworfen. Drei winzige Ameisen, die am Berghang klebten und sich kaum erkennbar fortbewegten.

Wir sprachen wenig. Ab und zu rief Carrick mir eine Anweisung zu, wie ich meinen Fuß zu platzieren hatte oder wo ich besser nicht hingreifen sollte. Conán blieb still.

Ächzend zog ich mich mit beiden Händen auf den nächsten Felsvorsprung und blieb einen Moment auf dem kalten Stein liegen. Meine Augen tränten aufgrund der starken Windböen, und ich erkannte verschwommen, dass wir uns nicht mehr weit entfernt von dem riesigen Spalt im Gestein befanden, den ich, seit wir zu klettern begonnen hatten, im Auge behalten hatte. Conán beugte sich über mich und reichte mir eine Wasserflasche. Ich trank gierig.

»Du musst noch etwas durchhalten, *lassie*. Wir haben es fast geschafft.«

Gerade als ich den Mund öffnen wollte, um ihn zu fragen, ob er das auch ein wenig präziser ausdrücken könnte, öffneten sich die Himmelsschleusen.

Carrick, der sich gerade hinter mir über den Felsrand zog, stieß einen lauten Fluch aus. Rasch zog ich mir meine Kapuze über den Kopf. Doch es nützte nichts – in einem Moment waren wir trocken, wenn auch verschwitzt, im nächsten waren wir bis auf die Haut durchnässt.

Die Tropfen fielen so dicht, dass ich kaum noch etwas erkennen konnte. Wie wütende Hornissen stachen sie in meine Haut, und schon zitterte ich am ganzen Körper. Der Wind peitschte den Regen gnadenlos gegen die Felswand, die sich in Sekundenschnelle in eine rutschige Todesfalle verwandelt hatte.

»Wir müssen es zum Spalt schaffen«, brüllte Carrick gegen die rauschenden Wassermassen und den Sturm an.

Er packte mich am Arm und riss mich mit sich, Conán eilte uns voraus. Ich sah nichts mehr, hörte nur das Prasseln des Regens auf meiner Kapuze und das Donnern meines eigenen Herzschlags.

Der Spalt! Er tat sich vor uns auf wie ein dunkler Schlund, der uns verschlucken würde. Er war viel breiter, als es von Weitem den Anschein gehabt hatte, eine tiefe Schlucht. Ich hielt auf den dunklen Fleck zu, während Carrick mich mit sich zog und darauf achtete, dass wir nicht in irgendein Loch traten oder einen plötzlich auftauchenden Steilhang hinabfielen.

Schon zuckte der erste Blitz über den brodelnden Himmel, ein lauter Donner folgte gleich darauf. Carricks Griff um meinen Arm verstärkte sich, seine Schritte wurden schneller.

Ich zitterte am ganzen Leib vor Kälte und Furcht. Dann sah ich, wie der dunkle Schemen, der Conán sein musste, direkt vor uns im Spalt verschwand. Er war gesprungen – oder gefallen?

»Conán!«, schrie ich und blieb abrupt stehen. Wir befanden uns beinahe am Rand der Schlucht. Es ging steil bergab, darunter lag nur undurchdringliche Schwärze – das Innere des Berges.

»Conán?«, schrie ich wieder, meine Stimme war hoch und zittrig.

Carrick brachte seine Lippen nah an mein halb von der Kapuze verdecktes Ohr. »Es geht ihm gut, wir müssen springen.«

»Wir müssen *was?*« Meine Stimme überschlug sich. »Ich werde ganz sicher nicht …«

Da knisterte die Luft um uns herum, und meine Haare stellten sich auf. Nur einen Wimpernschlag später krachte es so laut, dass meine Ohren augenblicklich zu klingeln begannen. Mit einem Mal wurde es taghell, und im selben Moment riss mich der Schlag einer unsichtbaren Kraft von den Füßen. Wir wurden in gleißendes Licht getaucht, sodass die Schatten im klaffenden Schlund neben uns noch düsterer wirkten.

Carricks Züge wurden hell erleuchtet, die Augen hatte er weit aufgerissen, eine Hand nach mir ausgestreckt.

Donner grollte so laut, dass der ganze Berg unter mir zu erzittern schien. Ich kam mühsam wieder auf die Beine, doch bevor ich reagieren konnte, sprang Carrick vor und schubste mich in Richtung des Spalts.

Ich schrie auf und fiel ins Bodenlose. Dunkelheit verschluckte mich.

Wild ruderte ich mit Armen und Beinen, versuchte, nach etwas zu greifen, meinen Fall irgendwie abzubremsen. Carrick schoss von oben auf mich zu. Er war kopfüber gesprungen, hatte mich vor sich hergestoßen. *Der Bastard!*

»Da unten ist Wasser, Cate«, schrie er gegen den Wind an, der in meinen Ohren brauste. »Du musst spiegelreisen!«

Er griff im Fallen nach mir, und ich reckte mich nach ihm. Doch ich fiel zu schnell, bekam seine ausgestreckten Finger nicht zu fassen.

*Mieser, dreckiger Feenarsch,* war das Letzte, was ich dachte, bevor ich aufschlug.

Ich erwartete, meine Wirbelsäule brechen zu hören, dass mein Kopf wie eine Melone auf dem Stein zerplatzte, alle meine Knochen zerschellen würden. Stattdessen brach ich durch eine eiskalte Wasseroberfläche. Sofort sank ich wie ein Stein.

Schwärze umfing mich, kein Laut drang mehr an meine Ohren. War das der Tod? Das konnte nicht sein, denn ich spürte, wie mir langsam die Luft ausging. Ich schloss die Augen. Was hatte Carrick gesagt? Ich solle spiegelreisen?

Im Geist beschwor ich die goldenen Champagnerblasen herauf, dachte daran, wie Carrick und ich gemeinsam durch sie hindurchgeschossen waren. Eng aneinandergepresst. Wieder und wieder.

Als ich die Augen öffnete, war alles golden. Ich raste tatsächlich durch die Blasen hindurch. Und da war auch Carrick! Ich erkannte seine Silhouette ganz deutlich weit über mir. Er schwamm schnell, sah mich nicht. Ich setzte mich in Bewegung, holte kräftig mit Armen und Beinen aus, um ihm zu folgen. »Warte!«, wollte ich rufen, doch kein Laut drang über meine Lippen.

Carrick entfernte sich zu schnell. Ich verdoppelte meine Anstrengungen, folgte der Spur aus goldenen Blasen, die er hinter sich herzog. Beinahe hatte ich ihn erreicht, da kippte die Welt, und ich fiel wieder – und landete unsanft auf etwas Hartem.

»*Mo Chreach!*«, hörte ich Carrick fluchen. Ich zerrte benommen an meinem Rucksack, der sich schmerzhaft in meinen Rücken drückte, und schaffte es, mir die verdrehten Riemen von den Schultern zu streifen. Carrick bewegte sich fluchend unter mir, sodass ich zur Seite rutschte und in seichtem Wasser landete. Augenblicklich stieg Wut in mir auf und sprudelte aus mir hervor, bevor ich mich zurückhalten konnte.

»Du dämlicher Idiot!«, rief ich und sprang auf.

Carrick rieb sich den Hinterkopf und sah mich mit großen Augen an.

»Du hast mich geschubst! Wie konntest du mich einfach so in den Abgrund stoßen? Wo ich auch noch Höhenangst habe! Und was wäre, wenn es schiefgegangen wäre? Wenn ich das Wasser verfehlt hätte oder das Spiegelreisen nicht funktioniert hätte? Dann wäre ich jetzt tot!«

Ich konnte mich nicht beruhigen, meine Stimme wurde immer lauter, immer höher. Carricks Augenbrauen hoben sich, er funkelte mich an. Am liebsten hätte ich ihn geschlagen.

»Was gibt dir eigentlich das Recht dazu, mich so zu behandeln? Ich hätte sterben können! Ich hätte …«

»Ich habe dir das Leben gerettet«, unterbrach er mich hitzig. Er erhob sich ebenfalls, viel eleganter als ich.

»Ach? So nennst du es also, jemanden in ein dunkles Loch zu werfen?« Ich hatte die Hände zu Fäusten geballt, sah ihn herausfordernd an.

»Wir wurden nur knapp von einem Blitzschlag verfehlt!«, brüllte er. »Ich habe dich fortgeschafft, bevor wir lebendig geröstet wurden.«

»So ein Schwachsinn! Du hättest mich wenigstens vorwarnen können, anstatt mich einfach zu stoßen.«

»Ich wusste, was ich tue!«

»Das sah für mich aber ganz anders aus.«

»Wenn du mir einfach mal vertrauen würdest, anstatt immer alles besser zu wissen …« Vor Wut zitternd, machte er einen Schritt auf mich zu.

»Das sagt ja der Richtige! Du hast mich einfach geschubst, mir nicht einmal die Wahl gelassen. Du hast mir nicht zugetraut, dass ich mit dir springen würde, dass ich dir vertrauen würde.«

Mit geballten Fäusten machte auch ich einen Schritt auf ihn zu. Von ihm ging eine zornige Hitze aus, seine Augen schienen Funken zu sprühen.

»Dass du immer alles kontrollieren musst. Lass doch mal los!«

Noch ein Schritt. Nun stand er so nah vor mir, dass ich die Ader an seiner Schläfe pochen sehen konnte.

»Loslassen? Damit du mich fallen lassen kannst? Nein danke!«

Diese Worte schienen ihn zu treffen. Er hob zögernd eine Hand in meine Richtung.

»Fass mich nicht an!« Ich schubste ihn von mir.

»Cate«, knurrte er, ein tiefer, kehliger Laut. Eine Warnung.

Das Blut brodelte in meinen Adern, drohte überzukochen. Ich schubste ihn erneut.

Seine Hände schossen vor und hielten meine Handgelenke fest. »Ich darf dich nicht anfassen, aber du darfst mich angreifen?«, grollte er mit tiefer Stimme.

Ich riss mich los, begann, blind auf ihn einzuschlagen, trommelte gegen seine harte Brust. Tränen traten mir in die Augen. Langsam ließen der Schock und die Wut nach, und zurück blieb eine Verletzlichkeit, die ich ihn nicht sehen lassen wollte. Ich hatte Todesangst gehabt.

Carrick wehrte sich nicht. »Cate«, murmelte er. Dann lauter: »Cate!«

Die Tränen liefen mir übers Gesicht, ich hörte nicht auf. Ohne meine Schläge zu beachten, nahm er mein Gesicht in seine Hände. Ich gefror mitten in der Bewegung.

»Es ist vorbei, Cate«, sagte er mit sanfter Stimme. »Dir ist nichts passiert. Es tut mir leid, wenn ich dein Vertrauen in mich verletzt habe.«

Ich blinzelte zu ihm auf. Seine Augen waren dunkler denn je. Langsam legte er einen Daumen an meine Wange und wischte die Tränen fort. Jede einzelne Träne. Er ließ mich dabei nicht aus den Augen, sein Blick war fest mit meinem verkeilt.

Ich schluckte, konnte kaum atmen. Plötzlich existierte nichts mehr außer uns und diesem Moment. Gegenwart und Zukunft verschwammen, hatten keine Macht über uns.

»Ich wusste, dass du es schaffst«, raunte er. »Ich wäre nie mit dir gesprungen, wenn ich nicht sicher gewesen wäre, dass du es schaffen würdest.«

Seine Worte lösten etwas in mir aus. Sein Vertrauen und sein Glaube in mich öffneten einen fest verschlossenen Teil meines Herzens, von dem ich nicht gewusst hatte, dass es ihn gab. Mein Herz schwoll an, wurde von etwas Warmem geflutet, das meinen kalten Zorn vertrieb und nur elektrisierende Hitze zurückließ.

Mein Blick wanderte zu seinen Lippen. Sie öffneten sich leicht. Seine Hände wanderten zu meinem Nacken, fuhren durch mein Haar. Seine Lippen – kamen sie näher?

»Cate«, murmelte er, »wir sollten nicht …«

»Wie ich sehe, versteht ihr beiden euch noch genauso gut wie bei eurer ersten Begegnung«, sagte da eine vertraute Frauenstimme in meinem Rücken mit mühsam unterdrücktem Amüsement.

# Kapitel 33

Ich fuhr herum. Carrick ließ mich augenblicklich los und trat einen Schritt zurück. Nairn lehnte lässig an der zerklüfteten Steilwand, die sich hinter mir in die Höhe schraubte. Sie hatte die Arme verschränkt, eine Augenbraue amüsiert hochgezogen.

»Habe ich irgendwas verpasst?«, fragte sie spitz. Gleichzeitig breitete sich ein Grinsen auf ihrem Gesicht aus. Ich konnte meine Freude kaum verbergen und eilte auf sie zu. Eigentlich hatte ich sie umarmen wollen, kam aber schlitternd vor ihr zum Stehen, als ich mich daran erinnerte, dass sie es hasste, von mir berührt zu werden.

»Ähm … hallo Nairn. Ich freue mich, dich wiederzusehen«, stammelte ich und schob die Hände peinlich berührt in meine Jackentaschen.

Sie lachte, ein glockenheller Laut, den ich erst einmal aus ihrem Mund gehört hatte. Zu meiner Überraschung legte sie mir beide Hände auf die Schultern. »Schön, dich wiederzusehen, Cate.« Sie zwinkerte mir zu.

Carrick räusperte sich hinter uns. Nairns Augenbrauen schossen einmal mehr in die Höhe, als sie ihn über meine Schulter hinweg ansah. Ich trat zögernd zur Seite. Würden die beiden sich sofort wieder an die Gurgel gehen?

»Das kann ich von dir nicht gerade behaupten«, sagte Nairn zu Carrick. »Du hast letztes Mal schließlich versucht, mir ein Auge auszustechen.«

»Ich hätte es auch fast geschafft, wenn Cate sich nicht eingemischt hätte«, gab Carrick trocken zurück.

Die beiden starrten sich eine Weile lang an, maßen sich mit Blicken. Dann brachen sie gleichzeitig in schallendes Gelächter aus, das von den hohen Wänden zurückgeworfen wurde. Ich zuckte zusammen, da es sich anhörte, als würde das Lachen aus vielen verschiedenen Kehlen stammen – aus Männerkehlen. Erschrocken sah ich auf.

Wir befanden uns in einer engen, düsteren Schlucht, rechts und links flankiert von steilen Felswänden, die so hoch aufragten, dass ich den Himmel nicht mehr ausmachen konnte. Nur wenige Fackeln hingen in Halterungen und warfen tanzende Schatten auf die Felsen, die zum Leben erwacht waren. Auf Felsvorsprüngen, in Nischen und Aushöhlungen im Gestein saßen, knieten und standen dort vier Männer, die alle lachend auf uns herabsahen.

Meine Wangen brannten. Wie lange standen sie wohl schon dort? Hatten sie Carricks und meinen Streit und das, was danach beinahe geschehen war, mit angesehen? Nun entdeckte ich auch Conán an der gegenüberliegenden Wand. Seine Füße standen, ebenso wie Carricks und meine, noch in dem flachen Wasserbecken, durch das wir hierhergereist sein mussten.

Einer der Fianna sprang von seinem Felsvorsprung, nicht weit über unseren Köpfen. Wasser spritzte auf, als seine Stiefel auf den Boden trafen.

Der Krieger hatte schulterlanges, dunkelblondes Haar und trug ähnlich praktische Lederkleidung wie Nairn, Carrick und Conán. Mit großen Schritten kam er auf uns zu. So wie Carrick mich oft an einen Panther erinnerte, war dieser Feenkrieger der Inbegriff eines wachsamen Löwen.

»Diarmid«, begrüßte Carrick ihn und streckte ihm seine Hand entgegen. Diarmid ergriff Carricks Unterarm und zog ihn in eine Männerumarmung.

»*Ciamar a tha thu, mo bhràthair?*«, fragte er ihn.

»Es geht mir gut.« Carrick nickte ihm zu, als sie sich wieder voneinander lösten. »Du scheinst alles im Griff zu haben.«

»Ich gebe mein Bestes«, antwortete Diarmid mit starkem gälischem Akzent. »Aber wir sind alle froh, dass du wieder hier bist. Fionns Zustand ist weiterhin unverändert.«

Der Blick seiner grünen Augen fiel auf mich. Ich war mir nur allzu bewusst, dass sie nur wegen mir auf Englisch miteinander sprachen. Diarmid schien in Fionns Abwesenheit der Anführer zu sein. Würde er mich begrüßen oder fortjagen?

»Das muss die *bana-mhèirleach* sein«, sagte er, an Carrick gewandt.

»Mein Name ist Catriona.« Ich erwiderte seinen prüfenden Blick.

Diarmids rechter Mundwinkel verzog sich zu einem spöttischen Lächeln. Er kam langsam auf mich zu. »Catriona Keith«, sagte er. Das R rollte über seine Zunge. Er musterte mich noch einen Moment lang, dann wandte er sich wieder an Carrick. »Wie ich höre, habt ihr beide eine spannende Geschichte zu erzählen.«

»Die wir gerne bei einem Becher Met und etwas zu essen mit euch teilen«, sagte Carrick. »Aber zuerst möchte ich Fionn sehen.«

»Wie du willst, Chief«, antwortete Diarmid. »Zur Feier des Tages haben wir ein Festmahl vorbereitet. Wo ist das Horn?«

*Chief*? Ich schluckte. Also war nicht Diarmid Fionns rechte Hand, sondern Carrick höchstpersönlich?

Conán zog das *Dord Fiann* von seinem Rücken, und die Fianna brachen in laute Jubelrufe aus. Nun sprangen alle herab, scharten sich um Conán und Carrick und riefen durcheinander. Sie klopften Carrick anerkennend auf den Rücken und gratulierten ihm auf Gälisch für seine Heldentat, wie ich annahm. Mit ehrfürchtigen Blicken reichten sie das Horn von einem zum anderen, hielten es mit spitzen Fingern, als könnten sie sich daran verbrennen.

Carrick lachte, hatte ein offenes Ohr für jeden von ihnen. Er schlug dem einen auf die Schulter, boxte den anderen spielerisch in die Rippen, und es war unverkennbar, wie seine Augen vor Wiedersehensfreude leuchteten. Dies war seine Familie.

Nairn stellte sich neben mich. »Männer«, seufzte sie mit so viel theatralischer Verachtung, dass ich laut auflachen musste. »Lassen wir sie ihren primitiven Ritualen nachgehen und machen wir uns lieber auf die Suche nach einem heißen Bad für dich.« 

Ich hätte Carrick gerne noch länger beobachtet. Er sah so fröhlich aus, so gelöst und heiter. Doch ich musste zugeben, dass sich ein heißes Bad himmlisch anhörte. Also nahm ich meinen Rucksack, den ich in meiner Wut auf dem Boden vergessen hatte, und folgte Nairn tiefer in die Dunkelheit des Berges hinein.

Sie führte mich durch ein Labyrinth aus schmalen Gängen. Oft musste ich den Kopf einziehen, um herabhängenden Felsen auszuweichen. Vereinzelte Regentropfen fanden ihren Weg in die Tiefe und tropften auf meine Kapuze. Das war alles, was man hier unten von dem verheerenden Sturm mitbekam, der uns noch vor wenigen Minuten beinahe umgebracht hätte.

Es war kühl im Inneren des Berges. Ich zog meine Jacke fester um mich und hoffte, dass das heiße Bad sich nicht allzu weit entfernt befand. Alle paar Schritte taten sich neue Gänge oder Höhlen rechts und links von uns auf, und ich war froh, Nairn bei mir zu haben. Ich hätte mich in diesem Labyrinth sofort verlaufen.

*Das perfekte Geheimversteck für eine Kriegertruppe*, dachte ich.

Nairns Stimme hallte laut von den Felsen wider, während sie über ihre Schulter hinweg mit mir sprach. Ich hatte viele Fragen, ließ sie aber erst einmal reden, während ich staunend die wundersame Welt um uns herum betrachtete.

»Du kannst bei mir schlafen«, sagte sie, während sie sich unter einem spitzen Stalaktiten hindurchduckte. »Nicht, dass einer dieser Idioten nachts noch auf dumme Gedanken kommt.«

Meine Wangen wurden heiß. Sie hatte mit angesehen, wie Carrick und ich – ja, was war eigentlich passiert? Auf jeden Fall hatten sie und alle anderen Fianna es mit angesehen, und ich hoffte, dass Carrick deswegen keinen Ärger bekommen würde. Schließlich war ich in ihren Augen nur eine *sùla*. Das hatte mir Diarmids Begrüßung einmal mehr bewusst gemacht.

Schon von Weitem sah ich warmen Feuerschein aus einer Öffnung in der Felswand dringen. Nairn hielt darauf zu, und kurz darauf zwängten wir uns durch den schmalen Spalt.

Wärme empfing mich, von der ich nicht geglaubt hatte, dass sie an einem solchen Ort existierte. Es war ein kleiner Raum, eine natürliche Höhle mit einer niedrigen Decke und unebenen Wänden. An der Wand gegenüber dem Eingang war eine Art offene Feuerstelle in den Stein gehauen, in der Flammen knisterten. Es sah so aus, als gäbe es sogar einen Rauchabzug direkt darüber. In unmittelbarer Nähe dazu befand sich ein mit mehreren dicken Fellen und Decken ausgelegtes Nachtlager. An der Wand daneben hingen der Bogen und der gefüllte Köcher, mit denen ich sie bei unserer ersten Begegnung hatte kämpfen sehen, ein Dolch, zwei Speere und ein Schwert. In einer anderen Ecke standen ein mit Schnitzereien verzierter Stuhl und ein antiker Mahagonischreibtisch, auf dem ein paar in Leder gebundene Bücher, einige eng beschriebene Papiere und ein Knochen lagen, den Nairn wohl als Briefbeschwerer nutzte.

Doch was meine Aufmerksamkeit sofort auf sich gezogen hatte, war die große, steinerne Badewanne, die mitten im Raum thronte. Sie schien direkt aus dem Felsen gehauen zu sein, war so meisterhaft geformt, als bestünde sie aus glattem Marmor. Ein sehnsüchtiges Seufzen entwich mir.

Nairn hatte mich beobachtet und schmunzelte nun. »Gefällt dir mein Heim?«

»Es ist … wie du.«

Sie hob fragend die Brauen.

»Von außen kalt und abweisend und von innen einladend, gemütlich und warm.«

Sie zog nachdenklich die Brauen zusammen.

»Wenn auch stets zu allem bereit«, fügte ich mit einem vielsagenden Blick auf ihre Waffensammlung hinzu.

Ihre Augen blitzten, und sie nickte. »Das gefällt mir.«

Im nächsten Moment füllte sich die Wanne bereits mit dampfendem Wasser.

»Du kannst hier bei mir schlafen, wenn du möchtest«, wiederholte Nairn. Sie wedelte mit der Hand, und ein zweites Bett erschien auf der anderen Seite des Kamins. »Glaub mir, das Schnarchen der Jungs ist kaum auszuhalten. Ich habe mir sofort nach unserer Ankunft hier eine eigene Höhle gesucht und es nie bereut.«

»Und wann war das genau?«, fragte ich neugierig.

»So etwa vor zweihundertdreiundsechzig Jahren«, antwortete sie prompt.

Meine Augen wurden groß.

»Daran wirst du dich gewöhnen müssen«, lachte Nairn. »Wir sind alle – wie sagt ihr in der Menschenwelt? – Großmütter und Großväter.«

Ich sah sie verwundert an, während ich zu meinem neuen Bett hinüberging und meinen Rucksack daneben fallen ließ. »Hast du denn keine Großeltern?«

»Wir nennen sie Ahnen«, erklärte sie und ging zum Kamin. Mit einem eisernen Schürhaken schürte sie das Feuer, sodass ein paar Funken aufstiegen. »Die meisten von uns haben keine enge Bindung zu ihren Ahnen … ähm, Familien. Da viele von uns einige Tausend Jahre alt werden, kann das sehr anstrengend werden. Blutfehden sind eine wirklich unschöne Angelegenheit.«

Sie lachte angesichts meines schockierten Gesichtsausdrucks. »Wir suchen uns unsere Familien lieber selbst aus«, sagte sie. Ich nickte. Ich kannte die Fianna erst seit Kurzem und konnte schon jetzt sagen, dass sie mir wie mehr als nur Kameraden vorkamen. Sie waren Waffenbrüder, würden ihr Leben, ohne zu zögern, für ihre Brüder und Schwestern geben.

»Bist du deshalb zurückgekommen?«, entfuhr es mir, bevor ich mich zurückhalten konnte. Sofort biss ich mir auf die Lippe. Nairn würde sich mir sicher nicht öffnen. Die Frage war zu persönlich, die lange Geschichte, die sie mit den Fianna verband, zu blutig.

»Ich bin zurückgekehrt, weil es das einzig Richtige war.« Sie sah mich nicht an, während sie sprach, hatte das Gesicht dem Feuer zugewandt. Die flackernden Flammen ließen Schatten über ihre Haut tanzen, tauchten ihr Gesicht mal in warmes Gold, mal in bedrohliches Schwarz.

»Ich kann die Vergangenheit nicht ungeschehen machen, aber ich kann helfen, die Zukunft zu gestalten. Eine Zukunft ohne Hass und Blutvergießen.«

Ihre Augen glänzten verräterisch, doch sie rührte sich nicht. Ihre Worte berührten mich, zupften an meinem Herzen. Ich war aus demselben Grund hier, wollte meinen Beitrag für eine bessere, sicherere Zukunft leisten. Ich hatte meine Waffenschwester gefunden.

Bevor ich etwas sagen konnte, drehte Nairn sich um und ging mit schnellen Schritten auf die Wanne zu. Sie war nun bis zum Rand mit dampfendem Wasser gefüllt. Kleine weiße Schaumberge türmten sich auf der Oberfläche.

»Du solltest jetzt baden, bevor das Wasser kalt wird«, sagte sie, ohne mich anzusehen, und fuhr nachdenklich mit einer Hand durchs Wasser.

Da knurrte mein Magen laut. Sie fuhr zu mir herum, keine Spur mehr von Traurigkeit auf ihrem Gesicht.

»Hat man dich mal wieder nicht gefüttert?«, fragte sie vorwurfsvoll. »Daran müssen wir wirklich arbeiten.«

Ich lachte und schüttelte den Kopf.

»Ich komme in einer halben Stunde zurück, um dich zum Essen abzuholen«, verkündete Nairn.

»Kein Mensch soll uns vorwerfen können, dass *sìthichean* nicht

gastfreundlich wären«, hörte ich sie noch kopfschüttelnd sagen, 
bevor sie durch den schmalen Spalt nach draußen kletterte.

# Kapitel 34

Das Bad war so himmlisch, wie ich es mir ausgemalt hatte. Ein zarter Duft nach Frühlingswiese, nach frischen Gräsern und Nelken stieg davon auf, und ich schloss die Augen und ließ mich bis zum Kinn ins heiße Wasser sinken.

Nairn kam viel zu schnell zurück.

»Du sitzt ja immer noch in der Wanne!«, rief sie tadelnd, als sie hereinkam. »Jetzt aber schnell raus da. Wir werden erwartet. Du bist schließlich der Ehrengast.«

Sie warf mir ein flauschiges Handtuch zu und legte frische Kleidung auf mein Bett.

»Der Ehrengast?«, fragte ich entgeistert. »Wohl eher die Meisterdiebin, die *taibhsear*, die nur mit euch am Tisch sitzen darf, weil sie etwas für euch erledigt hat.«

Nairn hielt einen Moment inne. Das verriet mir, dass ich richtiglag und nicht alle Fianna mir freundlich gesinnt waren. Doch dann breitete sich dieses wölfische Grinsen auf ihrem Gesicht aus, das ich schon von Carrick kannte.

»Wer hat denn was von einem Tisch gesagt?«

Es gab tatsächlich keinen Tisch, wie ich wenig später feststellte. Nairn führte mich durch weitere feuchtkalte Gänge, die nur vom Licht weniger Fackeln erhellt wurden. Je weiter wir gingen, desto stärker kribbelte es in meinem Bauch. Plötzlich war ich nervös. Der Gedanke an mein erstes offizielles Treffen mit den Fianna jagte mir eine Gänsehaut über den Rücken. Was würden sie mit mir anstellen? Wie weit ging ihr Hass auf Seherinnen? Würden sie mich willkommen heißen oder abschlachten wollen? Ich war sehr froh, Nairn an meiner Seite zu haben, und hoffte inständig, dass Carrick ebenfalls Partei für mich ergreifen würde.

Unerwartet tat sich vor uns ein großer Hohlraum auf. Die riesige

Höhle hatte eine hohe Decke, die für eine hervorragende Akustik sorgte. Es war eher eine unterirdische Halle als eine Höhle, dachte ich fasziniert. 

In der Mitte brannte ein großes Lagerfeuer. Darum herum standen Holzbänke, auf denen vier Fianna saßen. Ich entdeckte Conán unter ihnen. Er nickte mir zu, und mein rebellierender Magen beruhigte sich ein wenig. Mein Herz klopfte jedoch immer noch viel zu schnell.

Der Mann neben Conán, ein Barde mit struppigem braunem Haar, spielte auf einer Harfe und sang dazu. Seine hervorragende Singstimme hallte von den Wänden wider und fuhr mir direkt ins Herz. Auch wenn er auf Gälisch sang und ich kein Wort verstand, brachte die Freude in seiner Stimme etwas in mir zum Klingen. Er spielte ein fröhliches Lied, das nach Lebensfreude, Mut und Kameradschaft klang, und die anderen Männer schlugen ihre Holzbecher im Takt auf die Holzbänke oder summten mit. Nur Carrick und Diarmid standen etwas abseits und unterhielten sich im Flüsterton.

Carricks Blick streifte uns flüchtig, als wir eintraten, blieb dann aber an mir hängen, und seine Augen weiteten sich. Nairn hatte mich in eins ihrer braunen Leder-Ensembles gekleidet. Eine vor der Brust geschnürte Ledertunika mit verschlungenen Verzierungen an Ausschnitt und Saum, enge Lederhosen und ein paar robuste Stiefel. Darüber trug ich eine flauschige Weste aus weißem Hermelinfell. Nun sah ich aus wie eine von ihnen, und Carrick konnte sein Staunen darüber anscheinend nur mühsam verbergen.

Wir traten in den Feuerschein. Sofort richteten sich alle Augen auf uns. Die Wärme des Feuers liebkoste mein Gesicht, und ich ging noch einen Schritt näher heran, um meine noch feuchten Haare, die mir in einem geflochtenen Zopf über die Schulter fielen, zu trocknen. Seit sich das weiche, robuste Leder meiner neuen

 Kleidung wie eine zweite Haut an mich schmiegte, war mir in der feuchten Kühle der Höhle nicht mehr kalt.

Das Lied des braunhaarigen Fianna endete, und Stille trat ein. Die Blicke der Feenkrieger lagen schwer auf mir, und es kostete mich einige Anstrengung, ihnen nicht auszuweichen, sondern mein Kinn zu heben und sie zu erwidern. Selbst wenn ich hier nicht willkommen war, hatte ich mir meinen Platz in ihrer Mitte verdient.

Carrick räusperte sich und ging mit großen Schritten um das Feuer herum. »Meine Brüder, das ist Catriona Keith, die Meisterdiebin, die sich so großzügig bereit erklärt hat, uns zu helfen, das *Dord Fiann* zu bergen«, sagte er, als er neben mir stehen blieb.

Nun kam auch Diarmid auf uns zu. »Du meinst wohl, die erste *sùla*, die seit Jahrzehnten einen Fuß nach Alba gesetzt hat, und die allererste, die je Gast der Fianna war.« Carrick warf ihm einen scharfen Blick zu, doch Diarmid zuckte nur mit den Schultern. »Ich spreche nur die Wahrheit aus.«

Stille trat ein, eine unangenehme, schwere Stille, die die Höhle durchdrang und sich über alles legte. Sie schien mich zu ersticken, meine Kehle wurde trocken, und ich hatte das dringende Bedürfnis zu husten.

Die Fianna stimmten Diarmid weder zu, noch ergriffen sie Partei für mich. Sie starrten mich nur an.

Ich räusperte mich und nahm meinen ganzen Mut zusammen. »Ich mag eine *taibhsear* und ein ungebetener Gast sein, aber ich kann für mich selbst sprechen«, sagte ich mit überraschend fester Stimme. »Bis vor etwa einer Woche wusste ich nichts über *sìthichean*, wusste nicht einmal, dass ihr existiert. Geschweige denn, dass ihr mich und meinesgleichen jagt und abschlachtet.«

Ich machte eine Pause, ließ die Worte in der Luft hängen. Einer der Fianna scharrte mit den Füßen, ein anderer verlagerte sein Gewicht, sodass die Holzbank unter ihm knarrte.

»Was sagt es also über mich aus, dass ich jetzt hier bin – in der Höhle des Löwen, in den Händen jener *sìthichean*, die mich jeden Moment umbringen könnten und es auch noch genießen würden? Was bedeutet es, dass ich euch wider jegliche Vernunft geholfen habe, als ihr meine Hilfe dringend brauchtet, und jetzt hier vor euch stehe?«

Ich trat einen weiteren Schritt vor, sodass ich dicht vor dem Feuer stand. Hoffentlich tauchten mich seine flackernden Flammen in dramatisches Licht.

»Ich bin hier, um euch die Hand zu reichen, um eine jahrtausendealte Fehde zwischen unseren Völkern beizulegen, damit wir zusammen für etwas Höheres, Wichtigeres kämpfen können. Für den Frieden.«

Als ich endete, war es so still, dass ich hören konnte, wie Carrick neben mir den Atem anhielt. Ich erwartete einen abfälligen Kommentar von Diarmid oder dass die Fianna in Gelächter ausbrachen. Doch stattdessen schlug der Barde mit den zerzausten Haaren seinen Becher zweimal auf die Holzbank und rief: »Hört, hört! Welch schöne Worte.«

Die übrigen drei Fianna auf den Bänken fielen mit ein und schlugen ihre Becher ebenfalls gegen das Holz.

Ich wagte einen Seitenblick zu Carrick und sah, wie sein linker Mundwinkel zuckte. Nairn hingegen grinste offen, während Diarmids Kiefermuskeln zum Zerreißen gespannt schienen.

Der Barde erhob seine Stimme. »*Wahres sprach die holde Dame im glänzenden Feuerschein, so pflanzte sie den Samen, ihre Worte klar und rein. Ein Bündnis, entstanden aus Missgunst, geschlossen in bitterster Not, bescherte uns eine Zukunft und unseren Feinden den Tod.*«

Er schien einen uralten Vers oder ein Lied zu zitieren, denn die anderen Fianna hielten inne, nickten und lauschten ehrfürchtig. Die Verse erinnerten mich an Conáns Worte am Ufer von Loch

Duich: *Man erzählt sich sogar, dass eine junge MacRae einst einen Feenlord heiratete und so ein schwaches Bündnis zwischen den zwei Arten geschlossen wurde.*

Ich schluckte, eine Gänsehaut überzog meine Arme. War es möglich, ein weiteres Bündnis zwischen Menschen und Feen zu schließen? Ich war schon dankbar dafür, dass die Fianna mich nicht sofort getötet hatten, als ich einen Fuß in ihr Geheimversteck gesetzt hatte. Doch wir hatten ein Ziel, das uns verband. Nur gemeinsam würden wir es erreichen. Nur, wenn sie aufhörten, Seherinnen wie mich abzuschlachten, und sich auf Goll und seine Truppe von Abtrünnigen konzentrierten, hatten unsere beiden Völker eine Chance zu überleben. Die Feen mussten das doch verstehen. An den leuchtenden Gesichtern der Krieger auf den Bänken, die nun alle aufgeregt durcheinanderredeten, erkannte ich, dass es Hoffnung gab. Nur Diarmid musste anscheinend noch überzeugt werden.

»Okay, beruhigen wir uns alle wieder«, rief Carrick lachend. »Lasst uns unseren neuen Gast angemessen willkommen heißen.« Er wedelte lässig mit der Hand, und eine Tafel erschien im hinteren Teil der Höhle, die prall gefüllt war mit Köstlichkeiten. Auch die Becher der Fianna hatten sich auf wundersame Weise wieder mit etwas gefüllt, das verdächtig nach Met roch.

Alle sprangen auf und begaben sich an die Tafel, um sich die bereitstehenden Teller zu schnappen und sie mit Brot, Hähnchenflügeln, Lammfilet, Blumenkohl und Rotkraut, Kartoffeln und Trockenfrüchten zu beladen. Ich wunderte mich schon längst nicht mehr über die Essgewohnheiten der Feen. Auch wenn sie nicht so oft essen mussten wie Menschen, schienen sie doch einen gesunden Appetit zu haben und waren richtige Feinschmecker. Der Duft des Essens ließ meinen Magen erneut knurren, und Nairn zog mich augenblicklich zum Büfett.

»Das hast du gut gemacht«, flüsterte sie mir zu. »Wenn du diesen

Jungs von Anfang an zeigst, wo's langgeht, sind sie gar nicht mal so übel.« 

Ich musterte sie grinsend von der Seite, konnte noch nicht ganz glauben, dass meine Worte sie und ihre Waffenbrüder beeindruckt zu haben schienen. Einmal mehr war ich dankbar, sie an meiner Seite zu haben.

Während Nairn sich ihren Teller vollschaufelte, beobachtete ich sie verstohlen. Sie scherzte mit Diarmid, der neben ihr stand, rammte ihm spielerisch einen Ellbogen in die Rippen. Sie lachte und leckte sich Bratensoße vom Finger. Sie schien so anders als die Nairn, die ich im Wald kennengelernt hatte. Dort war sie ungestüm und aufbrausend gewesen, beinahe wie ein wildes Tier. Aber auch einsam – ein wildes, verwundetes Tier. Hier nahm sie zwar immer noch kein Blatt vor den Mund, schien aber aufzublühen, war gelöster, musste nicht ständig über die Schulter schauen. Sosehr sie sich auch über diese Männer lustig machte, sie waren ihre Familie. Ich konnte es kaum erwarten, mehr über ihre Vergangenheit als Fianna und ihre gemeinsamen Abenteuer zu erfahren.

Es gab immer noch keine Stühle und Tische, und so ließen wir uns mit unseren vollen Tellern auf einer der Bänke neben Carrick nieder. Er lächelte mir zu und reichte mir einen Becher Met. »Das war … beeindruckend«, raunte er mir ins Ohr.

Hitze schoss mir in die Wangen, und ich senkte in stummem Dank den Kopf.

Carrick erhob seine Stimme und schaute in die Runde. »Das sind die Fianna, meine Kameraden, meine Waffenbrüder, meine Familie.«

Er nickte in Nairns Richtung, die gerade herzhaft von einer Hähnchenkeule abbiss. »Dieses zarte, höfliche und äußerst kultivierte Geschöpf kennst du ja schon.«

Ich verschluckte mich vor Lachen an meinem Met und musste husten. Nairn klopfte mir auf den Rücken.

»Immer zu Scherzen aufgelegt, *tolla-thon*«, sagte sie und warf Carrick einen abfälligen Blick zu, widmete sich aber sogleich wieder ihrem Essen.

»Auch Conáns Bekanntschaft hast du schon gemacht«, fuhr Carrick ungerührt fort und deutete auf den blonden Fianna mit der großen Nase uns gegenüber, der gerade einen Schluck aus seinem Becher nahm und sich grüßend gegen die Stirn tippte.

Neben ihm saß ein breitschultriger Hüne mit der dunkelsten Haut, die ich je gesehen hatte. Er musterte mich interessiert, der eindringliche Blick seiner ungewöhnlich hellgrünen Augen schien durch Fleisch und Knochen zu dringen, direkt in meine Seele.

»Oscar«, stellte Carrick ihn mir vor. »Der beste Faustkämpfer unserer Truppe. Seine Kraft ist legendär.« Oscar verzog keine Miene. Als ich ihn anlächelte, musterte er mich weiterhin schweigend.

»Er spricht nicht viel«, warf Nairn mit vollem Mund von der Seite ein.

»Ich bin Caílte«, stellte sich ein Fianna mit langem, hellbraunem Haar vor, das er im Nacken zu einem Zopf zusammengebunden hatte. Er quetschte sich frech zwischen Carrick und mich auf die Bank. »Wie du siehst, bin ich der Hübscheste der Fianna und natürlich der mit der längsten Ausdauer, wenn du verstehst, was ich meine?«

»*Thalla 's cagainn bruis,* Caílte!«, rief Carrick und stieß seinen dreisten Kameraden von der Bank. Caílte rollte sich wiederum elegant ab und verschüttete dabei keinen einzigen Tropfen Met aus seinem Becher. Mit einem breiten Grinsen ließ er sich stattdessen neben Conán nieder.

»*Tha thu cho duaichnidh ri eàrr tuathail daimh 's e a' dol gu deas*«, rief Nairn ihm hinterher. »Du hässlicher Ochse!«

»Über seine Schönheit und Ausdauer lässt sich streiten«, lachte Conán und schlug seinem Kameraden auf die Schulter. »Aber man muss fairerweise sagen, dass er der schnellste Läufer und Kämpfer von uns allen ist.« 

»Absolut tödlich«, pflichtete Caílte ihm bei und schlug sich auf die Brust. »Vielleicht hast du nachher Lust auf einen Übungskampf, *taibhsear?* Wir haben die Geschichte von deinem Triumph über Goll gehört. Du scheinst dich gut geschlagen zu haben.«

Ich spürte, wie mir erneut Hitze in die Wangen stieg. Mit hochgezogenen Augenbrauen wandte ich mich an Carrick. »Mein Triumph über Goll?«

»Eventuell habe ich die Geschichte ein wenig ausgeschmückt«, erklärte er mit schiefem Lächeln und entschuldigend erhobenen Händen. »Ich konnte nicht widerstehen.«

Ich boxte ihn in die Seite, schenkte ihm aber ein warmes Lächeln. Seine Hand fand meine und drückte sie leicht, bevor er mich rasch wieder losließ. Ich sah ihn überrascht an, meine Aufmerksamkeit wurde aber sogleich wieder von den Fianna eingefordert, die begonnen hatten, darüber zu streiten, wer der Bestaussehendste und Furchtloseste unter ihnen war.

»Keine Sorge, *bana-mhèirleach*«, versicherte Conán mir vergnügt. »Oisín wird schon eine passende Ballade aus der Geschichte deiner heldenhaften Bergung des *Dord Fiann* machen.«

Er deutete auf den letzten Fianna, der mir noch nicht vorgestellt worden war. Es war der Barde, der mich zuvor so mit seinem Lied berührt hatte. Er war der Größte der Truppe, dünn wie eine Bohnenstange, und sein Haar stand in alle Richtungen ab. Er deutete eine tiefe Verbeugung an.

»Flöte, Harfe oder Leier, was würde dir besser gefallen, Catriona Keith?«

Beinahe schreckte ich auf, als er meinen vollen Namen benutzte. Diese Respektsbekundung hatte ich von keinem von ihnen erwartet.

Ich nickte ihm lächelnd zu. »Danke, Oisín, das ist sehr freundlich von dir. Deine Stimme hat mich so verzaubert, dass es ganz egal ist, welches Instrument sie begleitet. Du singst wunderschön.«

Die Fianna brachen in laute, neckende Rufe und Pfeifen aus. »Hört, hört!«

»Bei Oisíns Musik ist bis jetzt noch jede Frau schwach geworden.«

»Der Bastard kriegt sie doch alle rum!«

Oisíns Ohren wurden rot, und er verbeugte sich erneut. Ich lachte und verbeugte mich ebenfalls.

Im allgemeinen Trubel lehnte sich Diarmid, der auf der anderen Seite neben Nairn saß, zu uns herüber. »Pass gut auf, Carrick«, murmelte er höhnisch, »sonst spannt dir der Poet noch deine kleine Menschenfreundin aus.«

Er sah mich mit kaltem Blick an, als ich geräuschvoll nach Luft schnappte.

»Das wäre doch zu schade, nicht wahr?«, fuhr er fort. »Was für ein unterhaltsamer Zeitvertreib sie doch sein muss.«

»Diarmid«, knurrte Carrick drohend. »Du vergisst deinen Platz.« Seine Finger hatten sich so fest um seinen hölzernen Becher geschlossen, dass er jeden Moment zu zerspringen drohte.

Ich legte meine Hand über seine andere Hand, die immer noch dicht neben meiner auf der Bank lag. Mit einem Wolfslächeln drehte ich mich zu Diarmid um.

»Ich bin niemandes unterhaltsamer Zeitvertreib«, sagte ich so herablassend, wie ich konnte. »Du tätest gut daran, das nicht zu vergessen, *Fee*.«

Diarmid zischte wütend bei dieser Beleidigung, doch Carricks warnender Blick war so durchdringend, dass er sich mit einem Neigen des Kopfes zurückzog. Er erhob sich und stapfte davon.

»Idiot!« Nairn sah ihm aufgebracht hinterher. »Beachte ihn gar nicht, Cate. Er hat … Gründe, Menschen gegenüber misstrauisch zu sein.«

»Wie wir alle«, fügte Carrick hinzu. Er schien sich nur langsam zu beruhigen, seine Nasenflügel bebten. »Das entschuldigt aber nicht sein Verhalten gegenüber unserem Gast.«

»Ist schon gut«, sagte ich. »Ich erwarte von niemandem, eine jahrtausendealte Fehde einfach so zu vergessen. Wir müssen eben damit anfangen, in die Zukunft zu schauen, statt an den Fehlern der Vergangenheit festzuhalten.«

Daraufhin fuhr Carricks Kopf zu mir herum, und er musterte mich interessiert. Hatte ich etwas Falsches gesagt? Sein nachdenklicher Blick lag noch eine Weile länger auf mir.

»Du bist voller Überraschungen, Cate«, murmelte er dann, so leise, dass ich mich fragte, ob ich richtig gehört hatte.

Bevor ich nachfragen konnte, wurde er vom lauten Gelächter der Fianna abgelenkt.

»Ich wette drei Goldnymphen, dass Carrick der Beste mit dem Schwert ist«, rief Caílte. Vor Aufregung löste sich eine Strähne aus seinem Zopf, die er sich ungeduldig hinters Ohr schob.

»Meine Technik ist besser, aber du bist flinker«, pflichtete Carrick ihm bei.

»Dass Caílte der Schnellste ist, haben wir schon abgehakt«, erklärte Conán. »Und dass keiner so gut mit Tieren sprechen kann wie er, ist sowieso klar.«

Er wandte sich feixend an mich. »Er hatte mal ein Jahr lang eine äußerst intime Beziehung mit einer Schleiereule«, erklärte er mit verschwörerisch gesenkter Stimme und handelte sich sofort einen Klaps auf den Hinterkopf von Caílte ein.

»Zehn Silberpixies, dass Carrick Diarmid mit dem Schwert besiegen würde«, brachte sich Oisín mit seiner melodischen Stimme ins Spiel.

»Silber? Pah, da musst du den Einsatz schon erhöhen«, verkündete Conán. Ihm entfuhr ein lauter Rülpser, und er warf Oisín einen Beutel Münzen vor die Füße. »Mit dem Schwert macht Carrick jeden platt, aber Diarmid ist mit seinen beiden Speeren unbesiegbar.«

Diesmal beugte Caílte sich zu mir. »Der Legende nach verheilen die Wunden nicht, die Diarmid mit seinen Speeren schlägt. Jeder Treffer ist tödlich. Er soll dafür einen Bund mit der Banshee selbst eingegangen sein.«

»Oder er hat das Gerücht einfach nur verbreitet, um sich einen gefährlichen Ruf aufzubauen«, lachte Conán. »Von ihm werden wir es nie erfahren. Schlauer Bursche!«

»Vergesst Oscar nicht«, mischte Nairn sich ein. »Wenn ich keine Waffe bei mir hätte, würde ich ihm nicht gerne bei Nacht begegnen wollen.«

Der schweigsame Hüne verzog sein Gesicht zu etwas, das einem grimmigen Lächeln gleichkam, nickte und warf drei Goldmünzen vor das Feuer, wo sich bereits ein beachtlicher Haufen goldener und silberner Münzen angesammelt hatte. Wie die Fianna den Überblick über ihre Einsätze behielten, war mir schleierhaft.

Ich hatte meinen Teller geleert und lauschte interessiert den Wetten der Krieger. Wie oft maßen sie sich wohl in freundschaftlichen Übungskämpfen? Wie oft hatten sie schon als eingespielte Truppe Seite an Seite gegen ihre Feinde gekämpft, gegenseitig ihre Wunden verarztet, am Feuer zusammen getrunken? *Und unschuldige Menschen abgeschlachtet*, fügte die Stimme in meinem Hinterkopf hinzu.

Ich erinnerte mich an den Abend im Pub, als ich Carrick zum ersten Mal begegnet war. Er hatte mich durch den dunklen Wald gejagt wie ein unerbittliches Raubtier. Ich schüttelte den Kopf, um die Erinnerung zu vertreiben, doch eine weitere drängte sich auf. Nairn, wie sie die *Grannagh* einen nach dem anderen niedermähte. Wie sie pfeilschnell herumwirbelte und zum Schlag ausholte, ihr Zopf eine tödliche Waffe.

»Ich habe zwar keine Goldnymphen oder Silberpixies«, sagte

ich mit lauter Stimme, »aber ich würde all mein Geld auf Nairn setzen. Sie hat mir mehr als einmal das Leben gerettet und ist die furchtloseste Person, die ich kenne.« 

Alle verstummten und starrten mich an. Niemand sagte etwas. Nairns Lippen zuckten verräterisch.

»Bei den Titten der Banshee«, grölte Caílte. »Die Kleine hat Eier!«

Alle brachen in schallendes Gelächter aus, mich eingeschlossen.

»Dann geh lieber mal und hol dein Menschengeld, *lassie*«, fügte Conán amüsiert hinzu. »Denn wenn du solche großen Versprechungen machst, musst du sie auch halten können.«

»Sie kann ihren Lohn einsetzen«, verkündete Carrick.

»Meinen Lohn?« Ich sah ihn fragend an.

»Dachtest du etwa, dass wir dich auf eine gefährliche Mission schicken, von der so viel abhängt, und dich nicht ordentlich dafür bezahlen?«

In gespielter Empörung runzelte er die Stirn. Ein kleines, prall gefülltes Ledersäckchen erschien auf seiner geöffneten Handfläche. Er hielt es mir hin. Die Fianna grölten, als ich es ihm zögernd aus der Hand nahm.

Ich öffnete die Kordel, griff nach einer Goldmünze und betrachtete sie im Feuerschein. Das Bild einer Frau war darauf geprägt, die sich über einen Flusslauf beugte und einen Krug Wasser in die Fluten goss. Auf der Rückseite stand etwas auf Gälisch. Auf den kleineren Silbermünzen prangten wiederum Bilder von kleinen, koboldartigen Wesen, die mit fröhlich emporgeworfenen Armen um einen Teich herumtanzen. Pixies.

Ich lächelte und warf den gesamten Beutel auf den Einsatzhaufen. Nur eine goldene und eine silberne Münze ließ ich in meine Tasche gleiten.

Wieder brüllten die Fianna ihre Zustimmung heraus und schlugen mit ihren Bechern auf die Bänke.

»Und wann werden die Gewinne ausbezahlt?«, fragte ich.

»So bald wie möglich«, versicherte mir Carrick. »*Sìthichean* begleichen immer ihre Spielschulden.« Er zwinkerte mir zu.

»Keine Sorge, *bana-mhèirleach*«, rief Oisín über das Feuer hinweg. »Du wirst uns noch früh genug in Aktion sehen.«

»Merkt ihr es denn nicht?«, lallte Conán, der eindeutig zu viel Met genossen hatte. »Heilige Banshee, die *taibhsear* kann es kaum erwarten, uns kämpfen zu sehen! Sie ist schon ganz wuschig!«

Auch ich musste in das allgemeine Gelächter einfallen, das folgte. Meine Wangen waren tatsächlich gerötet, und ich war gerade dabei, das warme Hermelinfell abzulegen, da der Met mir zu Kopf gestiegen war. Ich fühlte mich warm und behaglich, genoss es, inmitten dieser Krieger zu sitzen und Teil ihrer gut gemeinten Neckereien zu sein.

»Ich freue mich darauf, eure vielen Talente zu bewundern«, sagte ich zwinkernd.

»Dann ist es also entschieden«, verkündete Caílte. »Es gibt eine Talentshow. Wie in diesem Ding, in das die Menschen stundenlang glotzen. Wie heißt es noch mal?«

»Fernseher«, antwortete Carrick und verdrehte die Augen. Doch mir entging das schelmische Funkeln darin nicht, das gelöste Lächeln und wie er sich mit entspannt ausgestreckten Beinen auf der Bank zurücklehnte.

Sogleich machten seine Kameraden sich daran, sich zu überlegen, wie sie ihre jeweilige Stärke am besten präsentieren und wer gegen wen antreten sollte. Auch ich lehnte mich zurück, nahm noch einen Schluck Met und lauschte ihnen amüsiert.

Die Stimmung wurde immer ausgelassener. Bald sprangen die Ersten auf. Sie jagten sich über Tische und Bänke, fochten auf wackeligen Beinen Spaßkämpfe mit ihren Gabeln aus und verschütteten immer mehr Met. Bald gingen sie zum Whiskey über, und auch Nairn und Carrick wurden immer ausgelassener und lustiger.

Ich gönnte es ihnen. Sie alle hatten etwas zu feiern, und das sollten sie auch tun, solange sie noch konnten. Sicher würden sie Fionn so bald wie möglich mithilfe des Horns aus dem Stein befreien und gegen Goll ins Feld ziehen.

Ob ich dann noch hier wäre? Ich wusste es nicht und wollte mir jetzt auch keine Gedanken darüber machen. Es war viel lustiger, den Fianna dabei zuzusehen, wie sie immer betrunkener wurden.

Der Alkohol schoss warm durch meine Adern und machte mich träge und schläfrig. Ich saß mittlerweile allein auf meiner Bank und ließ den Blick langsam schweifen. Er blieb an dem schweigsamen Hünen hängen, dem Einzigen der Fianna, der ebenso wie ich noch am Feuer saß. Oscar starrte reglos in die Flammen, der Feuerschein glänzte auf seiner tiefschwarzen Haut. Ich bewunderte seine Statur, die breiten Schultern und Muskeln. Dann fiel mein Blick auf seine mächtigen Hände, die mit etwas umwickelt waren. Zuerst dachte ich, es seien Verbände, dann erkannte ich, dass es Lederstreifen waren, die an den Knöcheln mit schmalen Eisenplatten verstärkt waren.

*Der beste Faustkämpfer der Truppe*, hallten Carricks Worte in meinem Kopf wider.

Da sah Oscar auf. Seine hellgrünen Augen bohrten sich in meine. Ich hielt seinem forschenden Blick stand. Nach einem Augenblick des stummen Starrens verzogen sich seine elegant geschwungenen Lippen zu so etwas wie einem Lächeln, das ich erwiderte. Er hob seinen Becher und prostete mir über das Feuer hinweg zu. Ich mochte den schweigsamen Oscar schon jetzt besonders gern.

*Lieber als Carrick?*, meldete sich da meine gehässige Gewissensstimme wieder zu Wort. *Das ist ja wohl unmöglich.*

Zum Glück wurde dieser Gedankengang von Conán unterbrochen. »Oisín«, rief er überschwänglich. »Sing uns ein Lied!«

Sofort verstummten alle, nahmen Platz und sahen Oisín erwartungsvoll an.

»Ein Lied!«, rief auch Caílte.

Oisín war nun der Einzige, der noch stand. Er sah auf seine Kameraden und mich, die Menschenfrau in ihrer Mitte, herab und begann zu singen.

Ich hatte erwartet, dass er ein Instrument zur Hand nehmen und eine fröhliche Weise spielen würde. Doch als seine Stimme von der Höhlendecke widerhallte, folgte sie einer zarten, traurigen Melodie, die allein aus ihm selbst kam.

Er sang laut und klar, doch in seinen Worten schwang eine Sehnsucht mit, die so stark war, dass ich schlucken musste. Die wunderschönen, rauen gälischen Worte flogen ihm aus dem Mund, wirbelten in der Luft herum und fanden ihren Weg direkt in mein Herz. Es begann zu schmerzen, als ob die Verse es wahrhaftig zum Bluten brachten, obwohl ich kein einziges Wort verstand. Das musste ich auch nicht. Oisín beschwor mit seiner Stimme Bilder herauf, lockte tief vergrabene Gefühle aus meinem Inneren hervor und streichelte meine Seele.

Eine einzelne Träne löste sich aus meinem Augenwinkel und rann meine Wange hinab. Ich wischte sie nicht weg.

So ergriffen war ich von Oisíns trauriger Weise, dass ich ganz benommen zurückblieb, als er endete.

Niemand sagte ein Wort. Rund um das Feuer zeigte sich auf allen Gesichtern dieselbe Ergriffenheit, die sich auf meinem abzeichnen musste. Nairns Wangen waren tränennass.

Doch aller Augen waren auf eine einzige Stelle gerichtet – auf Carricks Finger, die fest mit meinen verschlungen waren.

# Kapitel 35

Mein Gesicht wurde heiß, mein Herz schlug mir bis zum Hals. Ich hätte zu zittern begonnen, wenn Carrick meine Hand nicht festgehalten hätte.

Auch er schien gerade erst aus einer Art Trance zu erwachen. Sein Blick glitt langsam herab, registrierte, was die anderen schon längst entdeckt hatten. Ich hatte noch nicht einmal bemerkt, wie sich unsere Hände gefunden hatten. Es war einfach geschehen, in einem Augenblick höchster Ergriffenheit.

Ich wusste nicht, was ich sagen oder tun sollte, spürte nur die Blicke der Fianna auf mir und wäre am liebsten im Boden versunken. Carrick ließ nicht los, war ebenso erstarrt wie ich.

Da begann Conán zu klatschen. »Sehr schön gesungen, Oisín«, rief er. Die anderen fielen zögernd mit ein. Ich löste meine Hand von Carricks. Er warf mir einen flüchtigen Blick zu und hob dann ebenfalls die Hände, um zu klatschen.

Da erst fiel mir auf, dass Nairn nicht applaudierte. Sie saß regungslos da, starrte ins Feuer, und Tränen liefen ihr noch immer übers Gesicht.

Besorgt legte ich ihr eine Hand auf die Schulter. »Nairn?«, flüsterte ich. »Ist alles in Ordnung?«

Sie reagierte nicht, starrte nur vor sich hin. Die Trauer in ihrem Blick traf mich tief ins Herz.

»Komm«, sagte ich und versuchte, sie am Arm zu ziehen. »Komm, ich bring dich ins Bett.« Sie bewegte sich nicht.

»Ich helfe dir«, bot Carrick an. Er ging um unsere Bank herum und griff Nairn von der anderen Seite unter den Arm. Gemeinsam zogen wir sie hoch.

»Nairn hat ein bisschen zu viel getrunken«, verkündete Carrick den Fianna, die sich zum Glück schon wieder dem Trinken zugewandt hatten. »Wir bringen sie ins Bett. Gute Nacht!«

Alle wünschten uns eine gute Nacht und stellten keine Fragen. Keiner von ihnen konnte noch gerade stehen. Ich hoffte, dass sie den peinlichen Moment am Morgen vergessen haben würden, und fragte mich, ob Feen eigentlich einen Kater bekommen konnten.

Zu zweit hievten wir Nairn aus der Höhle und schleiften sie durch die düsteren Gänge. Ich war dankbar für Carricks Hilfe, denn ich hätte niemals allein zurück zu unserem Quartier gefunden. Ich blieb wachsam und versuchte, mir den Weg einzuprägen.

Nairn setzte zwar schwerfällig einen Fuß vor den anderen, war aber ansonsten nicht ansprechbar. Ihre Tränen waren versiegt, doch sie schien in ihrer eigenen Welt zu sein. Ihre Stirn war immer noch tief gefurcht, die Lippen hatte sie zusammengepresst.

Wir liefen einige Zeit schweigend durch das Höhlenlabyrinth, Carrick links und ich rechts von ihr. Ich wusste nicht, was ich sagen sollte, ob ich ansprechen sollte, was eben am Feuer geschehen war.

Nach einer Weile brach Carrick das Schweigen. »Hör mal, Cate, ich … das heute muss alles sehr überwältigend für dich gewesen sein.«

Ich sah ihn überrascht an.

»Ich wollte nur sagen, na ja, ich finde, dass du dich gut geschlagen hast. Es ist sicher nicht einfach für dich, hier zu sein.«

Es war wahrscheinlich das Einfühlsamste, was er je zu mir gesagt hatte. Ich nickte. »Ich hatte zuerst Angst«, gab ich zu. »Aber alle waren sehr freundlich zu mir. Alle, außer Diarmid.«

Carrick schnaubte erbost. »Der wird sich schon wieder beruhigen.«

Ich glaubte zwar nicht, dass ich lange genug hier sein würde, um das mitzuerleben, schenkte ihm aber trotzdem ein Lächeln.

»Es ist schön, dich und Nairn so zu sehen«, sagte ich vorsichtig.

»Wie meinst du das?«

»So … gelöst. Hier könnt ihr ganz ihr selbst sein. Das ist ziemlich aufschlussreich.«

»Aufschlussreich, was?« Er lachte. »Studierst du uns etwa wie zwei Laborratten?«

Anstatt zu antworten, lachte ich ebenfalls, musste aber an mein Notizbuch denken und wie ich all meine Erlebnisse in Alba bis jetzt haarklein aufgeschrieben hatte. Carrick wusste, dass ich alles dokumentierte, hatte es wahrscheinlich sogar gelesen. Hatte er sich seitdem wie eine Laborratte gefühlt? Wie ein Experiment?

Wir gingen schweigend weiter, Nairn in unserer Mitte.

»Weißt du, was ihr fehlt?«, fragte ich ihn nach einer Weile und warf Nairn einen nervösen Blick zu. Sie reagierte nicht.

Carrick nickte zögerlich. »Ich kann es mir denken. Es war das Lied. Es ging darin um gefallene Helden und verlorene Liebe. Er sang davon, wie die Zurückgebliebenen die Toten beweinen, von Soldaten, die nachts inmitten all des Todes wach liegen und an ihre Geliebten denken, die sie vielleicht niemals wiedersehen werden.«

Er warf Nairn einen besorgten Blick zu. Die Tränen liefen ihr nun wieder übers Gesicht, doch sie sagte kein Wort, starrte nur stur geradeaus. Ich nickte und fragte nicht weiter nach. Carrick hatte bereits angedeutet, dass Nairn eine geliebte Person verloren hatte, als die beiden sich Golls Rebellion angeschlossen hatten. Niall. Es schien nicht richtig, jetzt darüber zu sprechen. Vielleicht würde sie mir ihre Geschichte eines Tages anvertrauen.

Wir blieben vor dem schmalen Spalt in der Felswand stehen, der den Eingang zu unserer Höhle markierte.

Carrick ließ Nairns Arm vorsichtig los. »Ich kann nicht weitergehen.«

»Was? Warum?«

»Sie hat den Eingang mit Schutzzaubern belegt. Kein Mann darf eintreten.«

Ich konnte ein Schmunzeln nicht unterdrücken. Das klang eindeutig nach Nairn.

Als ich ihr behutsam helfen wollte, durch den Spalt zu klettern, schüttelte sie mich ab, schlüpfte hindurch und verschwand in der Dunkelheit auf der anderen Seite. Kurz darauf flackerte ein Feuer im Kamin auf und erhellte den Gang. Das warme Licht tanzte über Carricks Gesicht, als ich mich wieder zu ihm umwandte.

»Danke, dass du uns hergebracht hast. Ich hätte mich sicher verlaufen.«

»Immer gern.«

Stille setzte ein. Ich wusste nicht, was ich mit meinen Händen machen sollte, fuhr mir nervös durchs Haar, sodass sich eine Strähne aus meinem Zopf löste.

Trat Carrick etwa von einem Fuß auf den anderen?

Wir begannen, beide gleichzeitig zu sprechen, und lachten sofort darüber.

Er sah mich an, sein Blick so eindringlich, so voll von etwas, das ich nicht deuten konnte.

»Ich sollte nach Nairn sehen«, hauchte ich.

Er nickte. »Du bist ihr eine gute Freundin.«

Das überraschte mich. Ich war nicht sicher, ob sie mich als ihre Freundin bezeichnen würde. Am liebsten hätte ich ihn gefragt, was ich für *ihn* war.

»Gute Nacht, Carrick«, sagte ich stattdessen.

»Gute Nacht.« Seine Stimme klang rau.

Ich wandte mich ab, legte eine Hand auf den kalten Stein des Höhleneingangs.

»Cate?«

»Ja?« Ich drehte mich wieder zu ihm um.

Er hatte einen Schritt auf mich zu gemacht, war mir jetzt wieder ganz nah.

Er schluckte. »Es ist schön, dass du hier bist.«

Meine Kehle war wie zugeschnürt. Tausend Antworten lagen mir auf der Zunge. Tausend Fragen. Gleichzeitig war mein Kopf wie leer gefegt. »Danke, dass du mich hergebracht hast.«

Er lächelte, hob eine Hand und strich mir die Haarsträhne aus dem Gesicht. Seine Hand verharrte an meiner Wange. Ich musste der Versuchung widerstehen, den Kopf zu neigen, meine Wange gegen seine Hand zu schmiegen. Er war mir so verdammt nahe.

»Gute Nacht«, sagte er noch einmal. Im nächsten Augenblick war er verschwunden.

Ich taumelte benommen in die Höhle, konnte nicht begreifen, was gerade geschehen war. *Nichts ist geschehen*, sagte meine Gedankenstimme. *Rein gar nichts. Wenn du es willst, dann musst du es schon selbst in die Hand nehmen.*

Ich versuchte, die höhnische Stimme auszublenden, erinnerte mich an Nairn und ihren Zustand. Die Sorge um sie verdrängte die Gedanken an Carricks Hand an meiner Wange, seine Haut an meiner, seine Lippen auf meinen …

Besorgt suchte ich den Raum nach Nairn ab. Sie saß nackt auf dem kalten Steinboden, direkt vor der Feuerstelle. Die Flammen züngelten so nah an ihrer nackten Haut, dass sie einen Menschen verbrannt hätten.

»Nairn!«

Ich lief rasch zu ihrem Bett und zog eine Decke hervor. Im Näherkommen erkannte ich die vielen silbrig weißen Narben, die ihren Rücken bedeckten. Vorsichtig legte ich ihr die Decke um die Schultern. Dann zerrte ich eines der schweren Felle von ihrem Bett vor den Kamin und bedeutete Nairn, sich daraufzusetzen.

»Du wirst dir noch den Tod holen«, ermahnte ich sie, und sie bewegte sich widerwillig.

»Ich bin eine Fee, weißt du noch? Unsereins stirbt nicht an einer Unterkühlung oder einer kleinen Erkältung«, sagte sie mit einem bitteren Unterton. »Wir sterben auch nicht an gebrochenem Herzen. Wir haben ein langes, langes Leben …« Ihre Stimme brach.

Sie wischte sich ärgerlich übers Gesicht. »Aber wir sterben, wenn uns jemand eine Axt in den Leib rammt. Was für eine Ironie.«

Sie lachte hart auf. Ihr Ton und ihre verbitterten Worte erschreckten mich. Vorsichtig ließ ich mich neben ihr auf dem Fell nieder.

»Nairn, ich …«

»Das mit dir und Carrick wird nichts, das weißt du doch, oder?«, unterbrach sie mich.

»Was meinst du?«

»Verkauf mich nicht für dumm, Cate.« Sie hob das Kinn und sah mich direkt an. »Ist ein gefährliches Spiel, das ihr da spielt.«

Ich senkte den Blick. »Ich weiß nicht, was es ist. Ich weiß nur, was ich fühle, wenn ich mit ihm zusammen bin. Und ich weiß auch, dass ich das nicht fühlen sollte.«

Ich stockte, fand keine Worte, um zu beschreiben, was in mir vorging. Verdammt, ich wusste es ja selbst nicht. Wusste nicht, was er für mich empfand, was er über mich dachte, warum er mir in einem Moment so nahe kam und im anderen so fern schien. Ich wusste nur, dass er etwas in mir auslöste, was ich noch nie zuvor gefühlt hatte – und dass ich es nicht fühlen durfte.

»Ich bin verlobt«, brachte ich mit erstickter Stimme hervor.

Nairns Augen wurden groß. »Mit einem Menschen?«

Ich verdrehte die Augen. »Natürlich. Also, wir sind fast verlobt. Er lebt in New York und wartet auf meine Rückkehr, während ich hier … ja, was mache ich hier eigentlich?«

»Du tust, was du für richtig hältst. Das ist alles, was wir tun können. Jeden Tag aufs Neue. Bis alles endet.«

Eine Träne kullerte ihre Wange hinab.

»Nairn.« Ich legte eine Hand auf ihren Arm, konnte es nicht ertragen, sie so zu sehen. Die mächtige Kriegerin, so verletzlich und verbittert. »Wer ist Niall? Ist sie der Grund, warum du so traurig bist?«

Sie zögerte. Starrte in die Flammen, als wollte sie sie dazu bringen, an ihrer Stelle zu antworten.

»Niall war meine ...« Sie stockte, als wäre es unmöglich, in Worte zu fassen, was Niall ihr bedeutet hatte.

»Deine Geliebte?«, sprang ich ein.

»Oh ja, natürlich«, sagte sie mit einem amüsierten Funkeln in den Augen, »aber sie war viel mehr als nur meine Geliebte. Sie war meine Frau.«

Ich riss die Augen auf, hatte so viele Fragen, doch sie mied meinen Blick.

Eine eiskalte Hand schloss sich schraubstockartig um mein Herz und schien es zerquetschen zu wollen. Mitleid – das war Mitleid für Nairn, die nicht nur eine geliebte Fee, sondern die Person verloren hatte, mit der sie ihr Leben hatte verbringen wollen. Ich konnte mir nicht einmal annähernd das Leid vorstellen, das sie aufgrund von Nialls Verlust durchlitten haben musste. Ohne nachzudenken, legte ich ihr meinen Arm um die Schulter und zog sie an mich. Die feinen, rötlichen Härchen an ihren Armen stellten sich auf, doch sie machte keine Anstalten, meine Berührung abzuschütteln.

So saßen wir eine Weile schweigend nebeneinander, und ich versuchte, ihr Trost zu spenden, während ihre stummen Tränen auf den Boden tropften.

»Es sind die Erinnerungen an sie«, erklärte Nairn schließlich mit brüchiger Stimme. »An diesem Ort sind sie besonders stark. Es ist schwer für mich, ohne sie hier zu sein.«

»Ich bin hier«, sagte ich. »Was immer du brauchst, wann immer du reden möchtest. Ich bin hier.«

»Danke, Cate.«

Wir saßen noch lange vor dem Feuer. Ich wiegte die stärkste Frau, die mir je begegnet war, wie ein kleines Kind, bis sie schließlich in meinen Armen einschlief.

# Kapitel 36

Als ich am nächsten Morgen erwachte, brummte mir der Schädel. Verdammter Feentrunk! Wenn es mir schon so schlecht ging, wie mussten sich dann erst die Fianna fühlen?

Ich konnte mich nicht daran erinnern, in mein Bett geschlüpft zu sein, doch ich lag darin, unter einer Decke und mehreren schweren Fellen begraben. Ein wenig Glut vom Vorabend glomm noch in der Feuerstelle, sodass ich auf der anderen Seite der Höhle Nairns rotes Haar unter einem Berg von Fellen hervorlugen sehen konnte.

Ich schluckte mehrmals und musste husten. Meine Kehle war trocken, meine Augen geschwollen von den Tränen, die ich für Nairn vergossen hatte.

Ich hatte von ihr und Niall geträumt. In meinem Traum hatten die beiden diese kleine Höhle bewohnt, hatten zusammen gelacht, sich gegenseitig geneckt und geliebt und waren Seite an Seite mit den Fianna ausgezogen – um *taibhsearan* wie mich zu töten.

Ich schüttelte den Kopf, um die Überreste des Traums zu vertreiben, und schwang die Beine aus dem Bett. Als meine nackten Füße den kalten Steinboden berührten, zuckte ich zurück. Hastig griff ich nach meiner neuen Kleidung, die verstreut neben mir auf dem Boden lag. Sobald sich das Hermelinfell an meinen Hals schmiegte, wurde mir wärmer.

Ich schürte das Feuer, doch es wollte nicht so recht in Gang kommen. Nairn würde die Flammen wahrscheinlich mit einem einfachen Fingerschnipsen auflodern lassen. Einmal mehr wünschte ich, ich hätte magische Kräfte.

Ich ging zu Nairns Bett und rüttelte sie leicht an der Schulter. Sie zog sich eins der Felle über den Kopf und murmelte etwas, das verdächtig nach einem gälischen Fluch klang. Ich seufzte und musste gleich darauf erneut husten. Suchend sah ich mich in un-

serem Quartier um. Es gab kein Wasser oder andere Flüssigkeiten. 
Keinen Krug, keinen Becher, es tropfte noch nicht einmal von der Decke. Warum sollte Nairn sich auch darum kümmern, wenn sie sich jederzeit etwas herbeiwünschen konnte? Ein weiterer Hustenanfall schüttelte meinen Körper.

Einen Augenblick später kletterte ich bereits durch den Spalt der Höhle nach draußen. Ich brauchte dringend etwas zu trinken. Ein Frühstück wäre auch nicht schlecht.

Verbissen versuchte ich, mich an den Weg zur großen Halle zu erinnern, in der wir gestern Abend gefeiert hatten. Ich freute mich, als ich ein paar Abzweigungen wiedererkannte. Doch als ich nach etwa einer halben Stunde immer noch nicht angekommen war, fluchte ich laut.

»Bei den Titten der Banshee!«

»Wie ich sehe, hast du dich schon so sehr an unsere Bräuche gewöhnt, dass du den Namen der Banshee missbrauchst«, sagte eine kalte Stimme hinter mir.

Ich fuhr herum. Dort stand Diarmid im fahlen Licht und musterte mich mit einem spöttischen Grinsen. Das dunkelblonde Haar fiel ihm auf die Schultern und verlieh ihm einmal mehr das Aussehen eines zum Sprung ansetzenden Löwen.

Ich starrte ihn an, hoffte, dass er mich nicht auf der Stelle erdrosseln würde. »Guten Morgen«, presste ich hervor. »Das Fluchen habe ich mir wohl gestern von euch abgeschaut.«

Er musterte mich weiterhin, ohne sich zu bewegen. Nur sein Blick glitt langsam von meinem Gesicht über meinen Körper in der engen Lederkleidung bis hin zu meinen Füßen. Ich spürte ihn wie eine Schlange, deren kalter, schleimiger Körper sich über meine Haut schob. Ich räusperte mich.

»Warum bist du denn schon so früh auf den Beinen?«, fragte ich ihn.

»Früh?« Er hob eine Braue. »Es ist fast Mittag.«

Das erklärte mein unerträglich gewordenes Durst- und Hungergefühl. Im selben Moment knurrte mein Magen so laut, dass Diarmids Blick zu meinem Bauch zuckte.

»Hast du etwa Hunger, *Mensch?*«

Ich nickte. »Wärst du wohl so freundlich, mir zu zeigen, wo ich etwas zu essen und zu trinken finden kann?«, fragte ich ihn mit zuckersüßer Stimme.

Er runzelte nachdenklich die Stirn. Mir war nur allzu bewusst, dass er mich einfach hier zurücklassen könnte, sodass ich stundenlang hungernd durch das Höhlenlabyrinth irren würde, bis mich irgendjemand aufsammelte oder ich in irgendein Loch fiel und mir alle Knochen brach. Diarmid schien äußerst versucht zu sein, mir das anzutun.

Doch dann nickte er abschätzig. »Folge mir.«

Er drehte mir den Rücken zu und schlüpfte durch eine Öffnung in einen engen Gang, den ich völlig übersehen hatte. Mit weit ausholenden Schritten stapfte er voran, und ich bemühte mich, mit ihm Schritt zu halten.

Nachdem ich eine Weile schweigend auf seinen Rücken gestarrt hatte, begann er zu sprechen, ohne sich zu mir umzudrehen. »Was machst du überhaupt noch hier, *sùla?* Du weißt sicher, dass deine Anwesenheit nicht erwünscht ist.«

Ich schnappte empört nach Luft. »Bisher scheinst du der Einzige zu sein, der sich an meiner Anwesenheit stört. Von den anderen wurde ich sehr nett empfangen.«

»Ach, mach dir nichts vor. Meine Brüder sind einfach nur höflicher als ich. Keiner von uns würde je einer *taibhsearan* trauen.«

»Selbst dann nicht, wenn diese *taibhsearan* euch den Arsch gerettet hat?«

Mein wenig damenhafter Ausbruch entlockte ihm ein amüsiertes Glucksen. »Du hast niemanden von uns gerettet. Wenn Carrick dich mit seinem Charme nicht dazu gebracht hätte, uns zu Diensten zu sein, hätten wir einfach einen anderen Nachfahren der Keiths dazu gezwungen, das Horn für uns zu bergen. Ich fürchte, die Besetzung deiner heldenhaften Rolle ist sehr leicht austauschbar.«

*Mit seinem Charme*. Seine Worte trafen mich mehr, als ich zugeben wollte. Wieder fragte ich mich, ob ich immer noch Carricks Feenzauber unterlag oder ob ich ihn wirklich ungefiltert als die Person sah, die er war, wie ich es seit einigen Tagen vermutete. Doch so leicht würde ich mich nicht von Diarmid unterkriegen lassen.

»Ich bin niemandem zu Diensten, schon gar keiner *Fee*«, entgegnete ich mit so viel Autorität in der Stimme, wie ich aufbringen konnte. »Es war meine eigene Entscheidung, euch zu helfen, und ich habe sie getroffen, um mein eigenes Volk zu schützen. Nicht mehr und nicht weniger.«

Diarmid seufzte, als würde unser Gespräch ihn zu Tode langweilen. Er hatte mir immer noch den Rücken zugedreht. »Wie dem auch sei, *sùla*. Wenn es nach mir ginge, wärst du nicht hier. Aber in Fionns Abwesenheit hat Carrick hier den Oberbefehl, und er scheint wirklich sehr angetan von seinem kleinen, neuen Spielzeug zu sein.«

Meine Wangen brannten. Doch ich durfte ihm nicht die Genugtuung verschaffen, mich über seine Sticheleien aufzuregen, durfte ihm nicht zeigen, wie unsicher ich war, wenn es um Carricks Absichten mir gegenüber ging.

»Keine Sorge«, schoss ich zurück. »Sobald ihr Fionn erweckt habt und ich mich davon überzeugt habe, dass ihr Goll das Handwerk legen werdet, bin ich hier weg – Carrick hin oder her. Er bedeutet mir nichts.«

Nun blieb Diarmid stehen und drehte sich sogar halb zu mir herum. Er grinste so breit, dass seine schneeweißen Zähne aufblitzten. Ein gehässiger Kommentar blieb aus. Stattdessen trat er einen Schritt zur Seite und gab den Blick auf Carrick frei, der direkt vor uns im Ausgang des Tunnels stand.

Ich gefror mitten in der Bewegung. Carricks Mund war leicht geöffnet, als hätte er gerade zu sprechen beginnen wollen, als er meine Worte gehört hatte. Nun runzelte er lediglich die Stirn.

»Diarmid.« Er nickte seinem Waffenbruder zu. »Cate.« Sein Blick streifte mich nur flüchtig, bevor er auf dem Absatz kehrtmachte und davonging.

Diarmid deutete eine spöttische Verbeugung an. »Immer ein Vergnügen, mit dir zu sprechen, *sùla*.«

Er ging pfeifend in die andere Richtung davon.

Sobald er aus meinem Blickfeld verschwunden war, stützte ich mich keuchend an der Felswand neben mir ab. Die Wände des engen Tunnels schienen auf mich zuzurücken, mich zu ersticken. Der verdammte Bastard hatte mich ausgetrickst! Mit klopfendem Herzen fragte ich mich, wie viel von unserem Gespräch Carrick wohl gehört hatte. Warum hatte ich das nur gesagt? Ich hatte Diarmid doch nur davon überzeugen wollen, dass ich niemandes Spielzeug war. Es stimmte nicht, dass Carrick mir nichts bedeutete. Hatte ich ihn mit meinen Worten verletzt, oder war es ihm egal? Und viel wichtiger: Warum war es *mir* nicht egal, was er von mir dachte? Warum machte ich mir Sorgen, seine Gefühle verletzt zu haben?

Es waren nur noch ein paar Tage, vielleicht weniger, bevor ich diesen Ort – Alba – für immer verlassen würde. Ich drehte mich und presste meine Stirn an den kühlen Stein der Felswand. »Reiß dich zusammen, Keith«, murmelte ich. »Da draußen wartet eine ganze Welt auf dich, eine Welt, zu deren Rettung du beigetragen hast.«

Die Worte meiner Großmutter trösteten mich. Ich sah ihr faltiges Gesicht vor mir, ihre langen weißen Haare, die sie immer offen getragen hatte. Ihre Hände legten sich einmal mehr auf meine Schultern, und sie hauchte mir einen Kuss auf die Stirn.

»Komm, kleine Catie, lass mich dein Diamanthaar bürsten.« Das Gefühl der harten Borsten auf meiner Kopfhaut, ihrer sanften Finger in meinem Haar.

Ich schluckte und katapultierte mich wieder ins Hier und Jetzt zurück. Um an diesem Ort, mitten zwischen meinen natürlichen Feinden, überleben zu können, würde ich einen klaren Kopf bewahren müssen. In letzter Zeit hatte ich die Feen viel zu sehr unterschätzt, hatte mich von ihrem schönen Gesang und ihrem Trinkgelage, Nairns freundlichen Worten und Carricks sanften Blicken einlullen lassen. Das würde sich nun ändern. Sie waren nicht meine Freunde, würden es nie sein.

»Vergiss das nicht«, sagte ich laut zu mir selbst, bevor ich die Schultern straffte und aus dem Tunnel in die große Halle trat.

Auf den ersten Blick erkannte ich, dass meine *natürlichen Feinde*, die tödlichen Feen, an diesem Morgen nicht besonders furchterregend waren.

Die große Halle war fast leer. Conán lag unter einer der Bänke und schnarchte laut, mit einer Hand umklammerte er noch immer seinen Becher. Auf einer anderen Bank saß Oisín, den Kopf in den Händen. Zu meiner großen Freude stand neben ihm eine Platte mit kaltem Fleisch und einem Laib Brot.

»Guten Morgen.« Vorsichtig setzte ich mich neben den Barden.

Er sah überrascht auf. »Oh, Catriona! Was für ein lieblicher Anblick an so einem schrecklichen Morgen.« Er brachte ein schiefes Lächeln zustande, was ihn einige Anstrengung zu kosten schien.

Ich sah ihn mitfühlend an. »Hast du einen Kater?«

Er blickte verständnislos blinzelnd zurück. »Kater? Ich hatte mal einen Jagdhund, aber das war vor langer –«

Ich lachte. »Nein, nein. Ein Kater ist das furchtbare Gefühl am Morgen, nachdem du zu viel getrunken hast.«

»Oooh.« Oisín schlug sich gegen die Stirn, zuckte aber sogleich vor Schmerz zusammen. »Entschuldige, ich war schon seit vielen Jahren nicht mehr in der Menschenwelt. Ich habe so einiges vergessen.«

Ich beugte mich interessiert zu ihm vor. Ein Fianna, der in den letzten Jahren keine Seher getötet hatte? Sehr untypisch und sehr sympathisch.

»Und warum?«, fragte ich mit mühsam verhohlener Neugier.

Er seufzte, lehnte sich zurück und stieß dabei mit der Hüfte an die Platte mit Essen. Sein Blick fuhr zu mir, dann deutete er in Richtung der Speisen. »Kann ich dir etwas anbieten?«

Ich nickte mehrmals heftig. »Oh, bitte, du rettest mir das Leben!«

Er grinste und reichte mir die Platte. Gleich darauf erschien ein dampfender Becher auf der Bank neben mir. Die Flüssigkeit darin roch nach Kamille.

»Vielen Dank«, rief ich überschwänglich und stopfte mir bereits den ersten kalten Hähnchenschenkel in den Mund. »Ob ich mich wohl jemals daran gewöhnen werde?«, grübelte ich kauend.

»Woran? An Magie? Ach, dafür bist du noch nicht lange genug hier. Aber aus Erfahrung weiß ich, dass Menschen sich sehr schnell an Dinge gewöhnen, die ihnen das Leben erleichtern.« Er lächelte wissend, und ich fragte mich, woran er wohl gerade dachte.

»Aber ich habe ja deine erste Frage noch nicht beantwortet«, bemerkte er.

Ich häufte ein paar Truthahnscheiben auf ein Stück Brot und sah ihn aufmerksam an.

»Du hast sicher von unserem Zerwürfnis mit Goll gehört«, begann er, und ich nickte mit vollem Mund. »Es war eine schlimme Zeit für uns alle. Unsere eigenen Brüder und Schwestern hatten sich gegen uns gewandt und alles, wofür wir standen, infrage gestellt. Als wäre der Schmerz darüber nicht schon groß genug, musste eine von uns in den darauffolgenden Machtkämpfen ihr Leben lassen.«

»Niall«, entfuhr es mir, bevor ich mich zurückhalten konnte.

»Ja, Niall.« Oisíns Bick glitt in weite Ferne. »Es war ein schrecklicher Kampf, jeder von uns trug tiefe Wunden davon. Und nicht alle waren von der Art, die sichtbar ist.«

Er seufzte. »Nachdem wir Niall verloren hatten, stellte auch ich vieles infrage. Ich hätte mich Goll nie angeschlossen, aber ich konnte und wollte es auch nicht akzeptieren, dass wir eine der Unseren getötet hatten. So entschloss ich mich, die Waffen niederzulegen und keine Unschuldigen mehr zu töten, egal ob Mensch oder *sìthiche*.«

Ich sah ihn mit großen Augen an, kämpfte gegen die Tränen, die unerwartet in ihnen brannten.

»Viele meiner Brüder verarbeiteten ihr Leid und ihren Hass auf Goll und die Abtrünnigen auf andere Weise«, fuhr er fort. »Sie zogen in die Menschenwelt, ließen ihren Zorn an den Sehern aus, töteten mehr als jemals zuvor. Die letzten zwei Jahre waren eine Zeit der Ohnmacht, der verzweifelten Suche nach Clan Morna. Uns waren die Hände gebunden, wir wussten nicht, wo Goll und sein neuer Clan sich aufhielten, was er als Nächstes plante. So richteten einige meiner Brüder ihre Wut gegen *taibhsearan*, bis wir endlich mehr über Golls Pläne und seinen Aufenthaltsort in Erfahrung brachten. Seitdem setzen wir alles in unserer Macht Stehende daran, ihm und Clan Morna das Handwerk zu legen.«

»Um jetzt die Menschenleben zu retten, die ihr früher eigenhändig genommen habt«, warf ich ein.

Er sah mich traurig an. »Wir haben die Hand nie gegen unschuldige Menschen erhoben, nur gegen …«

»Gegen Seher und Seherinnen wie mich«, unterbrach ich ihn. »Es ist euch bloß nie in den Sinn gekommen, dass wir ebenso unschuldig sein könnten, dass die meisten von uns gar nichts von ihrem Erbe wissen und wir niemals auf die Idee kommen würden, euch Feen aufzuspüren und abzuschlachten.«

Er senkte den Blick. »Ich habe meine Wahl getroffen, habe genau aus diesem Grund das Schwert gegen die Harfe eingetauscht. Von meinen Brüdern kann ich nicht dasselbe verlangen. Sie müssen es erst selbst begreifen.«

»Ich verstehe«, sagte ich. »Es ist der Lebensinhalt der Fianna, der Grund ihrer Existenz, Menschen zu hassen und zu töten. Es fällt ihnen sicher schwer, sie nun auf einmal beschützen zu müssen.«

Ich sah, dass dieses Thema Oisín naheging, und wollte ihn nicht noch mehr verletzen.

»Nicht alle Menschen sind *taibhsearan*«, antwortete er, »und nicht alle *taibhsearan* sind gefährlich. Anscheinend sind manche sogar dazu bereit, ihr Leben für unsereins aufs Spiel zu setzen.« Er zwinkerte mir vielsagend zu. »Wir alle können noch viel von dir lernen, Catriona Keith.«

Ich senkte dankend den Kopf. »Wenn das doch nur alle Fianna so sehen würden.«

»In Carrick hast du einen starken Verbündeten«, entgegnete Oisín. »Hier wird dir nichts geschehen.«

»Ist er wirklich Fionns rechte Hand?« Carrick beherrschte meine Gedanken, seit ich vorhin sein betroffenes Gesicht gesehen hatte, und ich war offensichtlich nicht besonders gut darin, dies zu verbergen.

Oisín schien meine Frage nichts auszumachen. »Oh ja. Fionn und Carrick kennen sich schon seit vielen Jahrhunderten. Sie waren schon befreundet, bevor die Königin die Fianna ins Leben rief. Fionn würde ihm sein Leben anvertrauen, er hat Carrick vor langer Zeit gerettet.«

»Gerettet?« Ich horchte auf. »Vor was?«

Oisín sah sich in der Höhle um. Wir waren allein, nur Conán

schnarchte immer noch unter der Bank vor sich hin. »Das ist eine Geschichte, die dir unser Chief lieber selbst erzählen sollte, wenn er bereit dazu ist«, murmelte er. »Es gehört sich nicht, die Geschichten anderer zu erzählen, schon gar nicht, wenn sie voll Trauer und Leid sind.« 

*Leid?* Was war Carrick passiert? Er schien immer so stark – nicht nur sein Körper, sondern auch sein Geist. Wovor hatte Fionn ihn wohl gerettet, wenn er doch immer so wirkte, als hätte er alles im Griff?

Ich hatte kaum bemerkt, dass ich die letzte Frage laut ausgesprochen hatte.

»Vor sich selbst«, antwortete Oisín mit einem Blick, der mir sagte, dass das alles war, was ich je von ihm zu dem Thema erfahren würde. Er räusperte sich und erhob sich. »Wirst du uns heute Abend mit deiner Anwesenheit beehren, Catriona?«

»Heute Abend?«, fragte ich verwirrt.

»Bei Sonnenuntergang wird Carrick das Horn blasen. Wenn alles gut geht, wird Fionn in nur wenigen Stunden wieder unter uns weilen. Es wird auch Zeit.«

Ich spürte, wie mir das Blut aus dem Gesicht wich. Schon so bald? Wäre dies etwa mein letzter Abend in Alba? Doch es war nur logisch, dass die Fianna es schnell hinter sich bringen wollten. Warum sollten sie auch warten? Es dauerte schließlich nicht lange, ein Horn zu blasen. Doch ich war tatsächlich davon ausgegangen, dass es eine Art Zeremonie geben würde, ein Ritual, das Vorbereitungen erforderte.

*Natürlich hast du das gedacht*, spottete meine Gedankenstimme, *weil du nach einem Grund suchst, länger hierzubleiben.*

Ich kam mir töricht vor.

»Ich werde da sein«, sagte ich zu Oisín, der sich zum Gehen wandte. »Danke für das Frühstück.«

Der Barde zwinkerte mir zu. »Danke für die angenehme Gesellschaft.«

Er verbeugte sich tief und schritt aus der Höhle. So blieb ich allein zurück, mit einem Becher voll heißem Kamillentee, Conáns Schnarchen und einem Kopf voll umherwirbelnder Gedanken.

# Kapitel 37

Ich verbrachte den Nachmittag damit, durch das Höhlenlabyrinth zu wandern. In einer Ecke hatte ich einen rötlichen Stein gefunden und begonnen, Abzweigungen und markante Orte mit einem X zu markieren.

Ich wusste, dass es nicht viel Sinn machte, das Terrain zu erkunden, wenn ich sowieso bald abreisen würde. Aber ich musste dringend mit meinen Gedanken allein sein und Abstand zu den Feen gewinnen. Gleichzeitig war ich fasziniert von diesem magischen Ort unter dem Berg.

An den meisten Stellen schraubten sich die gigantischen Felswände zu beiden Seiten steil in die Höhe, sodass dazwischen nur Platz für einen schmalen Pfad oder einen Tunnel blieb. Hier und da hatte sich Wasser durch den dunklen, fast schwarzen Stein gefressen und ihn zerklüftet, an vielen Stellen sogar ausgehöhlt. So stieß ich regelmäßig auf Höhlen in allen Größen und Formen. Mal waren sie fast kreisrund und befanden sich weit oben in der Felswand, sodass sie wie die düsteren Augen eines Riesen wirkten. Mal waren es nur schmale, gezackte Spalten, die tiefer ins Innere des Berges führten. Ich wagte mich nie in die Dunkelheit dieser Höhlen vor, malte mir Furcht einflößende Wesen aus, die dort in der ewigen Finsternis ihr Dasein fristeten.

Immer wieder kam ich um Biegungen und gefror mitten in der Bewegung, da sich vor mir unerwartet atemberaubende Schluchten und mystische Felsformationen auftaten. Die Felswand neben mir endete so manches Mal abrupt, fiel steil in die Tiefe ab und gab den Blick auf die verborgenen Geheimnisse des Berges frei. Meist pflügte am Grund dieser Schluchten ein Fluss durchs Gestein, sein wildes Rauschen erfüllte meine Ohren und ließ die Felswände erzittern. Das Wasser schäumte und spritzte, sah aber von oben aus wie eine zähe, schwarze Masse, die sich voranwälzte wie ein Ungeheuer, das seinen schlangenartigen Leib durch den Berg schob. Es roch nach feuchtem Moos, nach uraltem Gestein, nach dem tiefsten Herzen der Welt selbst.

Die zerklüfteten Felsen türmten sich zu den wildesten Gebilden auf, an denen ich mir mehr als einmal den Kopf stieß, wenn ich im düsteren Fackelschein stolperte.

Die meiste Zeit über drang nur vereinzelt etwas Tageslicht durch den Spalt im Berg bis zu mir nach unten vor, doch manchmal wurde die Öffnung über mir so breit, dass ich einen Blick auf den Himmel erhaschen konnte. Dann blieb ich jedes Mal stehen, drehte das Gesicht nach oben und ließ meine Haut die wenigen Sonnenstrahlen aufsaugen.

Ich vermisste das Gefühl des Windes in meinem Haar, die Sonne auf meiner Haut, den Blick auf den weiten Horizont. Doch trotz der mich von allen Seiten umgebenden Naturgewalten, der undurchdringlichen Felswände, des reißenden Flusses und der düsteren Höhlen und Schluchten fühlte ich mich hier unten geborgen, beinahe sicher. Es war kalt, feucht und düster, und ich befand mich viele Meter unter der Erdoberfläche, aber hier konnte mich niemand finden. Wir waren durch eine versteckte Wasseroberfläche spiegelgereist, um überhaupt nur in die Nähe dieses Geheimverstecks zu gelangen, also dürfte es so gut wie unmöglich sein, uns hier aufzuspüren. Die Frage, wie um der Banshee willen ich hier wieder herausfinden sollte, schob ich weit von mir. Ich war mir nicht sicher, ob Carrick mir nach unserer morgendlichen Begegnung noch helfen würde. Blieb nur noch Nairn. Und ansonsten, dachte ich mit einem grimmigen Grinsen, gab es immer noch Diarmid, der mich dringend loswerden wollte.

So wanderte ich durch die Unterwelt, begegnete niemandem und dachte erst daran umzukehren, als das bisschen Tageslicht, das seinen Weg in die Tiefe fand, bereits schwächer wurde. Dank meinen Markierungen fand ich zu unserem Schlafquartier zurück, kurz bevor die Dämmerung hereinbrach. 

»Du bist spät dran«, begrüßte Nairn mich, die sich gerade über ein paar Papiere auf ihrem Schreibtisch beugte. Sie schien sich gut von der letzten Nacht erholt zu haben, nichts erinnerte mehr an ihren Zusammenbruch.

»Wie geht es dir heute?«, fragte ich sie trotzdem besorgt. Nairn winkte nur ab und stand vom Schreibtisch auf. Sie war in eine mit Goldfäden durchwirkte grüne Tunika gekleidet und schien ihre Stiefel poliert zu haben. Ihr Zopf fiel ihr über die Schulter. Anstelle des tödlichen Sterns hatte sie an dessen Ende eine goldene Spange befestigt. Im Näherkommen erkannte ich, dass sie die Form eines Kranichs mit weit ausgebreiteten Flügeln hatte.

»Das ist Fionns Zeichen«, erklärte sie auf meinen fragenden Blick hin. »Vielleicht wird er mir etwas freundlicher gesinnt sein, wenn ich es heute Abend trage.«

»Wie meinst du das? Wird er sich denn nicht darüber freuen, dass du während seiner Abwesenheit wieder zu den Fianna gestoßen bist?«

»Freuen ist wohl das falsche Wort.« Nairn lächelte grimmig. »Wir haben uns damals nicht gerade im Guten getrennt. Das wird er nicht vergessen haben.«

»Und die anderen, wie haben sie dich nach der langen Zeit begrüßt?«, fragte ich, wohl wissend, dass sie erst kurz vor Carrick und mir hier eingetroffen war.

»Es war ein herzlicher Empfang … von den meisten von ihnen«, antwortete sie ausweichend. »Ob aus strategischen Gründen oder um unserer alten Freundschaft willen, kann ich nicht sagen. Eine Soldatin mehr im Kampf gegen Goll und Clan Morna ist aber in jedem Fall nicht zu verachten.«

»Ich bin sicher, dass sie sich sehr gefreut haben, dich wiederzusehen. Fionn wird da keine Ausnahme sein«, versuchte ich, sie aufzumuntern.

Sie zuckte nur die Achseln und deutete auf mein Bett. Dort lagen eine blaue, mit Silberfäden durchwirkte Tunika und eine grau-silberne Hose.

»Du solltest ebenfalls einen guten ersten Eindruck machen«, erklärte sie, als ich ehrfürchtig über den feinen Stoff der Kleider strich.

Mein Kopf fuhr zu ihr herum. »Bin ich denn in Gefahr? Wird Fionn mich vielleicht davonjagen?« *Oder Schlimmeres?*

Meine Hände wurden feucht. Ich hatte mir noch keine Gedanken darüber gemacht, wie Fionn auf mich, eine Seherin, reagieren würde. Wenn der Anführer der Fianna ebenso sehr an Vorurteilen festhielt wie Diarmid, könnte das für mich böse ausgehen. Was hatte ich mir nur dabei gedacht, hierherzukommen?

*Jetzt nur nicht in Panik verfallen*, sagte ich mir. Ich schloss die Augen und atmete einmal tief durch. *Schließlich habe ich geholfen, Fionn ins Leben zurückzuholen*, versuchte ich, mich zu beruhigen. Er würde sicher dankbar sein. Oder?

Ich hatte keine Zeit, weiter darüber nachzudenken, da Nairn mich vor sich herschob, sobald ich mich umgezogen hatte.

Wir eilten durch die Gänge, und das Klappern unserer Stiefelabsätze wurde vielfach von den Höhlenwänden zurückgeworfen.

In der großen Halle herrschte allgemeine Aufregung, als wir eintrafen. Die Fianna eilten umher, bereiteten alles für die Ankunft ihres Anführers vor. Sie riefen sich Anweisungen zu, schrubbten den Boden und die Bänke und schürten das Feuer.

Trotz all der Hektik stand Carrick wie ein unbezwingbarer Fels inmitten eines Sturms zwischen ihnen. Er hielt das *Dord Fiann* in den Händen, drehte es gedankenverloren hin und her und betrachtete die Verzierungen am Rand. Die grünen Saphire funkelten im Feuerschein. Der Anblick erinnerte mich daran, wie ich, das Horn fest an mich gedrückt, vor Goll durch die Nacht geflohen war. 

Da hob Carrick den Blick und schaute in meine Richtung. Ich hob die Hand zum Gruß, doch er wandte sich rasch ab und ging mit großen Schritten durch die Höhle, wobei er Conán zu sich winkte. Seufzend ließ ich meine Hand sinken.

Ich hatte Carrick seit unserer Begegnung mit Diarmid nicht mehr gesehen. Nun verspürte ich den starken Drang, zu ihm zu gehen, ihm alles zu erklären und seinen Blick wieder auf mir zu spüren. Doch er ignorierte mich geflissentlich, schien nun ganz in die Vorbereitungen für Fionns Erweckung versunken zu sein. Ich verlor ihn aus den Augen, als er durch eine unscheinbare Öffnung im Gestein verschwand, die mir noch nie zuvor aufgefallen war. Kurz darauf folgten ihm auch die anderen Fianna aus der Höhle.

Nairn zog mich mit sich. Keiner der anderen nahm Notiz von uns, während wir durch den schmalen Gang liefen, der hinter der verborgenen Öffnung lag. Die Krieger schienen nun alle in ihre eigenen Gedanken versunken zu sein. Schweigsam, beinahe ehrfürchtig, schritten sie voran. Niemand sagte ein Wort.

Schon bald tat sich vor uns eine weitere Höhle auf. Der Hohlraum war fast kreisrund, die Wände so hoch, dass die Decke beinahe nicht zu erkennen war. Fackeln hingen in regelmäßigen Abständen an den unebenen Wänden. Letztere waren mit Malereien verziert.

Ich trat näher an eine der Wände heran und fuhr mit einem Finger über die längst getrocknete Farbe. Es schienen Bilder aus dem Leben der Fianna zu sein, Erzählungen ihrer Heldentaten. In jeder der fünf Szenen war eine Gruppe von Männern zu sehen, die einem rothaarigen Anführer folgten. Auf einem der Bilder reckte er ein Schwert in die Höhe, woraufhin seine Anhänger zu brüllen schienen und ebenfalls die Waffen reckten. Auf einem anderen hatten sie einen wilden Eber mit glühenden Augen in einem Waldstück umstellt und richteten ihre Speere auf das Ungetüm.

Dann erst fiel mein Blick auf die Mitte der Höhle, wo eine fein gemeißelte Statue stand. Es war das Abbild eines hochgewachsenen Mannes mit breiten Schultern. Eine Tasche hing ihm über eine Schulter. Er hatte sein Schwert halb erhoben, Augen und Mund weit aufgerissen. Sein Haar flog hinter ihm her, von einer ewigen Brise erfasst. Kopf und Oberkörper waren halb gedreht. Er war augenscheinlich gerade dabei gewesen, herumzuwirbeln, um sich einem Gegner zu stellen, als er zu Stein erstarrt war. Ich konnte weder seine Haarfarbe noch die Farbe seiner Kleider erkennen, da er ganz aus grauem Stein bestand, doch es war eindeutig, dass es sich um Fionn handelte. Der Mann, dessen Heldentaten die Wände zierten, war mit nur einem einzigen Zauberspruch ausgeschaltet worden. Ich schluckte. Was für ein grausames Schicksal.

Gleichzeitig wurde meine journalistische Neugier geweckt, und ich fragte mich, ob Fionn wohl noch hören und sehen konnte, ob er unter dem Stein noch lebendig war oder ob Goll ihn mit seinem Zauber wirklich allen Lebens beraubt hatte.

Mein Blick fiel auf das *Dord Fiann*, das noch immer in Carricks Händen lag. Er stand dicht vor Fionns Statue und starrte in die leblosen Augen seines Chieftains. Würde dieses kleine Jagdhorn den Zauber aufheben und Fionn zurück ins Leben holen können?

Die übrigen Fianna waren in die Höhle getreten und hatten sich im Kreis um Fionns Statue aufgestellt. Auch Nairn hatte ihren Platz eingenommen. Ich wusste nicht, was ich tun sollte, also stellte ich mich außerhalb des Kreises ein paar Schritte hinter Nairn, von wo aus ich einen guten Blick auf Fionn hatte.

Auch Carrick trat nun ein paar Schritte zurück und fügte sich in den Kreis ein. Er hob die Hände und präsentierte allen das Horn. Fackeln erschienen in den Händen der übrigen Fianna, die sich sogleich entzündeten. Ihre merkwürdig blauen Flammen verbreiteten ein fahles Licht, das sich mit dem wärmeren Feuerschein der Fackeln an den Wänden verband.

Carrick senkte den Kopf und begann zu summen. Diarmid, Caílte, Conán, Nairn, Oscar und Oisín fielen mit ein. Ihren Kehlen entwich ein tiefes vibrierendes Summen, das gespenstisch von den Höhlenwänden zurückgeworfen wurde.

Eine Gänsehaut zog sich über meinen ganzen Körper. Das Summen vibrierte tief in meinem Inneren, hallte auch in mir wider. Dann öffnete Oisín den Mund und begann zu singen. Die rauen gälischen Worte füllten einmal mehr den Raum und rissen mich mit sich fort. Während die anderen weiterhin summten, schraubte sich Oisíns Stimme in die Höhe, klang wie ein Flehen, ein Klagen, bevor er mit einem Schlag verstummte. Auch das Summen erstarb.

Im selben Augenblick hob Carrick das Horn an die Lippen und blies einmal kräftig hinein. Ein durchdringendes Dröhnen erfüllte die Höhle, so laut, dass ich mir am liebsten die Hände auf die Ohren gepresst hätte. Doch ich biss die Zähne zusammen, ballte die Hände zu Fäusten, und wartete darauf, dass es endete.

Beinahe konnte ich mit bloßem Auge verfolgen, wie die Luft sich verdichtete und das Dröhnen sich wellenförmig von dem Horn ausbreitete. Als die erste Schallwelle auf Fionn traf, erzitterte das Gestein der Statue.

Nein, das war nicht die Statue, das war der Boden! Ich riss panisch die Arme in die Höhe, um mich an der Höhlenwand festzuhalten. Die Erde bebte.

# Kapitel 38

Während der gesamte Höhlenboden wackelte, waren alle Augen auf die Statue gerichtet, die gefährlich hin- und herschwankte. Das Gestein der rauen Höhlenwand bohrte sich in meine Handflächen, während ich mich daran festklammerte, doch ich hatte nur Augen für Fionn. Er schwankte noch ein letztes Mal und stand dann wieder still. Im selben Moment kam auch der Boden zur Ruhe.

Mit brennendem Blick trat Carrick einen Schritt vor, das Horn immer noch erhoben. Alle hielten den Atem an, als er seine Hand vom *Dord Fiann* löste und sie auf Fionns Brust legte.

Die Statue stand unverändert an ihrem Platz. Fionn regte sich nicht, keine Farbe kehrte in seine Wangen zurück, es zeigte sich noch nicht einmal ein Riss im Stein.

Ich schluckte und löste die Hände langsam von der Wand.

»Was ist passiert?«, flüsterte ich Nairn zu, meine Stimme klang viel zu laut in der Stille, die gerade erst eingesetzt hatte. Nairn reagierte nicht.

Carrick ging um die Statue herum, tastete den Stein ab, klopfte an einigen Stellen dagegen. Als er wieder davorstand, senkte er den Kopf.

Sofort erhoben alle Fianna gleichzeitig ihre Stimmen.

»Was ist schiefgegangen?«

»Warum hat es nicht funktioniert?«

»Dauert es vielleicht eine Weile?«

»Was haben wir falsch gemacht?«

»Blas das Horn noch einmal!«

Carrick hob eine Hand, und sie verstummten augenblicklich. Er blieb dicht vor der Statue stehen, setzte das Horn an die Lippen und blies ein weiteres Mal hinein. Wieder vibrierte der Boden, wieder wackelte die Statue, als die Schallwellen auf sie trafen. Dann nichts. 

Carrick blies noch einmal hinein und noch einmal. Beim letzten Mal konnte ich nicht anders, als mir die Ohren zuzuhalten. Als immer noch nichts geschah, brüllte Carrick frustriert auf und schleuderte das *Dord Fiann* von sich. Es schlitterte über den Steinboden und stieß zu Caíltes Füßen scheppernd gegen die Wand.

Carrick fuhr sich durchs Haar und drehte sich zu uns allen um. Er öffnete den Mund, setzte zu sprechen an, schloss ihn dann aber wieder. Er ließ die Schultern sinken, schüttelte den Kopf. Dann rauschte er wortlos aus der Höhle.

Alle starrten ihm hinterher, keiner sagte ein Wort.

Die Fianna waren den ganzen Abend über in Aufruhr. Keiner konnte sich erklären, was geschehen war. Es hätte funktionieren sollen, darüber waren sie sich einig. Alle stritten sich bis spät in die Nacht hinein vor dem Feuer in der großen Halle. Alle außer Carrick. Seit er davongestürmt war, hatte ihn niemand mehr gesehen.

Die Fianna analysierten jede Kleinigkeit, die vielleicht schiefgegangen sein könnte. Die Diskussionen wurden immer hitziger, der Met floss in Strömen. Als Diarmid schließlich begann, mich für das Versagen des Horns verantwortlich zu machen und laut darüber nachzudenken, ob ich wohl dessen Kraft geraubt oder es mit einem Fluch belegt haben könnte, zog Nairn mich rasch aus der großen Halle und zurück in unser Quartier.

»Was glaubst du, was schiefgegangen ist?«, fragte ich sie, während ich meine Kleider abstreifte und in mein Bett schlüpfte.

Sie hob hilflos die Schultern. »Das weiß wohl niemand. Keiner von uns hat damit gerechnet, dass es nicht funktionieren könnte. Es war gar keine Option. Jetzt stehen wir vor einem Rätsel, und die Zeit läuft uns davon.«

»Warum?«

»Caíltes Spähervögel haben heute berichtet, dass Goll eine weitere Reisegruppe in den Highlands angegriffen hat. Diesmal waren es einundzwanzig Opfer.«

Ich schnappte geräuschvoll nach Luft. Einundzwanzig Menschenleben einfach ausgelöscht. Und für was? Die Toten würden nie erfahren, dass sie ihr Leben für die fehlgeleitete Ideologie eines abtrünnigen Feenkriegers gelassen hatten.

»Er wird unvorsichtiger«, erklärte Nairn. »Er wagt sich zu weit vor. Wir werden ihn ohne Probleme aufspüren können, aber wir müssen bald zuschlagen. Wir können es uns nicht mehr leisten, auf Fionns Rückkehr zu warten.«

Sie hatte recht. Zu viele Menschenleben standen auf dem Spiel. Und die Feen konnten nicht riskieren, dass die Menschen von ihrer Existenz erfuhren.

Bei dem Gedanken an all die Toten stieg Übelkeit in mir auf. Sicher würde bald eine globale Reisewarnung für die Highlands ausgesprochen werden. Da kam mir ein Gedanke.

»Was, wenn es eine Falle ist?«, fragte ich Nairn mit gepresster Stimme. »So wie Goll mir in Dunnottar Castle eine gestellt hat.«

Nairn, die auf und ab gegangen war, hielt mitten in der Bewegung inne.

»Was, wenn Goll euch nur aus eurem Versteck locken und euch zum Angriff provozieren will?«, fuhr ich fort. »Ihr habt ihn bereits zuvor unterschätzt.«

Ihre Brauen zogen sich zusammen. Sie nickte nachdenklich. »Carrick hat uns berichtet, dass er sich seitdem fragt, woher Goll wusste, dass ihr beiden in jener Nacht das *Dord Fiann* stehlen würdet. Es scheint unmöglich, dass er sein Trugbild durch Zufall zur selben Zeit dorthin projiziert hat.«

Obwohl mir unter all meinen Decken warm war, kroch bei ihren Worten eine Gänsehaut meinen Rücken hinauf.

»Was willst du damit sagen?«, fragte ich sie mit zitternder Stimme. »Glaubst du etwa, dass es einen Verräter unter euch gibt, dass jemand von euch Goll mit Informationen versorgt?«

Nairns Kopf ruckte zu mir herum. »Nein, das wollte ich damit nicht sagen. Das kann nicht sein. Ich würde allen hier Anwesenden mein Leben anvertrauen. Nach allem, was damals passiert ist, würde uns das keiner unserer Waffenbrüder antun.«

Doch ich sah, wie sich ihre Stirn wieder nachdenklich in Falten legte, als sie sich auf ihren mit Schnitzereien verzierten Schreibtischstuhl sinken ließ.

»Mach dir nicht so viele Gedanken, Cate«, sagte sie noch, bevor sie mir den Rücken zudrehte. »Du solltest jetzt schlafen.«

Lange wälzte ich mich hin und her und fragte mich, wer die Fianna wohl verraten haben mochte. Oder gab es eine andere Erklärung für Golls Anwesenheit in Dunnottar Castle in jener Nacht, in der ich beinahe gestorben wäre?

Als ich schließlich einschlief, träumte ich, dass Diarmid Carrick mit einem grausamen Lachen ein Messer in den Rücken stieß, während die anderen Fianna bereits tot zu seinen Füßen lagen. Eine riesige Blutlache hatte sich unter ihren leblosen Körpern gebildet. Das Blut breitete sich immer weiter aus, bis es über meine Füße schwappte und ich schrie.

In den nächsten drei Tagen versuchten die Fianna immer wieder, Fionn aus seinem steinernen Schlummer zu wecken. Mehrmals pro Tag versammelten sie sich in der Höhle mit den Wandmalereien. Das Horn thronte dort mittlerweile Tag und Nacht auf einem steinernen Sockel neben der Statue, den die Fianna aus dem Steinboden der Höhle hatten wachsen lassen.

Nichts schien zu helfen. Mehrmals am Tag blies Carrick das Horn, und nichts geschah. Die ersten paar Male war ich noch anwesend, dann zog ich mich zurück.

Die Stimmung wurde zusehends düsterer, die einst lauten, gut gelaunten Krieger immer stiller und verzweifelter. Wieder und wieder wurde diskutiert, was zu tun sei. Sollten sie ihre Energie weiterhin auf Fionns Rettung konzentrieren oder lieber gegen Goll ins Feld ziehen?

Carrick bekam ich in diesen Tagen nur selten zu Gesicht, und wir sprachen nur wenige Worte miteinander. Wenn ich ihm über den Weg lief, sah er immer müde und ausgezehrt aus, als würde er seine Nächte mit endlosen Versuchen verbringen, Fionn aus dem Stein zu locken.

Ich verbrachte meine Zeit damit, durch die Höhlen und Gänge zu streifen und mir meine eigenen Gedanken zu machen. Vor allem Diarmid ging ich aus dem Weg, der eindeutig versuchte, die Fianna gegen mich aufzubringen. Ich hoffte, dass die Stimmung nicht schon bald kippen würde. In so einer Situation war es nur natürlich, dass nach einem Sündenbock gesucht wurde, und die Wahl würde eindeutig auf mich fallen.

Ich haderte mit mir und fragte mich, ob ich nicht einfach verschwinden sollte. Ich könnte alles hinter mir lassen, nie mehr zurückschauen und in mein altes Leben zurückkehren. Nach New York. Doch diesen Gedanken brachte ich nie zu Ende. Zu viel stand auf dem Spiel. Ich steckte bereits zu tief drin. Wie könnte ich tatenlos dabei zusehen, wie unschuldige Menschen abgeschlachtet wurden? Wie könnte ich danach je wieder in den Spiegel schauen?

*Und du willst dich nicht im Bösen von Carrick verabschieden*, sagte die gehässige Stimme in meinem Kopf. Ich musste ihn finden, mit ihm sprechen, ihm meine zu rasch gesprochenen Worte erklären und ihm vielleicht etwas Trost spenden. Ich sorgte mich um ihn, sah die Verzweiflung in seinen Augen, die mit jedem verstreichenden Tag wuchs.

Am Abend des dritten Tages hatte ich gerade ein einsames Abendmahl in der großen Halle beendet, als ich weit entfernte Schläge hörte. Es klang wie Metall auf Metall. Oder auf Stein?

Rasch erhob ich mich und sah mich nach allen Seiten um. Die Stimmung der Fianna war in den letzten Tagen immer weiter hochgekocht. Sie hatten doch nicht etwa damit begonnen, sich gegenseitig zu bekämpfen?

Ich schluckte und eilte in die Richtung, aus der die Kampfgeräusche kamen. Schnell wurde klar, dass sie aus dem Gang drangen, der zu Fionns Höhle führte. Ich schlüpfte hinein und rannte los.

Die Schläge wurden lauter.

Kurz vor dem Eingang zur Höhle blieb ich stehen und lauschte. Das war eindeutig eine Schwertklinge.

Ich nahm meinen ganzen Mut zusammen und spähte um die Ecke in die Höhle. Sofort schnappte ich nach Luft.

Carrick hatte das eindrucksvolle Schwert erhoben, mit dem ich ihn schon einmal gegen die *Grannagh* hatte kämpfen sehen. Es funkelte im flackernden Licht einer Fackel in allen Regenbogenfarben. Der Feuerschein brach sich in der gläsernen Klinge und warf den regenbogenartigen Schein an alle vier Höhlenwände.

Carrick drosch mit aller Kraft auf Fionns Statue ein. Er hatte sein Hemd abgelegt, trug nur seine Lederhosen, und sein nackter Oberkörper glänzte vor Schweiß. Mit grimmigem Gesichtsausdruck hob er die Klinge wieder und wieder und ließ sie auf den unnachgiebigen Stein niederfahren.

Er hatte dem steinernen Fionn noch keinen einzigen Kratzer zugefügt. Er tänzelte um die Statue herum, ächzte bei jedem Schlag. Ich sah die Verzweiflung in seinen Augen, die Wut und die Angst. Was würde mit ihm passieren, wenn sie es nicht schafften, Fionn zurückzuholen?

Das *Dord Fiann* thronte an seinem Platz auf dem steinernen Sockel neben der Statue und schien Carrick zu verhöhnen. Es wunderte mich, dass er das Horn in seiner Wut noch nicht kurz und klein geschlagen hatte.

Mit einem letzten Aufschrei hieb Carrick auf die Statue ein. Als nichts geschah, schleuderte er sein Schwert mit einem frustrierten Brüllen von sich. Die Klinge schlitterte über den Steinboden und prallte gegen die Höhlenwand, hinter der ich stand.

Carrick nahm sich ein Handtuch und wischte sich übers Gesicht. Er ließ sich auf den Boden fallen und starrte Fionn an, als könnte er ihn durch bloße Willenskraft zurück ins Leben holen.

Ich zögerte, betrachtete ihn noch eine Weile schweigend. Er wirkte so verzweifelt, so hoffnungslos. Ich wollte unbedingt zu ihm gehen, ihm Mut zusprechen. Doch seitdem wir uns bei unserer Ankunft in diesen Höhlen so nahegekommen waren, hatten wir kaum Zeit zu zweit verbracht und uns wieder entfremdet. Würde er mit mir reden, sich mir anvertrauen oder mich fortschicken? Eine schwere Last lag auf Carricks Schultern, und ich wollte nicht noch zu seinen Sorgen beitragen. Aber er sah so aus, als bräuchte er dringend jemanden, der diese Last mit ihm teilte.

Also bückte ich mich, um das Schwert aufzuheben. Das goldene Heft fühlte sich kühl an, und die Waffe lag schwer in meiner Hand. Ich konnte sie nur mit beiden Händen vom Boden heben. Ehrfürchtig strich ich mit den Fingern über die Inschrift am Heft, die ich nicht entziffern konnte. Gälisch, vermutete ich. Die Klinge bestand aus einem wundersamen Material, das tatsächlich wie Glas aussah und, je nach Lichteinfall, in allen Regenbogenfarben funkelte.

Ich betrachtete das Lichtspiel fasziniert, während ich langsam zu Carrick hinüberging. Er musste mich kommen hören, hatte aber die Ellbogen auf die Knie gestützt und den Kopf in den Händen vergraben. Er sah nicht auf.

Ich setzte mich neben ihn. »Ein schönes Schwert hast du da. Nur schade, dass du so entschlossen zu sein scheinst, es kaputt zu schlagen.«

Als er meine Stimme hörte, fuhr sein Kopf in die Höhe, und er sah mich überrascht an. Seine Mundwinkel hoben sich zu einem schiefen Lächeln. »Sein Name ist *Móralltach*«, sagte er mit müder Stimme und nahm die Waffe von mir entgegen. Ich brauchte einen Moment, bis ich begriff, dass er von dem Schwert sprach.

»Es heißt so viel wie *Großer Zorn*«, fuhr er fort. »Der Meeresgott *Manannán mac Lir* hat es mir zum Geschenk gemacht. Er sagte, weil ich immer so wütend sei, bräuchte ich eine besonders schöne Waffe.«

»Machst du Witze?«

»Ganz und gar nicht.« Er fuhr sich durchs Haar. »Es ist bloß ziemlich lange her.«

Ich starrte ihn an, versuchte herauszufinden, ob er es wirklich ernst meinte. Doch er sah so erschöpft aus, so völlig am Ende seiner Kräfte, dass er sicher nicht zu Scherzen aufgelegt war.

»Und ich dachte, die Banshee wäre eure einzige Göttin«, sagte ich stattdessen.

»Das ist sie auch. *Manannán* wird als Sohn des Meeres bezeichnet, weil er unheimlich mächtig ist. Aber es waren die Menschen, die ihm den Status eines Gottes verliehen. Er ist ihnen unter vielen verschiedenen Namen bekannt: Poseidon, Neptun, Njörðr, Ägir, Nāmaka …«

Ich hörte gebannt zu, wie er von längst vergangenen Zeitaltern und uralten Gottheiten sprach, und fragte mich einmal mehr, wie alt er eigentlich war.

»Ich habe tausendeinhundertachtzehn Jahre auf dem Buckel«, antwortete er, als hätte er meine Gedanken gelesen. Dann grinste er. »Ich weiß, man sieht es mir nicht an, ich habe mich gut gehalten.«

Ich lachte. Es tat gut, dass wir trotz Carricks düsterer Stimmung und der Bitterkeit, die in letzter Zeit zwischen uns geherrscht hatte, noch zusammen scherzen konnten.

»Jetzt weiß ich auch endlich, wo du deine Arroganz herhast«, neckte ich ihn. »Die anderen Fianna scheinen auch nicht gerade bescheiden zu sein.«

Nun lachte auch er. »Gut, dass du Fionn noch nicht getroffen hast.« Er deutete mit dem Kopf in Richtung des erstarrten Fianna-Anführers. »Er ist der Schlimmste von uns allen.«

»Du musst ihn sehr vermissen«, wagte ich mich vorsichtig vor. »Als seine rechte Hand lastet sicher viel Verantwortung auf deinen Schultern.«

Er nickte. »Fionn ist nicht nur unser Chieftain, er ist unser *bhràthair,* unser Bruder. Seit Jahrhunderten folgen wir ihm, nicht weil er zum Chief ernannt wurde, sondern weil er sich unseren Respekt verdient hat. Das ist es, was einen großartigen Anführer ausmacht.«

»Ich bin mir sicher, dass du ein ebenso guter Anführer bist wie er. Die Männer schauen zu dir auf, ich habe es gesehen.«

Er sah mich überrascht an, seine Wangen röteten sich leicht. In stummem Dank neigte er den Kopf. Dann schwiegen wir. Es war ein angenehmes Schweigen, zwanglos und in gegenseitigem Einverständnis.

»Bereust du es schon, hierhergekommen zu sein?«, fragte er mich nach einer Weile.

Ich warf ihm einen erstaunten Seitenblick zu. »Ich? Warum sollte ich? Ich erlebe hier das Abenteuer meines Lebens.«

»Ach, deshalb bist du hier? Um Abenteuer zu erleben? Und ich dachte, du wolltest die Menschheit retten.« Er schmunzelte, und meine Wangen wurden heiß.

»Ich wollte mich eigentlich nur vergewissern, dass ihr alles im Griff habt. *Sìthichean* kann man schließlich nicht trauen.«

»Das sagt ja die Richtige. Du bist eindeutig die erste *taibhsear* aller Zeiten, die je unter den Fianna weilen durfte und in unsere Geheimnisse eingeweiht wurde. Das ist eine große Ehre, weißt du? Wir haben gemeinsam Geschichte geschrieben.« 

Er sah mich ernst, beinahe feierlich an, und da war wieder dieses Kribbeln in meiner Magengegend.

»Ich weiß es zu schätzen«, antwortete ich ebenso aufrichtig. »Ich werde all eure Geheimnisse bewahren, wenn ich wieder zurückkehre nach … zu …«

*Nach New York. Zu Ben.* Ich konnte es nicht aussprechen. Die Worte klebten mir im Hals wie ein alter Kaugummi – trocken und merkwürdig fehl am Platz. Ich war wirklich sehr weit weg von meinem alten Schreibtisch in New York, hatte mich meinem Leben dort, und vor allem Ben, nie ferner gefühlt.

»Zu deinem Verlobten«, beendete Carrick den Satz für mich.

Einmal mehr stieg mir die Hitze in die Wangen. Ich starrte auf den Boden, mied seinen stechenden Blick. Woher wusste er das? Von Nairn?

Die Worte hingen zwischen uns in der Luft, die Stille zog sich in die Länge. Sie war nicht mehr angenehm, nein, jetzt war sie wie Säure, die sich langsam durch meine Haut fraß.

»Carrick, ich …«, begann ich schließlich, ohne zu wissen, was ich eigentlich sagen wollte. Ich musste mich nicht vor ihm rechtfertigen. Zwischen uns war nichts geschehen, wir hatten keine Grenze überschritten. Und doch hatte ich das Gefühl, ihn verletzt zu haben.

»Ich bin überrascht, dass du überhaupt so lange hiergeblieben bist«, sagte Carrick. Er klang plötzlich so distanziert, so weit weg. »Du hast ein Leben, eine Familie, eine Zukunft da draußen. Du kannst es sicher kaum erwarten zurückzukehren.«

Mein Kopf fuhr zu ihm herum. Ungläubig starrte ich ihn an. »Wie kannst du so etwas sagen? Für mich und meinesgleichen steht doch unglaublich viel auf dem Spiel.«

Er beachtete mich gar nicht, erhob sich und klopfte sich die Hosenbeine ab. »Du bist uns nichts schuldig«, sagte er mit bitterem Unterton in der Stimme, während er sich herabbeugte, um sein Schwert aufzuheben. »Du hast deinen Teil der Abmachung erfüllt und das *Dord Fiann* für uns gestohlen. Ich habe dir schon einmal gesagt, dass du gehen kannst, wann immer es dir beliebt. Niemand wird dich aufhalten.«

Das war ich also für ihn? *Bana-mhèirleach,* die Meisterdiebin, die ihren Auftrag erfüllt hatte und jetzt nur noch im Weg war. Eine *sùla,* die im Grunde seine natürliche Feindin war, die er die ganze Zeit über lediglich geduldet hatte, da er ihre Dienste benötigte. Hatte ich mich getäuscht? Hatten meine Worte zu Diarmid ihn gar nicht verletzt, sondern ihm nur bestätigt, was er sowieso schon von mir gedacht hatte?

Er mied meinen Blick, hatte begonnen, seine Klinge mit einem öligen Lappen zu reinigen. Wie hatte sich dieses Gespräch so schnell in etwas Toxisches verwandelt?

Ich sprang auf. »Wenn das so ist, werde ich mich wohl bald auf den Weg machen. Hier hält mich schließlich nichts. Ich hatte bloß gehofft, Zeugin zu werden, wie ihr Fionn zurückholt, aber da ihr das nicht auf die Reihe bekommt, ist das wohl reine Zeitverschwendung.«

Hatte ich mich getäuscht, oder war er bei meinen Worten ein wenig zusammengezuckt? Er drehte sich nicht zu mir um, sagte kein Wort. Ich starrte noch einen Wimpernschlag länger auf seinen nackten Rücken. Dann fuhr ich herum und stapfte aus der Höhle. Tränen brannten mir in den Augen, doch ich wischte sie wutschnaubend fort.

Carrick hatte recht. Was tat ich hier eigentlich? Es gab Menschen, die zu Hause auf mich warteten, die mich liebten und sich um mich sorgten. Auch wenn meine Mutter und Ben mir vorschreiben wollten, wie ich mein Leben zu leben hatte, taten sie es ja nur aus

Liebe zu mir. Es war an der Zeit, nach Hause zurückzukehren. Zu Ben. 

Dies war nichts als ein Abenteuer gewesen, eine schwindelerregende, berauschende Reise in eine andere Welt, die nun ihr Ende nahm. Aber ich würde mich ganz sicher nicht davonjagen lassen, bevor ich sichergestellt hatte, dass Fionn die Fianna gegen Goll anführen würde. Dafür war ich schließlich hergekommen.

Wenn die größten Feenkrieger aller Zeiten unfähig waren, ihren Anführer zu retten, würde ich das Ganze eben selbst in die Hand nehmen müssen. Und ich hatte auch schon eine Idee, wie ich das anstellen würde.

# Kapitel 39

Mitten in der Nacht schlich ich mich aus unserem Schlafquartier. Lautlos huschte ich durch die Gänge. Mittlerweile kannte ich den Weg in die große Halle auswendig und schaffte es sogar, mich in fast völliger Dunkelheit fortzubewegen.

Nachts brannte nur die Hälfte der Fackeln in ihren Halterungen, und die Kälte war in den steinernen Gängen noch durchdringender. Ich hatte meine Hermelinfellweste fest um mich geschlungen, zitterte aber trotzdem am ganzen Körper. Doch ich hatte ein Ziel, eilte darauf zu, ohne zurückzublicken oder die Kälte zu beachten. Ich würde Fionns Schicksal selbst in die Hand nehmen. Einen Versuch war es wert, bevor ich diesen Ort verließ.

Ich würde das *Dord Fiann* von seinem Sockel stehlen und es in der Hoffnung blasen, dass der Klang keinen der Fianna aufweckte. Schließlich war ich *bana-mhèirleach,* die Meisterdiebin, und hatte das Horn schon einmal gestohlen. Wenn nichts geschah, würde ich es einfach an seinen Platz zurückstellen, meine Spuren verwischen und so tun, als wäre nichts passiert. Falls ich Erfolg hatte – so weit hatte ich noch nicht zu denken gewagt.

Ich spähte um die Ecke der großen Halle und erwartete fast, dort einige Fianna vorzufinden, die wieder einmal zu tief ins Glas geschaut hatten. Doch die Halle war leer. Meine Schritte hallten von den Wänden wider, als ich mich langsam vorwagte. Ich huschte schnell über die große, offene Fläche und um die noch glimmende Feuerstelle herum. Mein Herz klopfte laut gegen meine Rippen. Hier fühlte ich mich viel zu verletzlich und war möglichen, in den Schatten verborgenen Blicken schutzlos ausgeliefert. Doch nichts geschah. Niemand rief meinen Namen, niemand trat mir in den Weg. Ich schlüpfte durch den schmalen Spalt in der Wand und flog im nächsten Moment auch schon den Gang zu Fionns Höhle entlang. Hier war es stockfinster. Keine einzige Fackel erhellte mir den

Weg, und so streckte ich meine Hände tastend vor mir aus, um nicht gegen eine Wand zu laufen. Ein paarmal stieß ich gegen den Felsen und schürfte mir eine Handfläche auf, doch ich biss die Zähne zusammen und hastete weiter. 

Schon bald konnte ich ein Licht am Ende des Tunnels ausmachen. Ein schwaches Pulsieren drang aus Fionns Höhle und wies mir den Weg. Ich atmete erleichtert auf.

Als ich in die Höhle trat, entdeckte ich die Lichtquelle. Eine einzelne blaue Fackel brannte in einer Halterung an der Wand. Einer der Fianna musste sie nach dem letzten Versuch, das Horn zu blasen, dort vergessen haben. Im Stillen dankte ich der Banshee dafür.

Langsam durchquerte ich die Höhle, bis ich vor dem *Dord Fiann* stand. Klein und unbedeutend lag es dort auf seinem steinernen Sockel. So viel Macht, geballt in so einem kleinen Instrument. Da war es auch wieder, dieses vertraute Gefühl, dieses Ziehen in meiner Magengegend, das ich immer in seiner Nähe spürte.

Ich streckte eine Hand aus und strich ehrfürchtig über die verschlungenen Blattverzierungen am Rand des Schallbechers. Wo meine Finger das kühle Gold des Horns berührten, schienen sie ebenfalls zu prickeln.

Ich ballte die Hand zur Faust und öffnete sie wieder, streckte meine Finger, um mich darauf vorzubereiten, was als Nächstes kam. Ich atmete einmal tief ein, hielt die Luft an und hob das Horn mit einem Ruck vom Sockel.

Fast erwartete ich, ein lautes Klingeln zu hören, eine Sirene, irgendeine Art von Alarm. Doch alles blieb still. Die Fianna hatten keinen Grund, das Horn zu sichern. Niemand konnte ihr Geheimversteck finden, und niemand unter ihnen würde das Horn stehlen wollen. Niemand, außer mir. Das erinnerte mich wieder an meine Theorie, dass es vielleicht einen Spion unter den Fianna gab. Doch ich schob den Gedanken rasch wieder von mir und versuchte verbissen, mich auf die Aufgabe zu konzentrieren, die vor mir lag.

Mit dem Horn in der Hand trat ich einen Schritt zurück. Nun kribbelten meine Hände so stark, als würden Ameisen darüber krabbeln. Das Horn lag schwer und kühl in ihnen, schmiegte sich in meine Handflächen.

Ich hatte noch nie in meinem Leben ein Blasinstrument gespielt. Als Kind hatte ich Klavierunterricht gehabt, das Spielen aber bald wieder aufgegeben. Zum Üben hatte ich immer das Klavier im Haus meiner Großmutter benutzen dürfen. Nach ihrem Tod hatte ich die schwarzen und weißen Tasten nie wieder angerührt.

Ich seufzte. So schwer konnte es doch nicht sein, ein Jagdhorn zu blasen. Der Ton, den ich dem Instrument entlocken würde, musste ja nicht gut sein. Er musste lediglich seinen Zweck erfüllen.

Das Horn fest umklammert, machte ich einen Schritt auf Fionns Statue zu. Seine weit aufgerissenen Augen waren auf den Gegner fixiert, der ihn im letzten Moment seines Lebens überrumpelt hatte. Goll, vermutete ich. Trotzdem schien es mir, als würde Fionn mich ansehen, als würde sein Blick jede meiner Bewegungen verfolgen.

Er hatte eine scharf geschnittene Nase, ein markantes Kinn. Eine große Hand lag fest um den Schwertgriff, die andere hatte er in Richtung seines Gegners ausgestreckt, als ob er ihn von sich schubsen wollte. Einmal mehr fragte ich mich, ob er mich hören konnte.

»Hallo Fionn«, murmelte ich, obwohl ich mir töricht dabei vorkam. »Ich bin Cate, *taibhsear, sùla* und *bana-mhèirleach,* aber auch diejenige, die dich jetzt zurückholen wird. Denk bitte daran, falls du aufwachst und den Drang verspürst, mich umzubringen.«

Ich war mir nicht sicher, ob es auch ohne das Summen der Fianna, ihre Fackeln und Oisíns Gesang funktionieren würde. Doch ich würde es nie herausfinden, wenn ich es nicht versuchte.

Mit weichen Knien stellte ich mich so dicht vor Fionns Statue wie möglich, um sicherzugehen, dass ihn die magischen Schallwellen auch wirklich trafen. Ich räusperte mich, atmete noch einmal tief ein und hob das Horn an meine Lippen. Das Mundstück war so kalt, dass ich beinahe zurückgezuckt wäre. Doch ich schloss die Augen, presste es an meine Lippen und blies hinein.

Ein kläglich missratener Ton drang aus dem Horn, der eher wie das Tröten eines kranken Elefanten als ein majestätischer Aufruf zur Jagd klang. Viel zu schnell brach der Ton wieder ab, da ich Luft holen musste. Verdutzt beobachtete ich, wie sich die Schallwellen trotzdem in Richtung der Statue ausbreiteten.

Wieder erzitterten Statue, Boden und Höhlenwände, aber viel schwächer, als es bei Carricks Versuchen der Fall gewesen war.

Ich trat nicht zurück, zwang mich, vor der schwankenden Statue stehen zu bleiben, und suchte sie mit hämmerndem Herzen nach irgendeinem Zeichen dafür ab, dass es funktioniert hatte.

Kurz darauf wurde alles wieder ruhig, und ich stand allein in einer kalten, stillen Höhle. Enttäuscht senkte ich das Horn. Dann wartete ich, starrte weiter auf die Statue. Nichts geschah. Minutenlang rührte ich mich nicht, versuchte, Fionn mit purer Willenskraft aus dem Stein hervorzulocken. Vergeblich.

*Das war's dann wohl,* dachte ich. *Du hast alles versucht. Jetzt kannst du nach Hause gehen und vielleicht einen anderen Weg finden, Goll zu bekämpfen.*

Doch gerade als ich mich umdrehen wollte, ertönte ein Knacken. Es klang wie eine brechende Eierschale, nur um einiges lauter. Ich riss die Augen auf, mein Herz hämmerte noch schneller als zuvor gegen meine Rippen.

Ein langer Riss zog sich von Fionns Füßen über seinen gesamten Körper bis hinauf zu seinem Gesicht. Ich umklammerte das Horn mit schweißnassen Händen fester, während ich beobachtete, wie sich weitere Risse bildeten. Nach nur wenigen Sekunden überzogen sie die Statue wie ein unregelmäßiges Netz.

Mit großen Augen verfolgte ich wie festgefroren, wie die Statue schließlich in zwei Hälften brach. Splitter und größere Gesteinsbrocken regneten auf mich herab. Da erst erwachte ich aus meiner Starre und riss die Arme in die Höhe, um meinen Kopf zu schützen. Einige Steine trafen mich hart an Händen und Ellbogen, doch ich schaffte es, meinen Kopf abzuschirmen. Ich wich einen halben Schritt zurück, nicht sicher, ob Fionn meine Hilfe brauchen würde, um sich zu befreien. Dicker Staub wirbelte durch die Luft, sodass ich husten musste. Ich konnte nichts sehen, meine Augen brannten.

»Fionn?«, rief ich und wagte mich wieder vor. Doch ich musste die Augen zukneifen, die zu tränen begonnen hatten.

Da schloss sich eine Hand um meine Kehle.

Ich schrie auf, doch es kam nur ein Röcheln hervor. Die riesige Hand drückte so fest zu, dass mir sofort die Luft wegblieb. Ich wurde von den Füßen gerissen, meine Beine baumelten in der Luft.

Panisch schlug und trat ich um mich, öffnete und schloss meinen Mund, lautlos wie ein Fisch auf dem Trockenen. Ohne Erfolg. Ich riss die Augen auf, suchte nach etwas, das ich als Waffe benutzen konnte. Da sah ich ihn.

Die Silhouette eines rothaarigen Mannes schälte sich aus der Staubwolke heraus. Eine Narbe verlief von seinem rechten Ohr bis zum Mundwinkel, doch sie konnte sein wunderschönes Feengesicht kaum entstellen. Seine grünen Augen funkelten grimmig, als er mich betrachtete, als wäre ich ein Insekt, das es zu zerquetschen galt. Ich baumelte an seinem ausgestreckten Arm, seine Finger schlossen sich schraubstockartig immer fester um meinen Hals.

»Fionn!«, wollte ich schreien. »Nicht!«

Doch wieder kam mir nur ein schwaches Röcheln über die Lippen. Meine Sicht begann zu verschwimmen. Schwärze kroch langsam aus den Augenwinkeln in mein Sichtfeld.

Ich nahm all meine Kraft zusammen und holte ein letztes Mal

weit mit dem Fuß aus. Mit voller Wucht trat ich zu und traf Fionn in den Bauch.

Der Krieger ächzte und wich zurück. Sein Griff lockerte sich für den Bruchteil einer Sekunde. Ich zögerte nicht, wand mich unter seinen Fingern, drehte Kopf und Hals heftig hin und her und strampelte mit Armen und Beinen. Er gab mich frei, und ich stürzte zu Boden.

Schmerz schoss durch mein rechtes Knie und Handgelenk, doch ich achtete gar nicht darauf, wälzte mich herum und robbte von meinem Angreifer fort. Das *Dord Fiann* hielt ich weiterhin so fest mit der linken Hand umklammert, als könnte es mich retten.

Noch immer war die Höhle von dem umherwirbelnden Staub erfüllt, sodass ich kaum etwas sehen konnte. Ich hustete und röchelte, sog gierig Luft in meine Lungen.

Gleichzeitig schoss mir ein Gedanke durch den Kopf: *Fionn! Er ist hier! Ich habe es geschafft!* Blieb nur noch das klitzekleine Problem, dass er mich umbringen wollte.

Schon hörte ich die Schritte seiner schweren Stiefel hinter mir. Ich verdoppelte meine Anstrengungen, kroch aber viel zu langsam über den Boden. Er würde mich jeden Moment erreichen.

Ich schluchzte auf. Ich hatte es geschafft, wollte nicht akzeptieren, dass es nun so endete, musste es einfach lebend hier herausschaffen. Abrupt hielt ich an und wandte mich zu ihm um.

»*Bhràthair!*«, rief ich röchelnd, eines der wenigen gälischen Wörter, die ich bisher aufgeschnappt hatte. »*Bhràthair*, mein Bruder! Fionn, ich gehöre zu den Fianna, ich habe dich zurückgeholt!«

Die Schritte erklangen noch einmal, verstummten dann.

»*Bhràthair*«, murmelte ich erneut und streckte in meiner Verzweiflung meine Hand mit dem *Dord Fiann* nach ihm aus. Ich hielt ihm das Horn entgegen wie ein Kruzifix, mit dem ich einen bösen Geist abwehren wollte.

Alles blieb still. Endlich legte sich der umherwirbelnde Staub.

Ich sah zuerst seine Stiefel, schwarz, staubig und mit getrocknetem Matsch verkrustet. Dann schoss mein Blick nach oben, und ich sah ihm direkt in die Augen.

»Ich bin Cate«, röchelte ich und musste husten.

Verzweifelt hielt ich ihm das *Dord Fiann* entgegen und wartete auf eine Antwort. Er musterte mich immer noch misstrauisch, sah sich dann in der Höhle um. Sein Blick blieb an den Wandmalereien hängen.

»Du befindest dich in Alba, im Geheimversteck der Fianna. Sie sind alle hier«, fuhr ich vorsichtig fort. »Goll hat dich zu Stein erstarren lassen. Ich habe dich zurückgeholt. Damit!« Einmal mehr hob ich das *Dord Fiann* an.

Als ich Golls Namen aussprach, ruckte sein Kopf wieder zu mir herum. Seine Augenbrauen zogen sich wütend zusammen.

»Goll? Dieser dreckige …«, knurrte er, doch dann fiel sein Blick endlich auf das Horn. »Das *Dord Fiann*«, flüsterte er ungläubig. »Wie …«

Seine Stimme klang rau, da er seit Monaten nicht gesprochen hatte.

»Was ist passiert?« Er ließ seinen Blick noch einmal durch die Höhle schweifen, bevor er ihn wieder auf mich richtete. Dann taumelte er. Ich schrie erschrocken auf, als seine Beine unter ihm nachgaben und er neben mir auf den Boden sackte.

»Fionn? Ist alles in Ordnung?«

Er wälzte sich grunzend herum, rieb sich müde übers Gesicht, streckte dann seine Beine aus und lehnte sich auf die Ellbogen zurück. Er musterte mich neugierig von der Seite.

»Das ist sicher alles sehr viel für dich«, begann ich langsam. »Du warst monatelang im Stein gefangen. Aber hier bist du in Sicherheit.«

Seine Lippen verzogen sich zu einem breiten Grinsen. »Da schläft man monatelang im Stein, und das Erste, was man zu Gesicht bekommt, ist so ein liebliches Gesicht. Wie ist dein Name, mein Täubchen?«

Ich zuckte zurück, als hätte er mich mit einem Hammer ins Gesicht geschlagen. *Mein Täubchen?*

Er hob fragend eine Augenbraue und klopfte sich den Staub von den Kleidern. »Ich bin gerade nicht so präsentabel und etwas eingerostet, aber wenn du mir eine Minute zum Ausruhen gibst, kann ich all deine Träume wahr werden lassen.«

Er zwinkerte mir vielsagend zu, und ich wusste nicht, ob ich lachen oder mich übergeben sollte. Das war Fionn, der mächtige Feenkrieger und Anführer der Fianna?

»Ähm, das wird nicht nötig sein«, stammelte ich. »Wir sollten den anderen Bescheid sagen, dass du zurück bist.«

»Wozu die Eile?«, gurrte Fionn. »Wir sind allein, völlig ungestört. Das sollten wir doch ausnutzen, findest du nicht, mein Täubchen?« Er beugte sich zu mir herüber und senkte seine Stimme verschwörerisch. »Ich muss mich doch für deine Hilfe erkenntlich zeigen.«

Schon fand seine Hand ihren Weg zu meinem Oberschenkel.

Ich ballte die Finger zur Faust, holte aus und boxte ihn ins Gesicht. Der Schlag saß. Sein Kopf wurde zurückgeschleudert, und ich rückte sofort von ihm ab. Gleichzeitig brannte meine rechte Hand vor Schmerz, sodass ich am liebsten aufgeheult hätte. Ich massierte mir die Fingerknöchel, während ich Fionn nicht aus den Augen ließ.

Er rieb sich leise fluchend das Kinn, das flammend rot war, wo ich ihn getroffen hatte. Ich schluckte. Ich hatte gerade den Anführer der Fianna geschlagen! Was hatte ich mir nur dabei gedacht? Was würde er jetzt mit mir anstellen?

Doch zu meiner Überraschung breitete sich wieder dieses verwegene Grinsen auf Fionns Gesicht aus. »Was für ein Kinnhaken!«, rief er beeindruckt. »Nicht schlecht, *lassie*.« Er lachte und schlug sich auf die Schenkel. »Kein Wunder, dass die Fianna dich in meiner Abwesenheit rekrutiert haben.«

Ich blinzelte ein paarmal verwundert. Dieser Fionn war voller Überraschungen.

»Ähm, rekrutiert ist vielleicht etwas zu viel gesagt«, antwortete ich zögernd. »Ich bin … ein Mensch.«

Sein Blick wurde augenblicklich misstrauisch. Ich fragte mich, ob ich alles auf eine Karte setzen sollte. Es wäre sicher besser, gleich mit der Wahrheit herauszurücken, solange er mich noch zu mögen schien.

»Um genau zu sein«, fuhr ich fort, »bin ich eine Seherin.«

Fionns Augen wurden zuerst groß, dann verengten sie sich zu Schlitzen. Seine Hand fuhr zu seinem Schwert, und ich wich erschrocken zurück.

# Kapitel 40

Ich hob die Hände. »Erlaube mir, dir alles zu erklären, bevor du mich umbringst.«

»Wer hat denn was von umbringen gesagt, *lass?*«, brummte er. »Aber sprich schnell, bevor ich es mir anders überlege und dir ein Ohr abschneide.«

Seine tiefe Stimme klang ernst, doch seine Mundwinkel zuckten. Ich seufzte. Und dann erzählte ich ihm alles.

Ich begann bei meiner ersten Begegnung mit Carrick, wie er mich gejagt hatte, wie ich unfreiwillig nach Alba gelangt war und Nairn getroffen hatte. Als ich Nairns Namen erwähnte, horchte Fionn auf, gleichzeitig verdunkelte sich seine Miene.

Ich legte besonderen Wert darauf, ihm meine Verblüffung zu schildern, als ich von Alba und den Feen erfahren hatte, von der uralten Fehde zwischen ihnen und den Sehern und davon, dass die Fianna es sich zur Aufgabe gemacht hatten, mich und die Meinen umzubringen. Ich erzählte ihm, dass ich nichts von meinem seherischen Erbe gewusst hatte und nie auf die Idee kommen würde, einer Fee auch nur ein Haar zu krümmen. Außer Goll.

Als ich vom Diebstahl des *Dord Fiann* und meiner Begegnung mit dem Abtrünnigen berichtete, stieß Fionn einen haarsträubenden Fluch aus. Gleichzeitig schien er beeindruckt von Carricks und meinem Einsatz für sein Leben.

»Carrick ist ein guter Bursche«, murmelte er. »Um nicht zu sagen, der Beste.«

Ich schluckte und erinnerte mich an die Worte, die ich Carrick erst vor wenigen Stunden an den Kopf geworfen hatte.

»Wo ist er?«, fuhr Fionn fort. »Er scheint dir die ganze Zeit über nicht von der Seite gewichen zu sein. Warum ist er jetzt nicht bei dir?«

Ich erzählte ihm von den unzähligen Versuchen der Fianna, ihn zurückzuholen, von ihrer wachsenden Mutlosigkeit und Golls neuesten Gräueltaten.

Fionn schüttelte den Kopf und seufzte. »Es muss funktioniert haben, weil du eine Keith bist. Wer hätte gedacht, dass dieser verdammte Clan auch das Horn mit einem Schutzzauber belegt hat, sodass nur einer der Ihren es blasen kann.«

Er sah mich mit funkelnden Augen an. »Du scheinst eine aufgeweckte *lass* zu sein, Cate. Ich bin froh, dass du meine Jungs unterstützt hast. Als hätte dich die Banshee geschickt.«

»Gern geschehen, aber es geht auch um *mein* Volk«, entgegnete ich. »Ich würde alles tun, um die Menschen vor Goll zu retten, um zu verhindern, dass sich seine Angriffe weiter ausbreiten.«

Fionn nickte ernst. »Das kannst du jetzt uns überlassen. Ich verspreche dir, dass wir ihn aufhalten werden. Koste es, was es wolle.«

Bei seinen Worten fiel ein Teil der Last von mir ab, die sich in den letzten Tagen auf meinen Schultern aufgetürmt hatte, und Tränen traten mir in die Augen. Dies war Fionn, der Anführer der Fianna, wie ich ihn mir vorgestellt hatte. Der furchtlose Krieger, der seine Elitetruppe in den Kampf führte. Ich schenkte ihm ein Lächeln.

Sofort grinste Fionn wieder schelmisch. »Die Jungs hatten großes Glück, dich zu haben, Cate. Ich entnehme deinem Bericht, dass sie es nie allein geschafft hätten, mich zu befreien. Hoffnungslose Idioten!«

Ich lachte laut und wischte mir über die Augen, dankbar für seinen Versuch, mich zum Lachen zu bringen. Meine Ergriffenheit war ihm nicht entgangen.

»Und nun komm«, sagte Fionn. »Holen wir die Rasselbande mal aus ihren Betten!« Der Schalk blitzte in seinen Augen auf. Nachdem er sich mühsam erhoben hatte, streckte er mir eine schwielige Hand entgegen. Ich nahm sie, und er zog mich hoch.

Mein angeschlagenes Knie protestierte, und mein Hals schmerzte immer noch, wo er mich gewürgt hatte, doch ich ließ mir nichts anmerken. Wir hatten uns schließlich gegenseitig übel zugerichtet. 

Während Fionn sein Schwert in die Scheide an seinem Waffengurt steckte, ging ich zu dem steinernen Sockel hinüber, um das *Dord Fiann* wieder an seinen Platz zu legen.

Als Fionn sich gerade zum Höhlenausgang umwandte, erklangen eilige Schritte draußen auf dem Gang.

Sofort fuhr seine Hand zurück zu seinem Schwert, doch da raste auch schon Carrick um die Ecke. Er kam schlitternd vor Fionn zum Stehen.

»Fionn?«, entfuhr es ihm ungläubig. *»Dé tha thu a' dèanamh an-seo?«*

»Was ich hier mache?« Fionn lachte dröhnend. »Freust du dich etwa nicht, mich zu sehen, *mo bhràthair?*«

Carricks Gesicht verzog sich zu einem ungläubigen Grinsen. »Ich kann es nicht glauben«, stammelte er, doch da zog Fionn ihn schon in eine Umarmung.

»Ich bin zurück«, verkündete er und klopfte Carrick dreimal fest auf den Rücken.

Carrick löste sich von seinem Chieftain und trat einen Schritt zurück, um ihn von Kopf bis Fuß zu mustern. »Aber wie …? Wir haben tagelang versucht, dich zu befreien.«

Weitere Schritte ertönten auf dem Gang, gefolgt von aufgeregten Rufen. Die Fianna waren auf dem Weg hierher.

»Das solltest du Cate fragen«, verkündete Fionn und drehte sich halb zu mir um. Ich hatte die Szene aus der Ferne verfolgt, stand immer noch vor dem Sockel, inmitten der Trümmer, die einst die Statue gewesen waren, und hielt das Horn in der Hand.

Erst in diesem Moment fiel Carricks Blick auf mich. »Cate?«, murmelte er irritiert.

»Ganz recht«, Fionn legte seinem Stellvertreter eine Hand auf die Schulter und stupste ihn sanft in meine Richtung.

Er zwinkerte mir zu und trat dann aus der Höhle, um seine Waffenbrüder zu begrüßen.

Carrick blinzelte noch einmal, dann erhellte ein breites Lächeln seine Züge. »Cate!«

Er rannte so schnell auf mich zu, dass ich es gerade noch schaffte, das Horn auf dem Sockel abzulegen. Da riss er mich auch schon von den Füßen und wirbelte mich fröhlich lachend herum.

»Du hast ihn befreit!«, rief er übermütig. »Du hast es wirklich geschafft.« Ich lachte ebenfalls, war ganz berauscht von seiner unbändigen Freude.

Carrick setzte mich vor sich ab, und bevor ich einen klaren Gedanken fassen konnte, hatte er mich schon fest an sich gezogen.

»Danke, Cate«, murmelte er, ganz nah an meinem Ohr. »Tausend Dank.« Er atmete schwer. Sein Atem fühlte sich heiß auf meiner Haut an. Seine Lippen wanderten weiter, streiften meine Schläfe.

Ich löste mich ein wenig von ihm, um zu ihm aufzusehen. Seine Finger strichen mir das Haar aus dem Gesicht. Dort, wo sie meine Haut berührten, schien sie zu brennen. Sein Blick war so eindringlich, dass ich das Gefühl hatte, ich könnte mich in den dunklen Tiefen seiner Augen verlieren.

»Du hast uns alle gerettet«, murmelte er mit rauer Stimme. »Schon wieder.«

»Scheint meine Berufung zu sein«, hauchte ich, und sein Mund verzog sich zu einem schiefen Lächeln. Sein Atem strich über mein Gesicht, als seine Lippen langsam näher kamen. Ich presste meinen Körper fester an seinen, meine Hände fuhren zu seinem Nacken, durch sein Haar. Ich wollte ihn so sehr!

Carrick schnappte überrascht nach Luft und presste mich fester an sich. Er war so nah! Seine Lippen streiften meine. Da drang lautes Gejohle vom Gang zu uns herüber, und wir fuhren augenblicklich auseinander. 

Keuchend und mit geröteten Wangen sah ich zum Höhleneingang. Dort war niemand, doch laute Jubelschreie waren zu hören. Die Fianna feierten Fionns Rückkehr, hießen ihn ausgelassen willkommen. Ich hörte auch Nairns Stimme und wie Fionn sie höflich begrüßte.

Dann sah ich Carrick an. Auch seine Wangen waren leicht gerötet, sein Haar zerzaust, sein Atem ging schneller.

»Cate, ich …«, begann er, doch da steckte Conán seinen Kopf zum Höhleneingang herein.

»Kommt schon, ihr zwei«, rief er überschwänglich. »Wir haben was zu feiern!«

Ich schluckte und hoffte, dass er unseren aufgewühlten Zustand nicht bemerkte. Er winkte nur ungeduldig. »Cate, du bist die Frau der Stunde. Wir stoßen auf dich an!«

Schon stolperte Caílte hinter ihm herein. »Kommt schon! Fionn schmeißt eine Runde!«

Er eilte auf uns zu und nahm das *Dord Fiann* vom Sockel neben mir. Carrick sah aus, als hätte er die beiden am liebsten erdolcht, doch sie schienen die knisternde Spannung, die zwischen Carrick und mir in der Luft lag, gar nicht zu bemerken. Caílte hob das Horn über den Kopf wie eine Trophäe, während Conán sich bei uns beiden einhakte und uns mit sich aus der Höhle zog.

Carrick klopfte ihm auf die Schulter und warf mir einen raschen, unsicheren Blick zu. Seine Augen waren wieder klar, der Moment so schnell vergangen, wie er gekommen war. Es war, als würde er mir mit diesem Blick den Boden unter den Füßen wegziehen.

Ich ließ mich von Conán mitreißen, doch die ganze Zeit über konnte ich nur einen einzigen klaren Gedanken fassen: Ich war dabei, mich in eine Fee zu verlieben.

Die restliche Nacht verbrachten die Fianna damit, ein rauschendes Fest zu feiern. Met und Whiskey flossen in Strömen, doch obwohl die Stimmung ausgelassen war, konnte ich beobachten, dass keiner von ihnen zu viel trank. Sie wussten, dass sie im Morgengrauen einen Angriff zu planen und vorzubereiten hatten. Nun, da Fionn zurück war, galt es, keine Zeit zu verlieren.

Ich bemühte mich, mich von der fröhlichen Stimmung der Krieger anstecken zu lassen. Ich trank mit Oscar, scherzte mit Fionn und Nairn und tanzte mit Conán und Caílte zu Oisíns fröhlicher Musik.

Das *Dord Fiann* wurde herumgereicht wie eine Trophäe, es wurde viele Male auf mich angestoßen, und Fionn und ich mussten die Geschichte seiner Erweckung wieder und wieder erzählen. Selbst Diarmid schien mir an diesem Abend wohlgesinnt zu sein.

Carrick hielt Abstand zu mir, und ich wusste nicht, ob ich ihm das übel nehmen oder ihm dankbar dafür sein sollte. Meine Lippen brannten noch immer, wo seine sie flüchtig gestreift hatten, und jedes Mal, wenn ich daran zurückdachte, schoss ein Blitz durch meinen Unterleib. Ich spürte seine Finger auf meiner Haut, wie sein Atem über mein Ohr strich, und ich wollte mehr. Mein ganzer Körper schrie nach mehr.

Gleichzeitig wusste ich nicht, was ich denken sollte. Bereute Carrick, dass wir uns so nahegekommen waren? War es nur die Euphorie des Moments gewesen, die ihn mit sich gerissen hatte? Oder wollte er mich ebenso dringend küssen wie ich ihn? All diese Gedanken schwirrten mir im Kopf herum, und selbst der Alkohol und die Gesellschaft der anderen konnten sie nicht vertreiben.

Als Fionn schließlich verkündete, dass es genug sei, war der Morgen bereits angebrochen. Ich hoffte darauf, dass Carrick mich aufsuchen würde, um mit mir über den Beinahe-Kuss zu sprechen, und lungerte noch eine Weile am Feuer herum. Doch Fionn nahm

Carrick beiseite, redete eindringlich auf ihn ein, und die beiden verschwanden kurz darauf in einem Gang.

Die schlaflose Nacht machte sich bemerkbar, als ich an Nairns Seite zurück zu unserem Schlafquartier tapste.

»Wie war dein Wiedersehen mit Fionn?«, fragte ich sie vorsichtig. Ich hoffte, dass sie mich nicht fragen würde, warum ich nicht dort gewesen war, als sie ihn alle begrüßt hatten. Ich wusste schließlich bereits, dass sie meine Beziehung zu Carrick nicht guthieß.

»Überraschend gut.« Sie grinste wie eine zufriedene Raubkatze und leckte sich sogar über die Lippen. »Er hat natürlich einen Spruch geklopft. So nach dem Motto, ich sei endlich wieder zur Vernunft gekommen. Aber das kann ich ihm nicht verdenken. Ich bin froh, dass er mich ohne Vorbehalte wieder aufgenommen hat.«

»Er ist eben ein weiser Anführer. Er wäre ja schön blöd, wenn er auf dich verzichten würde.«

Nairns Grinsen wurde noch breiter. »Ach Cate«, sagte sie und legte einen Arm um meine Schulter. »Du bist voller Überraschungen. Du weißt doch, dass du uns alle gerettet hast, oder? Wir werden dir auf ewig dankbar sein, und Fionn steht für immer in deiner Schuld.«

»Nicht der Rede wert«, scherzte ich.

Sie lachte, wurde dann aber plötzlich wieder ernst. »Manchmal vergesse ich sogar, dass du ein Mensch bist.«

Ich warf ihr einen fragenden Seitenblick zu, nicht sicher, ob das ein Kompliment sein sollte. »Äh, danke?«

Sie löste ihren Arm von meiner Schulter. »Nein, im Ernst. Du bist jetzt eine von uns. Selbst wenn du dich entscheidest, zurückzugehen.«

»Und was heißt das? Dass ihr für mich ein Auge zudrückt und mich nicht umbringt, wenn ihr mir in der Menschenwelt mal wieder über den Weg lauft?«

»Ja, für dich und mindestens auch für deine Familie und Freunde, falls auch *taibhsearan* unter ihnen sind.« Sie zwinkerte mir frech zu.

»Na, dann bin ich ja beruhigt.« Ich knuffte sie in die Seite, um zu verbergen, wie traurig mich ihre Worte machten. Ich war nur ein Mensch, würde nie mehr für sie alle sein. Und was noch schlimmer war: Ich war eine *taibhsear*. Egal, was ich für Carrick empfand, er würde nie in der Lage sein, dasselbe für mich zu empfinden. Oder es zumindest nicht öffentlich zugeben.

Wir kamen vor unserem Quartier an. Durch die wenigen Öffnungen im Gestein über uns drang das erste frühe Sonnenlicht des Tages herein und warf helle Flecken auf die Steinwand. Ich blieb kurz stehen, drehte mein Gesicht zur Sonne und musste zugeben, dass ich es kaum erwarten konnte, ihre Wärme endlich wieder auf meiner Haut zu spüren. Dann schlüpfte ich hinter Nairn in unsere Höhle. Ich blieb still, während sie fröhlich vor sich hin plapperte. Meine Gedanken drehten sich um immer dieselbe Frage: gehen oder bleiben? In die Sicherheit meines menschlichen Lebens flüchten oder herausfinden, wohin das mit Carrick führen konnte?

*Was mit Carrick?*, fragte meine spöttische Gedankenstimme. *Da ist nichts, was der Rede wert wäre.*

Als ich in mein Bett kletterte, verkündete Nairn, dass Fionn in nur einer Stunde die erste Besprechung angesetzt hatte. Sie würde nicht schlafen, aber das brauchte sie ja auch nicht.

»Schlaf dich ruhig aus«, sagte sie zu mir. »Ich stelle dir Frühstück auf den Tisch.«

»Aber ich will auch an der Besprechung teilnehmen«, entgegnete ich. »Sollte ich nicht das Recht dazu haben, wo ich doch jetzt eine von euch bin?«

Nairn antwortete nicht, sah nur peinlich berührt zu Boden, und mir wurde bewusst, dass die Zeit für Scherze vorbei war. Die Fianna wollten mich nicht dabeihaben. Am Ende war ich doch nur eine *sùla*. Ich nickte nur und drehte Nairn den Rücken zu.

Ich hatte mir fest vorgenommen, wach zu bleiben und trotzdem an der Sitzung teilzunehmen oder die Fianna zur Not heimlich zu belauschen, doch irgendwann musste ich eingeschlafen sein.

Als ich aufwachte, war Nairn fort, und ein Tablett mit Obst stand auf ihrem Schreibtisch bereit. Ein Blick durch die Höhlenöffnung sagte mir, dass es bereits Mittag sein musste. Das Sonnenlicht war ein ganzes Stück weiter den Gang hinuntergewandert. Ich fluchte laut.

Während ich in einen Apfel biss, überlegte ich, was ich tun sollte. Könnte ich einfach so in die Sitzung platzen und verlangen, dass sie mich teilnehmen ließen? Oder hatte ich die Gastfreundschaft der Fianna bereits zu lange in Anspruch genommen, und es wäre für alle das Beste, wenn ich einfach abreiste und sie das tun ließ, was sie am besten konnten? Doch ich musste Carrick wenigstens noch ein letztes Mal sehen, musste mit ihm über letzte Nacht sprechen und ihn fragen, was es für ihn bedeutet hatte.

Beim Gedanken daran brannten meine Wangen, und ich presste meine Beine fest zusammen, um die Hitze, die sich dort ausbreitete, in Schach zu halten. Ich seufzte, nahm mir noch einen Apfel und machte mich auf den Weg.

Schon von Weitem hörte ich die Stimmen der Fianna, als ich mich der großen Halle näherte. Sie klangen ernster als sonst, ganz geschäftlich. Ich spähte um die Ecke.

Die Fackeln verbreiteten ein stärkeres Licht als gewöhnlich, sodass es beinahe taghell in der Höhle war. Alle Fianna hatten sich über einen riesigen Tisch gebeugt, auf dem eine Karte der Highlands ausgebreitet lag. Kleine rote Fähnchen steckten darin, die vermutlich die Bewegungen Golls und seiner Truppen markierten.

Zuerst fiel mein Blick auf Fionn. Im helleren Licht erkannte ich, dass seine Haare gar nicht so rot waren, wie ich zuerst gedacht hatte. Sie waren beinahe so hellblond wie meine, mit einem leichten Rotstich. Neugierig musterte ich die Tasche über seiner Schulter, die er immer bei sich zu tragen schien. Es war eine lederne Umhängetasche, die irgendetwas von Wert enthalten musste. Von außen war jedoch nicht erkennbar, was es war. Auf der Brust seiner frischen Tunika prangte das Bild des Kranichs mit weit ausgebreiteten Flügeln, das auch Nairn gestern Abend getragen hatte. Sein Wappen.

Carrick stand neben Fionn und sah mit seinen schwarzen Haaren und dunklen Augen aus wie sein düsterer Zwilling. Beide waren tief über die Karte gebeugt, während Caílte den anscheinend gerade erst eingetroffenen Bericht seiner Späher zum Besten gab. Auf seiner Schulter saß eine Krähe mit schwarz glänzendem Gefieder.

»… wurden zuletzt bei Inverness gesichtet. Es ist kaum möglich zu sagen, wie viele Anhänger er bereits um sich geschart hat. Sie scheinen sich irgendwo zu verbergen und kommen nur hervor, um seine Drecksarbeit zu verrichten. Aber es scheint eine beträchtliche Anzahl zu sein. Neben den abtrünnigen Fianna handelt es sich bei allen um Wechselbälger.«

»Wir müssen die Königin um Verstärkung bitten«, sagte Nairn. »Wenn er neben Liath, Diorruing und Conán MacLia wirklich so viele neue Rekruten hat, sind wir ihnen nicht gewachsen.«

»Aber die Wechselbälger wussten bis vor Kurzem nichts von ihrer wahren Herkunft«, warf Diarmid ein. »Sie sind nicht ausgebildet. Wie stark können sie schon sein?«

»Vielleicht sollten wir eine kleine Pause einlegen«, unterbrach Fionn sie. »Wir haben Besuch.«

Meine Wangen brannten, als sich alle zu mir umwandten. Doch ich straffte die Schultern und trat selbstbewusst einen Schritt in den Raum hinein. »Guten Morgen. Lasst euch bitte nicht von mir stören.«

»Aber nicht doch, mein Täubchen«, flötete Fionn. »Du störst uns nicht. Wir sollten sowieso mal eine Pause einlegen.«

Ich presste wütend die Lippen zusammen. Was hatten sie zu verbergen? Langsam war ich es leid, dieses Spiel zu spielen.

Mein Blick fuhr erst zu Nairn, dann zu Carrick. Keiner der beiden machte Anstalten, Partei für mich zu ergreifen. Carrick sah mir kurz in die Augen und senkte dann den Blick. Er begann, leise mit Diarmid zu sprechen, der neben ihm stand. Ich hätte am liebsten wütend geschnaubt und nahm mir fest vor, ihn zur Rede zu stellen.

Nairn kam auf mich zu. »Hast du gefrühstückt?«

Ich nickte. »Danke für das Obst.«

Sie bemerkte meinen Zorn und wirkte kleinlaut. »Wir versuchen nicht, dich auszugrenzen, Cate. Aber du verstehst nun einmal nichts von Kriegsführung … oder?«

Ich schüttelte entnervt den Kopf.

»Siehst du. Du wärst uns keine Hilfe.«

»Ihr könntet mich wenigstens zuhören lassen. Außerdem weiß ich, wie Menschen ticken. Mein Wissen könnte euch einen Vorteil verschaffen. Der Großteil von Golls Armee ist schließlich unter den Menschen aufgewachsen.«

Nairn hob ergeben die Hände. »Ich stelle hier nicht die Regeln auf.«

Ich seufzte. »Ich weiß.« Sofort schämte ich mich für mein Verhalten. Mein Blick fiel wieder auf Carrick. Ich würde tun, wofür ich hergekommen war, und dann wieder gehen. Anscheinend konnte man Feen nicht belauschen.

Mit entschlossenen Schritten ging ich auf ihn zu. »Carrick, hast du einen Moment?«

Er sah von der Karte auf, über die er, Fionn und Diarmid sich wieder gebeugt hatten. Er sah erst mich an und warf den beiden anderen dann einen nervösen Blick zu.

»Cate, das ist gerade nicht der beste Zeitpunkt.«

»Warum nicht? Macht ihr nicht gerade eine Pause?«

Ergeben schnaubend, packte er mich am Arm und zog mich ein paar Schritte von den anderen fort. Er sah übermüdet aus, an seiner Schläfe pochte eine Ader.

»Also.« Ich verschränkte die Arme vor der Brust und musterte ihn mit einer hochgezogenen Augenbraue. »Was ist gestern Nacht passiert?«

Er sah mich irritiert an. »Du hast Fionn erweckt.«

Ich verdrehte die Augen. Wollte er mich für dumm verkaufen? »Und danach haben wir … hast du …« Ich konnte es nicht aussprechen, kam mir auf einmal lächerlich vor. Es war nichts passiert. *Fast* nichts.

»… habe ich mich bei dir für deine Hilfe bedankt«, beendete er meinen Satz.

Zum zweiten Mal in weniger als zwölf Stunden wurde mir der Boden unter den Füßen weggezogen. Ich starrte ihn an, unfähig zu sprechen. »Das ist alles?«, brachte ich schließlich mühsam hervor.

»Cate, ich …« Er sah sich zu seinen Waffenbrüdern um, die plötzlich alle ganz beschäftigt aussahen. Nairn flocht ihren Zopf neu, Caílte pulte in seinen Zähnen, Conán säuberte sich die Nägel mit einem Dolch, und Fionn redete mit gesenkter Stimme auf Diarmid ein. Ich erinnerte mich, dass Feen ein besseres Gehör als Menschen hatten, und meine Wangen wurden heiß.

Carrick nahm mich am Ellbogen und zog mich noch etwas weiter von den anderen fort. »Das ist nicht der richtige Zeitpunkt, Cate. Es ist nichts … es *darf* nichts zwischen uns passiert sein. Wir befinden uns am Rande eines Krieges.«

Das war seine Ausrede? Ich schnaubte verächtlich und funkelte ihn wütend an. Er warf aufgebracht die Arme in die Höhe. »Du bist verlobt, verdammt noch mal!«, rief er laut.

Das leise Flüstern der anderen verstummte kurz, bevor es wieder einsetzte.

Seine Worte waren wie ein Schlag in die Magengrube. Und das Schlimmste war, dass er recht hatte. Ich war hier hereinmarschiert und hatte Antworten verlangt. Hatte ihn zur Rede gestellt, hatte wissen wollen, woran ich bei ihm war. Der Gedanke war mir nie gekommen, dass Carrick genauso wenig wusste, woran er bei mir war. Ein überwältigendes Schamgefühl überkam mich. Ich senkte den Kopf.

»Es ist okay, Cate«, raunte Carrick. »Du bist ein Mensch, ich bin eine *Fee*« – ich zuckte zusammen, als er das Wort benutzte –, »wir haben viel zusammen durchgemacht. Es ist nur natürlich, dass du dich zu mir hingezogen fühlst.«

Mein Kopf fuhr in die Höhe. »Wie bitte? *Ich* mich zu *dir* …?«

Augenblicklich verdrängte Wut mein Schamgefühl. Jetzt drehte er also alles so, dass es völlig einseitig war. Die dumme kleine *sùla* verliebte sich in den wunderschönen Feenkrieger, der ihr das Herz brach – das war die Märchenversion. Oder die dumme kleine *sùla* verliebte sich in den wunderschönen Feenkrieger, der sie kaltblütig ermordete – das war die Alba-Version.

»Was willst du von mir hören?«, fragte Carrick bitter. »Ich bedeute dir schließlich nichts.«

Als er meine eigenen Worte wiederholte, schluckte ich die Schimpftirade herunter, die aus mir hatte hervorsprudeln wollen. Ich schloss meinen Mund, ließ ergeben die Schultern sinken.

»Das ist alles, was ich wissen musste«, antwortete ich.

Dann drehte ich mich wortlos um und stapfte aus der Höhle. Meine Schritte hallten laut in der unangenehmen Stille wider.

# Kapitel 41

Ich erlaubte mir einige Tränen, während ich zurück zu unserem Quartier ging. Gleichzeitig versuchte ich, nicht zu viel darüber nachzudenken.

»Sei still!«, raunte ich meiner Gedankenstimme jedes Mal zu, wenn sie sich zu Wort melden wollte.

*Es ist an der Zeit*, sagte ich mir. *Geh heim. Deine Arbeit hier ist getan.* Der Gedanke versetzte mir einen Stich, doch ich wiederholte ihn wieder und wieder. Nichts hielt mich noch hier.

Ich verbrachte den Nachmittag damit, meinen Rucksack einmal komplett aus- und wieder einzuräumen. Ich betrachtete meine irdischen Besitztümer mit einer neu erwachten Melancholie. Meine Kamera, die ich seit meiner Ankunft hier nicht benutzt hatte, meine Armbanduhr, die in Alba nicht zu funktionieren schien, wie ich überrascht feststellte. Als ich wieder in meine eigenen Jeans und einen Pullover schlüpfte, fühlte ich mich wie neugeboren. Ich wickelte mir meinen karierten Schal um den Hals und ließ den dicken Stoff durch die Finger gleiten. »Hallo, alter Freund.«

Meine Feenkleider legte ich ordentlich zusammengefaltet auf Nairns Bett. Ich würde sie nicht mehr brauchen.

Dann setzte ich mich an ihren Schreibtisch, zückte mein Notizbüchlein und begann, den Rest meiner Reise nach Alba zu dokumentieren. Als ich fertig war, blieben noch viele leere Seiten übrig. Merkwürdigerweise brachte diese Erkenntnis die Tränen zurück. Es gab noch so viele unbeschriebene Blätter. Würde ich sie jemals füllen? Jemals hierher zurückkehren? Jemals ein vergleichbares Abenteuer erleben? Die Chancen standen denkbar schlecht, wenn ich so an meinen Schreibtisch in meinem winzigen Büro in New York dachte, an mein kleines Apartment in Brooklyn und die viel befahrenen Straßen voll hupender Taxis und brüllender Passanten. Ich zog die Münzen hervor, die ich an meinem ersten

Abend hier eingesteckt hatte. Eine silberne und eine goldene. Sie würden die einzigen Dinge sein, die ich aus Alba mitnehmen würde. Das einzige Andenken.

Ich wartete mit gepackten Sachen, um mich von Nairn zu verabschieden. Doch das Licht vor der Höhle wanderte immer weiter und verschwand schließlich ganz. Als es schon spät war und Nairn immer noch nicht zurückgekehrt war, seufzte ich und riss eine Seite aus meinem Notizbüchlein. Ich kritzelte eine kurze Nachricht für sie darauf. Ein Dankeschön für ihre Freundschaft und ihr Vertrauen in mich. Vielleicht war es besser, sich nicht persönlich von ihr zu verabschieden. Würde sie es verstehen? Wäre sie vielleicht sogar froh, dass ich ging? Ich wusste es nicht.

Ich schulterte meinen Rucksack und sah nicht mehr zurück, als ich aus unserer Höhle schlüpfte.

Dank meiner vielen Streifzüge kannte ich den Weg zu dem unterirdischen Teich, durch den wir hierher spiegelgereist waren. Zwar wusste ich nicht, wohin ich von dort aus reisen würde, aber ich sagte mir, dass ich es herausfinden würde, wenn ich dort ankam. Ich würde es aus eigener Kraft schaffen.

Obwohl der Weg nicht direkt daran vorbeiführte, trugen meine Füße mich ein letztes Mal zur großen Halle. Lautes Schnarchen begrüßte mich schon von Weitem. Ich konnte ein Lächeln nicht unterdrücken, als ich alle Fianna ums Feuer herum liegen und schlafen sah. Die Krieger lagen kreuz und quer auf dem Boden und auf den Bänken, Beine und Arme teilweise übereinander, als wären sie irgendwann einfach vor Erschöpfung dort umgefallen, wo sie gestanden hatten. Selbst Feen mussten irgendwann einmal schlafen.

Das Feuer war beinahe heruntergebrannt, und so konnte ich ihre Silhouetten nur vage erkennen. Näher wagte ich mich nicht heran, um niemanden zu wecken. Ich war mir nicht sicher, ob sie mich einfach so gehen lassen würden. Außerdem hatte ich Abschiede schon immer verabscheut.

Ich warf einen letzten langen Blick auf die schlafenden Gestalten am Feuer, dann verschmolz ich mit der Dunkelheit.

Da griff eine Hand nach meinem Arm und wirbelte mich abrupt herum. Ich keuchte erschrocken auf, erkannte aber sofort Carrick, der im schwachen Licht einiger ferner Fackeln vor mir stand.

Er sah mich eine Weile lang nur an, seine Miene war unergründlich.

»Geh nicht«, brachte er schließlich mit rauer Stimme hervor.

Ich schluckte. Meine Haut brannte unter seinen Fingern, die meinen Arm immer noch umklammert hielten.

»Ich muss«, erwiderte ich mit zitternder Stimme.

»Zurück nach New York?« *Zu ihm?* Er sprach es nicht aus, doch die Worte schienen in seiner Frage mitzuklingen.

Ich nickte, meine Kehle war plötzlich wie zugeschnürt. Gleichzeitig rührte sich Ärger in meinem Inneren, wie ein schlafendes Ungetüm, das langsam erwachte. Warum hielt er mich auf? Warum wollte er nicht, dass ich ging? Er würde es aussprechen müssen. Ich würde nichts anderes akzeptieren.

»Was soll ich denn noch hier?«, fragte ich herausfordernd, diesmal mit festerer Stimme. »Meine Aufgabe ist erledigt. Ich habe hier nichts mehr verloren.« Das waren seine eigenen Worte gewesen.

*Ach wirklich? Gar nichts?*, grollte die Stimme des sich langsam rührenden Ungetüms in meinem Inneren, die verdächtig nach meiner Gedankenstimme klang.

»Cate, ich …«

Er konnte es wirklich nicht aussprechen.

Wütend entzog ich ihm meinen Arm. Die Bestie in meinem Inneren heulte auf. »Was, Carrick? Was brennt dir denn auf der Seele? Spuck's schon aus. Ich habe noch eine lange Reise vor mir.

Und ich wäre dir sehr dankbar, wenn du mir aus dem Weg gehen würdest.«

Er funkelte mich an. Seine Augen verdunkelten sich, einmal mehr zogen die düsteren Gewitterwolken auf, die das Leuchten der Sterne in ihnen verschluckten.

»Du bist wirklich so unfassbar ...« Er stieß einen gequälten Laut aus und raufte sich die Haare. Dann überbrückte er die Distanz zwischen uns mit einem einzigen Schritt. Seine warme Hand legte sich an meine Wange, seine Augen waren plötzlich wieder klar.

»Geh nicht«, flüsterte er wieder.

Ich schloss die Augen, schmiegte meine Wange an seine Hand. Mein Gesicht wandte sich ihm wie selbstverständlich zu. Meine Lippen brannten vor Verlangen, warteten darauf, von seinen berührt zu werden. Mir wurde einmal mehr klar, wie lange ich mir das nun schon gewünscht hatte, ohne es mir eingestanden zu haben. Ich wollte ihn. Aber wollte er mich auch? War es genug?

Ich spürte seinen heißen Atem auf meinem Gesicht. So nah an meinem und doch so fern. Ich wartete mit brennenden Lippen und zitternden Beinen. Seine Lippen streiften sanft meine Schläfe, bevor er seine Stirn an meine legte.

»Cate«, murmelte er. Zu zögerlich, zu unschlüssig.

Er hätte meinen brennenden Körper genauso gut mit einem Eimer Eiswasser übergießen können. Ich riss mich abrupt von ihm los.

»Das ist alles, was ich wissen musste«, wiederholte ich mit einem viel zu bitteren Unterton in der Stimme.

Sein Gesicht, dieses wunderschöne Gesicht, fiel in sich zusammen. Ich ignorierte es.

»Auf Wiedersehen, Carrick. Ich wünsche dir und den Fianna alles Gute.«

Er hatte den Mund geöffnet, als wollte er noch etwas sagen, doch die Tränen brannten mir in den Augen, und so fuhr ich herum und ging schnellen Schrittes davon.

Alles in mir schrie danach, umzudrehen, zurück zu ihm zu rennen und mich in seine Arme zu werfen, aber ich würde mich nicht zum Narren machen. Ich würde nicht eine dieser Frauen sein, die blind einem Mann hinterherliefen, der ihnen nie das Gefühl gegeben hatte, sie wirklich zu wollen. Ich würde mir keine Illusionen mehr machen.

Die Erkenntnis war wie ein Dolchstoß ins Herz. Mit jedem Schritt bohrte er sich tiefer hinein, und es fühlte sich so an, als risse meine Brust mit jedem Meter, den ich zwischen uns brachte, ein bisschen weiter auf. Doch ich sah nicht zurück.

Gleichzeitig war da dieses überwältigende Gefühl der Hoffnung, der Gedanke, dass Carrick meinen Namen rufen, mir hinterhereilen würde. Ich erwartete, jeden Moment seine Hand an meinem Arm zu spüren, dass er mich an sich pressen und nie wieder loslassen würde. Nichts dergleichen geschah.

Ich blinzelte die Tränen weg, biss die Zähne zusammen und setzte meinen Weg mit eisern nach vorne gerichtetem Blick fort.

Als Nächstes trat mir Nairn in den Weg. Beinahe hätte ich vor Schreck laut aufgeschrien. Hastig wischte ich mir über die verräterisch feuchten Wangen.

Nairn musterte mich schweigend und mit ernstem Gesichtsausdruck. Ihr Blick glitt über meinen gepackten Rucksack, und ich umklammerte die Riemen an meinen Schultern trotzig fester. Sie hob die Augenbrauen, dann nickte sie einmal, als wollte sie sagen, dass sie meine Entscheidung verstand.

»Komm«, raunte sie schließlich. »Ich helfe dir beim Spiegelreisen.«

Ich sah sie mit großen Augen an. »Nairn, ich …« Sie brachte mich mit einem ihrer vernichtenden Blicke zum Schweigen. Schon hatte sie sich umgedreht und war losgegangen.

Hastig stolperte ich hinter ihr her. Während ich Mühe hatte, mit ihr Schritt zu halten, brachte mich der Gedanke zum Lächeln, dass es genauso war wie bei unserer ersten Begegnung.

Wir schwiegen beide, es gab nichts zu sagen. Ich hätte meine Gefühle sowieso nicht in Worte fassen können. Erst als Nairn an dem unterirdischen Becken anhielt, durch das ich hierher gefallen war, wurde unser Schweigen gebrochen.

»Ich bringe dich in die Nähe des Hafens in Kyleakin, von dem aus du die Fähre zum Festland nehmen kannst. Weiter werden wir zu zweit nicht kommen«, erklärte sie. »Du wirst mir helfen müssen, okay?«

Ich nickte, wusste, was ich zu tun hatte. Sie reichte mir ihre Hand und zog mich mit sich ins Wasser.

»Knüpfe deine Gedanken an meine, folge dem Weg, den ich vorgebe«, ermahnte sie mich noch, doch ich hatte keine Mühe, ihr durch die aufsteigenden Blasen zu folgen. Ich war inzwischen so oft spiegelgereist, dass es nicht mehr viel komplizierter war, als zu Fuß zu gehen.

Wir landeten in einer Wasseransammlung auf unnachgiebigem Asphalt, die nicht viel mehr als eine Pfütze war. Ich sah mich im grauen Zwielicht des anbrechenden Morgens um, wartete darauf, dass mein Magen sich nach der Reise wieder beruhigte.

Wir standen auf einem Hügel am Rande einer kleinen Hafenstadt. In der Ferne konnte ich Fischerboote erkennen, die sanft auf dem Wasser hin und her schaukelten. Dort befand sich auch der Anleger für die Fähre, die mich von der Isle of Skye fortbringen würde.

»Du kannst gleich die erste Fähre des Tages nehmen«, sagte Nairn. »Hast du Geld?«

Ich nickte und klopfte auf meinen Rucksack. Ich hatte alles sorgfältig geplant. Bevor ich an Bord ging, würde ich Graham anrufen. Hoffentlich würde er sich trotz allem, was geschehen war, bereit erklären, mich vom Hafen abzuholen und zurück nach Edinburgh zu fahren. Von dort aus würde ich so schnell wie möglich nach Hause fliegen.

Nach Hause. Nach New York. Zu Ben. Es klang so fremd, dass ich den Gedanken erst einmal wieder von mir schob.

»Weißt du, du hättest dich wenigstens von mir verabschieden können«, sagte Nairn halb im Scherz. Doch als sie den Schmerz auf meinem Gesicht sah, den die Erinnerung an meinen Abschied von Carrick in mir hervorrief, zog sie mich in eine feste Umarmung. Ich war so überrascht, dass ich zunächst erstarrte, bevor ich sie erwiderte.

»Danke für alles, was du für uns getan hast, Cate«, sagte sie ernst, nachdem sie sich wieder von mir gelöst hatte. »Wir werden es nie vergessen. Du wirst in Alba immer willkommen sein.«

»Ich habe *dir* zu danken«, murmelte ich gegen die aufsteigenden Tränen an. »Du hast mir mehr als einmal das Leben gerettet. Du warst mir die einzige Freundin, als ich in einem fremden Land gestrandet war, in dem mich alles und jeder umbringen wollte.«

Nun löste sich doch noch eine Träne aus meinem Augenwinkel, die Nairn lächelnd fortwischte. »Nicht doch«, tadelte sie mich.

Ich zuckte nur hilflos mit den Schultern und schniefte. »Ich hasse Abschiede.«

Sie seufzte theatralisch und brachte mich damit doch noch zum Lachen. »Ich auch!«

Dann wurde sie wieder ernst. »Vergiss uns nicht«, sagte sie, bevor sie mir noch ein letztes Mal zuzwinkerte und mit einem einzigen Schritt rückwärts wieder im Wasser verschwand.

Ich starrte auf die Pfütze, deren Oberfläche sich leicht kräuselte. Als sich die kleinen Wellen verflüchtigt hatten, fühlte ich mich mit einem Schlag so einsam wie noch nie zuvor in meinem Leben.

Erst als sich am Horizont die ersten Sonnenstrahlen abzeichneten, machte ich mich schweren Herzens auf den Weg zum Hafen.

Die Menschenwelt kam mir lauter, unruhiger und aufdringlicher vor, auch wenn ich mich nur in einem verschlafenen Küstenort befand. Albas Stille und unaufdringliche Schönheit fehlten mir bereits jetzt.

Nachdem ich mein Ticket für die Fähre am Schalter gekauft und Graham von einer Telefonzelle aus angerufen hatte, musste ich nicht mehr lange warten.

Graham war kurz angebunden gewesen, hatte aber keine Fragen gestellt, wofür ich sehr dankbar war. Er würde mich in Kyle of Lochalsh, dem Küstenort, an dem die Fähre anlegen würde, abholen und nach Edinburgh bringen. Er hatte sich sogar bereit erklärt, einen Zwischenstopp am *Eilean Donan Castle* zu machen, wo mein Koffer noch immer in Carricks Wagen lag.

Fast schon hatte Erleichterung in seiner Stimme mitgeklungen, als er mir unseren Treffpunkt genannt hatte. Was er wohl davon hielt, dass ich einfach so für ein paar Tage verschwunden war? Hoffentlich hatte er sich deshalb keinen Ärger mit Ben eingehandelt.

*Ben.* Ich stellte mir sein Gesicht vor, beschwor seine vertrauten Züge vor meinem inneren Auge herauf. Doch immer, wenn ich das Bild beinahe greifen konnte, wurde es von dunklen Augen und hohen Wangenknochen ersetzt. Ich hörte eine tiefe, samtige Stimme mit leichtem gälischem Akzent anstatt des fröhlichen, amerikanischen Tenors des Jungen aus gutem Hause. Ich spürte brennende Lippen an meiner Schläfe.

Erschrocken zuckte ich zusammen, als die Fähre mit einem durchdringenden Dröhnen in den Hafen einfuhr. Mit viel zu schnell klopfendem Herzen riss ich mich von meinen Tagträumereien los, schulterte meinen Rucksack und machte mich mit raschen Schritten auf den Weg.

Als ich einen Fuß auf den Landungssteg setzte, wurden meine Beine plötzlich so schwer, als watete ich durch zähen Schlamm.

Jeder Schritt kostete mich ungewöhnliche Anstrengung, doch ich zwang mich, einen Fuß vor den anderen zu setzen. Der Schnitt in meiner Brust, den ich beim Abschied von Carrick zum ersten Mal gespürt hatte, machte sich nun wieder bemerkbar. Keuchend presste ich eine Hand aufs Herz, versuchte verbissen, es davon abzuhalten, mir aus der Brust zu springen. Etwas zog und zerrte unerbittlich daran. Schon stellte ich mir vor, wie es aus mir herausbrechen und davonfliegen würde, wenn ich es nicht schaffte, es festzuhalten.

Mit zusammengebissenen Zähnen und fest auf die Brust gepressten Fingern schaffte ich es auf das Schiff. Ich verzog mich sofort auf das untere Deck, wo ich mich, demonstrativ mit dem Rücken zu den Fenstern an die kleine Bar setzte. Ich bestellte mir einen Tee mit Schuss und sah nicht mehr zurück.

*Ben,* sagte ich mir immer wieder in Gedanken. *Ben, ich komme heim zu dir.*

# Kapitel 42

Ich erkannte Graham schon von Weitem, als ich in Kyle of Lochalsh den Landungssteg herabging.

Er stach aus der Menge heraus mit seinem rötlichen Haar, dem dichten, ergrauenden Bart, den breiten Schultern und dem Kilt in den Farben der MacTavishs.

Die Luft roch nach Salz und Algen, und der Wind riss an meinen Haaren. Ich atmete tief ein, bereitete mich innerlich auf eine Predigt ganz im Stil meiner Mutter vor. Doch der schottische Hüne nickte mir nur freundlich zu und nahm mir meinen Rucksack ab.

»Wie ist es Ihnen ergangen, Cate?«, fragte er schlicht.

Ich schluckte, wusste nicht, was ich sagen sollte. Natürlich hatte ich mir während der kurzen Bootsfahrt Gedanken darüber gemacht, was ich ihm erzählen sollte. Aber jetzt, da ich wahrhaftig vor ihm stand, war mein Kopf wie leer gefegt. Er musste sich wirklich fragen, ob ich den Verstand verloren hatte.

Meine Großmutter hatte immer gesagt: »Wenn du schon lügen musst, dann sag so wenig wie möglich. Halte dich, so gut es geht, an die Wahrheit.« Das schien mir eine gute Strategie zu sein.

Ich schenkte Graham ein unsicheres Lächeln. »Die Isle of Skye ist wunderschön. Ich bin froh, dass ich doch noch die Gelegenheit hatte, sie mir anzusehen.«

»Hab ja gleich zu Ben gesagt, dass er sie in Ihren Reiseplan einbauen soll, aber er hat ja nicht auf mich hören wollen«, brummte Graham.

Wir gingen nebeneinanderher zum Auto. »Tut mir leid, dass ich alles so kurzfristig umgeschmissen habe«, begann ich, doch Graham winkte nur ab. »Es war wirklich eine spontane Chance, die sich ergeben hat und die ich nicht ungenutzt verstreichen lassen wollte. Vielen Dank, dass Sie so kurzfristig kommen konnten.«

Graham schloss seinen Geländewagen auf und legte meinen

 Rucksack auf den Rücksitz. »Sie hatten Glück, dass ich gerade in der Gegend war. Ich hatte geschäftlich in Fort William zu tun. Das ist nur eineinhalb Stunden entfernt.«

Wir stiegen ein, und er ließ den Motor an. »Also, Sie möchten zurück nach Edinburgh?«

Ich nickte. »Mit einem kurzen Zwischenstopp bei *Eilean Donan,* bitte.«

Er nickte und schaltete die Heizung an. »Der Weg nach Edinburgh ist lang, etwa viereinhalb Stunden. Machen Sie es sich am besten gemütlich.«

Die Fahrt zum *Eilean Donan Castle* verlief reibungslos. Ich stolperte eine Weile zwischen den Bäumen am See hindurch, bevor ich den bemoosten Felsüberhang wiederfand, unter dem Carrick seinen Oldtimer geparkt hatte. Er hatte ihn mit seiner Plane abgedeckt und ihn mit Ästen und Blättern getarnt, sodass er nicht sofort zu erkennen war. Zu meiner Erleichterung war der Wagen nicht abgeschlossen, und ich konnte meinen Koffer mühelos herausholen.

Graham runzelte nur die Stirn und hob die Augenbrauen, als ich mit meinem Gepäck aus dem kleinen Waldstück trat, vor dem er geparkt hatte. Ich fragte mich, ob er wohl so abergläubisch wie Stewart war und an Feen, Kelpies und Wechselbälger glaubte. Ahnte er, dass bei meinem plötzlichen Verschwinden übernatürliche Kräfte im Spiel gewesen waren? Wenn ja, so ließ er es sich nicht anmerken, und ich achtete darauf, während der Fahrt nichts dergleichen zu erwähnen.

Um Grahams sporadische Fragen zu meiner Reise auf die Isle of Skye zu umgehen, beschloss ich, endlich mein Interview mit ihm zu führen. Schließlich konnte ich nicht ohne eine Story zurück nach New York fliegen. Ich zückte mein Notizbuch, und die nächsten vier Stunden vergingen wie im Flug.

Als wir am späten Nachmittag die schottische Hauptstadt erreichten, hatte ich mehrere Seiten vollgeschrieben und mir ein detailliertes Bild von Grahams politischen Überzeugungen gemacht. Der sonst so schweigsame Hüne hatte so einiges zu sagen, wenn es um die schottische Unabhängigkeit ging. Nie hätte ich vermutet, dass er sich für ein unabhängiges Parlament einsetzte und sogar bereits an mehreren friedlichen Demonstrationen teilgenommen hatte.

Während wir durch die Stadt fuhren, betrachtete ich staunend die wunderschönen alten Gebäude durch das Autofenster. Der Großteil der Stadt – zumindest die alten Gebäude – war aus demselben graubraunen Stein gebaut. Die Häuser drängten sich aneinander, ließen nur Platz für kleine Gassen, versteckte Treppen und schmale Innenhöfe. Ich konnte es kaum erwarten, auf Entdeckungsreise zu gehen.

Noch nie hatte ich so viele Kirchen gesehen. Groß und düster ragten ihre gotischen Türme in den Himmel, an dem die Wolken dahinjagten und ab und an den Blick auf die Sonne freigaben.

»Ihre Pension ist hier in der Altstadt«, erklärte Graham. Er bog um eine enge Kurve und fuhr einen Berg hinauf. Da die Reservierung in meinem Bed and Breakfast erst für die nächste Woche geplant war, hatte Graham für zwei Nächte ein Zimmer in einer anderen Pension für mich gefunden.

»Ich setze Sie in der Nähe ab, weil ich nicht weiter reinfahren kann«, fuhr er fort. »Der obere Teil der Royal Mile ist für Autos gesperrt.«

Ich nickte nur, konnte meinen Blick nicht von den gepflasterten Straßen, den uralten verschnörkelten Ladenschildern und winzigen Türen und Fenstern lassen.

Die Royal Mile führte steil den Castle Rock hinauf, auf dem Edinburgh Castle thronte. Noch nie hatte ich so alte Häuser gesehen wie jene, die sich hier zu beiden Seiten der breiten Straße aneinanderdrängten.

Wir hielten an einer Art Straßensperre an. Dahinter fuhren keine Autos mehr. Wir stiegen aus, und Graham reichte mir mein Gepäck. Dann deutete er die Straße hinauf.

»Sehen Sie das Schild dort drüben? Das ist Ihre Pension.«

Er deutete auf ein altes rotes Schild mit goldenen Lettern, das im starken Wind heftig hin- und herschwang. Darauf stand *The Witch's Inn.*

*Wie passend,* dachte ich schmunzelnd.

»Brauchen Sie Hilfe mit Ihrem Koffer?«

»Nein danke, Graham, Sie haben schon genug für mich getan. Bis dahin schaffe ich es auch allein.«

Er schien erleichtert. Sicher hatte er noch etwas in der Stadt zu erledigen. »Wenn Sie möchten, können wir uns übermorgen zum Lunch treffen«, bot er an. »Ich könnte Ihnen die Stadt zeigen.«

»Das ist nett von Ihnen, aber ich habe mich entschieden, in zwei Tagen abzureisen.«

Graham sah mich überrascht an, sagte aber nichts.

»Ich weiß, dass ich ursprünglich zehn Tage durch die Highlands reisen und dann noch eine Woche in Edinburgh verbringen wollte«, fuhr ich entschuldigend fort, »aber ich vermisse Ben, und ich glaube, dass ich in zwei Tagen genug Material für eine ordentliche Story zusammenkriege.«

Ich hoffte, dass Graham meine Lüge nicht durchschaute. Ich wollte nur noch weg hier, nicht wegen Ben, sondern weil ich das Gefühl hatte, dass ich sonst jeden Augenblick zurück zur Isle of Skye rennen könnte, um mich den Fianna anzuschließen. Und Carrick wiederzusehen.

Graham runzelte die Stirn, sah aus, als wollte er protestieren. Innerlich plante er wahrscheinlich schon, Ben anzurufen und ihn von meiner nächsten übereilten Entscheidung in Kenntnis zu setzen.

»Ich rufe Ben gleich an und sage es ihm«, fügte ich hastig hinzu.

»Er wird sich sicher freuen, wenn ich früher als geplant zurückkomme.«

»Auf jeden Fall wird er sich freuen, von Ihnen zu hören«, brummte Graham. »Alle haben sich ziemliche Sorgen um Sie gemacht, als Sie einfach so von der Bildfläche verschwanden.«

»Aber ich war doch nur« – ich überschlug die in Alba verbrachte Zeit im Kopf und versuchte, sie in Menschenzeit umzurechnen – »drei Tage weg.«

»Ja, aber ohne eine Spur oder eine Möglichkeit, Sie zu erreichen.«

Die Hitze stieg mir in die Wangen, und ich seufzte. »Es tut mir wirklich leid, Graham.«

»Machen Sie sich keine Sorgen wegen mir, Cate. Ihre Mutter hat mich aber ein paarmal angerufen – der Herrgott weiß, woher sie meine Nummer hat – und mir ein paar ziemliche Kraftausdrücke an den Kopf geworfen. Wusste nicht, dass eine Lady so fluchen kann.«

Ich lachte. »Meine Mom ist ganz sicher keine Lady. Ich werde sie auch gleich anrufen, damit sie Sie in Ruhe lässt. Sie hat diese ganze Reise von Anfang an nicht gutgeheißen.«

*Und wie recht sie damit hatte,* fügte ich in Gedanken hinzu. Doch gleichzeitig dachte ich an Carricks dunkle Augen, seinen zärtlichen Blick, seine sanften Berührungen, seinen Humor und wusste, dass das nicht stimmte. Ich hatte das Abenteuer meines Lebens erlebt und würde es um nichts in der Welt missen wollen, auch wenn ich mich nun fühlte, als wäre mir das Herz aus der Brust gerissen worden. Schottland – Alba – hatte mich verändert. Ich war mir nur noch nicht sicher, ob zum Guten oder zum Schlechten.

»Dann müssen wir uns jetzt wohl verabschieden«, sagte Graham. Zu meiner Überraschung kam er auf mich zu und zog mich in eine rasche, steife Umarmung. »Passen Sie gut auf sich auf, Catriona Keith. Keine spontanen Abstecher in die Highlands mehr, bis Sie abreisen. Dort ist es im Moment nicht sicher.« Er hob spielerisch einen Finger und wedelte damit drohend vor meiner Nase herum.

»Versprochen, Graham MacTavish«, lachte ich.

»Alles Gute!« Er tippte sich noch einmal im Salut an die Stirn und stieg dann in sein Auto. »Ich bin gespannt auf Ihre Story.«

»Danke für alles, Graham. Besonders für das Interview. Bis bald einmal!«

Ich winkte ihm hinterher, als er davonfuhr.

Dann drehte ich mich um, setzte meinen Rucksack auf und hievte meinen Koffer herum. Es war nicht weit bis zu der Pension mit dem roten Schild. Ich hatte in den letzten Tagen schon Schlimmeres hinter mich gebracht.

Ich schleppte meinen Koffer die Royal Mile hinauf. Als ich innehielt, um kurz nach Luft zu schnappen, fiel mein Blick auf eine winzige, menschenleere Seitenstraße, in der eine Reihe roter Telefonzellen stand. Der starke Drang, Ben sofort anzurufen, überkam mich.

Was würde er wohl sagen, wenn er meine Stimme hörte? Wäre er wütend, wie meine Mutter es sicher wäre? Oder würde er sich einfach nur freuen, dass ich früher nach Hause kam? Mir fiel ein, dass er noch immer eine Antwort von mir erwartete. Ein einfaches *Ja* konnte doch nicht so schwer sein. Er würde es bekommen.

Ich schleppte Rucksack und Koffer durch die schmale Gasse zu den Telefonzellen. Mir fiel auf, dass die Schatten länger geworden waren. Es wurde rasch dunkler, und es waren weniger Leute auf der Straße unterwegs als zuvor.

Ich öffnete die Tür der ersten Telefonzelle in der Reihe. Diesmal versuchte ich nicht, meinen Koffer mit hineinzuzwängen, nahm nur meinen Rucksack mit und stellte ihn auf dem Boden ab.

Ich kramte nach meinem Geldbeutel, fand noch ein paar Münzen und warf sie in den Schlitz. Meine Hand fühlte sich schwer und taub an, als ich die Nummer von Bens Büro wählte. Ich fuhr mir nervös durchs Haar und biss mir auf die Lippe.

Natürlich ging nur seine Sekretärin Susie ran, die mich nach ein wenig Hin und Her widerwillig durchstellte.

»Schatz? Ich bin gerade in einem sehr wichtigen Meeting.«

Es versetzte mir einen Stich, Bens vertraute Stimme zu hören, und ich kämpfte gegen die Tränen an, die mir unerwartet in die Augen schossen.

»Wir haben uns Sorgen um dich gemacht, mein Schatz«, fuhr er fort. »Du hast uns einen ganz schönen Schrecken eingejagt, als du meinen Plan einfach so umgeschmissen hast.«

»Ich weiß«, flüsterte ich. »Tut mir leid.«

»Du musst etwas lauter sprechen, Honey. Nuschel doch nicht immer so. Ich versteh dich kaum.«

»Ich weiß«, sagte ich lauter. »Es tut mir wirklich leid, ich wollte dich nicht beunruhigen. Aber ich habe gute Neuigkeiten.«

»Okay, aber mach schnell, ich muss gleich zurück.«

Ich ballte die Hände zu Fäusten, atmete einmal tief durch.

»Cate, bist du noch dran? Ich muss wirklich …«

»Ich komme früher heim«, fiel ich ihm ins Wort und bemühte mich, fröhlich zu klingen. »Ich komme nach Hause zu dir. Und dann … dann werde ich eine Antwort für dich haben.«

»Oh, das ist wundervoll, Honey. Ich freue mich darauf.« Er klang abgelenkt, und ich konnte Stimmen im Hintergrund hören. »Ich muss jetzt los. Sag Susie, wann dein Flieger ankommt, und sie wird einen Wagen schicken, der dich vom Flughafen abholt.«

»Danke.«

»Bis bald, Honey, ich liebe dich!«

»Ich …« Doch er hatte schon aufgelegt.

Langsam ließ ich den Hörer sinken. Tränen brannten mir in den Augen. Ich fühlte mich furchtbar allein.

Seufzend bückte ich mich, um meinen Geldbeutel zurück in den

 Rucksack zu stopfen. Da fiel mein Blick auf mein Notizbuch. Ich ging in die Hocke, zog es hervor und öffnete es. Ich blätterte durch die beschriebenen Seiten, las hier und da einen Satz. Nun liefen mir die Tränen über die Wangen, und ich ließ ihnen freien Lauf.

Ich blätterte weiter, betrachtete wieder die leeren Seiten. Es gab immer noch so viele, die es zu füllen galt, so vieles, was ich nun nie mit Carrick und den anderen erleben würde. Ich schniefte und wischte die Tränen fort. Ich musste mich zusammenreißen. Eine Menge Arbeit lag vor mir, wenn ich genug Informationen für einen halbwegs passablen Artikel in nur zwei Tagen sammeln wollte. Irgendwie war es mir nicht mehr so wichtig wie vorher. Aber dann galt es ja auch noch, eine Hochzeit zu planen.

Gerade als ich das Büchlein wieder in den Rucksack stecken wollte, öffnete sich die Tür der Telefonzelle in meinem Rücken.

»Ich bin gleich fertig«, schniefte ich genervt.

Ich erhob mich rasch, um zu sehen, wer da nicht warten konnte, bis er dran war. Da schob sich plötzlich eine Hand über meinen Mund. Ich schrie überrascht auf, doch der Schrei wurde von der Hand erstickt.

Ich spürte heißen Atem in meinem Nacken, kalte Lippen an meinem Ohr.

»So treffen wir uns wieder«, zischte eine tiefe Stimme, und das Blut gefror mir in den Adern. *Goll.*

Ich schlug wild um mich, doch er lachte nur, und seine Hand drückte sich noch fester auf meinen Mund.

»Ich freue mich auch, dich wiederzusehen, Cate. Wir werden eine Menge Spaß zusammen haben.«

Er zog mich grob aus der Telefonzelle, und ich strampelte mit den Beinen, versuchte, ihn in die Hand zu beißen. Ich trat gegen meinen Rucksack, und er fiel um. Ich hörte, wie etwas herausfiel.

Kühle Luft traf auf meine Wangen, als ich aus der Tür der Telefonzelle gerissen wurde. Mehrere Hände legten sich um meine Arme und Beine, hielten mich fest, sodass ich mich nicht mehr bewegen konnte.

Todesangst schoss in eiskalten Wellen durch meine Adern. Mein Herz hämmerte so stark gegen meine Rippen, dass es schmerzte.

Das Letzte, was ich sah, war Golls grausames Grinsen, bevor mich etwas hart am Kopf traf und alles schwarz wurde.

# Epilog

Er hastete über Hausdächer, wich Kirchtürmen und Schornsteinen aus und sprang schließlich in einen Innenhof hinab. Dort verharrte er in Hockstellung und schnupperte in die Luft. Ein frustriertes Knurren drang tief aus seiner Kehle. Es war schwer gewesen, ihrem Geruch bis hierher zu folgen. Sie war in Kyle of Lochalsh in ein Auto gestiegen, sodass er viel zu lange gebraucht hatte, ihre Fährte wieder aufzunehmen, die ihn nach Edinburgh geführt hatte. Hier, in der Altstadt, war ihr Duft wieder stärker geworden, der Wind wehte ihn von der Royal Mile heran.

Ihr Duft – dieses einzigartige Zusammenspiel von Schokoladenkeksen, die sie immer bei sich zu tragen schien, einem Hauch Jasmin und dem unaufdringlichen, hoffnungsvollen Aroma der ersten Schneeglöckchen, die nach einem zu langen Winter den nahenden Frühling ankündigten.

Er seufzte und dachte an ihren Beinahe-Kuss. Daran, wie ihr Atem sich beschleunigt hatte, wie sie sich an ihn gepresst und ihn mit ihren großen, ehrlichen Augen angesehen hatte. Wie gut es sich angefühlt hatte.

Lautes Lachen riss ihn aus seinen Gedanken, und er zog sich reflexartig in die Schatten zurück, presste sich gegen die Wand in seinem Rücken, als eine Gruppe Menschen durch einen verzierten Torbogen in den Innenhof kam. Sie lachten und unterhielten sich laut. Als ihn ihr Geruch traf, zuckte er zusammen. Es war jedes Mal, als hätte ihm jemand Säure in den Rachen gekippt. Unter ihnen war eine *taibhsear!*

Sie würde ihn sehen können, obwohl er sich mit einem Zauber vor den Blicken der Menschen verbarg. Er schluckte angewidert, kämpfte gegen den übermächtigen Drang an, sich sofort auf das lachende, junge Mädchen mit den braunen Locken zu stürzen und ihr die Kehle herauszureißen.

Er war nicht auf der Jagd. Deshalb war er nicht hergekommen in diese von der Banshee verlassene Stadt, in der so viele furchterregende Erinnerungen schlummerten.

Er zog sich weiter in die Schatten zurück und bemühte sich, nicht durch die Nase zu atmen. Wenn er einmal eine *taibhsear* aufgespürt hatte, kostete es ihn alle Willenskraft, die er aufbringen konnte, ihr nicht nachzujagen, sie nicht ins Reich der Banshee zu schicken. Warum war es bei Cate so anders? Wann hatte ihr frischer, süßer Duft den unerträglichen Gestank vertrieben, der ihn an jenem Abend im Pub angelockt hatte? Als er sie im Auto beim Schlafen betrachtet und eine Decke über sie gelegt hatte? Als sie ihn das erste Mal mit diesem wütenden Blick aus ihren blauen Augen so heftig zurechtgewiesen hatte, dass er sie am liebsten gepackt und auf der Stelle geküsst hätte? Oder als er sie, halb verrückt vor Schmerzen, die ganze Nacht lang in den Armen gehalten hatte?

Er konnte sich nicht erinnern.

Endlich hatten die Menschen die ausgetretenen Treppenstufen, die zur Royal Mile hinaufführten, erklommen und waren um die Ecke gebogen.

Er entspannte sich, schnupperte in die Luft, um ihre Fährte wieder aufzunehmen.

Im nächsten Moment war er schon mit einem einzigen Satz auf das nächste Hausdach gesprungen und eilte weiter.

Sie war jetzt ganz nah, ihr Geruch wurde immer stärker, zog und zerrte an seinem Herzen. Er wunderte sich darüber, dass es immer noch schmerzte. Dieses qualvolle Ziehen in der Brust hatte vor einigen Stunden begonnen, als sie ihm den Rücken gekehrt hatte und, ohne sich noch einmal umzudrehen, in der Dunkelheit verschwunden war.

Er kam schlitternd zum Stehen. Er roch sie nun so intensiv, als stünde sie direkt neben ihm. Unter ihm tat sich eine enge, menschenleere Gasse auf, in der eine Reihe Telefonzellen stand. Er prüfte noch einmal seinen Schutzzauber, dann sprang er vom Dach. 

Er landete direkt neben der ersten roten Telefonzelle.

Sie war hier gewesen. Ihr Duft war unverkennbar.

Er trat an die Tür und legte eine Hand auf das kühle Glas. Hier hatte ihre Hand gelegen. Er sah es so klar vor sich, als wäre er dabei gewesen, als sie die Tür geöffnet hatte und hineingegangen war.

Ihren Koffer hatte sie draußen stehen lassen, er entdeckte den Abdruck im festgetretenen Schlamm, der zwischen den Rillen eines Gullydeckels steckte.

Er folgte ihren Bewegungen, öffnete die Tür der Telefonzelle und trat ein. Hier drin war ihr Duft so überwältigend, dass er ihn beinahe in die Knie zwang. Er umhüllte ihn von Kopf bis Fuß wie noch vor nur einem Tag, als er sie fest an sich gepresst hatte.

Er fuhr mit der Hand über den abgegriffenen Telefonhörer. Sie hatte telefoniert. Wen hatte sie angerufen? Wahrscheinlich ihren Verlobten. Bei dem Gedanken wurde ihm übel.

Er wusste, dass er nicht hier sein sollte. Sie hatte ihre Wahl getroffen, hatte sich gegen ihn entschieden. Und doch standen unausgesprochene Dinge zwischen ihnen. Er musste es ihr sagen, musste sie wissen lassen, dass sie eine Wahl hatte. Dass er sie wollte.

Er fuhr sich frustriert mit der Hand durchs Haar. Was für ein Idiot er doch gewesen war. Aber sie war ein Mensch, noch dazu eine *sùla*. Und er war … ja, was war er eigentlich?

Er seufzte, und sein Blick fiel auf etwas, das am Boden lag.

Ihr Notizbuch! Er bückte sich und hob es auf. Es hatte offen und mit dem Buchrücken nach oben auf dem Boden gelegen. Er strich die vom Wasser gewellten Seiten glatt, deren Ecken nun verknickt waren. Das Büchlein musste aus ihrem Rucksack gefallen sein. Cate würde niemals so achtlos damit umgehen.

Er betrachtete die Seiten aufmerksam. Sie waren dicht beschrieben mit ihren selbstbewussten, großen Buchstaben, die immer etwas schief aneinanderlehnten. Er blätterte zu dem neuen Text, den er noch nicht kannte. Ihre Schrift war zum Ende hin immer unsauberer geworden, immer wütender.

*Er spricht es nicht aus. Er will mich nicht. Was bin ich für ihn?*

Ihre Worte trafen ihn mehr, als er zugeben wollte.

»*Amadan*«, fluchte er leise.

Er ließ den Blick nicht von den Seiten, während er sich langsam erhob. Da traf ihn ein anderer Geruch mit voller Wucht. Beinahe hätte er das Buch fallen lassen, als er mit gezücktem Dolch herumfuhr.

Sein Herz schlug wild in seiner Brust. Er sah sich nach allen Seiten um, war bereit zu kämpfen. Bereit zu töten. Doch da war niemand. Mit erhobenem Dolch schaute er durch die verkratzte Scheibe der Telefonzelle, sein Blick zuckte die Straße hinauf und hinunter. Es bestand kein Zweifel, Goll war hier gewesen. Den Geruch des Bastards würde er überall wiedererkennen. Warum war er ihm nicht sofort aufgefallen? Er war so abgelenkt von Cates Duft gewesen, konnte kaum einen klaren Gedanken fassen, da der Schmerz ihm die Brust zerriss.

Im selben Moment traf ihn die Erkenntnis. Goll war hier gewesen mit mindestens einer anderen *sìthiche*, deren Geruch er nicht einordnen konnte. Und Cate war hier gewesen. Sie hatte ihr Büchlein unachtsam fallen lassen. Hatte die Seiten verknickt. Es war, als würde ihm jemand den Boden unter den Füßen wegziehen.

»*Mac na galla!*« Er schlug mit der Faust so fest gegen das Glas der Scheibe, dass es splitterte. »*Baligeard!*«

Er trat die Tür auf, sprang auf die Straße, sah sich wild um. Sie war menschenleer. Wut fraß sich durch jede Faser seines Körpers. Wie hatte er nur so blind sein können?

Er war zu spät gekommen.

Cate war fort.

## Aussprache der Namen

| | |
|---|---|
| Caílte | Kuhltscha |
| Catriona | Katrina |
| Diarmid | Dschiarmitsch |
| Fionn | Finn |
| Goll | Gol |
| Nairn | Närn |
| Niall | Niel |
| Oisín | Oschien |

## Glossar gälischer Begriffe und Sätze

| *Schottisch-gälische Begriffe* | *Erklärung / Übersetzung* |
|---|---|
| a ghràidh | mein Lieber |
| Alba | schottisch-gälischer Name für Schottland; Parallelwelt, in der die Feen leben |
| Allt Coir' a' Mhadaidh | Fluss, aus dem die Fairy Pools entspringen |
| amadain na galla | dummes Stück Scheiße |
| amadan | Idiot |
| baligeard | Bastard |

## Glossar gälischer Begriffe und Sätze

| | |
|---|---|
| bana-mhèirleach | Diebin |
| Banshee (gälisch: bean sí) | »Frau aus den Hügeln«; weiblicher Geist aus der Anderswelt, deren Erscheinung den Tod ankündigt; Todesgöttin der Feen |
| Bean-Nighe | im schottischen Volksglauben eine alte Frau, die an Bächen und Teichen die Kleider derjenigen wäscht, die bald sterben |
| Beltane | keltisches Fest, bei dem am ersten Mai der Sommeranfang gefeiert wird; an diesem Tag dürfen Feen zwischen Alba und der Menschenwelt reisen |
| Ben | Gipfel, Berg |
| Ben Nevis | Name des höchsten Berges in Schottland und ganz Großbritanniens |
| bhràthair (mo bhràthair) | Bruder (mein Bruder) |
| Black Cuillins | Teil der Cuillin Hills, einer felsigen Gebirgslandschaft auf der Isle of Skye |
| Black Pudding | schottische Spezialität, eine Wurst aus gebackenem Schweineblut |
| Ceiteach | Keith; Familienname des Clans auf Gälisch |
| Ciamar a tha thu? | Wie geht es dir? |
| coineanach | Kaninchen |

| | |
|---|---|
| Dé tha thu a' dèanamh an-seo? | Was machst du denn hier? |
| Do bheatha dhan dùthaich. | Herzlich willkommen. |
| Dord Fiann | sagenumwobenes Jagdhorn der Fianna, dessen Ton magische Kräfte hat |
| Dunnottar Castle | Burgruine bei Stonehaven an der Nordostküste Schottlands |
| Eilean Donan (Castle) | Burg am Loch Duich in den westlichen Highlands |
| Fianna | Feenkriegertruppe, deren Aufgabe es ist, Alba vor menschlichen Sehern zu schützen, indem sie sie jagen und töten |
| Glumagan nan Sìthichean | Fairy Pools, »Feenbecken«; kleine natürliche Wasserfälle bei Glen Brittle auf der Isle of Skye |
| Grannagh | albische wolfsartige Wesen mit langen gespaltenen Zungen und ätzendem Speichel |
| Haggis | schottische Spezialität aus Schafsinnereien, Zwiebeln und Hafermehl |
| Isle of Skye | Insel an der Westküste Schottlands, größte Insel der Inneren Hebriden |
| Kelpie | Wassergeist des schottischen Volksglau- |

| | |
|---|---|
| | bens, der meist in Form eines Pferdes erscheint |
| Kilt | gefalteter Wickelrock, der traditionell von Männern in Schottland getragen wird |
| Kyle of Lochalsh | Küstenstadt im Nordwesten von Schottland |
| Kyleakin | Hafenstadt auf der Isle of Skye |
| lass, lassie | Mädchen, auch benutzt als Kosename |
| Loch Duich | See, an dem Eilean Donan Castle liegt |
| Loch Lomond | der größte See Schottlands, nordwestlich von Glasgow gelegen |
| Loch Ness | sagenumwobener See in den schottischen Highlands, bekannt für das Loch-Ness-Monster |
| Loch | Begriff für stehende Gewässer / nicht fließende Wasserflächen (z. B. Seen und Meeresbuchten) |
| mac na galla | Hurensohn, Scheißkerl |
| Manannán mac Lir | keltischer Gott des Meeres |
| Mo Chreach! | Verdammt! |
| Móralltach | Name von Carricks Schwert; bedeutet so viel wie »großer Zorn« |
| Samhain | keltisches Fest, das am Vorabend des ers- |

| | |
|---|---|
| | ten Novembers gefeiert wird; an diesem Tag dürfen Feen zwischen Alba und der Menschenwelt reisen |
| Sgurr an Fheadain | »Gespaltener Gipfel«; Berg bei den Fairy Pools auf der Isle of Skye |
| sìthiche, sìthichean (Plural) | Fee |
| sùla, sùilean (Plural) | gälisch: Auge / des Auges; Bezeichnung der Feen für menschliche Seher und Seherinnen |
| taibhsear, taibhsearan (Plural) | Seher / Seherin |
| Taigh na galla leat! | Verpiss dich! / Fahr zur Hölle! |
| taigh-ionnlaid | wortwörtlich: Bad, Badehaus; heilende Quellen in Alba |
| Tartan | ursprünglich schottischen Regionen, später den Clans zugeordnetes Stoffwebmuster |
| Tha thu cho duaichnidh ri eàrr tuathail daimh 's e a' dol gu deas. | Du bist so hässlich wie der Hintern eines Ochsen. |
| Thalla 's cagainn bruis! | Hau ab! / Verschwinde! |

| | |
|---|---|
| tolla-thon | Arschloch |

# Danksagung

Die Idee zu *Alba – Zwischen den Welten* kam mir, als ich am Ufer des Loch Lomond stand und seine unbewegte Wasseroberfläche betrachtete. Ich hätte ewig dort stehen können, so gefesselt war ich von der Schönheit des Sees. Schottland hat einen festen Platz in meinem Herzen, und ich werde noch viele Male dorthin zurückkehren. Deshalb geht mein erster Dank an Land und Leute, an die gälische Kultur und Sprache, an die Mythen und Legenden, die mich immer wieder aufs Neue verzaubern.

Ich fühle mich geehrt, dass Dr. Meg Bateman, Dozentin am *Sabhal Mor Ostaig*, einer Hochschule für Gälische Sprache und Kultur auf der Isle of Skye, sich bereit erklärt hat, die gälischen Begriffe und Ausdrücke im Buch auf Herz und Nieren zu prüfen. Trotz meiner ausführlichen Recherchen gab es noch einiges zu korrigieren, und ich habe viel Neues gelernt. *Tabadh leibh.*

Chris, dem dieses Buch gewidmet ist und der mein zweites Mal in Schottland so unvergesslich gemacht hat, als er um meine Hand angehalten hat: Vielen Dank für deine grenzenlose Unterstützung. Es ist nicht immer einfach, mit einer Autorin zusammen zu sein. Tausend Dank für die grenzenlose Geduld, wenn ich Abende und Wochenenden in meiner fiktiven Welt verbringe. Danke für die unzähligen Debatten am Esstisch und vor dem Einschlafen, wenn mir meine Ideen den Schlaf rauben. Du hast immer ein offenes Ohr, wenn ich mal wieder ein Plothole stopfen oder mich einfach nur mal auskotzen muss. Die Gespräche mit dir sind immer aufschlussreich und enden sogar meistens damit, dass ich eine neue Idee habe oder ein Problem lösen kann. Und nicht zuletzt stammt die Idee für dieses wunderschöne Cover von dir.

Stella, meine treue Testleserin und mein erster Fan. Vielen Dank, dass du dich jedes Mal freust, mehr von mir zu lesen. Deine Meinung ist immer die erste und wertvollste.

Ein herzliches Dankeschön geht an meine Autorenkollegin Kat Reid, die immer ein offenes Ohr für mich hat – wenn ich Hilfe bei einem Manuskript oder Exposé brauche, Trost suche, wenn das Autorenleben sich mal wieder von seiner schwierigen Seite zeigt oder ich auch nur meine Freude über gute, aber eigentlich streng geheime Verlagsneuigkeiten in einer ellenlangen Sprachnachricht mit jemandem teilen muss.

Ein tief empfundener Dank geht auch an Jennifer Jäger, die als Erste das Potenzial dieses Manuskripts erkannt und gefördert hat. An Kathinka Nohl, meine Lektorin und Ansprechpartnerin im Verlag, die Unglaubliches geleistet hat. An Sandra Lode, der ich eine absolut hervorragende Plot- und Sprachredaktion zu verdanken habe. Was für eine tolle Zusammenarbeit!

Danke an die Designer der Agentur ZERO für das wunderschöne Cover, die großartigen Buchblogger, die mich und meine Bücher unterstützen, und alle anderen, die (wenn auch vielleicht ohne mein Wissen) an der Herstellung und Vermarktung dieses Buches beteiligt waren.

Und schließlich möchte ich noch all den anderen Menschen danken, die mich auf dem Weg hierher begleitet und immer an mich geglaubt haben. Meinen Eltern, Großeltern und Paten, meiner Familie und meinen Freunden. Ich kann mich glücklich schätzen, so viele wunderbare Menschen um mich zu haben, die maßgeblich am Schaffensprozess meiner Bücher beteiligt sind.

Wer mehr über das Buch oder mich als Person erfahren möchte, kann gerne auf meiner Website oder meinen Profilen auf Facebook, Instagram oder Twitter vorbeischauen.